国家执业药师资格考试考点评析与习题集

中药学专业知识（一）

（第二版）

主编◎王　建　傅超美

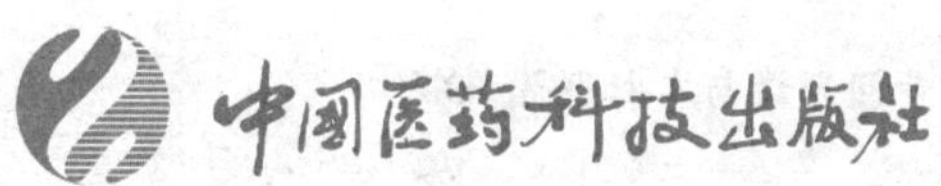

内 容 提 要

《国家执业药师资格考试考点评析与习题集》由考点分级、重要知识点串讲、历年真题与解析和仿真试题四大板块构成。由具有多年考前辅导经验的专家执笔，旨在对考点评析基础上，通过一定量精选试题的练习，在短时间内，让考生掌握重要考点，取得理想的考试效果。本习题集，选题精当，解析深入，是考生参加执业药师资格考试的必备参考读物。

图书在版编目（CIP）数据

中药学专业知识．1/王建，傅超美主编．—2 版．—北京：中国医药科技出版社，2010.1

（国家执业药师资格考试考点评析与习题集）

ISBN 978－7－5067－4516－1

Ⅰ.①中… Ⅱ.①王…②傅… Ⅲ.①中药学－药剂人员－资格考核－自学参考资料 Ⅳ.①R28

中国版本图书馆 CIP 数据核字（2009）第 237030 号

美术编辑 陈君杞

版式设计 郭小平

出版 中国医药科技出版社

地址 北京市海淀区文慧园北路甲 22 号

邮编 100082

电话 发行：010－62227427 邮购：010－62236938

网址 www.cmstp.com

规格 787×1092mm 1/16

印张 28

字数 519 千字

初版 2009 年 4 月第 1 版

版次 2010 年 1 月第 2 版

印次 2010 年 3 月第 2 版第 2 次印刷

印刷 北京市松源印刷有限公司

经销 全国各地新华书店

书号 ISBN 978－7－5067－4516－1

定价 39.00 元

编委会名单

主　编　王　建　傅超美

编　委　（按姓氏笔画排序）

王世宇　刘贤武　李文婷

吴晖晖　别小琳　张　旭

杨伟峰　赵海平　胡慧玲

秦旭华　傅　勇　傅　舒

游　宇　谭　艳　傅秀娟

廖　婉　廖宪方　瞿　燕

二版前言

《国家执业药师资格考试考点评析与习题集》是我社《执业药师资格考试辅导用书》的配套丛书，2009年上市以来受到了考生普遍好评。2010年，我们结合2009年的考试动向，对书中知识点图表进行了完善，对试题进行了调整更新，并在体例与版式方面进行革新。全部图书采用双色印刷，务求以更好的表现形式，为各位读者带来更好的复习效果。

为了回馈广大读者三年来对医药科技版执业药师系列辅导图书的厚爱与支持，在历时一年的调研和准备基础上，2010年，我社将推出“药师在线”（www. cmst-px. com）在线辅导频道，约请本书主编主讲“考前辅导串讲”课程，通过名师指引，帮您轻松把握复习脉络，掌握正确的复习方法和答题技巧，突破考试重点与难点，在有限的时间使读者的效率事半功倍，在执业药师资格考试中取得比较理想的考试成绩。

我们追求的目标是“一切为了考生服务，做最好的执业药师考试辅导平台”。为了不断提高我社图书品质，欢迎广大读者提出宝贵意见，我们将在今后的工作中不断修订完善。

我社正版图书均附药师在线优惠学习卡，考生可通过优惠参加我社“10元听讲座”* 活动。

药师在线将于2010年1月31日开通基本功能，包括网上学习卡验证、在线考场、信息资讯等功能，2010年4月1日，考前串讲频道正式上线，欢迎广大读者届时收看。

* *

严正声明 2008年以来，市场上出现大量我社执业药师辅导盗版图书，存在严重的印装错误，极大地侵害了我社的声誉以及广大读者的权益。我社法律部门将对盗版行为进行严厉打击，对提供重大盗版信息的人员进行奖励。我社正版图书均附“药师在线”优惠学习卡，一书一卡一号。请读者进行网上验证，查询是否正版。正版图书享受我社执业药师辅导优惠增值服务。

* **“10元听讲座”活动** 我社执业药师系列辅导图书均附不同面值优惠卡，优惠卡可以累积，最低可以低至10元的价格观看名师辅导讲座。（正常定价100元/门课）

国家执业药师资格考试辅导系列图书编委会

2010年1月

编写说明

国家执业药师资格考试是我国为保证公众用药安全所采取的一项重要人事制度。根据规定凡在药品生产、经营、使用等领域从事重要岗位工作的人员必须取得相应的执业药师资格。制度推行以来，已有累计超过16万名的考生通过执业药师资格考试。但据国家权威部门统计，我国执业药师缺口仍至少在60万名以上。执业药师队伍相对不足已成为制约我国药学服务水平提升的一项主要因素。为了帮助考生更好地掌握执业药师必备的知识与技能，在执业药师资格考试中取得较好的成绩，我们根据考试特点，组织长期从事执业药师资格考试考前辅导的专家，科学制定编写体例，精选内容，编写了《国家执业药师资格考试考点评析与习题集》系列图书。本系列图书是《国家执业药师资格考试辅导用书》的配套用书。通过对考点的评析和历年真题的剖析，结合精选试题的练习，帮助考生在有限的时间掌握所学知识点，巩固记忆效果，帮助考生取得较好的复习效果。

由于时间和编者能力所限，书中难免存在疏漏，欢迎您批评指正，如您在阅读中有任何疑问，也欢迎随时与我们联系。编辑邮箱：yykj401@yahoo.cn。

为了向考生提供更优秀的辅导图书，针对不同阶段的复习特点，我们推出了国家执业药师资格考试辅导系列图书，包括：《国家执业药师资格考试辅导用书》系列，共7册；《国家执业药师资格考试考点评析与习题集》系列，共7册；《国家执业药师资格考试冲刺试卷》系列，共7册。

本系列图书由中国医药科技出版社独家出版，仿冒必究！

国家执业药师资格考试辅导系列图书编委会

2009年2月

目　录

中药学部分 …… (1)

第一单元　历代本草代表作简介 …… (3)
第二单元　中药的性能 …… (8)
第三单元　中药的应用 …… (16)
第四单元　解表药 …… (23)
第五单元　清热药 …… (36)
第六单元　泻下药 …… (53)
第七单元　祛风湿药 …… (60)
第八单元　芳香化湿药 …… (67)
第九单元　利水渗湿药 …… (73)
第十单元　温里药 …… (81)
第十一单元　理气药 …… (87)
第十二单元　消食药 …… (94)
第十三单元　驱虫药 …… (99)
第十四单元　止血药 …… (105)
第十五单元　活血祛瘀药 …… (113)
第十六单元　化痰止咳平喘药 …… (121)
第十七单元　安神药 …… (127)
第十八单元　平肝息风药 …… (132)

第十九单元 开窍药……………………………………………………(140)
第二十单元 补虚药……………………………………………………(145)
第二十一单元 收涩药…………………………………………………(158)
第二十二单元 涌吐药…………………………………………………(163)
第二十三单元 杀虫燥湿止痒药 ………………………………………(167)
第二十四单元 拔毒消肿敛疮药 ………………………………………(172)

中药药剂学部分 ………………………………………………………(177)

第一单元 绪论 …………………………………………………………(179)
第二单元 制药卫生……………………………………………………(186)
第三单元 粉碎、筛析与混合…………………………………………(197)
第四单元 浸提、分离与精制、浓缩与干燥 …………………………(205)
第五单元 散剂 …………………………………………………………(216)
第六单元 浸出药剂……………………………………………………(222)
第七单元 液体药剂……………………………………………………(230)
第八单元 注射剂(附:眼用溶液剂) …………………………………(243)
第九单元 外用膏剂……………………………………………………(259)
第十单元 栓剂 …………………………………………………………(268)
第十一单元 胶囊剂……………………………………………………(275)
第十二单元 丸剂 ………………………………………………………(283)
第十三单元 颗粒剂……………………………………………………(295)
第十四单元 片剂 ………………………………………………………(302)
第十五单元 气雾剂……………………………………………………(318)
第十六单元 其他剂型…………………………………………………(325)
第十七单元 药物新型给药系统与制剂新技术 ………………………(333)
第十八单元 中药制剂的稳定性 ………………………………………(342)
第十九单元 生物药剂学与药物动力学概论 …………………………(349)
第二十单元 中药制剂的配伍变化 ……………………………………(357)
第二十一单元 中药炮制学绪论 ………………………………………(362)
第二十二单元 净选与切制 ……………………………………………(372)
第二十三单元 炒法……………………………………………………(379)

第二十四单元　炙法 …………………………………………………… (392)
第二十五单元　煅法 …………………………………………………… (408)
第二十六单元　蒸、煮、燀法 ………………………………………… (416)
第二十七单元　其他制法 ……………………………………………… (426)

中药学部分

第一单元　历代本草代表作简介

考点分级

★★★★

《神农本草经》、《本草经集注》、《新修本草》、《证类本草》、《本草纲目》、《本草纲目拾遗》、《中华本草》作者、成书年代、学术成就价值。

重要知识点串讲

各时期代表本草著作的主要贡献与特色

代表本草专著	成书年代/作者	载药（味）	学术价值
《神农本草经》	东汉末年 不晚于公元2世纪	365	最早的药学专著；总结了四气五味/有毒无毒/配伍法度/剂型选择等——初步奠定了中药学的理论基础；三品分类
《本草经集注》	魏晋南北朝梁代 公元500年左右 陶弘景	730	首创按自然属性分类；全面系统整理补充《神农本草经》的内容；补充了采收/鉴别/炮制/制剂/合药取量/诸病通用药及服药食忌；初步确定了综合性本草著作编写模式
《新修本草》	隋唐时期—公元659年 苏敬等21人编撰	850	世界上最早的药典，我国第一部药典；开创图文对照编撰药学专著的先例
《证类本草》	宋代（定稿于1108年前） 唐慎微	1746	方3000余首；图文对照，方药并收；资料翔实，具有极高的学术价值和文献价值

续表

代表本草专著	成书年代/作者	载药（味）	学术价值
《本草纲目》	明代—李时珍	1892	图：1100余幅，方11000余首；突出中医辨证用药特色；按自然属性分类
《本草纲目拾遗》	清代—赵学敏	921	新增716种；补充、修订《本草纲目》；按自然属性分类
《中华本草》	当今/国家中医药管理局主持	8980	总结了中华民族2000余年来的传统医学成就；34卷/10册

历年真题与解析

一、最佳选择题

1. 首次全面系统整理、补充《神农本草经》的本草著作是

A.《本草纲目》　B.《新修本草》

C.《本草经集注》　D.《本草纲目拾遗》

E.《证类本草》

答案：C

解析：本题考查历代本草代表作简介。

《本草经集注》是南北朝时期梁代陶弘景编著，其全面系统整理补充了《神农本草经》的内容。

2. 清代的本草代表作是

A.《本草经集注》　B.《本草纲目拾遗》

C.《本草纲目》　D.《证类本草》

E.《新修本草》

答案：B

解析：本题考查历代本草代表作简介。

《本草纲目拾遗》是由赵学敏编著，成书于清代，修正《本草纲目》错误，并补充其不详之处。

3. 古代载药最多的本草著作是

A.《神农本草经》　B.《本草纲目拾遗》

C.《本草纲目》　D.《新修本草》

E. 《证类本草》

答案：C

解析：本题考查历代本草代表作简介。

《神农本草经》365 种，《本草纲目拾遗》921 种，《本草纲目》1892 种，《新修本草》850 种，《证类本草》1746 种。

4. 首创按药物自然属性进行分类的本草著作是

A. 《神农本草经》　　B. 《本草经集注》

C. 《本草纲目》　　D. 《新修本草》

E. 《本草拾遗》

答案：B

解析：本题考查历代本草代表作简介。

按药物自然属性分类的本草著作有《本草经集注》、《新修本草》、《本草纲目》等，但作为首创该种分类法的是《本草经集注》。

5. 《本草纲目拾遗》新增的药物数是

A. 921 种　　B. 730 种

C. 716 种　　D. 850 种

E. 365 种

答案：C

解析：本题考查历代本草代表作简介。

清代·赵学敏的《本草纲目拾遗》创本草新增药物之冠，载药为 921 种，新增药就有 716 种。《本草经集注》730 种，《新修本草》850 种，《神农本草经》365 种。建议：应注意区别本草著作的载药数与新增药味数。

二、配伍选择题

［6～8］

A. 《证类本草》　　B. 《本草经集注》

C. 《本草纲目》　　D. 《新修本草》

E. 《本草纲目拾遗》

6. 李时珍所著的是

7. 陶弘景所著的是

8. 唐慎微所著的是

答案：C　B　A

解析：本组考查历代本草代表作简介的作者。

明·李时珍撰著的《本草纲目》是划时代巨著；梁代·陶弘景撰著的是《本草经

集注》；宋·唐慎微撰著了《证类本草》。

［9～10］

A.《本草纲目》　B.《本草纲目拾遗》

C.《新修本草》　D.《证类本草》

E.《本草经集注》

9. 赵学敏所著的是

10. 苏敬等人编撰的是

答案：B　C

解析：本组考查历代本草代表作简介的作者。

清·赵学敏撰著了《本草纲目拾遗》，其对本草纲目进行了补充、修正，注意二者的区别；唐代，国家指派长孙无忌、李勣领衔编修，由苏敬等21人共同编撰了《新修本草》。

仿真试题

一、最佳选择题

1. 初步奠定了中药学理论基础的本草著作是

A.《本草纲目》

B.《新修本草》

C.《本草经集注》

D.《神农本草经》

E.《证类本草》

2. 开创图文对照法编写本草著作先例的是

A.《神农本草经》　B.《证类本草》

C.《本草经集注》　D.《本草纲目》

E.《新修本草》

3. 记载药方11000余首的本草著作是

A.《本草经集注》

B.《证类本草》

C.《新修本草》

D.《神农本草经》

E.《本草纲目》

4. 初步确立了综合性本草著作编写模式的是

A.《证类本草》　B.《新修本草》

C.《本草经集注》　D.《本草纲目》

E.《神农本草经》

5. 成书于宋代，具有极高的学术价值和文献价值的是

A.《本草纲目》　B.《新修本草》

C.《本草经集注》　D.《证类本草》

E.《中华本草》

二、配伍选择题

［6～8］

A.《证类本草》

B.《本草经集注》

C.《本草纲目》

D.《新修本草》

E.《本草纲目拾遗》

6. 清代的代表本草著作是

7. 宋代的代表本草著作是

8. 明代的代表本草著作是

[9~11]

A.《神农本草经》

B.《证类本草》

C.《新修本草》

D.《本草经集注》

E.《本草纲目》

9. 最早的药学专著是

10. 第一部官修本草是

11. 首创按自然属性分类的本草专著是

[12~14]

A. 850 种　　B. 1892 种

C. 365 种　　D. 1742 种

E. 730 种

12.《本草经集注》记载的药味数是

13.《本草纲目》记载的药味数是

14.《新修本草》记载的药味数是

三、多项选择题

15.《本草经集注》的学术价值是

A. 首创三品分类

B. 整理补充《神农本草经》内容

C. 首创自然属性分类

D. 最早的药学专著

E. 初步确立综合性本草的编写模式

参考答案

一、最佳选择题

1. D　2. E　3. E　4. C　5. D

二、配伍选择题

[6~8] E　A　C　[9~11] A　C　D　[12~14] E　B　A

三、多项选择题

15. BCE

(王　建　谭　艳)

第二单元　中药的性能

考点分级

★★★★★

中药性能的主要内容；四气、五味、归经、升降浮沉、毒性的确定依据、表示的效用及其对临床用药的指导意义；五味的作用特点；影响升降浮沉和毒性的主要因素；毒性的使用注意以及气味配合。

重要知识点串讲

一、四气

四气	所示效应	不良作用	程度与阴阳属性	
寒凉	清热/泻火/凉血/解毒等作用	伤阳/助寒	大寒/寒/微寒/凉	属阴
温热	温里散寒/补火助阳/温经通络/回阳救逆等	伤阴/助火	大热/热/温/微温	属阳

二、五味

五味	作用特点	不良作用
辛	发散/行气/活血/　　芳香化湿/开窍	大多耗气伤阴
苦	特性——“泄”/“燥”/“坚阴” ①泄—降泄/清泄/通泄 ②燥—燥湿—结合药性—苦寒燥湿/苦温燥湿 ③“坚阴”即泻火存阴	多伤津、伐胃——津液大伤或脾胃虚弱者不宜大量使用
酸/涩	均收敛、固涩；酸能生津	收敛邪气——余邪未尽者慎
甘	补虚/和中/缓急/调和药性药味	多腻膈碍胃——令人中满
咸	软坚散结或软坚泻下	“多食咸，则脉凝泣而变色”
淡	“渗”、“利”——水肿；利水渗湿	淡味过用——亦能伤津液

三、升降浮沉

升降浮沉	特性	效应特点
升浮	升即上升 浮指发散 - 趋向于外 性主温热/味属辛、甘、淡	疏散解表/祛风散寒/开窍醒神/升阳举陷/涌吐等
沉降	降即下降 沉指收藏——趋向于内性 主寒凉/味属酸、苦、咸	清热泻火/泻下通便/利水渗湿/重镇安神/平肝潜阳/息风止痉/降逆平喘/止呕/止呃/消积导滞/收敛固涩等

四、归经

	含义	理论基础	确定依据
归经	指药物对机体某部分的选择性作用/药物作用的归属/定位概念	中医学的脏象学说/经络学说	药物所治的具体病证/药物的特性

五、毒性

	含义	特性	确定依据
毒性	指药物对人体的伤害/药物治疗作用的强弱	不良反应 药物总称/药物偏性	是否含有毒成分/整体是否呈现毒性/用量是否恰当
影响因素	主要取决于用量；其次——药材品种/质量/配伍/炮制/制剂/给药途径/服药方法/用药是否对证/患者个体差异		
引起原因	①品种混乱/②误服毒品/③用量过大/④炮制失度/⑤制剂失宜/⑥疗程过长/⑦配伍不当/⑧管理不善/⑨辨证不确，药不对证/⑩离经悖法/⑪个体差异等		
注意事项	注意用量要适当/采制要严格/用药要合理/识别过敏者		

历年真题与解析

一、最佳选择题

1. 不属于温热药所示的效应是

A. 温里散寒　　B. 回阳救逆

C. 补火助阳　　D. 温经通络

E. 凉血解热毒

答案：E

解析：本题考查四气所示效应。

温里散寒、补火助阳、温经通络、回阳救逆属于温热药物所示效应；而清热、泻火、凉血、解热毒则属于寒凉性药物所示效应。除以最佳选择题出现外，还以多项选择题和配伍选择题出现。

2. 不属于沉降性所示的功效是

A. 收敛固涩　　B. 利水渗湿

C. 平肝潜阳　　D. 涌吐开窍

E. 清热泻火

答案：D

解析：本题考查升降浮沉所示效应。

沉降性所示效应是清热泻火、泻下通便、利水渗湿、重镇安神、平肝潜阳、息风止痉、降逆平喘、止呕、止呃、消积导滞、收敛固涩等；而涌吐开窍则是升浮性所示效应。

3. 具有升浮与沉降二向性的药是

A. 鹤草芽　　B. 胖大海

C. 天花粉　　D. 蔓荆子

E. 马齿苋

答案：B

解析：本题考查升降浮沉所示效应。

胖大海清宣肺气，化痰利咽而有升浮之性；又能清泄火热，润肠通便而有沉降之性。

4. 根据脏腑经络病变部位而选药的药性理论是

A. 升降浮沉　　B. 有毒无毒

C. 四气　　D. 五味

E. 归经

答案：E

解析：本题考查归经对临床的指导意义。

药性理论中，归经指导医生根据疾病表现的病变所属脏腑经络而选择用药。

二、配伍选择题

［5～6］

A. 腻膈　　B. 伤阴

C. 伤阳　　D. 温里

E. 清热

5. 寒凉性药的不良作用是
6. 温热性药的不良作用是

答案：C　B

解析：本组考查四气所示效用。

药性寒凉的药物，具有清热功效，但有伤阳助寒的不良作用；而药性温热的药物，能温里散寒功效，又有伤阴助火的不良作用。腻膈是甘味的不良作用。注意区别四气的作用与不良作用。

［7～9］

A. 渗利　　B. 活血

C. 燥湿　　D. 软坚

E. 和中

7. 辛味的作用是
8. 咸味的作用是
9. 甘味的作用是

答案：B　D　E

解析：本组考查五味所示效用。

辛能散、能行，具有发散、行气、活血作用；咸味具有软坚、泻下作用；甘味具有补虚、和中、缓急作用。苦味具有燥湿作用；淡味具有渗利特性，有利水渗湿作用。

［10～12］

A. 伤阳　　B. 腻膈

C. 敛邪　　D. 伤津

E. 耗气

10. 酸味的不良效应是

11. 苦味的不良效应是
12. 辛味的不良效应是

答案：C　D　E

解析：本组考查五味所示效用。

酸味多有收敛邪气的不良作用；苦味多伤津、伐胃；辛味多能耗气伤阴。另外，甘味具有腻膈、寒凉具有伤阳等不良作用。

三、多项选择题

13. 苦味药具有的作用是

A. 清热　　B. 通泄
C. 润养　　D. 坚阴
E. 燥湿

答案：ABDE

解析：本组考查五味的作用特点。

苦味具有泄、燥特点；能清泄热邪，降泄肺胃之气，通泄大肠；其通过泄热能存阴，即有"坚阴"作用；还能燥湿。而润养为甘味的特点。

14. 确定中药有毒无毒的依据有

A. 归经的多少　　B. 药味多少
C. 含不含有毒成分　　D. 用量是否适当
E. 整体是否有毒

答案：CDE

解析：本组考查确定中药有毒无毒的依据。

中药有无毒性，与其含不含有毒成分，用量是否适当，整体是否有毒等因素相关。

15. 使用有毒中药应当注意的事项有

A. 用量适当　　B. 识别过敏者
C. 用药合理　　D. 归经多少
E. 采制严格

答案：ABCE

解析：本组考查使用有毒中药应当注意的事项。

使用有毒中药应当注意用量要适当、采制要严格、用药要合理、识别过敏者；而归经多少与此无关。

仿真试题

一、最佳选择题

1. 与所疗疾病的寒热性质相反的药性是
   A. 四气　B. 五味
   C. 归经　D. 升降浮沉
   E. 有毒无毒
2. 能收、能涩的药味是
   A. 苦味　B. 酸味
   C. 辛味　D. 咸味
   E. 甘味
3. 湿阻、食积、中满气滞者应慎用的药味是
   A. 甘味　B. 淡味
   C. 苦味　D. 涩味
   E. 辛味
4. 苦味不具有的作用是
   A. 降泄　B. 通泄
   C. 燥湿　D. 清泄
   E. 渗湿
5. 具有收敛固涩作用的是
   A. 苦味　B. 咸味
   C. 辛味　D. 酸味
   E. 甘味
6. 酒炒可使药性转化为
   A. 藏　B. 沉
   C. 降　D. 收
   E. 升
7. 具有沉降趋向的药物，性味多是
   A. 辛、甘、凉
   B. 咸、苦、温
   C. 辛、甘、温
   D. 酸、苦、寒
   E. 辛、苦、温
8. 安神药主归
   A. 肾经　B. 脾经
   C. 心经　D. 肺经
   E. 胃经
9. 羌活散风寒，主治风寒湿邪客于足太阳经，其主归
   A. 三焦经　B. 大肠经
   C. 心包经　D. 膀胱经
   E. 脾胃经
10. 既指药物的不良反应，又指药物偏性的性能是
   A. 七情　B. 毒性
   C. 四气　D. 五味
   E. 归经

二、配伍选择题

[11～13]
A. 升降浮沉　B. 四气
C. 归经　D. 五味
E. 有毒无毒

11. 依据病势选药的药性是
12. 依据病位选药的药性是
13. 依据病性选药的药性是

[14～16]
A. 能散　B. 能燥

C. 能敛　　D. 能软
E. 能缓
14. 涩味的作用特性是
15. 苦味的作用特性是
16. 辛味的作用特性是
[17~18]
A. 助火伤阴　　B. 清热泻火
C. 补火助阳　　D. 清热燥湿
E. 助寒伤阳
17. 寒凉性的不良作用是
18. 温热性的不良作用是
[19~21]
A. 利水渗湿　　B. 清热泻火
C. 温里散寒　　D. 收敛固涩
E. 和中缓急
19. 淡味所示的效应是
20. 甘味所示的效应是
21. 涩味所示的效应是
[22~24]
A. 酸味　　B. 辛味
C. 苦味　　D. 甘味
E. 咸味
22. 具有发散、行气作用的是
23. 具有软坚泻下作用的是
24. 具有化湿、开窍作用的是
[25~27]
A. 发散风寒　　B. 清热解毒
C. 发散风热　　D. 利水渗湿
E. 补气助阳
25. 辛凉药多能
26. 苦寒药多能
27. 甘温药多能
[28~30]
A. 心经　　B. 肺经
C. 肝经　　D. 肾经
E. 脾经
28. 黄芩、桑白皮主归
29. 龙胆草、夏枯草主归
30. 苏子、白前主归

三、多项选择题

31. 辛味具有的作用是
A. 发散　　B. 开窍
C. 行气　　D. 燥湿
E. 活血
32. 药性寒凉的药具有的功效有
A. 补火助阳　　B. 回阳救逆
C. 清热解毒　　D. 凉血止血
E. 清热泻火
33. 药性温热的药，体现的功效是
A. 凉血止血　　B. 温里散寒
C. 清热解毒　　D. 回阳救逆
E. 补火助阳
34. 升浮类药物所示效用有
A. 利水渗湿　　B. 涌吐开窍
C. 升阳发表　　D. 平肝潜阳
E. 祛风散寒
35. 沉降类药物所示效用有
A. 息风止痉　　B. 消积导滞
C. 降逆平喘　　D. 固表止汗
E. 止呕止呃
36. 引起不良反应发生的主要原因是
A. 配伍不当　　B. 用量过大
C. 炮制不当　　D. 品种混乱
E. 疗程过长

参考答案

一、最佳选择题

1. A　2. B　3. A　4. E　5. D　6. E　7. D　8. C　9. D　10. B

二、配伍选择题

[11~13] A　C　B　[14~16] C　B　A　[17~18] E　A
[19~21] A　E　D　[22~24] B　E　B　[25~27] C　B　E
[28~30] B　C　B

三、多项选择题

31. ABCE　32. CDE　33. BDE　34. BCE　35. ABCDE　36. ABCDE

（王　建　谭　艳）

第三单元 中药的应用

考点分级

★★★★★

中药配伍的目的及内容，“七情配伍”的内容及应用原则，君臣佐使的含义及内容。

重要知识点串讲

中药配伍及七情配伍的内容、目的及应用原则

中药配伍	内容	目的及应用原则
	“七情”和“君臣佐使”七情— 单行/相须/相使/相畏/相杀/相恶/相反	增强疗效/降低毒副作用/扩大适应范围/改变药性药味—以适应病情需要
七情	单行—人参治脱证/黄连治痢疾 相须—麻黄 + 桂枝/附子 + 干姜/石膏 + 知母 相使—黄芪 + 茯苓/枸杞子 + 菊花/黄连 + 木香 相畏相杀—半夏畏生姜/甘遂畏大枣/生姜杀半夏、天南星毒 相恶—人参恶莱菔子/生姜恶黄芩 相反—甘草反甘遂/乌头反半夏/乌头反贝母	应用选择 单行—存效 相须 + 相使—增效 相畏 + 相杀—减毒；以上临床均可利用 相恶—减效—原则上应注意避免 相反—增毒—临床禁忌

续表

中药配伍	内容	目的及应用原则
	"七情"和"君臣佐使"七情—单行/相须/相使/相畏/相杀/相恶/相反	增强疗效/降低毒副作用/扩大适应范围/改变药性药味—以适应病情需要
君臣佐使	君药—针对主病或主证治疗的药 臣药—①辅助君药增强疗效；②并可照顾兼证或兼有疾病的药 佐药—①佐助药－协助君臣药以增效/或治兼有症状的药 ②佐制药－降低/消除君臣药的毒性或烈性的药 ③反佐药—与君药药性相反又能起相成作用的药 使药—①引经药－引方中诸药直达病所的药；②调和药—协调诸药/调和药味的药	

历年真题与解析

一、最佳选择题

1. 能产生或增强毒性反应的配伍是

A. 相须　　B. 相杀

C. 相使　　D. 相反

E. 相恶

答案：D

解析：本题考查七情配伍的内容。

七情配伍关系中，两种药物合用，能产生或增强毒性反应，属于相反配伍关系。除最佳选择题型外，还可见配伍选择题型。

2. 能增强原有药物功效的配伍是

A. 相反　　B. 相杀

C. 相恶　　D. 相须

E. 相畏

答案：D

解析：本题考查七情配伍的内容。

七情配伍关系中，两种功效类似的药物配合应用，可以增强原有药物的功效，属于相须配伍。除最佳选择题型外，还可见配伍选择题型。

3. 能使药物功效降低或消除的配伍是

A. 相使　　B. 相畏
C. 相须　　D. 相杀
E. 相恶

答案：E

解析：本题考查七情配伍的内容。

七情配伍关系中，一种药物能使另一种药物的功效降低甚至消失，属于相恶配伍。除最佳选择题型外，还可见配伍选择题型。

4. 能减轻或消除毒副作用的配伍是

A. 相恶　　B. 相杀
C. 相须　　D. 相反
E. 相使

答案：B

解析：本题考查七情配伍的内容。

七情配伍关系中，一种药物能减轻或消除另一种药物的毒副作用，属于相杀配伍。注意：一种药物的毒副作用能被另一种药物减轻或消除，则属于相畏。除最佳选择题型外，还可见配伍选择题型。

5. 体现处方主攻方向的是

A. 君药　　B. 使药
C. 臣药　　D. 佐药
E. 助药

答案：A

解析：本题考查君臣佐使的内容。

君药，体现了处方的主攻方向，其药力居方中之首。

6. 能协调诸药调和药味的是

A. 佐助药　　B. 君药
C. 佐制药　　D. 调和药
E. 引经药

答案：D

解析：本题考查君臣佐使的内容。

能协调诸药，调和药味的药物，称调和药。

二、配伍选择题

［7～9］

A. 相恶　　B. 相杀

C. 相须　　D. 相反
E. 相畏

7. 表示增效配伍关系的是
8. 表示增毒配伍关系的是
9. 表示减效配伍关系的是

答案：C D A

解析：本组题考查七情配伍的用药原则。

相须、相使，可增效；相畏、相杀可减毒，以保证安全用药，临床需充分利用。相恶可减效，临床用药应加以注意；相反则是增毒的配伍，临床属于配伍禁忌。此外，还可见多项选择题。

[10～12]

A. 草乌　　B. 瓜蒌
C. 藜芦　　D. 细辛
E. 甘草

10. 与半夏相反的药是
11. 与人参相反的药是
12. 与甘遂相反的药是

答案：A C E

解析：本组考查配伍禁忌内容（大纲未作要求，考点内容见应试指南；个别内容可见七情配伍中相反药对举例）。

乌头（川乌、附子、草乌）反半夏、瓜蒌（全瓜蒌、瓜蒌仁、瓜蒌皮、天花粉）、贝母（川贝母、浙贝母）、白蔹、白及；藜芦反人参、丹参、玄参、南沙参、苦参、细辛、芍药（白芍、赤芍）；甘草反海藻、京大戟、芫花、甘遂。除该种题型外，还可见最佳选择题型、多项选择题型。

三、多项选择题

13. 使药包涵的内容有

A. 制毒药　　B. 引经药
C. 主攻药　　D. 辅助药
E. 调和药

答案：BE

解析：本组考查君臣佐使的内容。

使药有两种涵义：①引经药，即能引导方中诸药直达病所的药物；②调和药，即能协调诸药，调和药味的药物。

14. 属于相使配伍关系的药对有

A. 半夏配乌头　　B. 半夏配生姜

C. 黄芪配茯苓　　D. 枸杞子配菊花

E. 黄连配木香

答案：CDE

解析：本组考查七情配伍的内容。

黄芪配茯苓治脾虚水肿，枸杞子配菊花治目暗昏花，黄连配木香治泻痢等均属于相使配伍关系。半夏配乌头属于相反的配伍关系；半夏配生姜多属于相畏（相杀）的配伍关系。

15. 临床用药应充分利用的配伍关系是

A. 相使　　B. 相须

C. 相畏　　D. 相反

E. 相杀

答案：ABCE

解析：本组考查七情配伍的用药原则。

相须、相使为增效，相畏、相杀为减毒，临床应充分利用；相反为增毒，临床应当禁忌。

仿真试题

一、最佳选择题

1. 生姜降低半夏毒性所属的配伍关系是

A. 相畏　B. 相恶

C. 相反　D. 相反

E. 相杀

2. 黄连治痢疾属于七情配伍中的

A. 相反　B. 相须

C. 相使　D. 单行

E. 相恶

3. 麻黄配桂枝属于的配伍关系是

A. 相畏　B. 相须

C. 相反　D. 相使

E. 单行

4. 针对主证主病发挥治疗作用的药称

A. 臣药　B. 君药

C. 使药　D. 佐制药

E. 佐助药

5. 照顾兼证或兼有疾病发挥治疗作用的药称

A. 使药　B. 君药

C. 臣药　D. 佐助药

E. 佐制药

6. 能引导方中诸药直达病所的药称

A. 引经药 B. 佐制药
C. 调和药 D. 君药
E. 佐助药

二、配伍选择题

[7～8]
A. 相恶 B. 相杀
C. 相须 D. 相反
E. 相使
7. 临床应注意避免的配伍是
8. 临床应禁忌的配伍是

[9～11]
A. 增效 B. 增毒
C. 减毒 D. 纠性
E. 减效
9. 相须相使表示
10. 相畏相杀表示
11. 相恶表示

[12～14]
A. 相须 B. 相反
C. 相恶 D. 相畏
E. 相杀
12. 附子配干姜属
13. 石膏配知母属
14. 人参配莱菔子属

[15～17]
A. 相须 B. 相反
C. 相恶 D. 相畏
E. 相杀
15. 半夏配生姜属
16. 大黄配芒硝属
17. 半夏配乌头属

三、多项选择题

18. 中药配伍的目的是
A. 增强疗效
B. 改变药材性状
C. 降低毒副作用
D. 改变药性药味
E. 扩大适应范围
19. 临床应当避忌的配伍关系有
A. 相须 B. 相反
C. 相恶 D. 相畏
E. 相杀
20. 不宜与乌头同用的药物有
A. 天花粉 B. 瓜蒌
C. 白及 D. 细辛
E. 贝母
21. 不宜与甘草同用的药物有
A. 京大戟 B. 白及
C. 苦参 D. 芫花
E. 甘遂
22. 不宜与藜芦同用的药物有
A. 丹参 B. 玄参
C. 苦参 D. 白芍
E. 辛夷

参考答案

一、最佳选择题

1. E 2. D 3. B 4. B 5. C 6. A

二、配伍选择题

[7～8] A D [9～11] A C E [12～14] A A C

[15～17] D A B

三、多项选择题

18. ACDE 19. BC 20. ABCE 21. ADE 22. ABCD

（王 建 谭 艳）

第四单元　解表药

考点分级

★★★★★

解表药的性能与功效主治、配伍及使用注意、分类及各类的性能特点；麻黄、桂枝、紫苏、生姜、荆芥、防风、羌活、细辛、白芷、薄荷、牛蒡子、蝉蜕、桑叶、菊花、葛根、柴胡的药性、性能特点、功效、主治病证、用法、使用注意；细辛的用量；麻黄配桂枝，麻黄配杏仁，麻黄配石膏，桂枝配白芍，细辛配干姜、五味子，柴胡配黄芩，生葛根配黄芩、黄连，菊花配枸杞子，蝉蜕配胖大海的意义。

★★★★

香薷、藁本、苍耳子、辛夷、升麻、蔓荆子的药性、功效、主治病证、用法、使用注意；各章功效相似药物的药性、功效及主治病证的异同。

★★★

淡豆豉药性、功效、用法、使用注意。麻黄、桂枝、细辛、葛根、柴胡的主要药理作用。

重要知识点串讲

解表药：发散表邪，兼有祛风湿、宣肺，利水、透疹等功效；主治外感风寒或风热表证，部分药还可用于水肿、咳喘、麻疹、风疹、风湿痹痛等兼有表证者。

一、辛温解表药

辛温解表药：均有发散风寒功效，主治风寒表证；多为辛温之品，主归肺、膀胱经。

（一）长于发汗的辛温解表药

药名	麻黄	香薷	桂枝	紫苏	生姜
功效	发汗（解表） 利水（消肿）		助阳解表/温通经脉通阳利水/温通胸阳温中散寒	解表散寒（叶）/行气宽中（紫苏梗）安胎/解鱼蟹毒	发汗解表/温中止呕温肺止咳/解鱼蟹、生南星、生半夏毒
	平喘	和中化湿			
效用特点	风寒表实无汗 + 桂枝 平喘（蜜炙）+ 杏仁	“夏月麻黄”	既走表/又走里 风寒感冒表实 + 麻黄 风寒表虚有汗 + 白芍	风寒感冒 + 气滞腹胀 不宜久煎	善温中止呕—“呕家圣药”

（二）能祛风散寒、祛风胜（除）湿、止痛的药物

药名	防风	羌活	藁本	苍耳子
功效	四药均能——祛风散寒解表 + 祛风胜（除）湿 + 止痛			
	解（止）痉			通鼻窍/止痒
效用特点	“风药之润剂” 为治风通用药	善治太阳头痛/ 上半身风湿痹痛	长于发散太阳经风寒湿/治颠顶疼痛	善治外感头痛鼻塞/鼻渊等 苍耳子有毒—不宜过量

（三）能祛风散寒、止痛、通鼻窍的药物

药名	苍耳子	细辛	白芷	辛夷
功效	三者均能——祛风散寒 + 止痛 + 通鼻窍			散风寒 通鼻窍
	除湿/止痒	温肺止咳/治寒饮伏肺要药/	燥湿止带/消肿排脓止痒	
效用特点	苍耳子有小毒 - 不宜过量	善治少阴头痛/治鼻渊良药有小毒/用量 1 ~ 3g/反藜芦	善治阳明头痛眉棱骨痛	治鼻渊头痛要药布包煎

（四）长于祛风的解表药

药名	荆芥	防风
功效	祛风解表/透疹止痒/炒炭止血	祛风解表/胜湿/止痛/解（止）痉
效用特点	不宜久煎/炒炭性收敛—善止血 为散风通用药	为治风通用药

二、辛凉解表药

辛凉解表药—均有发散风热功效，主治风热表证，温病卫分证；性味大多辛，寒（凉）。

（一）能疏散风热、利咽、透疹的药物

药名	薄荷	牛蒡子
功效	二药均能——疏散风热＋利咽＋透疹	
	清头目/疏肝	宣肺/解毒/消肿疗疮
效用特点	薄荷发汗力较强—故体虚多汗者不宜使用 不宜久煎	外散风热/内解热毒/上宣肺气/下利二便 牛蒡子性寒—滑肠通便—气虚便溏者慎用

（二）能疏散风热、明目的药物

药名	桑叶	菊花	蝉蜕
功效	三者均能——疏散风热＋明目		
	桑＋菊——疏散风热＋平肝明目		透疹止痒/息风止痉
	清肺润燥/凉血止血	清热解毒	
效用特点	润肺止咳宜蜜炙桑叶 桑叶＋黑芝麻—补肝肾明目	疏散风热多用黄菊花 平肝明目多用白菊花＋枸杞子	长于明目开音/配胖大海宣肺疗哑善治风热/肺热－咽痛喑哑

（三）能解表退热、升阳的药物

药名	葛根	升麻	柴胡
功效	三者均能——解表退热＋升阳		
	葛根＋升麻——透疹	升麻＋柴胡——升阳以举陷	
	解肌/生津止渴/升阳以止泻	清热解毒	和解退热/疏肝解郁
效用特点	生葛根配黄芩、黄连—清热燥湿/解毒止痢/透热	善治阳明头痛/额前作痛 升阳举陷宜蜜炙	解表退热宜生用/疏肝解郁宜醋炙柴胡＋黄芩—清半表半里热—少阳证

（四）能疏散风热、清利头目的药

药名	蔓荆子	薄荷	淡豆豉
功效	二者均能——疏散风热/清利头目		解表/除烦
	祛风止痛	利咽/透疹/疏肝	大豆加解表药发酵而成

此外，疏散风热，透疹药有薄荷、牛蒡子、蝉蜕、升麻、葛根；能疏散风热，疏肝的药有薄荷、柴胡；能散风热，解毒的药有牛蒡子、升麻。

历年真题与解析

一、最佳选择题

1. 不属于解表药使用注意的是

A. 不可过汗　　B. 不宜久煎

C. 热病津亏者忌服　　D. 疮疡初起者忌服

E. 失血兼表证者慎服

答案：D

解析：本题考查解表药的使用注意。

解表药的使用注意有：①不宜发汗太过：用量过大，发汗太过，易伤阳，损阴津；②病证禁忌：自汗、盗汗、疮疡日久、淋证、失血等患者，虽有表证应慎用；③药物煎煮注意：本类药多为辛散之品，入汤剂不宜久煎，以免降低药效。而疮疡初起有表证者，不属于该类药物的禁忌范畴。

2. 既走表发汗，又走里温经的药是

A. 炮姜　　B. 香薷

C. 艾叶　　D. 麻黄

E. 桂枝

答案：E

解析：本题考查桂枝的性能特点。

桂枝能发汗但其力不及麻黄，而长于助阳、温经通脉，故其既走表，又走里。

3. 堪称为发表散风通用的药是

A. 生姜　　B. 香薷

C. 紫苏　　D. 荆芥

E. 桂枝

答案：D

解析：本题考查荆芥的性能特点。

荆芥生用长于发散，善散风发表、透疹止痒，为发表散风通用药。

4. 细辛除祛风散寒外，又能

A. 燥湿止带　　B. 利水消肿

C. 温肺化饮　　D. 消肿排脓

E. 升阳止泻

答案：C

解析：本题考查细辛的功效。

细辛除能祛风散寒外，还能通窍、止痛、温肺化饮。

5. 细辛的主治病证不包括

A. 风寒表证　　B. 阳虚外感

C. 肺热喘咳　　D. 头风头痛

E. 风寒湿痹

答案：C

解析：本题考查细辛的主治病证与药性特点。

根据细辛功效推测主治，能主治风寒表证，阳虚外感，头风头痛，肺寒或痰饮所致喘咳之证；其药性温热，单用不宜于肺热喘咳之证。

6. 不属于麻黄使用注意的是

A. 不可过汗　　B. 阴虚盗汗者忌服

C. 高血压者慎用　　D. 肾虚咳喘者忌服

E. 疮疡初起者忌服

答案：E

解析：本题考查麻黄的使用注意。

麻黄发汗之力强，故表虚自汗、阴虚盗汗及肾虚咳喘者忌用；其有升高血压及中枢兴奋作用，故高血压者慎用。除最佳选择题外，还可见多项选择题。

7. 喻为“呕家圣药”的是

A. 生姜　　B. 香薷

C. 紫苏　　D. 荆芥

E. 桂枝

答案：A

解析：本题考查生姜的性能特点。

生姜除能发汗解表，温肺化痰止咳外，还能温中止呕，素有“呕家圣药”之称；兼能解鱼蟹毒和半夏、天南星毒。

8. 宜布包入煎的药物是

A. 麻黄　　B. 香薷

C. 桂枝　　D. 辛夷

E. 细辛

答案：D

解析：本题考查辛夷的用法。

辛夷有毛，刺激咽喉，内服宜用纱布包煎。

9. 生用能解表退热，醋炙能增强疏肝解郁的药物是

A. 柴胡　　B. 薄荷

C. 延胡索　　D. 青皮

E. 香附

答案：A

解析：本题考查柴胡的用法。

柴胡解表退热宜生用，疏肝解郁宜醋炙。香附、青皮也有疏肝功效，醋炙增强其止痛功效，但无解表退热之功。延胡索醋炙能增强其止痛功效，亦无解表之功。

10. 菊花配枸杞子共同体现的功效是

A. 疏散风热　　B. 补肝肾明目

C. 平肝息风　　D. 清热解毒

E. 清肺润肺

答案：B

解析：本题考查菊花与枸杞子的配伍。

菊花能清肝明目，益阴平肝；枸杞子补肝肾明目，二者合用，补肝肾明目力强。

二、配伍选择题

［11～13］

A. 发散风寒，行气宽中　　B. 发散风寒，化湿和中

C. 祛风散寒，温肺化饮　　D. 发散风寒，祛风胜湿

E. 散风寒，通鼻窍

11. 辛夷的功效是

12. 香薷的功效是

13. 藁本的功效是

答案：E　B　D

解析：本组题考查辛温解表药的功效。

辛夷有散风寒，通鼻窍功效；香薷有发汗解表，化湿和胃，利水消肿功效；藁本能发散风寒，祛风胜湿，止痛。

［14～16］

A. 疏肝　　B. 止痉

C. 升阳　　D. 解毒

E. 清肺

14. 薄荷除疏散风热外，又能

15. 桑叶除疏散风热外，又能
16. 蝉蜕除疏散风热外，又能

答案：A E B

解析：本组题考查辛凉解表药的功效。

薄荷有疏散风热，清头目，利咽喉，透疹，疏肝功效；桑叶有疏散风热，平肝明目，清肺润肺，凉血止血功效；蝉蜕有疏散风热，透疹止痒，明目退翳，息风止痉功效。

三、多项选择题

17. 白芷的功效有

A. 散风解表　　B. 消肿排脓
C. 通窍止痛　　D. 温肺化饮
E. 燥湿止带

答案：ABCE

解析：本组题考查白芷的功效。

白芷有散风解表，消肿排脓，通窍止痛，燥湿止带，止痒功效。

18. 既能解表，又能升阳的药物有

A. 薄荷　　B. 柴胡
C. 蝉蜕　　D. 葛根
E. 升麻

答案：BDE

解析：本组题考查解表药的功效对比。

解表药中，柴胡、升麻、葛根均能解表、升阳。但柴胡和升麻升阳以举陷，而葛根则升脾胃清阳以止泻。

19. 桑叶与菊花共有的功效是

A. 疏散风热　　B. 凉血止血
C. 平肝明目　　D. 清热解毒
E. 清肺润肺

答案：AC

解析：本组题考查桑叶与菊花功效异同。

桑叶能疏散风热，平肝明目，清肺润肺，凉血止血；菊花能疏散风热，平肝明目，清热解毒。二者均能疏散风热，平肝明目。

20. 荆芥的主治病证有

A. 里实热证　　B. 疮疡初起兼表证

C. 风疹瘙痒　　D. 崩漏便血

E. 风寒表证

答案：BCDE

解析：本组题考查荆芥的主治病证。

荆芥性微温，具有祛风解表，透疹止痒，止血，可依据功效推测主治。

21. 不宜久煎的药物有

A. 薄荷　　B. 苍耳子

C. 荆芥　　D. 葛根

E. 紫苏

答案：ACE

解析：本组题考查解表药的使用方法。

荆芥、薄荷、紫苏入煎剂，均不宜久煎。除多项选择题外，还可见最佳选择题型。

22. 细辛的药理作用有

A. 解热　　B. 镇静

C. 镇痛　　D. 抗组织胺

E. 抗炎

答案：ABCDE

解析：本组题考查细辛的药理作用。

细辛有解热、镇静、镇痛、抗炎、抗组织胺、抗变态反应、松弛支气管平滑肌等药理作用。

仿真试题

一、最佳选择题

1. 麻黄除发汗外，还能

A. 止呕　　B. 解毒

C. 行气　　D. 止痉

E. 平喘

2. 治风寒表证兼有喘咳者，首选

A. 羌活　　B. 紫苏

C. 麻黄　　D. 防风

E. 桂枝

3. 生用解表，蜜炙平喘的药物是

A. 桂枝　　B. 麻黄

C. 紫苏　　D. 荆芥

E. 羌活

4. 麻黄配石膏共同体现的功效是

A. 发汗解表　　B. 清热泻火

C. 利水消肿　　D. 调和营卫

E. 清肺平喘

5. 桂枝不适宜的病证是
A. 风寒表实证 B. 血热出血证
C. 痰饮证 D. 血滞经闭
E. 阳虚胸痹
6. 防风的主治病证不包括
A. 风寒表证 B. 风热表证
C. 风寒湿痹 D. 血虚发痉
E. 小儿惊风
7. 紫苏不包括的功效是
A. 发表散寒 B. 解鱼蟹毒
C. 行气宽中 D. 祛风止痉
E. 安胎
8. 尤宜于风寒感冒兼气滞胀满者的药是
A. 防风 B. 桂枝
C. 生姜 D. 细辛
E. 紫苏
9. 能解鱼蟹及半夏、天南星毒的药是
A. 生姜 B. 紫苏
C. 藿香 D. 香薷
E. 牛蒡子
10. 荆芥除祛风解表外，又能
A. 温肺化饮 B. 燥湿止带
C. 行气宽中 D. 祛风止痉
E. 透疹止痒
11. 炒炭止血的药是
A. 羌活 B. 桂枝
C. 防风 D. 荆芥
E. 白芷
12. 善除手足阳明经之邪的药是
A. 苍耳子 B. 白芷
C. 羌活 D. 荆芥
E. 藁本
13. 香薷除发汗解表外，又能
A. 平喘 B. 止带
C. 利水 D. 透疹
E. 助阳
14. 素有“夏月麻黄”之称的药是
A. 防风 B. 香薷
C. 白芷 D. 羌活
E. 桂枝
15. 尤善治太阳头痛及上半身风湿痹痛的药是
A. 细辛 B. 羌活
C. 白芷 D. 独活
E. 辛夷
16. 尤宜于颠顶头痛的药是
A. 白芷 B. 辛夷
C. 藁本 D. 荆芥
E. 细辛
17. 既能散风寒、通鼻窍，又可除湿止痛的药是
A. 荆芥 B. 苍耳子
C. 辛夷 D. 藁本
E. 羌活
18. 上通脑顶，下行足膝，外达肌肤，内走筋脉的药是
A. 香薷 B. 辛夷
C. 紫苏 D. 苍耳子
E. 荆芥
19. 薄荷不能主治的病证是
A. 风热感冒 B. 咽喉疼痛
C. 表虚自汗 D. 麻疹不透
E. 肝郁气滞
20. 既疏散风热，又凉血止血的药是
A. 桑叶 B. 牛蒡子
C. 菊花 D. 蝉蜕
E. 薄荷
21. 外散风热，内解热毒，上宣肺气，下

利二便的药是

A. 桑叶　　B. 牛蒡子

C. 升麻　　D. 菊花

E. 薄荷

22. 长于祛风止痉，明目开音的药是

A. 菊花　　B. 柴胡

C. 桑叶　　D. 葛根

E. 蝉蜕

23. 既能发表解肌，又生津止渴的药是

A. 升麻　　B. 桂枝

C. 柴胡　　D. 葛根

E. 蔓荆子

24. 治邪在少阳寒热往来，宜选用

A. 葛根　　B. 藁本

C. 柴胡　　D. 薄荷

E. 升麻

25. 既疏散风热、清利头目，又能祛风止痛的药是

A. 薄荷　　B. 蔓荆子

C. 菊花　　D. 桑叶

E. 牛蒡子

二、配伍选择题

[26~28]

A. 发汗解表、平喘、利水

B. 发汗解表、和中化湿、利水消肿

C. 解表散寒、祛风胜湿、止痛

D. 发散风寒、温肺止咳、温胃止呕

E. 祛风解表、透疹止痒、止血

26. 荆芥的功效是

27. 羌活的功效是

28. 生姜的功效是

[29~31]

A. 止呕　　B. 透疹

C. 利水　　D. 止带

E. 解痉

29. 麻黄的功效是

30. 香薷的功效是

31. 白芷的功效是

[32~34]

A. 透疹止痒　　B. 解鱼蟹毒

C. 胜湿止痛　　D. 消肿排脓

E. 助阳利水

32. 紫苏的功效是

33. 生姜的功效是

34. 桂枝的功效是

[35~37]

A. 香薷　　B. 羌活

C. 防风　　D. 荆芥

E. 细辛

35. 既祛风解表，又解痉的药是

36. 既祛风解表，又止血的药是

37. 既祛风散寒，又通窍的药是

[38~39]

A. 平喘止咳　　B. 通鼻窍

C. 利水消肿　　D. 透疹止痒

E. 胜湿止痛

38. 羌活、藁本除解表外，又均能

39. 苍耳子、辛夷除解表外，又均能

[40~42]

A. 葛根　　B. 牛蒡子

C. 桑叶　　D. 柴胡

E. 蝉蜕

40. 能清热解毒的药是

41. 能消肿疗疮的药是

42. 能凉血止血的药是

[43~45]

A. 发表透疹、清热解毒、升阳举陷

B. 疏散风热、清利头目、祛风止痛

C. 解表退热、疏肝解郁、升举阳气

D. 疏散风热、平肝明目、清热解毒

E. 疏散风热、透疹止痒、息风止痉

43. 升麻的功效是

44. 菊花的的药是

45. 柴胡的功效是

[46~48]

A. 升麻　B. 淡豆豉

C. 葛根　D. 蔓荆子

E. 柴胡

46. 除解肌退热外，又能生津止渴的药是

47. 除疏散风热外，又能祛风止痛的药是

48. 除解表外，又能除烦的药是

[49~51]

A. 阳明头痛　B. 少阳头痛

C. 少阴头痛　D. 太阳头痛

E. 颠顶头痛

49. 羌活善治

50. 藁本善治

51. 白芷善治

[52~54]

A. 薄荷　B. 辛夷

C. 葛根　D. 蔓荆子

E. 柴胡

52. 治项背强痛的要药是

53. 治肝胆疾患的要药是

54. 治鼻渊头痛的要药是

[55~57]

A. 肺热燥咳　B. 少阳往来寒热

C. 风寒表虚　D. 喘咳气逆

E. 风寒表实

55. 柴胡配黄芩主治

56. 桂枝配白芍主治

57. 麻黄配杏仁主治

[58~60]

A. 阴暑证　B. 寒湿带下

C. 寒饮咳喘　D. 少阳证

E. 小儿惊风

58. 香薷主治

59. 白芷主治

60. 细辛主治

三、多项选择题

61. 桂枝的功效有

A. 助阳解表　B. 温中散寒

C. 温通经脉　D. 温通胸阳

E. 通阳利水

62. 防风的功效有

A. 祛风解表　B. 通窍

C. 胜湿　D. 止痛

E. 解痉

63. 苍耳子的功效有

A. 散风寒　B. 通鼻窍

C. 除湿止痛　D. 止痒

E. 解痉

64. 细辛的功效有

A. 祛风散寒　B. 通窍

C. 止痛　D. 止呕

E. 温肺化饮

65. 薄荷的功效是

A. 疏散风热　B. 透疹

C. 利咽喉　D. 疏肝

E. 止渴

66. 牛蒡子的功效是

A. 疏散风热　B. 解毒透疹

C. 宣肺利咽　D. 疏肝解郁

E. 消肿疗疮

67. 桑叶的功效是
A. 疏散风热 B. 清肺润肺
C. 清热解毒 D. 凉血止血
E. 平肝明目

68. 蝉蜕的功效是
A. 疏散风热 B. 清肺润肺
C. 透疹止痒 D. 息风止痉
E. 明目退翳

69. 葛根的功效是
A. 发表解肌 B. 息风止痉
C. 解热透疹 D. 升阳止泻
E. 生津止渴

70. 既疏散风热，又明目的药物有
A. 牛蒡子 B. 辛夷
C. 桑叶 D. 蝉蜕
E. 菊花

71. 能止痛的解表药有
A. 麻黄 B. 防风
C. 白芷 D. 羌活
E. 蔓荆子

72. 羌活、藁本、苍耳子共有的功效是
A. 发散风寒 B. 通鼻窍
C. 胜（除）湿 D. 透疹止痒
E. 止痛

73. 能通鼻窍的解表药有
A. 细辛 B. 白芷
C. 紫苏 D. 苍耳子
E. 辛夷

74. 能利水消肿的发汗药有
A. 生姜 B. 香薷
C. 麻黄 D. 紫苏
E. 细辛

75. 能利咽的药有
A. 桑叶 B. 蔓荆子
C. 薄荷 D. 菊花
E. 牛蒡子

76. 能透疹的解表药有
A. 牛蒡子 B. 葛根
C. 薄荷 D. 蝉蜕
E. 荆芥

77. 能清热解毒的解表药有
A. 菊花 B. 葛根
C. 薄荷 D. 牛蒡子
E. 升麻

78. 柴胡的主治病证有
A. 感冒发热 B. 少阳寒热往来
C. 肝阳上亢 D. 月经不调
E. 肝郁气结

79. 葛根的主治病证有
A. 外感表证 B. 项背强痛
C. 热病烦渴 D. 脾虚泄泻
E. 麻疹不透

80. 葛根的药理作用有
A. 解热 B. 镇静
C. 扩血管 D. 扩冠
E. 降压

81. 柴胡的药理作用有
A. 抗炎 B. 镇静
C. 抗菌 D. 降脂
E. 利胆

82. 细辛的使用注意有
A. 用量不宜过大
B. 反藜芦
C. 气虚多汗忌用
D. 阴虚阳亢头痛忌用
E. 以上均对

参考答案

一、最佳选择题

1. E 2. C 3. B 4. E 5. B 6. D 7. D 8. E 9. A
10. E 11. D 12. B 13. C 14. B 15. B 16. C 17. B 18. D
19. C 20. A 21. B 22. E 23. D 24. C 25. B

二、配伍选择题

[26～28] E C D [29～31] C C D [32～34] B B E
[35～37] C D E [38～39] E B [40～42] B B C
[43～45] A D C [46～48] C D B [49～51] D E A
[52～54] C E B [55～57] B C D [58～60] A B C

三、多项选择题

61. ABCDE 62. ACDE 63. ABCD 64. ABCE 65. ABCD
66. ABCE 67. ABDE 68. ACDE 69. ACDE 70. CDE
71. BCDE 72. ACE 73. ABDE 74. BC 75. CE
76. ABCDE 77. ADE 78. ABDE 79. ABCDE 80. ABCDE
81. ABCDE 82. ABCDE

(王 建)

第五单元 清热药

考点分级

★★★★★

清热药的性能与功效主治、配伍及使用注意、分类及各类性能特点；石膏、知母、天花粉、栀子、夏枯草、黄芩、黄连、黄柏、龙胆草、生地黄、玄参、牡丹皮、赤芍、金银花、连翘、蒲公英、大青叶、板蓝根、牛黄、鱼腥草、射干、白头翁、败酱草、青蒿、地骨皮的药性、性能特点、功效、主治病证、用法、使用注意；石膏配知母，知母配黄柏，知母配川贝母，栀子配淡豆豉，栀子配茵陈，黄连配木香，黄连配吴茱萸，黄柏配苍术，黄连配半夏、瓜蒌的意义。

★★★★

芦根、淡竹叶、决明子、紫草、水牛角、青黛、蚤休、穿心莲、白鲜皮、半边莲、土茯苓、山豆根、马齿苋、红藤、白花蛇舌草、野菊花、熊胆、白薇、胡黄连的药性、功效、主治病证、用法、使用注意；青黛、山豆根、熊胆的用量；各章功效相似药物的药性、功效及主治病证的异同。

★★★

苦参、紫花地丁、鸦胆子、垂盆草、秦皮、马勃、银柴胡药性、功效、用法、使用注意。鸦胆子的用量；知母、栀子、生地黄、金银花、大青叶、牛黄、鱼腥草、青蒿的主要药理作用。

重要知识点串讲

一、清热泻火药

清热泻火药：均有清热泻火功效，主治温病气分实热证和脏腑火热证；多为甘寒之品，主归肺、胃经。

（一）长于除烦、止渴的清热泻火药

药名	石膏	知母	天花粉	芦根	淡竹	叶栀子
功效	清热泻火，除烦止渴					泻火除烦
	煅后外用收敛生肌	滋阴润燥	清肺润燥/消肿排脓/制成注射液能引产	利尿		清热利湿/凉血止血/清热解毒/外用消肿止痛。
				清胃热止呕/清肺热祛痰排脓	清心热	
效用特点	为清泻肺胃气分实热之要药，常相须为用。		孕妇忌服/反乌头	善治肺痈		善清心肺三焦之火

（二）能清肝明目的清热泻火药

药名	夏枯草	决明子
功效	清肝明目	
	散郁结/降血压	润肠通便
效用特点	为治肝阳眩晕，目珠夜痛及瘰疬肿结之要药	

二、清热燥湿药

清热燥湿药：均有清热燥湿功效，主治里湿热证；多为苦寒之品。

药名	黄芩	黄连	黄柏	龙胆	苦参
功效	清热燥湿，泻火解毒				清热燥湿
	凉血止血/清热安胎		退虚热	泻肝胆火	杀虫止痒/利尿
效用特点	尤善清中上焦之湿热/主入肺经、胆经，善清泻肺火及少阳胆热	善去脾胃大肠湿热，为治泻痢要药/尤善清泻心经实火及胃火	长于清泻下焦湿热	治肝胆湿热、实火之要药	反藜芦

三、清热凉血药

清热凉血药：均有清热凉血功效，主治温病营分、血分等实热证，亦可用于其他

疾病引起的血热出血证；多为苦寒之品，主归心、肝经。

<table>
<tr><th>药名</th><th>生地</th><th>玄参</th><th>牡丹皮</th><th>赤芍</th><th>紫草</th><th>水牛角</th></tr>
<tr><td rowspan="2">功效</td><td colspan="2">清热凉血，养阴，润肠</td><td colspan="3">清热凉血，活血祛瘀</td><td>清热凉血</td></tr>
<tr><td>生津/止血</td><td>解毒散结</td><td>退虚热</td><td>止痛</td><td>解毒透疹/利尿滑肠</td><td>清热解毒/定惊</td></tr>
<tr><td>效用特点</td><td>苦寒清泄，味甘质润</td><td>苦甘咸/反藜芦</td><td>凉血不留瘀，活血不动血</td><td>反藜芦</td><td></td><td>锉碎先煎或锉末冲服</td></tr>
</table>

四、清热解毒药

清热解毒药：均有清热解毒功效，主治实热火毒诸证，如：痈肿疮毒、咽喉肿痛、温病、热毒泻痢、丹毒、痄腮、水火烫伤、虫蛇咬伤等；多为苦寒之品。

（一）兼能疏散风热或凉血、利咽的清热解毒药

<table>
<tr><th>药名</th><th>金银花</th><th>连翘</th><th>大青叶</th><th>板蓝根</th><th>青黛</th></tr>
<tr><td rowspan="2">功效</td><td colspan="2">清热解毒，疏散风热</td><td colspan="3">清热解毒，凉血，利咽</td></tr>
<tr><td>解暑热</td><td>清心热/消肿散结/利尿</td><td></td><td></td><td>清肝定惊/止血</td></tr>
<tr><td>效用特点</td><td>甘寒</td><td>“疮家圣药”</td><td colspan="3">大青叶、青黛凉血消斑力强，板蓝根尤以利咽散结见长/青黛多入丸散</td></tr>
</table>

（二）善治热毒痈肿的清热解毒药

<table>
<tr><th>药名</th><th>蒲公英</th><th>鱼腥草</th><th>土茯苓</th><th>紫花地丁</th><th>野菊花</th><th>白鲜皮</th><th>红藤</th><th>败酱草</th></tr>
<tr><td rowspan="3">功效</td><td colspan="8">清热解毒，消痈</td></tr>
<tr><td colspan="3">利湿通淋</td><td rowspan="2">凉血消肿/解蛇毒</td><td rowspan="2">清肝热/疏风平肝</td><td rowspan="2">清热燥湿/祛风止痒</td><td colspan="2">活血止痛</td></tr>
<tr><td></td><td>清肺热/消痈排脓</td><td>通利关节/解汞毒</td><td>祛风通络</td><td></td></tr>
<tr><td>效用特点</td><td>乳痈要药/用量大致缓泻</td><td>肺痈要药/不宜久煎</td><td>梅毒要药</td><td>外科疗疮良药</td><td>热毒疮痈要药</td><td></td><td colspan="2">善治肠痈</td></tr>
</table>

（三）善解蛇毒或兼能息风止痉的清热解毒药

<table>
<tr><th>药名</th><th>穿心莲</th><th>半边莲</th><th>白花蛇舌草</th><th>蚤休</th><th>垂盆草</th><th>牛黄</th><th>熊胆</th></tr>
<tr><td rowspan="2">功效</td><td colspan="5">清热解毒，解蛇毒</td><td colspan="2">清热解毒，息风止痉</td></tr>
<tr><td>燥湿/清肺火/凉血消肿/止痢</td><td>利水消肿</td><td>消痈/利湿通淋/抗癌</td><td>消肿止痛/清肝热/息风定惊/解蛇毒</td><td>利湿退黄</td><td>化痰开窍</td><td>清肝明目</td></tr>
<tr><td>效用特点</td><td>苦寒易伤胃气，不宜多服久服</td><td></td><td></td><td>有小毒</td><td>入丸散</td><td>入丸散</td><td></td></tr>
</table>

（四）兼能清肺热，利咽或凉血止痢的清热解毒药

药名	射干	山豆根	马勃	白头翁	马齿苋	鸦胆子	秦皮
功效	清热解毒，清肺热，利咽			清热解毒，凉血止痢			
	祛痰/散结消肿	清胃热	止血开音	善清肠胃湿热及血分热毒	止血/通淋	燥湿杀虫/截疟/外用腐蚀赘疣	燥湿止带/清肝明目
效用特点	能散血，孕妇忌用	大苦大寒/有毒	平性	热毒血痢之良药，阿米巴痢之要药	酸寒	有小毒/不入汤剂，装胶囊或桂圆肉包裹吞服	湿热泻痢及赤白带要药

五、清虚热药

清虚热药：均有清虚热功效，主治阴虚内热证；多为苦寒之品，主归肝、肾经。

药名	青蒿	地骨皮	白薇	胡黄连	银柴胡
功效	清虚热，清热凉血			清虚热，除疳热	
	解暑热/透表热/截疟	止血/清肺降火/生津止渴	利尿通淋/解毒疗疮	清湿热/解热毒	
效用特点	截疟要药/不宜久煎	甘寒/清凉益阴之品			

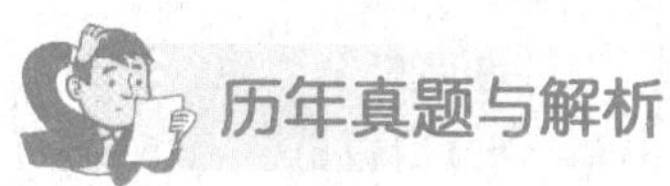

历年真题与解析

一、最佳选择题

1. 具有清热利湿凉血解毒功效的药是

A. 石膏　　B. 生地
C. 知母　　D. 玄参
E. 栀子

答案：E

解析：本题考查栀子功效。

五药中能凉血的有生地、玄参和栀子，能解毒的有玄参和栀子，但能清热利湿的只有栀子。栀子的功效是泻火除烦，清热利湿，凉血止血，清热解毒，外用消肿止痛。

2. 治心经有热，烦躁不眠、口舌生疮，宜首选

A. 黄芩　　B. 苦参

C. 黄柏　　D. 龙胆草
E. 黄连

答案：E

解析：本题考查黄连的效用特点。

五药均能清热，然黄芩尤长于清中上焦湿热，善清泻肺火及少阳胆热；黄柏则以清泻下焦湿热为长；龙胆草善清肝胆实火、湿热；苦参则为兼能杀虫止痒，利尿的清热燥湿药。而黄连善去脾胃大肠湿热，为治泻痢要药，且尤善清泻心经实火及胃火，治心经有热，烦躁不眠、口舌生疮，选黄连最佳。

3. 能清热解毒、燥湿的药是
A. 连翘　　B. 玄参
C. 穿心莲　　D. 夏枯草
E. 射干

答案：C

解析：本题考查穿心莲的功效。

连翘功效为清热解毒，消肿散结，疏散风热，清心利尿；玄参功效为清热凉血，滋阴降火，解毒散结，润肠；夏枯草功效为清肝明目，散郁结，降血压；射干功效为清热解毒，祛痰，利咽；穿心莲功效为清热解毒，凉血消肿，清肺火，燥湿，止痢，解蛇毒。

4. 治乳痈肿痛首选的药物是
A. 败酱草　　B. 紫花地丁
C. 鱼腥草　　D. 芦根
E. 蒲公英

答案：E

解析：本题考查各清热药的效用特点。

败酱草善治肠痈，紫花地丁善治疔疮，鱼腥草、芦根善治肺痈，而蒲公英善治乳痈。

5. 治湿热泻痢，痔疮肿痛，宜选用
A. 青蒿　　B. 胡黄连
C. 白薇　　D. 银柴胡
E. 地骨皮

答案：B

解析：本题考查各清虚热药的功效与主治病证。

五药均为清虚热药，青蒿还能清热凉血，解暑热，透表热，截疟；地骨皮凉血止血，清肺降火，生津止渴；白薇凉血清热，利尿通淋，解毒疗疮；银柴胡、胡黄连均能除疳热；胡黄连还能清湿热，解热毒。五药中治湿热泻痢，痔疮肿痛最宜选用胡黄连。

6. 下列哪项不是生地黄的主治病证

A. 阴虚发热　　B. 内热消渴

C. 血热妄行　　D. 热结便秘

E. 温病热入营血

答案：D

解析：本题考查各生地黄主治病证。

生地黄功能清热凉血，止血，养阴生津，润肠，可用治温热病热入营血；血热吐衄、便血、尿血、崩漏下血等；热病后期伤阴，阴虚发热；津伤口渴，内热消渴；肠燥便秘等。

此药为养阴生津药，虽能润肠治疗便秘，但也以治疗阴亏津少之肠燥便秘为佳。故热结便秘不是生地黄的主治病证。

7. 白鲜皮除能清热解毒外，又能

A. 祛风化痰止咳　　B. 祛风燥湿止痒

C. 祛风定惊止痉　　D. 祛风活血止痛

E. 祛风解毒止痢

答案：B

解析：本题考查白鲜皮的功效。

白鲜皮的功效是清热解毒，清热燥湿，祛风止痒，故选 B。

8. 蒲公英用量过大可导致

A. 急性中毒　　B. 缓泻

C. 便秘　　D. 先兆流产

E. 血压降低

答案：B

解析：本题考查蒲公英的使用注意。

蒲公英用量过大，可致缓泻，脾虚便溏者慎服。

9. 下列哪项不是紫草的功效

A. 透疹　　B. 生津

C. 凉血　　D. 解毒

E. 活血

答案：B

解析：本题考查紫草的功效。

紫草的功效为凉血活血，解毒透疹，只有生津不是其功效。

10. 既治肝热目赤，又治热结便秘的药物是

A. 钩藤　　B. 郁李仁

C. 秦皮　　D. 决明子

E. 蔓荆子

答案：D

解析：本题考查各决明子的功效与主治病证。

决明子的功效为清肝明目，润肠通便，故为最佳选择。

11. 具有退虚热功效的药物是

A. 黄芩　　B. 栀子

C. 黄柏　　D. 龙胆草

E. 黄连

答案：C

解析：本题考查黄柏的功效。

五药均为清热药，但能退虚热的只有黄柏。

12. 银柴胡的功效是

A. 和解退热　　B. 退虚热、清疳热

C. 养阴清热　　D. 清热凉血

E. 升阳举陷

答案：B

解析：本题考查银柴胡的功效。

银柴胡的功效为退虚热、清疳热。胡黄连也有此功效，但还能清湿热，解热毒。

二、配伍选择题

[13～15]

A. 收敛生肌　　B. 滋阴润燥

C. 凉血解毒　　D. 清热利尿

E. 清热燥湿

13. 知母的功效是

14. 石膏的功效是

15. 芦根的功效是

答案：B　A　D

解析：本组题考查清热泻火药的功效。

知母有清热泻火，除烦止渴，滋阴润燥功效；石膏有清热泻火，除烦止渴，煅后外用收敛生肌功效；芦根能清热生津，除烦，清胃热止呕，清肺热祛痰排脓，利尿。

[16～18]

A. 泻肝火　　B. 退虚热

C. 安胎　　D. 养阴清热

E. 清心火

16. 黄芩的功效是

17. 黄柏的功效是

18. 龙胆草的功效是

答案：C　B　A

解析：本组题考查清热燥湿药的功效。

黄芩能清热燥湿，泻火解毒，凉血止血，清热安胎，尤长于清中上焦湿热，善清泻肺火及少阳胆热；黄柏清热燥湿，泻火解毒，泻相火，退虚热，以清泻下焦湿热为长。龙胆草清热燥湿，善泻肝胆实火。

[19～23]

A. 青黛　　B. 牛黄

C. 白薇　　D. 土茯苓

E. 败酱草

19. 善治阴虚发热的药是

20. 善治肠痈肺痈的药是

21. 善治痰热中风的药是

22. 善治梅毒湿疮的药是

23. 善治肝火扰肺咳痰带血的药是

答案：C　E　B　D　A

解析：本组题考查清热药的功效和主治病证。

五药中只有白薇为清虚热药，善治阴虚发热的药是白薇；败酱草清热解毒，消痈排脓，祛瘀止痛，善治肠痈肺痈；牛黄清热解毒，息风止痉，化痰开窍，善治痰热中风的药是牛黄；土茯苓清热解毒，通利关节，又兼解汞毒，利湿，可主治梅毒或因梅毒服汞剂中毒而致肢体拘挛者，为治梅毒的要药；青黛清热解毒，凉血消斑，清肝热泻肺火，止血，定惊，善治肝火扰肺咳痰带血的药应是青黛。

三、多项选择题

24. 地骨皮的功效是

A. 凉血　　B. 生津

C. 止血　　D. 退虚热

E. 清肺热

答案：ABCDE

解析：本组题考查地骨皮的功效。

地骨皮的功效为清虚热，清热凉血，止血，清肺降火，生津止渴。

25. 玄参的主治病证有

A. 咽喉肿痛　　B. 温热病热入营分

C. 痈肿疮毒　　D. 瘰疬痰核

E. 血热壅盛发斑

答案：ABCDE

解析：本组题考查玄参的主治病证。

玄参具有清热凉血，滋阴降火，解毒散结，润肠之功效，可依据功效推测主治。

26. 栀子的功效是

A. 泻火除烦　　B. 清热利湿

C. 消肿止痛　　D. 凉血解毒

E. 滋阴润燥

答案：ABCD

解析：本组题考查栀子的功效。

栀子的功效为泻火除烦，清热利湿，凉血解毒，消肿止痛。

27. 黄芩的功效是

A. 清心除烦　　B. 清热燥湿

C. 泻火解毒　　D. 止血

E. 安胎

答案：BCDE

解析：本组题考查黄芩的功效。

黄芩的功效为清热燥湿，泻火解毒，凉血止血，清热安胎，尤长于清中上焦湿热，善清泻肺火及少阳胆热。

28. 土茯苓的功效是

A. 健脾安神　　B. 通利关节

C. 解毒除湿　　D. 活血散结

E. 消肿生肌

答案：BC

解析：本组题考查土茯苓的功效。

土茯苓的功效为清热解毒，通利关节，又兼解汞毒，利湿。

29. 夏枯草的功效是

A. 解热毒　　B. 降血压

C. 清肝火　　D. 升清阳

E. 散郁结

答案：BCE

解析：本组题考查夏枯草的功效。

夏枯草的功效为清肝火，散郁结，降血压。

30. 石膏的主治病证有

A. 胃火头痛　　B. 胃火牙龈肿痛

C. 肺热咳喘　　D. 阴虚内热

E. 温病气分实热证

答案：ABCE

解析：本组题考查石膏的主治病证。

石膏具有清热泻火，除烦止渴，煅后外用收敛生肌功效，可主治温热病气分实热证，肺热喘咳证，胃火牙痛、头痛、口舌生疮等。为清泻肺胃气分实热之要药，常与知母相须为用。煅后外用可治疮疡不敛、湿疹、水火烫伤等。

31. 青蒿的性味是

A. 苦　　B. 甘

C. 辛　　D. 咸

E. 寒

答案：ACE

解析：本组题考查对青蒿性味的记忆和理解。

青蒿为清虚热药，味苦、辛，性寒，苦寒清热，辛香透散，长于清透阴分伏热，具有清透虚热，凉血除蒸之功效。

仿真试题

一、最佳选择题

1. 石膏的性味是

A. 辛、甘，温

B. 甘、苦，温

C. 苦、辛，大寒

D. 甘、辛，大寒

E. 甘、咸，寒

2. 淡竹叶的功效是

A. 除烦止渴、凉血

B. 清热泻火、利尿

C. 清热燥湿、利尿

D. 生津润燥、除烦

E. 清热泻火、滋阴

3. 能清热泻火，除烦止渴的药是
A. 黄连　B. 决明子
C. 连翘　D. 石膏
E. 夏枯草

4. 芦根的功效是
A. 清热、燥湿、止呕
B. 除烦、止泻、利尿
C. 泻火、止泻、利尿
D. 泻火、止汗、生津
E. 除烦、止呕、利尿

5. 能生津止渴，又能消肿排脓的药是
A. 石膏　B. 天花粉
C. 知母　D. 牛蒡子
E. 菊花

6. 能生津止渴，滋阴润燥的药物是
A. 石膏　B. 芦根
C. 知母　D. 葛根
E. 决明子

7. 青黛入丸散剂的用量是
A. 5 ~ 10g　B. 0.5 ~ 1g
C. 1 ~ 5g　D. 0.25 ~ 0.5g
E. 1.5 ~ 3g

8. 山豆根的用量是
A. 5 ~ 10g　B. 3 ~ 6g
C. 1 ~ 2g　D. 0.25 ~ 0.5g
E. 0.5 ~ 1g

9. 能清热凉血，养阴生津，润肠的药物是
A. 知母　B. 天花粉
C. 生地黄　D. 芦根
E. 牡丹皮

10. 能清热燥湿，泻火解毒，安胎的药物是
A. 菊花　B. 栀子
C. 黄芩　D. 黄柏
E. 紫苏

11. 善去脾胃大肠湿热，为治湿热泻痢要药的是
A. 黄芩　B. 葛根
C. 黄柏　D. 苦参
E. 黄连

12. 功能清热解毒，善治疔疮的药物是
A. 夏枯草　B. 土茯苓
C. 天花粉　D. 栀子
E. 紫花地丁

13. 龙胆草的归经是
A. 肺、脾　B. 脾、胆
C. 肝、肾　D. 肝、胆
E. 肺、肝

14. 既能清热燥湿，又能泻火除蒸的药物是
A. 黄柏　B. 黄芩
C. 苦参　D. 龙胆
E. 知母

15. 既常用治湿热黄疸，又常用治阴虚内热，骨蒸潮热、盗汗的药物是
A. 黄柏　B. 龙胆
C. 黄芩　D. 苦参
E. 知母

16. 既治湿热泻痢，又治湿热小便不利的药物是
A. 栀子　B. 淡竹叶
C. 苦参　D. 芦根
E. 葛根

17. 能清热解毒，疏散风热的药物组是
A. 金银花和连翘
B. 连翘和薄荷
C. 桑叶和菊花

D. 蒲公英和紫花地丁
E. 金银花和鱼腥草

18. 既能清热解毒，又具凉血、清肝定惊之效的药物是
A. 大青叶　B. 连翘
C. 板蓝根　D. 青黛
E. 金银花

19. 大青叶的功效是
A. 清热解毒，凉血止痢
B. 清热解毒，凉血消斑
C. 清热解毒，凉血散肿
D. 清热解毒，燥湿止带
E. 清热解毒，利水消肿

20. 大青叶、板蓝根、青黛的共同功效是
A. 清热解毒，活血止痛
B. 清热解毒，利湿
C. 清热解毒，凉血
D. 清热解毒，燥湿
E. 清热解毒，利水消肿

21. 能凉血、退虚热的药物组是
A. 青蒿和大青叶
B. 黄柏和知母
C. 青蒿和地骨皮
D. 白薇和胡黄连
E. 板蓝根和青黛

22. 穿心莲的功效是
A. 清热解毒，燥湿
B. 清热凉血，祛瘀止痛
C. 清热解毒，明目
D. 清热凉血，养阴生津
E. 清热解毒，敛疮

23. 连翘的归经是
A. 心、肺、胃
B. 肺、大肠
C. 肝、胆、小肠
D. 脾、胃、大肠
E. 肺、心、胆

24. 前人称为“疮家圣药”的药物是
A. 大青叶　B. 大血藤
C. 白头翁　D. 连翘
E. 板蓝根

25. 能退虚热，清肺火的药物是
A. 鱼腥草　B. 地骨皮
C. 穿心莲　D. 石膏
E. 黄芩

26. 青黛入汤剂时应
A. 先煎　B. 另煎
C. 后下　D. 作散剂冲服
E. 包煎

27. 既治温病热入营血，又治津伤便秘的药物是
A. 牡丹皮　B. 玄参
C. 紫草　D. 大青叶
E. 石膏

28. 熊胆入丸散剂的用量是
A. 5 ~ 10g　B. 0.5 ~ 1g
C. 1 ~ 2.5g　D. 0.25 ~ 0.5g
E. 0.01 ~ 0.02g

29. 山豆根的功效是
A. 清热解毒，利咽
B. 清热解毒，利关节
D. 清热解毒，利湿
C. 清热解毒，活血
E. 清热解毒，利尿

30. 善治肝热生风，惊风抽搐的药物是
A. 决明子　B. 夏枯草
C. 防风　D. 蚤休
E. 红藤

31. 能凉血活血的药物组是
    A. 牡丹皮和赤芍
    B. 青蒿和地骨皮
    C. 生地黄和玄参
    D. 白薇和紫草
    E. 玄参和牡丹皮
32. 善治梅毒或因梅毒服汞剂而致肢体拘挛的药物是
    A. 鱼腥草 B. 土茯苓
    C. 败酱草 D. 蒲公英
    E. 垂盆草
33. 功能清热解毒、排脓，善治肺痈、肺热咳嗽的药物是
    A. 红藤 B. 白头翁
    C. 鱼腥草 D. 蒲公英
    E. 射干
34. 既可用治咽喉肿痛，又能用于痰盛咳喘的药物是
    A. 山豆根 B. 射干
    C. 马勃 D. 薄荷
    E. 蝉蜕
35. 既能清热凉血，解毒消斑的药物是
    A. 牡丹皮 B. 水牛角
    C. 生地黄 D. 穿心莲
    E. 龙胆草
36. 治疗热毒血痢，当首选的药物是
    A. 苦参 B. 葛根
    C. 白头翁 D. 穿心莲
    E. 黄柏
37. 治疗肠痈，当首选的药组是
    A. 金银花、连翘
    B. 鱼腥草、蚤休
    C. 蒲公英、鱼腥草
    D. 紫花地丁、野菊花
    E. 败酱草、红藤
38. 白花蛇舌草的功效是
    A. 清热解毒、止痢
    B. 清热解毒、活血
    C. 清热解毒、凉血
    D. 清热解毒、止血
    E. 清热解毒、利湿
39. 能退虚热，利尿通淋，解毒疗疮的药物是
    A. 青蒿 B. 地骨皮
    C. 白薇 D. 连翘
    E. 胡黄连
40. 常用治阴虚内热、骨蒸劳热，以及肠燥便秘的药物是
    A. 生地黄 B. 黄柏
    C. 牡丹皮 D. 紫草
    E. 地骨皮

二、配伍选择题

[41～43]

A. 麻黄配石膏
B. 石膏配知母
C. 知母配黄柏
D. 苍术配黄柏
E. 厚朴配枳实

41. 两药相合清热降火坚阴，治阴虚火旺效佳宜选
42. 两药相合清肺平喘兼透表热，治肺热喘咳效佳宜选
43. 两药相合清热泻火，滋阴生津力强，治热病气分高热证又治肺胃火热伤津证宜选

[44～48]

A. 黄芩 B. 黄连

C. 黄柏　　D. 龙胆草

E. 苦参

44. 肺热咳喘宜用

45. 阴虚盗汗遗精宜用

46. 高热抽搐，小儿急惊，带状疱疹宜用

47. 肝火犯胃呕吐吞酸宜用

48. 湿热淋痛，小便不利宜用

[49～52]

A. 养阴生津

B. 解毒消斑

C. 活血散瘀

D. 祛瘀止痛

E. 滋阴降火，解毒散结

49. 除清热凉血外，赤芍还能

50. 除清热凉血外，水牛角还能

51. 除清热凉血外，生地黄还能

52. 除清热凉血外，牡丹皮还能

[53～54]

A. 石膏　　B. 淡竹叶

C. 栀子　　D. 夏枯草

E. 决明子

53. 常用治肺热喘咳的药物是

54. 常用治肝热目赤肿痛、瘰疬的药物是

[55～56]

A. 湿疹、疥癣

B. 骨蒸劳热

C. 痈肿疖疮

D. 肺热咳嗽

E. 风湿热痹

55. 黄连主治的病证是

56. 苦参主治的病证是

[57～60]

A. 肺痈　　B. 肠痈

C. 乳痈　　D. 丹毒

E. 疔疮

57. 鱼腥草尤善治

58. 蒲公英尤善治

59. 败酱草尤善治

60. 紫花地丁尤善治

[61～62]

A. 目赤翳障

B. 血热吐衄

C. 跌打损伤

D. 热淋涩痛

E. 痈肿疮毒

61. 熊胆长于治疗

62. 白花蛇舌草长于治疗

[63～65]

A. 丹毒　　B. 疟疾

C. 目疾　　D. 疳积发热

E. 梅毒

63. 土茯苓善治

64. 青蒿善治

65. 胡黄连善治

[66～67]

A. 野菊花　B. 板蓝根

C. 青黛　　D. 鱼腥草

E. 大青叶

66. 含挥发油，不宜久煎的药是

67. 宜入丸散剂服用的药是

[68～70]

A. 青蒿　　B. 黄柏

C. 地骨皮　D. 胡黄连

E. 银柴胡

68. 退虚热，除疳热，清湿热，解热毒的药物是

69. 退虚热，凉血，止血，清肺火，生津的药物是

70. 退虚热，清热燥湿，泻火解毒的药物是

三、多项选择题

71. 清热解毒，善治热毒血痢宜选
A. 败酱草 B. 青黛
C. 马齿苋 D. 白花蛇舌草
E. 白头翁

72. 知母能主治的病证有
A. 肺热燥咳
B. 热病烦渴
C. 内热消渴
D. 湿热泻痢
E. 热淋涩痛

73. 决明子的主治病证是
A. 目赤肿痛
B. 瘰疬瘿瘤
C. 热淋涩痛
D. 目暗不明
E. 肠燥便秘

74. 能清热燥湿、泻火解毒的药物有
A. 苦参 B. 黄连
C. 知母 D. 黄芩
E. 黄柏

75. 黄芩的主治病证是
A. 痈肿疮毒
B. 血热吐衄
C. 肺热咳嗽
D. 胎动不安
E. 湿温证

76. 黄连的主治病证是
A. 痈肿疮毒
B. 湿热泻痢
C. 消渴证
D. 湿热呕吐
E. 肝火犯胃呕吐吞酸

77. 金银花的主治病证是
A. 疮痈肿痛
B. 风热表证
C. 温病初起
D. 热入营血
E. 热毒泻痢

78. 蒲公英的主治病证是
A. 乳痈 B. 疔毒
C. 肺痈 D. 湿热黄疸
E. 热淋

79. 野菊花的主治病证是
A. 疮痈肿痛
B. 目赤肿痛
C. 头痛眩晕
D. 热淋涩痛
E. 湿热泻痢

80. 能清热解毒利咽的药物有
A. 射干 B. 山豆根
C. 板蓝根 D. 马勃
E. 马齿苋

81. 能清心火的药有
A. 连翘 B. 栀子
C. 夏枯草 D. 淡竹叶
E. 黄连

82. 能清热解毒、凉血的药有
A. 大血藤 B. 大青叶
C. 板蓝根 D. 青黛
E. 紫花地丁

83. 可用于治疗虚热证的药是
A. 地骨皮 B. 知母
C. 丹皮 D. 胡黄连
E. 黄柏

84. 青蒿具有的功效是
A. 清虚热 B. 凉血除蒸
C. 通淋 D. 解暑
E. 截疟

85. 青黛的主治病证是
A. 热毒发斑
B. 血热吐衄
C. 痄腮肿痛
D. 小儿急惊发热抽搐
E. 肝火扰肺之咳嗽胸痛、痰中带血

86. 可用于热淋涩痛的药是
A. 蒲公英 B. 连翘
C. 芦根 D. 板蓝根
E. 鱼腥草

87. 板蓝根可用于治疗
A. 温病发热
B. 温毒发斑
C. 咽喉肿痛
D. 痄腮
E. 丹毒

88. 黄连配伍吴茱萸的意义在于
A. 既清热泻火燥湿
B. 又疏肝和胃制酸
C. 用于湿热黄疸效佳
D. 治阴虚火旺效佳
E. 用于肝火犯胃、湿热中阻之呕吐泛酸

89. 关于滑石的描述，正确的是
A. 内服为治湿热淋痛之良药
B. 内服为治暑湿、湿温之佳品
C. 入煎剂块者宜打碎先煎，细粉者宜包煎
D. 内服为健脾利湿之良药
E. 外用为治湿疮、湿疹常用

90. 玄参的功效有
A. 清热凉血 B. 滋阴降火
C. 解毒散结 D. 利尿消肿
E. 润肠

参考答案

一、最佳选择题

1. D 2. B 3. D 4. E 5. B 6. C 7. E 8. B 9. C
10. C 11. E 12. E 13. D 14. A 15. A 16. C 17. A 18. D
19. B 20. C 21. C 22. A 23. E 24. D 25. B 26. D 27. B
28. C 29. A 30. D 31. A 32. B 33. C 34. B 35. B 36. C
37. E 38. E 39. C 40. A

二、配伍选择题

[41～43] C A B [44～48] A C D B E
[49～52] D B A C [53～54] A D

[55～56] C A　[57～60] A C B E
[61～62] A E　[63～65] E B D
[66～67] D C　[68～70] D C B

三、多项选择题

71. CE　72. ABC　73. ADE　74. BDE　75. ABCDE
76. ABDE　77. ABCE　78. ABCDE　79. ABC　80. ABCD
81. ABDE　82. BCDE　83. ABCDE　84. ABDE　85. ABCDE
86. ABCE　87. ABCDE　88. ABE　89. ABCE　90. ABCE

(秦旭华)

第六单元　泻下药

考点分级

★★★★★

泻下药的性能与功效主治、配伍及使用注意、分类及各类性能特点；大黄、芒硝、火麻仁、甘遂、巴豆的药性、性能特点、功效、主治病证、用法、使用注意；大黄配芒硝，大黄配巴豆、干姜的意义。

★★★★

芦荟、郁李仁、京大戟、红大戟、牵牛子、芫花的药性、功效、主治病证、用法、使用注意；各章功效相似药物的药性、功效及主治病证的异同。京大戟与红大戟的来源。

★★★

番泻叶药性、功效、用法、使用注意。番泻叶的用量；大黄、芒硝的主要药理作用。

重要知识点串讲

一、攻下药

攻下药：均有泻下通便功效，主治里实积滞证。多为苦寒之品，主归大肠、脾胃经。

药名	大黄	芒硝	番泻叶	芦荟
功效	泻下通便、清热			
	清热泻火/清热解毒/清泄湿热/凉血止血/活血化瘀	软坚/局部外用清热消疮肿，回乳		清肝杀虫
效用特点	作用强烈，有“将军”之称，常与芒硝相须为用。生用泻下力强，开水泡服	咸能软坚，能润软燥坚之大便。冲服	开水泡服	宜入丸散，不入汤剂

二、润下药

润下药：均有润肠通便功效，主治肠燥便秘。性味大多甘，平。

药名	火麻仁	郁李仁
功效	润肠通便	
	补虚	利水消肿
效用特点	治肠燥便秘要药	

三、峻下逐水药

峻下逐水药：有峻下逐水功效，主治里实积滞重证。性味大多苦寒，均有明显毒性。

药名	甘遂	京大戟	红大戟	芫花	巴豆	牵牛子
功效	泻水逐饮，消肿散结			泻下逐水，去积		
				祛痰止咳/外用杀虫疗疮	祛痰利咽/外用蚀疮去腐	杀虫
效用特点	醋制可减毒。宜入丸散	京大戟源于大戟科，毒大而泻下逐水力强；红大戟源于茜草科，毒小而散结消肿力佳。醋制可减毒	醋制可减毒	性寒毒小力缓，大量用泻水，小量用去积。畏巴豆	辛热毒大力猛，善峻下冷积。制成巴豆霜以减毒。宜入丸散	

历年真题与解析

一、最佳选择题

1. 用开水泡服即能泻下导滞的药是

A. 火麻仁　　B. 大青叶

C. 番泻叶　　D. 款冬花

E. 野菊花

答案：C

解析：本题考查番泻叶的用法。番泻叶用开水泡服即能泻下导滞。

2. 功能泻水逐饮、消肿散结的药物

A. 大黄　　B. 芒硝

C. 甘遂　　D. 巴豆

E. 牵牛子

答案：C

解析：本题考查甘遂的功效。甘遂能泻水逐饮、消肿散结。

3. 治肠痈腹痛、多种瘀血证，可选用

A. 大黄　　B. 芒硝

C. 甘遂　　D. 巴豆

E. 火麻仁

答案：A

解析：本题考查大黄的功效。大黄功能泻下通便、泻火解毒、清泄湿热、凉血止血、活血化瘀，故可用于肠痈腹痛、多种瘀血证。其余各药均无活血功效。

二、配伍选择题

［4～5］

A. 大戟科　　B. 茜草科

C. 百合科　　D. 桑科

E. 豆科

4. 京大戟来源于

5. 红大戟来源于

答案：A　B

解析：本组题考查京大戟和红大戟的来源。京大戟来源于大戟科大戟的干燥根，红大戟来源于茜草科红大戟的干燥根。

［6～7］

A. 泻水逐饮，消肿散结　　B. 泻下，清热，软坚

C. 泻下，清肝，杀虫　　D. 泻下，逐水，去积，杀虫

E. 泻下攻积，清热泻火，解毒，活血止血

6. 牵牛子功能

7. 甘遂功能

答案：D　A

解析：本组题考查牵牛子和甘遂的功效。牵牛子泻下逐水，去积，杀虫；甘遂泻水逐饮，消肿散结。

三、多项选择题

8. 甘遂可用于

A. 疮痈肿痛　　B. 风湿痹痛

C. 风痰癫痫　　D. 身面浮肿、大腹水肿

E. 肠痈腹痛

答案：ACD

解析：本组题考查甘遂的功效和应用。甘遂功能泻水逐饮、消肿散结，可主治水肿，臌胀，胸胁停饮，风痰癫痫，疮痈肿毒。

仿真试题

一、最佳选择题

1. 下列除哪项外均为大黄的功效

A. 泻下攻积　B. 清热泻火

C. 凉血解毒　D. 逐瘀通经

E. 利尿通淋

2. 大黄用以攻下通便，应选用

A. 生大黄后下　B. 生大黄先煎

C. 熟大黄　D. 酒炙大黄

E. 大黄炭

3. 具有泻下软坚、清热功效的药物是

A. 大黄　B. 芦荟

C. 芒硝　D. 番泻叶

E. 郁李仁

4. 下列除哪项外均为大黄的主治病证

A. 积滞便秘　B. 湿热痢疾

C. 热毒疮疡　D. 痰饮喘咳

E. 血热吐衄

5. 下列为辛、热，有大毒的药物是

A. 甘遂　B. 牵牛子

C. 京大戟　D. 郁李仁

E. 巴豆

6. 大黄用治湿热黄疸，常与下列何药配伍

A. 生地黄　B. 牛蒡子

C. 连翘　D. 桂枝

E. 栀子

7. 既可润肠通便，又能利水消肿的药物是

A. 决明子　B. 生地黄

C. 火麻仁　D. 郁李仁

E. 芦荟

8. 牵牛子不宜与何药配伍

A. 芒硝　B. 五灵脂

C. 硫黄　　D. 巴豆

E. 郁金

9. 甘遂内服时，宜

A. 入汤剂　　B. 入丸散

C. 先煎　　D. 后下

E. 另煎

10. 番泻叶内服缓下时用量宜

A. 1～5g　　B. 0.5～1g

C. 0.5～3g　　D. 1.5～3g

E. 5～9g

11. 甘遂、京大戟、芫花均有毒，内服时宜

A. 久煎　　B. 醋制

C. 酒制　　D. 后下

E. 姜汁制

12. 甘遂、京大戟、芫花配伍应用时，不宜与下列何药配伍

A. 干姜　　B. 海藻

C. 人参　　D. 甘草

E. 藜芦

13. 除泻水逐饮外，又具祛痰止咳作用的药物是

A. 甘遂　　B. 京大戟

C. 芫花　　D. 商陆

E. 巴豆

14. 下列除哪项外，均为巴豆的功效

A. 峻下冷积

B. 逐水退肿

C. 祛痰利咽

D. 破血消癥

E. 外用蚀疮

15. 外用有回乳作用的是

A. 芒硝　　B. 通草

C. 麦芽　　D. 芦荟

E. 以上均不是

二、配伍选择题

［16～17］

A. 热结便秘　　B. 阳虚便秘

C. 大便燥结　　D. 血虚便秘

E. 津亏便秘

16. 大黄尤善治

17. 芒硝尤善治

［18～19］

A. 泻下力强　　B. 泻下力缓

C. 偏于活血　　D. 清上焦火热

E. 善止血

18. 生大黄

19. 大黄炭

［20～21］

A. 大黄　　B. 火麻仁

C. 京大戟　　D. 巴豆

E. 芫花

20. 治疗热结便秘，宜用

21. 治疗寒积便秘，宜用

［22～23］

A. 泻火逐饮，祛痰止咳

B. 泻下逐水，去积杀虫

C. 泻下通便，清肝杀虫

D. 逐水消肿，破血消癥

E. 润肠通便，利水消肿

22. 芦荟的功效是

23. 芫花的功效是

［24～27］

A. 甘遂　　B. 芫花

C. 牵牛子　　D. 巴豆

E. 京大戟

24. 能治疗水肿、头疮顽癣的是

25. 能治疗水肿、寒积便秘的是

26. 能治疗水肿、虫积腹痛的是

27. 能治疗水肿、瘰疬痰核的是

三、多项选择题

28. 大黄可用治
A. 积滞便秘
B. 血热吐衄
C. 热毒疮疡
D. 瘀血证
E. 湿热痢疾

29. 大黄的功效是
A. 泻下攻积 B. 清热泻火
C. 凉血解毒 D. 行气破滞
E. 逐瘀通经

30. 芦荟的主治病证是
A. 热结便秘 B. 水肿臌胀
C. 肝热惊风 D. 小儿疳积
E. 虫积腹痛

31. 芒硝的功效是
A. 泻下攻积 B. 泻下逐水
C. 润燥软坚 D. 润肺止咳
E. 清热消肿

32. 具有润肠通便作用的药物是
A. 玄参 B. 决明子
C. 火麻仁 D. 郁李仁
E. 生地

33. 属于峻下逐水药的药物是
A. 牵牛子 B. 巴豆
C. 甘遂 D. 京大戟
E. 芫花

34. 牵牛子的功效是
A. 去积 B. 逐水
C. 止咳 D. 杀虫
E. 止呕

35. 作用强烈的泻下药一般不用于
A. 脾胃虚弱 B. 胎前
C. 年老体弱 D. 产后
E. 月经过多

参考答案

一、最佳选择题

1. E 2. A 3. C 4. D 5. E 6. E 7. D 8. D 9. B
10. D 11. B 12. D 13. C 14. D 15. A

二、配伍选择题

[16 ~ 17] A C [18 ~ 19] A E [20 ~ 21] A D
[22 ~ 23] C A [24 ~ 27] B D C E

三、多项选择题

28. ABCDE　29. ABCE　30. ACDE　31. ACE
32. ABCDE　33. ABCDE　34. ABD　35. ABCDE

（秦旭华）

第七单元　祛风湿药

考点分级

★★★★★

祛风湿药的性能与功效主治、配伍及使用注意、分类及各类性能特点；独活、威灵仙、防己、秦艽、徐长卿、木瓜、桑寄生、五加皮、蕲蛇的药性、性能特点、功效、主治病证、用法、使用注意；羌活配独活，独活配桑寄生的意义。汉防己、木防己与广防己的来源。

★★★★

豨莶草、络石藤、桑枝、海风藤、川乌、雷公藤、香加皮、千年健的药性、功效、主治病证、用法、使用注意；各章功效相似药物的药性、功效及主治病证的异同。川乌、雷公藤、香加皮的用量。

★★★

臭梧桐、青风藤、丝瓜络、伸筋草、鹿衔草、乌梢蛇药性、功效、用法、使用注意。防己、秦艽、五加皮的主要药理作用。

重要知识点串讲

本单元药物均以祛风湿为主要功效，适用于肢体疼痛，关节不利、肿大，筋脉拘挛之风湿痹证。祛风寒湿药性多温；祛风湿热药多寒凉。味辛，归肝、脾、肾经。

（一）祛风湿止痛药

药名	独活	川乌	防己	威灵仙	徐长卿	秦艽	雷公藤
功效	祛风湿止痛			祛风湿止痛，通络			
			清下焦湿热利水	消痰水/治骨鲠	活血，止痒，解蛇毒	清虚热/利湿退黄	活血/消肿/杀虫解毒
效用特点	善治下半身风湿痹痛/入足少阴肾经，可治齿痛等少阴疼痛	大辛大热有大毒/多用制品，先下久煎	汉防己（防己科粉防己）偏于利水消肿/木防己（马兜铃科广防己）偏于祛风湿止痛	性温	性温/不宜久煎	性微寒/治痹证通用，热痹最佳	性凉有大毒/入汤剂宜久煎/外敷不可超过半小时，否则起泡

（二）祛风湿，通经络药

药名	木瓜	豨莶草	络石藤	桑枝	海风藤	青风藤	臭梧桐	丝瓜络	伸筋草
功效	祛风湿，通经络								
	化湿和中/消食/生津开胃	清热解毒/降血压	凉血消肿	利水	活血	利小便	降血压	化痰散结	
效用特点	酸温力缓/偏于舒筋/善治吐泻转筋。	性寒，酒制变温	性微寒	性平/尤善行走肢臂	性微温	性平	降血压不宜久煎	性平	性温

（三）祛风通络，止痉，止痒药

药名	蕲蛇	乌梢蛇
功效	祛风通络，止痉，止痒	
效用特点	有毒力强，内走脏腑，外达肌表而透骨搜风，为截风要药	与蕲蛇效同但无毒力缓

（四）祛风湿，强筋骨药

药名	桑寄生	五加皮	香加皮	千年健	鹿衔草
功效	祛风湿，补肝肾、强筋骨		祛风湿，强筋骨		
	安胎	利水	利水/强心		止血/补肺定喘
效用特点	苦甘平/肝肾亏虚胎动不安之要药	性温无毒	性温有毒，不宜过量/尤宜于心衰性水肿	性温/多入药酒/尤宜老人	性平

历年真题与解析

一、最佳选择题

1. 既善祛风止痛，又能活血通络的药是

A. 独活　　B. 桑枝

C. 川乌　　D. 徐长卿

E. 香加皮

答案：D

解析：本题考查徐长卿的功效。徐长卿具有祛风止痛，活血通络，止痒，解蛇毒的功效。

2. 下列哪项不是乌梢蛇的功效

A. 祛风　　B. 通络

C. 定惊　　D. 止痉

E. 止血

答案：E

解析：本题考查乌梢蛇的功效。

乌梢蛇具有祛风通络，止痉，止痒功效。蕲蛇也有相同功效，但有毒力强，内走脏腑，外达肌表而透骨搜风，为截风要药。乌梢蛇则无毒力缓。注意区别。

3. 患者风湿痹痛发作、骨节疼痛，近日又出现双下肢湿疹瘙痒，最宜用

A. 防己　　B. 羌活

C. 豨莶草　　D. 秦艽

E. 络石藤

答案：C

解析：本题考查豨莶草的功效。豨莶草具有祛风湿，通经络、清热解毒、降血压功效。

4. 下列哪项不是桑寄生的功效

A. 祛风湿　　B. 补肝肾

C. 强筋骨　　D. 安胎

E. 益气

答案：E

解析：本题考查桑寄生的功效。桑寄生的功效为祛风湿，补肝肾、强筋骨，安胎。

二、配伍选择题

［5~6］

A. 增强化湿和中，解暑发表功效

B. 既祛风寒湿，又能强腰膝

C. 既能祛风湿通经络，又能降血压

D. 既能燥湿行气，又能消食健脾

E. 增强散风寒湿止痛功效，适用于一身上下风湿痹痛

5. 独活配羌活的作用是

6. 独活配桑寄生的作用是

答案：E　B

解析：本组题考查祛风湿药的配伍。

羌活、独活均可祛风湿止痛，解表，羌活长于发汗，善治上半身疼痛，独活长于祛风湿，善治下半身疼痛，配伍后适用于风湿痹证，一身尽痛者；独活能祛风湿止痛，桑寄生能祛风湿强筋骨，两药相合，善治风湿痹痛，腰膝酸软者。

三、多项选择题

7. 五加皮的药理作用有

A. 抗炎　　B. 镇痛

C. 调节免疫功能　　D. 降低血糖

E. 以上都对

答案：ABCDE

解析：本组题考查五加皮的药理作用。

五加皮的药理作用有抗炎、调节免疫功能、镇痛、镇静、抗疲劳、抗应激、降低血糖等，故全选。

仿真试题

一、最佳选择题

1. 均具有祛风湿，通络止痛功效的药物是

A. 秦艽、五加皮、威灵仙

B. 威灵仙、秦艽、徐长卿

C. 桑寄生、秦艽、桑枝

D. 丝瓜络、威灵仙、伸筋草

E. 秦艽、臭梧桐、海风藤

2. 既能祛风湿，又能消骨鲠的药物是

A. 防己 B. 蚕沙

C. 威灵仙 D. 桑寄生

E. 秦艽

3. 尤善治风湿痹证属下部寒湿者的药物是

A. 威灵仙 B. 乌梢蛇

C. 伸筋草 D. 海风藤

E. 独活

4. 既能舒筋活络，又能化湿和中，生津开胃的药物是

A. 独活 B. 海风藤

C. 威灵仙 D. 木瓜

E. 秦艽

5. 治疗湿痹、筋脉拘挛、吐泻转筋病证，最宜选用的药物是

A. 木瓜 B. 防己

C. 豨莶草 D. 秦艽

E. 伸筋草

6. 既能祛风湿，又能退虚热的药物是

A. 地骨皮 B. 青蒿

C. 胡黄连 D. 秦艽

E. 黄柏

7. 下列药物尤善治风湿顽痹的药物是

A. 独活 B. 蕲蛇

C. 木瓜 D. 川乌

E. 威灵仙

8. 治风湿日久累及肝肾的最佳药物组合是

A. 防己、独活

B. 五加皮、桑寄生

C. 白术、苍术

D. 秦艽、威灵仙

E. 威灵仙、桑枝

9. 川乌的性味是

A. 辛、苦，寒 B. 辛、苦，平

C. 辛、甘，热 D. 辛、咸，温

E. 辛、苦，热

10. 既能祛风湿，又能利水而性寒的药物是

A. 五加皮 B. 秦艽

C. 防己 D. 豨莶草

E. 雷公藤

11. 肝肾不足所致之胎动不安，应首选

A. 紫苏 B. 砂仁

C. 黄芩 D. 桑寄生

E. 五加皮

12. 五加皮的功效是

A. 祛风湿，补肝肾，安胎

B. 祛风湿，补肝肾，强腰膝

C. 祛风湿，补肝肾，利水

D. 祛风湿，强筋骨，补肾阳

E. 祛风湿，强筋骨，止血

13. 川乌内服一般应

A. 生用，先煎 B. 生用，浸酒

C. 炮制，久煎 D. 生用，研末

E. 生用，熬膏

14. 既能祛风湿，又有解毒功效的药物是

A. 桑枝 B. 豨莶草

C. 防己 D. 秦艽

E. 臭梧桐

15. 既能祛风湿，通经络，又有降血压的药物是

A. 臭梧桐 B. 伸筋草

C. 防己 D. 秦艽

E. 桑枝

二、配伍选择题

[16～19]

A. 祛风湿，止痛，解表

B. 祛风湿，止痛，利水

C. 祛风湿，利关节，解毒

D. 祛风湿，通络止痛，消骨鲠

E. 祛风湿，活血通络，杀虫解毒，消肿止痛

16. 独活的功效是

17. 威灵仙的功效是

18. 防己的功效是

19. 雷公藤的功效是

[20～21]

A. 既能祛风湿，又能利水消肿

B. 既能祛风湿，又能杀虫解毒

C. 既能祛风湿，又能清肺化痰

D. 既能祛风湿，又能清热解毒

E. 既能祛风湿，又能活血通络

20. 防己、五加皮的共同功效是

21. 徐长卿、海风藤的共同功效是

[22～23]

A. 独活、川乌、威灵仙、防己

B. 防己、络石藤、蕲蛇、伸筋草

C. 川乌、独活、威灵仙、伸筋草

D. 防己、络石藤、豨莶草、秦艽

E. 桑枝、伸筋草、秦艽、海风藤

22. 药性寒凉，以治风湿热痹的药物是

23. 药性温热，用治风寒湿痹的药物是

[24～28]

A. 风寒湿痹，风寒表证

B. 风湿痹证，骨鲠咽喉

C. 风湿顽痹，麻风疥癣

D. 风湿痹证，吐泻转筋

E. 风湿痹证，骨蒸潮热

24. 秦艽所治疗的病证有

25. 木瓜所治疗的病证有

26. 独活所治疗的病证有

27. 蕲蛇所治疗的病证有

28. 威灵仙所治疗的病证有

[29～30]

A. 增强散风寒除湿功效，适用于一身上下风湿痹痛

B. 既能祛风寒湿，又能强腰膝

C. 既能祛风湿通经络，又能降血压

D. 既能燥湿行气，又能消积健脾

E. 增强化湿和中，解暑发表的功效

29. 独活配羌活的作用是

30. 独活配桑寄生的作用是

[31～33]

A. 卫矛科　　B. 防己科

C. 马兜铃科　D. 豆科

E. 伞形科

31. 汉防己来源于

32. 木防己来源于

33. 广防己来源于

三、多项选择题

34. 秦艽的功效是

A. 清湿热　　B. 通络止痛

C. 祛风湿　　D. 退虚热

E. 解毒

35. 豨莶草的功效是

A. 解毒　　B. 降血压

C. 杀虫　　D. 祛风湿

E. 利关节

36. 海风藤具有的功效是

A. 祛风湿　B. 通经络
C. 活血　D. 利水
E. 止泻

37. 治疗水肿的药物有
A. 麻黄　B. 秦艽
C. 防己　D. 五加皮
E. 香薷

38. 桑寄生、五加皮的共同功效是
A. 祛风湿　B. 安胎
C. 补肝肾　D. 调经止血
E. 强筋骨

参考答案

一、最佳选择题

1. B　2. C　3. E　4. D　5. A　6. D　7. B　8. B　9. E
10. C　11. D　12. C　13. C　14. B　15. A

二、配伍选择题

[16～19] A D B E　[20～21] A E　[22～23] D C
[24～28] E D A C B　[29～30] A B　[31～33] B C C

三、多项选择题

34. ABCD　35. ABD　36. ABC　37. ACDE　38. ACE

（秦旭华）

第八单元　芳香化湿药

考点分级

★★★★★

芳香化湿药的性能与功效主治、配伍及使用注意、分类及各类性能特点；苍术、厚朴、藿香、砂仁的药性、性能特点、功效、主治病证、用法、使用注意；苍术配厚朴、陈皮，厚朴配枳实，砂仁配木香的意义。

★★★★

白豆蔻、佩兰的药性、功效、主治病证、用法、使用注意；各章功效相似药物的药性、功效及主治病证的异同。

★★★

草豆蔻的用量；厚朴、藿香的主要药理作用。

重要知识点串讲

芳香化湿药：均有化湿运脾功效，主治湿阻中焦证。多为辛香温燥之品，主归脾胃经。

（一）兼能解表的芳香化湿药

药名	苍术	藿香	佩兰
功效	化湿解表		
	祛风湿/发汗/明目	解暑/止呕	解暑
效用特点	湿阻中焦之要药/尤宜于寒湿困脾者/常与厚朴相须	辛散不峻烈，微温不燥热/常与佩兰相须	平性药/善治脾经湿热

（二）兼能行气的芳香化湿药

药名	厚朴	砂仁	白豆蔻	草豆蔻
功效	化湿行气			
	平喘	温中止呕/止泻/安胎	温中止呕	温中
效用特点	行气消胀要药	入汤剂打碎后下		温燥力强/入汤剂打碎后下

历年真题与解析

一、最佳选择题

1. 具燥湿健脾、祛风湿功效的药物是

A. 苍术　　B. 独活
C. 厚朴　　D. 薏苡仁
E. 藿香

答案：A

解析：本题考查苍术的功效。苍术具有燥湿健脾、祛风湿、发汗解表、明目功效。

2. 苍术配伍黄柏主治的病证是

A. 湿盛呕吐证　　B. 风寒湿痹痛证
C. 湿热淋证　　D. 食积腹痛泄泻
E. 湿热足膝肿痛

答案：E

解析：本题考查苍术与黄柏的配伍。黄柏清热燥湿，泻火解毒，作用偏于下焦，苍术功能燥湿健脾，祛风湿，配伍后善治下焦湿热诸证。

3. 既化湿行气，又温中止呕的药是

A. 草豆蔻　　B. 厚朴
C. 白豆蔻　　D. 藿香

E. 肉豆蔻

答案：C

解析：本题考查白豆蔻的功效。

五药中藿香以化湿、解表、止呕为主，无行气功效而首先排除。剩下的四药虽都能行气，但肉豆蔻为收敛止泻药，无化湿功效而排除。草豆蔻和厚朴均不强调止呕功效。只有白豆蔻性温，具有化湿，行气，温中，止呕之功，故选。

二、配伍选择题

［4～6］

A. 藿香　　B. 佩兰

C. 白豆蔻　　D. 厚朴

E. 苍术

4. 功能燥湿，行气消胀，平喘的药物是
5. 功能化湿，止呕，解暑的药物是
6. 功能化湿行气，温中止呕的药物是

答案：D　A　C

解析：本组题考查化湿药的功效。

藿香、苍术和佩兰均能化湿、解表，藿香还兼能解暑、止呕；白豆蔻和厚朴均能化湿行气，而白豆蔻兼能温中止呕。

三、多项选择题

7. 白豆蔻的主治病证有

A. 湿阻中焦证　　B. 胃寒呕吐证

C. 风寒湿痹证　　D. 脾胃气滞证

E. 肺燥咳喘证

答案：ABD

解析：本组题考查白豆蔻的主治病证。白豆蔻性温，具有化湿，行气，温中，止呕功效，可依据功效推测主治。

8. 厚朴的主治病证是

A. 湿阻中焦证　　B. 食积脘腹胀满

C. 妊娠恶阻、胎动不安　　D. 风寒湿痹证

E. 咳嗽气喘痰多

答案：ABE

解析：本组题考查厚朴的主治病证。厚朴能燥湿，行气消胀，平喘，可依据功效

推测主治。

9. 砂仁的功效是

A. 解暑　B. 化湿
C. 温中　D. 安胎
E. 行气

答案：BCDE

解析：本组题考查砂仁的功效。砂仁的功效为化湿、行气、温中、止呕、止泻、安胎。

仿真试题

一、最佳选择题

1. 既可燥湿健脾，又能祛风散寒的药物是

A. 藿香　B. 佩兰
C. 苍术　D. 厚朴
E. 砂仁

2. 化湿药入汤剂时应

A. 先煎　B. 后下
C. 另煎　D. 包煎
E. 久煎

3. 既可化湿止呕，又能解暑的药物是

A. 藿香　B. 佩兰
C. 砂仁　D. 白豆蔻
E. 草豆蔻

4. 苍术的性味是

A. 辛、苦，温
B. 辛、甘，温
C. 苦、甘，温
D. 辛、甘，寒
E. 辛、苦，寒

5. 善于下气除胀满，为消除胀满的要药是

A. 苍术　B. 厚朴
C. 砂仁　D. 豆蔻
E. 藿香

6. 厚朴最适于治疗

A. 寒疝腹痛　B. 两胁胀痛
C. 少腹刺痛　D. 脘腹冷痛
E. 脘腹胀满

7. 藿香尤其适宜于治疗下列哪种呕吐

A. 胃虚呕吐　B. 胃寒呕吐
C. 胃热呕吐　D. 湿浊呕吐
E. 肝胃不和呕吐

8. 具有安胎作用的化湿药是

A. 苍术　B. 紫苏
C. 砂仁　D. 白豆蔻
E. 厚朴

9. 白豆蔻具有止呕的作用，善于治疗

A. 胃热呕吐　B. 胃寒呕吐
C. 胃虚呕吐　D. 妊娠呕吐
E. 寒饮呕吐

10. 下列除哪项外均为砂仁的主治病证
A. 湿阻中焦 B. 痰饮喘咳
C. 脾胃气滞 D. 虚寒吐泻
E. 胎动不安

11. 化湿药多气味芳香，多归属
A. 肝胃经 B. 脾胃经
C. 脾肺经 D. 大小肠经
E. 肾经

12. 治疗口中甜腻、多涎、口气腐臭，首选
A. 藿香 B. 苍术
C. 厚朴 D. 砂仁
E. 佩兰

二、配伍选择题

[13~14]
A. 藿香 B. 苍术
C. 厚朴 D. 砂仁
E. 白豆蔻

13. 治疗风湿痹证的药物是
14. 治疗痰饮喘咳的药物是

[15~16]
A. 脘腹胀满 B. 气滞胎动不安
C. 风湿痹证 D. 湿温初起
E. 湿热泄泻

15. 厚朴善治
16. 砂仁可用治

[17~18]
A. 藿香 B. 佩兰
C. 白豆蔻 D. 厚朴
E. 苍术

17. 功能化湿，止呕，解暑的药物是
18. 功能化湿行气，温中止呕的药物是

三、多项选择题

19. 砂仁、白豆蔻均具有的作用是
A. 化湿 B. 行气
C. 温中 D. 止呕
E. 止血

20. 苍术主治下列哪种病证
A. 湿阻中焦 B. 夜盲眼目昏涩
C. 风湿痹证 D. 风寒夹湿表证
E. 痰饮呕吐

21. 藿香的功效是
A. 化湿 B. 燥湿
C. 止呕 D. 安胎
E. 解暑

22. 具有止呕作用的药物是
A. 苍术 B. 砂仁
C. 白豆蔻 D. 藿香
E. 厚朴

23. 具有安胎作用的药物是
A. 藿香 B. 苍术
C. 砂仁 D. 紫苏
E. 黄芩

24. 厚朴的功效是
A. 燥湿 B. 消积
C. 平喘 D. 行气
E. 除胀

25. 厚朴的药理作用有
A. 降血压 B. 调整胃肠运动
C. 抗肿瘤 D. 抗菌
E. 肌肉松弛

26. 藿香的药理作用有
A. 促进胃液分泌 B. 增强消化力
C. 抗肿瘤 D. 抗菌抗病毒
E. 以上均是

参考答案

一、最佳选择题

1. C　2. B　3. A　4. A　5. B　6. E　7. D　8. C　9. B　10. B　11. B　12. E

二、配伍选择题

[13 ~ 14] B　C　[15 ~ 16] A　B　[17 ~ 18] A　C

三、多项选择题

19. ABCD　20. ABCD　21. ACE　22. BCD
23. CDE　24. ABCDE　25. ABCDE　26. ABD

(秦旭华)

第八单元　利水渗湿药

考点分级

★★★★★

利水渗湿药的性能与功效主治、配伍及使用注意、分类及各类性能特点；茯苓、薏苡仁、泽泻、车前子、滑石、木通、金钱草、茵陈的药性、性能特点、功效、主治病证、用法、使用注意；滑石配生甘草的意义。

★★★★

猪苓、通草、萆薢、石韦、海金沙、瞿麦、萹蓄的药性、功效、主治病证、用法、使用注意；各章功效相似药物的药性、功效及主治病证的异同。

★★★

地肤子、灯心草药性、功效、用法、使用注意。灯心草的用量。茯苓、泽泻、车前子、茵陈的主要药理作用。

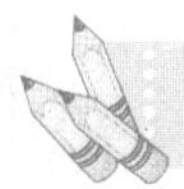

重要知识点串讲

本单元药物均有利水渗湿功效，主要用于小便不利、水肿、淋证、黄疸、湿温、暑湿、泄泻、带下、痰饮、湿痹、湿疹湿疮等水湿所致的各种病证。药性多寒凉或平，味甘淡或苦，归膀胱、脾及小肠经。

（一）长于治疗水肿的的利水渗湿药

药名	茯苓	薏苡仁	猪苓	泽泻
功效	利水渗湿			
	健脾/安神	健脾止泻/除痹/清热排脓		泻肾与膀胱之热
效用特点	性平/利水渗湿要药	微寒/炒用平而偏温	性平	寒

（二）长于治疗淋证的的利水渗湿药

药名	车前子	滑石	木通	通草	灯心草	萆薢	石韦	海金沙	瞿麦	萹蓄	地肤子
功效	利水通淋										
	渗湿止泻/清肝明目/清肺化痰	利尿通淋/清热解暑/外用收湿敛疮	通经下乳清心热	通气下乳	清心除烦	利湿浊	清肺止咳/凉血止血	止痛/排石	破血通经	杀虫止痒	祛风止痒
效用特点	包煎	细粉者包煎	孕妇忌用		平性/膏淋、白浊要药	最宜血淋	包煎	孕妇忌用/经期慎用			

（三）长于治疗黄疸的的利水渗湿药

药名	茵陈	金钱草
功效	利湿、清热、利胆退黄	
	解毒疗疮	解毒消肿/排结石
效用特点	治黄疸要药	治砂淋、石淋要药

历年真题与解析

一、最佳选择题

1. 具利水通淋、解暑作用的药物是

A. 木通　　B. 滑石

C. 通草　　D. 茵陈

E. 猪苓

答案：B

解析：本题考查滑石的功效。

五药均为利水渗湿药，但猪苓主要功效只有利水渗湿，茵陈则侧重于利湿退黄，兼能解毒疗疮。木通、通草除利水通淋外，兼能通经下乳。兼能解暑的只有滑石。

2. 既利水通淋，又杀虫止痒的药是

A. 茯苓　B. 石韦

C. 通草　D. 瞿麦

E. 萹蓄

答案：E

解析：本题考查萹蓄的功效。萹蓄的功效为利水通淋，杀虫止痒。

3. 治膏淋最常用的药物是

A. 萆薢　B. 通草

C. 石韦　D. 木通

E. 茯苓

答案：A

解析：本题考查萆薢的效用特点。萆薢善除下焦之湿热而分清去浊，为治膏淋、白浊及湿盛带下之要药。

4. 治水肿日久脾肾阳虚者，用利水渗湿药必须配伍使用的药物是

A. 滋补脾肾药　B. 益脾滋肾药

C. 健脾利水药　D. 温补脾肾药

E. 温肾壮阳药

答案：D

解析：本题考查利水渗湿药的配伍。治水肿日久脾肾阳虚者，利水渗湿药必须配伍温补脾肾药。

5. 通草的适应证是

A. 产后乳汁不多　B. 风寒湿痹证

C. 湿阻中焦证　D. 寒湿泄泻证

E. 湿痰咳嗽证

答案：A

解析：本题考查通草的主治病证。通草既能利水通淋，治小便不利、热淋、湿温病及小便短赤，又能通气下乳，治乳汁不下等证。故选A。

6. 具利水通淋、通乳作用的药物是

A. 萆薢　B. 木通

C. 石韦　D. 地肤子

E. 泽泻

答案：B

解析：本题考查木通的功效。木通功能利水通淋、通乳。此外通草也有此功效，注意联系。

二、配伍选择题

[7～11]

A. 薏苡仁　　B. 泽泻
C. 地肤子　　D. 木通
E. 石韦

7. 能清肺止咳的药是
8. 能通经下乳的药是
9. 能清泄肾火的药是
10. 能祛风止痒的药是
11. 能清热排脓的药是

答案：E　D　B　C　A

解析：本组题考查利水渗湿药的功效。

五药均为利水渗湿药，均有利水渗湿功效，而薏苡仁兼能健脾止泻、除痹、清热排脓；泽泻兼能泻肾和膀胱热；地肤子兼能祛风止痒；木通兼能通经下乳、清心热；石韦兼能清肺止咳、凉血止血。

[12～16]

A. 肺热咳嗽、目赤　　B. 热疮肿毒、毒蛇咬伤
C. 口舌生疮、心烦尿频　　D. 暑热烦渴
E. 脾虚泄泻

12. 薏苡仁可应用于
13. 木通可应用于
14. 车前子可应用于
15. 金钱草可应用于
16. 滑石可应用于

答案：E　C　A　B　D

解析：本组题考查利水渗湿药的功效和主治病证。

五药均为利水渗湿药，均有利水渗湿功效，而薏苡仁兼能健脾止泻，可应用于脾虚泄泻；木通兼能清心热，可应用于口舌生疮、心烦尿频；车前子兼能可清肺化痰、清肝明目，可应用于肺热咳嗽、目赤；金钱草兼能解毒消肿，可应用于热疮肿毒、毒蛇咬伤；滑石兼能解暑热，可应用于暑热烦渴。

三、多项选择题

17. 利水渗湿药的适应病证是

A. 淋证　　B. 痰饮证
C. 水肿证　　D. 小便不利
E. 黄疸

答案：ABCDE

解析：本组题考查利水渗湿药的主治病证。

利水渗湿药均有利水渗湿功效，主要用于小便不利、水肿、淋证、黄疸、湿温、暑湿、泄泻、带下、痰饮、湿痹、湿疹湿疮等水湿所致的各种病证。

18. 车前子的功效是

A. 利水通淋　　B. 止泻
C. 健脾　　D. 清肝明目
E. 清肺止咳

答案：ABDE

解析：本组题考查车前子的功效。车前子的功效为利水通淋，渗湿止泻，清肺化痰，清肝明目。

19. 猪苓适应的病证是

A. 水肿　　B. 泄泻
C. 淋证　　D. 心神不安
E. 带下证

答案：ABCE

解析：本组题考查猪苓的功效和应用。

猪苓性平，专于利水渗湿而力强，主治小便不利及水湿内停诸证。

仿真试题

一、最佳选择题

1. 用治肺痈，肠痈，宜选

A. 猪苓　　B. 茯苓
C. 薏苡仁　　D. 地肤子
E. 泽泻

2. 可治疗寒热虚实各种水肿的药物是

A. 泽泻　　B. 猪苓
C. 茯苓　　D. 车前子
E. 香加皮

3. 能利湿退黄，解毒疗疮的药是
A. 车前子　B. 茵陈
C. 地肤子　D. 薏苡仁
E. 萆薢

4. 治疗石淋，宜首选
A. 萆薢　B. 木通
C. 石韦　D. 滑石
E. 金钱草

5. 治疗肾阴不足，相火偏亢之遗精的药物是
A. 猪苓　B. 泽泻
C. 滑石　D. 薏苡仁
E. 车前子

6. 既能利水消肿，又可清解暑热的药是
A. 滑石　B. 泽泻
C. 猪苓　D. 薏苡仁
E. 木通

7. 具强心利尿作用，但有毒，不宜多用的药是
A. 薏苡仁　B. 香加皮
C. 五加皮　D. 玉米须
E. 茯苓

8. 茯苓的性味是
A. 甘，寒　B. 甘、淡，凉
C. 甘、淡，平　D. 辛、苦，温
E. 甘、酸，平

9. 能利水湿、分清浊而止泻，尤宜于小便不利之水泻的药是
A. 滑石　B. 木通
C. 海金沙　D. 车前子
E. 金钱草

10. 能利尿通淋，清热解暑，收湿敛疮的药是
A. 滑石　B. 车前子
C. 地肤子　D. 木通
E. 石韦

11. 善清小肠、膀胱湿热，尤善止尿道疼痛，为治诸淋涩痛之要药的是
A. 地肤子　B. 海金沙
C. 车前草　D. 金钱草
E. 泽泻

12. 灯心草的用量是
A. 3 ~ 10g　B. 1 ~ 3g
C. 3 ~ 6g　D. 10 ~ 30g
E. 1 ~ 1.5g

13. 茯苓的药用部分是
A. 菌核　B. 块根
C. 鳞茎　D. 孢子
E. 子实体

14. 茯苓和薏苡仁共同的功效是
A. 利水渗湿，安神
B. 利水渗湿，健脾
C. 利水渗湿，通乳
D. 利水渗湿，解毒
E. 利水渗湿，除痹

15. 既能用于淋证，又能用于湿热黄疸，毒蛇咬伤的药物是
A. 茵陈蒿　B. 海金沙
C. 车前子　D. 金钱草
E. 石韦

16. 既能利水渗湿，又能泻热的药物是
A. 茯苓　B. 薏苡仁
C. 猪苓　D. 泽泻
E. 石韦

17. 治暑热烦渴，小便短赤，滑石常与哪味药配伍
A. 石膏　B. 佩兰
C. 甘草　D. 藿香

E. 香薷

18. 既能利尿通淋，又能破血通经的药物是

A. 大黄 B. 萹蓄

C. 瞿麦 D. 金钱草

E. 萆薢

19. 既能用于淋证，又能用于皮肤风疹瘙痒的药物是

A. 滑石 B. 海金沙

C. 车前子 D. 地肤子

E. 石韦

20. 既能利水通淋，又能凉血止血的药物是

A. 滑石 B. 海金沙

C. 石韦 D. 金钱草

E. 以上均不是

二、配伍选择题

［21～22］

A. 风湿痹痛 B. 肺痈、肠痈

C. 脾虚泄泻 D. 淋证、遗精

E. 咳喘

21. 鱼腥草、薏苡仁均能治疗

22. 薏苡仁、香加皮均能治疗

［23～26］

A. 血淋 B. 膏淋

C. 热淋 D. 黄疸

E. 石淋

23. 萆薢善治

24. 石韦善治

25. 茵陈善治

26. 金钱草善治

［27～30］

A. 清热解暑 B. 祛风除痹

C. 健脾安神 D. 通气下乳

E. 清肺化痰

27. 滑石的功效是

28. 通草的功效是

29. 茯苓的功效是

30. 车前子的功效是

三、多项选择题

31. 茯苓常用治

A. 脾虚泄泻 B. 水肿

C. 痰饮目眩 D. 心悸

E. 失眠

32. 茯苓、薏苡仁的功效共同点是

A. 泄热 B. 利水

C. 除痹 D. 健脾

E. 安神

33. 金钱草的功效是

A. 利尿通淋 B. 利湿退黄

C. 解毒散结 D. 化痰止咳

E. 排结石

34. 入汤剂宜包煎的药是

A. 车前子 B. 泽泻

C. 滑石 D. 海金沙

E. 木通

35. 用于产后乳汁不通的药是

A. 灯心草 B. 石韦

C. 瞿麦 D. 通草

E. 木通

36. 可治疗肺热咳嗽的药是

A. 车前子 B. 石韦

C. 瞿麦 D. 萆薢

E. 黄芩

37. 具有明目功效的药物是

A. 桑叶 D. 菊花

C. 熊胆　D. 车前子

E. 地肤子

38. 茯苓的药理作用有

A. 利尿　B. 调节免疫功能

C. 抗肿瘤　D. 促进造血功能

E. 保肝

39. 泽泻的药理作用有

A. 降血脂　B. 利尿

C. 抗血栓　D. 抗动脉粥样硬化

E. 以上均是

40. 茵陈的药理作用有

A. 降血脂　B. 利胆

C. 利尿　D. 保肝

E. 解热

参考答案

一、最佳选择题

1. C　2. C　3. B　4. E　5. B　6. A　7. B　8. C　9. D
10. A　11. B　12. B　13. A　14. B　15. D　16. D　17. C　18. C
19. D　20. C

二、配伍选择题

[21 ~22] B　A　[23 ~26] B　A　D　E　[27 ~30] A　D　C　E

三、多项选择题

31. ABCDE　32. BD　33. ABCE　34. ACD　35. DE
36. ABE　37. ABCD　38. ABCDE　39. ABCE　40. ABCE

（秦旭华）

第十单元　温 里 药

考点分级

★★★★★

温里药的性能与功效主治、配伍及使用注意、适应范围；附子、干姜、肉桂、吴茱萸的药性、性能特点、功效、主治病证、用法、使用注意；与各章功效相似药物的药性、功效及主治病证的异同；肉桂、吴茱萸的用量；附子配干姜，附子配麻黄、细辛，肉桂配附子的意义。

★★★★

花椒、丁香、小茴香的药性、功效、主治病证、用法、使用注意；各章功效相似药物的药性、功效及主治病证的异同。

★★★

高良姜的药性、功效、用法、使用注意；附子、干姜、肉桂的主要药理作用。

重要知识点串讲

温里药：均能温里祛寒，治疗里寒证；多为辛温之品，主归脾、胃、肾、心经。

（一）能回阳救逆的温里药

药名	附子	干姜
功效	温中散寒/回阳救逆（通脉）	
	补火助阳	温肺化饮
效用特点	为“回阳救逆第一品药”； 阳虚外感风寒＋麻黄、细辛； 有毒； 先煎至口尝无麻辣感为度	为温暖中焦之主药； 治腹痛，呕吐，泄泻及寒饮喘咳

（二）能散寒止痛的温里药

药名	肉桂	附子	吴茱萸	丁香	高良姜	小茴香
功效	散寒止痛					
	补火助阳		降逆（温中）止呕			理气和胃
	温经通脉/引火归源	回阳救逆	助阳止泻	温肾助阳	—	
效用特点	为治命门火衰之要药； 煎服宜后下或焗服； 畏赤石脂	亡阳证＋干姜； 肾阳虚衰、脾肾阳虚及里寒重症＋肉桂； 有毒	治肝寒气滞诸痛及下焦寒湿脚气等证之要药； 有小毒	治胃寒呕逆之要药	肝郁犯胃之胃脘疼痛等证＋香附	治疗寒疝之要药

历年真题与解析

一、最佳选择题

1. 丁香的功效是

A. 温肾助阳，温中降逆　　B. 温肺化饮，止咳平喘

C. 暖肝散寒，除痹止痛　　D. 温经通脉，行气消积

E. 温中散寒，杀虫止痒

答案：A

解析：丁香辛香温降，归脾、胃、肾经。入脾、胃善温中降逆，用治脾胃虚寒之呃逆、泄泻，脘腹冷痛；入肾经，能温肾助阳，用治肾阳虚之阳痿、宫冷。故本题答案为A。

2. 附子与干姜均有的功效是

A. 补火　　B. 回阳

C. 温肺　　D. 止呕

E. 降逆

答案：B

解析：两者均性味辛热，能温中散寒，故均可用治脾胃寒证。又均可回阳救逆，故可治亡阳证。故本题答案应是B。

3. 有出血倾向及孕妇慎用的药物是

A. 肉桂
B. 小茴香
C. 萹蓄
D. 吴茱萸
E. 牵牛子

答案：A

解析：本考点主要涉及温里药的特殊使用注意，温里药多辛热燥烈，易耗阴动血之品，其中肉桂又因善入血分，易伤阴动血，血热妄行者忌用。故本题答案应是A。

二、配伍选择题

［4～6］

A. 虫积腹痛
B. 气血虚衰
C. 阳痿肢冷
D. 脚气肿痛
E. 寒饮咳喘

4. 附子的主治病证是
5. 干姜的主治病证是
6. 吴茱萸的主治病证是

答案：C　E　D

解析：附子辛热纯阳，峻烈有毒，归心、肾、脾经。上助心阳、中温脾阳、下补肾阳，为补火助阳、回阳救逆之要药，用治亡阳及阳虚诸证。又温散走窜，为散阴寒、除风湿、止痛之品，用治寒湿痹痛。干姜辛热温散，归脾、胃经。可祛脾胃寒邪、助脾胃阳气，为温中散寒之要药，故用治脾胃受寒或脾胃虚寒所致诸证。兼归肺经而温肺化饮，用治寒饮咳喘。吴茱萸性热散寒，辛散苦降，归肝、脾、胃经。善温中散寒止痛，且疏肝下气，燥湿止泻，故为治中寒肝逆或寒郁肝脉诸痛证及经寒痛经、寒湿脚气、虚寒泄泻之要药。

［7～8］

A. 温中降逆
B. 温通经脉
C. 温经止血
D. 温肺化饮
E. 温中杀虫

7. 丁香的功效是
8. 肉桂的功效是

答案：A　B

解析：丁香的功效为温中降逆，温肾助阳；肉桂的功效为补火助阳，散寒止痛，温通经脉。故本题的答案为A、B。

［9～10］

A. 细辛、独活　　B. 吴茱萸、藁本

C. 细辛、干姜　　D. 附子、细辛

E. 吴茱萸、黄连

9. 治疗少阴头痛用

10. 治疗厥阴头痛用

答案：A B

解析：细辛入少阴经而善治少阴经头痛；而独活善入肾经，治风扰肾经之少阴头痛。吴茱萸长于散肝经之寒邪，治颠顶头痛；藁本善达颠顶，以散太阳经风寒湿邪见长，并有较好的止痛作用。

三、多项选择题

11. 温里药的主要适应证有

A. 风寒表证　　B. 风寒湿痹

C. 中焦寒证　　D. 脾肾阳虚

E. 经寒痛经

答案：CDE

解析：温里药均味辛而性温热，辛能散、能行，温能通，善走脏腑而温里散寒（或散寒止痛），故主治里寒证，尤以寒实证为主。因其主要归经的不同而有多种效用。主入脾胃经者，能温中散寒止痛，可用治外寒入侵，直中脾胃或脾胃虚寒证。主入肺经者，能温肺化饮，用治肺寒痰饮证。主入肝经者，能暖肝散寒止痛，可用治寒凝肝脉证。主入肾经者，能温肾助阳，用治肾阳不足证。主入心肾两经者，能温阳通脉、用治心肾阳虚证；或回阳救逆，可用治亡阳证。

12. 附子的性能特点有

A. 辛热有毒　　B. 上助心阳

C. 中温脾阳　　D. 下壮肾阳

E. 善散寒湿

答案：ABCDE

解析：附子辛、热，有毒。归心、肾、脾经。长于回阳救逆，补火助阳，用治亡阳证及肾阳不足，命门火衰所致诸证。为“回阳救逆第一品药”。又温散走窜，为散阴寒、除风湿、止疼痛之猛药，故亦用治寒湿诸痛。

仿真试题

一、最佳选择题

1. 治下元虚冷，虚阳上浮之上热下寒证宜选
   A. 细辛　B. 吴茱萸
   C. 肉桂　D. 高良姜
   E. 干姜
2. 附子的功效为
   A. 回阳救逆，补火助阳，温经通脉
   B. 回阳救逆，补火助阳，温肺化饮
   C. 回阳救逆，补火助阳，暖肝散寒
   D. 回阳救逆，补火助阳，散寒止痛
   E. 回阳救逆，补火助阳，大补元气
3. 下列哪一项不是肉桂的主治病证
   A. 寒饮郁肺证
   B. 肾阳不足证
   C. 脾肾阳虚证
   D. 寒凝血瘀之痛证
   E. 阴疽
4. 上能治肝胃寒气上逆之颠顶痛，中能治肝胃不和之呕吐吞酸，下能治寒湿下注之脚气疼痛的药是
   A. 木瓜　B. 薏苡仁
   C. 吴茱萸　D. 山茱萸
   E. 藁本
5. 善温命门之火而益阳消阴，引火归元的药物是
   A. 吴茱萸　B. 花椒
   C. 附子　D. 干姜
   E. 肉桂
6. 寒疝腹痛，睾丸偏坠疼痛，宜用
   A. 木香　B. 香附
   C. 小茴香　D. 丁香
   E. 沉香

二、配伍选择题

[7～10]
A. 治寒饮伏肺之要药
B. 治中寒肝逆，寒郁肝脉诸痛之要药
C. 治下元虚冷，虚阳上浮诸证之要药
D. 治亡阳欲脱，命门火衰之要药
E. 治疮痈肿毒之要药

7. 吴茱萸长于
8. 细辛长于
9. 附子长于
10. 肉桂长于

[11～13]
A. 祛寒止痛，理气和胃
B. 散寒止痛，疏肝下气
C. 温中降逆，温肾助阳
D. 温中止痛
E. 温中止痛，杀虫

11. 高良姜的功效是
12. 小茴香的功效是
13. 丁香的功效是

三、多项选择题

14. 散寒止痛，治虚寒腹痛泄泻宜选

A. 吴茱萸　　B. 丁香
C. 肉桂　　D. 附子
E. 干姜

15. 温肺化饮，治寒饮咳喘的药有
A. 小茴香　　B. 干姜
C. 花椒　　D. 细辛
E. 高良姜

16. 祛寒止痛，善治寒疝腹痛宜选
A. 细辛　　B. 吴茱萸
C. 小茴香　　D. 藿香
E. 砂仁

17. 补火助阳，治肾阳不足，命门火衰宜选
A. 丁香　　B. 附子
C. 细辛　　D. 肉桂
E. 吴茱萸

18. 吴茱萸可治疗
A. 中寒肝逆之头痛
B. 虚寒腹痛泄泻
C. 寒湿脚气肿痛
D. 寒郁肝脉疝痛
E. 肝胃不和之呕吐吞酸

19. 下列哪些不属肉桂的性能特点
A. 辛苦性温，主归肾经
B. 长于温补命门之火而益阳消阴
C. 引火归元，治虚阳上浮
D. 兼入肺经，温肺散寒
E. 兼入心脾血分，温经通脉

20. 温里药味辛性温热，主要功效为
A. 温里散寒　　B. 健脾利湿
C. 温经止痛　　D. 补火助阳
E. 破血通经

参考答案

一、最佳选择题

1. C　2. D　3. A　4. C　5. E　6. C

二、配伍选择题

[7~10] B　A　D　C　　[11~13] D　A　C

三、多项选择题

14. ABCDE　15. BD　16. BC　17. BD　18. ABCDE　19. AD　20. ACD

（杨伟峰　吴晖晖）

第十一单元　理 气 药

考点分级

★★★★★

理气药的性能与功效主治、配伍及使用注意、分类及各类性能特点；橘皮、枳实、木香、香附、沉香、川楝子、薤白的药性、性能特点、功效、主治病证、用法、使用注意；与各章功效相似药物的药性、功效及主治病证的异同；沉香的用量；橘皮配半夏，枳实配白术，香附配高良姜，川楝子配延胡索，薤白配瓜蒌的意义。

★★★★

化橘红、青皮、佛手、乌药、荔枝核、甘松的药性、功效、主治病证、用法、使用注意；各章功效相似药物的药性、功效及主治病证的异同。

★★★

橘红、枳壳、柿蒂、青木香的药性、功效、用法、使用注意；青木香的用量；橘皮、枳实、木香、香附的主要药理作用。

重要知识点串讲

理气药：能疏理气机，治疗气滞或气逆证；性味多辛、苦、温，主归脾、肝、肺经。

（一）能化痰的理气药

药名	枳实	橘皮	佛手	化橘红	橘红
功效	化痰消积	燥湿化痰			
	破气除痞/行滞止痛	理气健脾	理（行）气和（宽）中		
			疏肝解郁	消食	发表散寒
效用特点	脾虚气滞夹积夹湿+白术	治湿痰之要药湿痰客肺之咳嗽痰多等证+半夏	治肝郁胸胁胀痛	外感风寒咳嗽痰多，黏稠难咯等症	—

（二）长于疏肝理气的药物

药名	川楝子	香附	青皮	佛手
功效	行气止痛/杀虫/止痉	疏肝解郁（破气）		
		调经止痛/理气调中	行气止痛/消积化滞	理气和中/燥湿化痰
效用特点	有小毒 血瘀气滞诸痛+延胡索	“气病之总司” “妇科之主帅” 寒凝气滞、肝气犯胃之胃脘疼痛+高良姜	醋炙增强疏肝止痛之力	治久咳痰多，胸闷作痛

历年真题与解析

一、最佳选择题

1. 治湿痰壅肺之咳嗽，常以橘皮配伍

A. 半夏　　B. 佩兰

C. 砂仁　　D. 枳壳

E. 木香

答案：A

解析：橘皮理气健脾，燥湿化痰；半夏为燥湿化痰之要药，两药合用燥湿化痰力增强，用治湿痰客肺之咳嗽痰多等证。

2. 既行气止痛，又温肾散寒的药是

A. 木香　　B. 甘松

C. 佛手　　D. 青皮

E. 乌药

答案：E

解析：乌药辛温香散，上入肺经，中入脾经，下达肾、膀胱经。善行气止痛、温肾散寒，用治三焦寒凝气滞诸痛证及肾阳不足、膀胱虚寒之小便频数、遗尿。

3. 治肝郁胁痛、月经不调，常与香附相须为用的药物是

A. 佛手　　B. 柴胡

C. 川楝子　　D. 厚朴

E. 木香

答案：B

解析：香附功效疏肝解郁、调经止痛、理气调中，治肝郁气滞胁痛、月经不调常与柴胡相须为用。柴胡药性辛行苦泄，善条达肝气而具有疏肝解郁之功，治疗肝郁胁痛、月经不调也为其所长，故香附、柴胡常相须为用。厚朴、木香不入肝经，无疏肝解郁之效，佛手、川楝子虽可疏肝解郁，也用治肝郁胁痛，但一般不用于治疗妇科月经不调。

4. 橘皮用治寒湿中阻所致脾胃气滞证，最常配伍的药物为

A. 藿香、佩兰　　B. 生姜、葱白

C. 茯苓、薏苡仁　　D. 苏叶、生姜

E. 苍术、厚朴

答案：E

解析：橘皮长于行脾胃之气，苦温而燥，故寒湿阻中之气滞最宜。配伍苍术、厚朴，可增强燥湿运脾、行气和中之效。

二、配伍选择题

[5~8]

A. 温肾纳气　　B. 调经止痛

C. 散结消滞　　D. 杀虫疗癣

E. 燥湿化痰

5. 香附除疏肝行气外，又能

6. 沉香除行气止痛外，又能

7. 橘红除发表散寒外，又能

8. 川楝子除行气止痛外，又能

答案：B　A　E　D

解析：香附辛散苦降，归肝、三焦经。入肝经而善疏肝，入三焦经而善理气，为疏肝理气之佳品。肝气舒畅，气血和顺，则月经自调，疼痛可除，故为调经止痛之要药。沉香芳香辛苦，温痛祛寒，入脾、胃经，善行气止痛、降逆调中；入肾经，善温肾纳气。橘红辛苦性温，归肺、脾经，能行气宽中、燥湿化痰、发表散寒。川楝子苦泻寒清，主入肝、胃经，既善疏肝泄热、行气止痛，又可杀虫疗癣。

［9～11］

A. 橘皮　　B. 沉香

C. 枳实　　D. 薤白

E. 川楝子

9. 治脏器下垂宜用

10. 治头癣、虫积宜用

11. 治肾不纳气之虚喘宜用

答案：C　E　B

解析：枳实善破气消积以除胀满，又长行气消痰以通痞塞，为治胃肠积滞及痰滞胸痹之要药；且可治脏器脱垂。川楝子有小毒，内服能杀虫，外用可疗癣。沉香善行气止痛、降逆调中，故用治寒凝气滞之胸腹胀闷作痛；又善温肾纳气，故可治下元虚冷、肾不纳气之虚喘，痰饮咳喘。橘皮理气运脾而调中，燥湿理气而化痰，故气滞、湿阻、痰壅之证适用。薤白上能散阴寒之凝结而通阳散结，用治痰浊闭阻胸阳之胸痹证；下能行大肠之滞气，故可用治胃肠气滞、泻痢后重。

［12～13］

A. 化橘红　　B. 佛手

C. 橘皮　　D. 枳壳

E. 橘红

12. 能行气、燥湿、发表的药是

13. 能行气、燥湿、消食的药是

答案：E　A

解析：橘红的功效为行气宽中，燥湿化痰，发表散寒；化橘红能行气，燥湿，消食；佛手为疏肝理气，和中化痰；橘皮的功效为理气，调中，燥湿，化痰；而枳壳则为理气宽中，行滞消胀。

［14～13］

A. 枳实　　B. 佛手

C. 香附　　D. 薄荷

E. 乌药

14. 性温，能疏肝理气化痰的药是

15. 性平，能疏肝理气调经的药是

16. 性微寒，能破气消积化痰的药是

答案：B　C　A

解析：佛手辛散苦泻，清香不烈，性温而力平和。归肝、脾、胃、肺经。入肝经，能疏肝解郁；入脾、胃经，能理气和中；入肺经，能理气燥湿而化痰止咳。香附辛散苦降，微甘能和，性平不偏。归肝、三焦经。入肝经而善疏肝；入三焦经而善理气；肝气舒畅，气血和顺而调经止痛。枳实苦泄辛散下行，微寒而不温燥。归脾、胃、大肠经。药力较猛。善破气消积，又长于行气消痰除痞。

三、多项选择题

17. 青皮的功效是

A. 燥湿　　B. 疏肝

C. 散结　　D. 破气

E. 消滞

答案：BCDE

解析：青皮苦降下行，辛散温通，归肝、胆、胃经。善疏肝破气，用治肝气郁结之胸胁、乳房胀痛或结块，乳痈，疝气痛。又善散结消滞，用治癥瘕积聚、久疟癖块及食积脘腹胀痛。

18. 荔枝核的功效有

A. 理气　　B. 祛寒

C. 散滞　　D. 止痛

E. 助阳

答案：ABCD

解析：荔枝核苦泄温通，归肝、胃经。能行气、祛寒、散滞而止痛，故用治寒滞肝脉及肝胃不和所致诸痛证。

仿真试题

一、最佳选择题

1. 可用于虚喘的理气药是

A. 沉香　B. 橘皮

C. 薤白　D. 佛手

E. 枳实

2. 木香的功效是

A. 行气止痛　B. 理气健脾

C. 消积除痞　D. 理气散结

E. 疏肝破气

3. 既能行气止痛，又能开郁醒脾的药物是

A. 香附　B. 沉香

C. 木香　D. 甘松

E. 乌药

4. 中年女性，因愤懑抑郁而胸胁少腹乳房胀痛，善太息，不欲饮食，脉弦，宜选用的药是

A. 青皮　　B. 陈皮
C. 枳实　　D. 厚朴
E. 木香

5. 功能破气消积、化痰除痞，上能治胸痹，中能消食积，下可通便秘，兼治脏器下垂的药物是
A. 厚朴　　B. 木香
C. 瓜蒌　　D. 大黄
E. 枳实

6. 功专行气调中止痛，治胃肠气滞的药是
A. 陈皮　　B. 佛手
C. 木香　　D. 青木香
E. 厚朴

7. 既能疏肝理气，又能调经止痛的药物是
A. 青皮　　B. 橘红
C. 佛手　　D. 香附
E. 当归

8. 具有雌激素样作用的药物是
A. 橘皮　　B. 木香
C. 青皮　　D. 香附
E. 沉香

9. 治脾胃气滞，湿浊中阻，痰湿壅肺宜选
A. 香附　　B. 木香
C. 橘皮　　D. 沉香
E. 薤白

10. 常与补气、升阳药同用，治疗脏器下垂病证的理气药是
A. 枳实　　B. 木香
C. 橘皮　　D. 香附
E. 佛手

二、配伍选择题

[11～14]
A. 温肾纳气　　B. 调经止痛
C. 散结消滞　　D. 杀虫疗癣
E. 燥湿化痰

11. 香附除疏肝理气外，又能
12. 沉香除行气止痛外，又能
13. 橘红除发表散寒外，又能
14. 川楝子除行气止痛外，又能

[15～18]
A. 理气调中，燥湿化痰
B. 破气除痞，化痰消积
C. 疏肝理气，和中化痰
D. 理气宽中，行气消胀
E. 发表散寒，燥湿化痰

15. 橘皮的功效是
16. 佛手的功效是
17. 枳壳的功效是
18. 橘红的功效是

三、多项选择题

19. 理气药具有的功效是
A. 理气健脾　　B. 疏肝解郁
C. 行气止痛　　D. 温经止痛
E. 破气散结

20. 肝气郁滞所致的胁肋胀痛、乳房胀痛、疝痛宜选用
A. 青皮　　B. 乌药
C. 木香　　D. 香附
E. 甘松

21. 香附与高良姜同用，可治疗
A. 寒凝气滞，胃脘疼痛
B. 肝郁气滞，胃气寒凝之脘腹不舒

C. 肝火犯胃之胃脘疼痛
D. 肝肾阴虚，月经不调
E. 肾阳不足，尿频遗尿

22. 偏于行三焦气滞的药有
A. 青皮 B. 佛手
C. 香附 D. 木香
E. 乌药

23. 下列药物中，醋炙后可增强止痛作用的是
A. 延胡索 B. 枳实
C. 沉香 D. 香附
E. 青皮

24. 沉香可主治
A. 胃气上逆之呃逆
B. 肾不纳气之虚喘
C. 寒凝气滞之胸腹胀痛
D. 肝气郁结之胁肋胀痛
E. 暑湿内阻之泻痢腹痛

25. 具有降气功效的药物是
A. 沉香 B. 木香
C. 橘红 D. 香附
E. 柿蒂

26. 薤白的主治病证有
A. 胸痹 B. 结胸
C. 呕吐 D. 胃肠气滞
E. 泻痢里急后重

参考答案

一、最佳选择题

1. A 2. A 3. D 4. A 5. E 6. C 7. D 8. D 9. C 10. A

二、配伍选择题

[11 ~ 14] B A E D [15 ~ 18] A C D E

三、多项选择题

19. ABCE 20. AD 21. AB 22. CDE 23. ADE 24. ABC 25. AE 26. ADE

(杨伟峰 吴晖晖)

第十二单元 消食药

考点分级

★★★★★

消食药的性能与功效主治、配伍及使用注意；山楂、麦芽、莱菔子、鸡内金的药性、性能特点、功效、主治病证、用法、使用注意；麦芽的用量；莱菔子配伍苏子、白芥子的意义。

★★★★

神曲的药性、功效、主治病证、用法、使用注意；各章功效相似药物的药性、功效及主治病证的异同。

★★★

谷芽的药性、功效、用法、使用注意；山楂、麦芽、莱菔子的主要药理作用。

重要知识点串讲

消食药均有消食化积、增进食欲的功效，主治饮食积滞，多为甘、平之品，主归脾、胃经。

药名	山楂	莱菔子	鸡内金	麦芽	神曲	谷芽
功效	消食化积/活血散瘀	消食除胀/降气化痰	运脾消食/涩精止遗/化坚消石	消食和中		
				回乳/疏肝		健脾开胃
效用特点	善消化油腻肉食积滞；“焦三仙”即神曲、麦芽与山楂炒焦用，能消各种食积，又健脾和中	寒痰咳喘或兼食积便秘者 + 苏子、白芥子	消食运脾之要药，广泛用于各种食积证，研末服效佳	善消化淀粉性食物积滞，回乳可用至 30～120g	主以消食积，兼以行气滞，还兼发表	善消导，兼补益

历年真题与解析

一、最佳选择题

1. 既助消化，又抑制催乳素分泌的是

A. 谷芽　　B. 麦芽

C. 山楂　　D. 神曲

E. 鸡内金

答案：B

解析：本题考查麦芽的现代药理研究。

麦芽既能促进淀粉性食物的消化而善消食健胃，又能回乳消胀而用治断乳、乳房胀痛。现代药理研究发现麦芽所含的类似溴隐亭类物质，能抑制泌乳素分泌。

2. 谷芽的功效是

A. 消食和中，健脾开胃

B. 消食运脾，固精止遗

C. 消食和中，行气化湿

D. 消食健脾，行气导滞

E. 消食除胀，化痰下气

答案：A

解析：本题考查谷芽的功效。谷芽甘缓性平，入脾、胃经。善消导，兼补益，主治食积及脾虚食少。

3. 在含有大量金石类药的丸剂中，起赋形与助消化作用的是

A. 麦芽　　B. 谷芽

C. 神曲　　D. 莱菔子

E. 鸡内金

答案：C

解析：本题考查神曲的性能特点。丸剂中有金石、介类药时，常以神曲糊丸，以赋形、助消化。

4. 莱菔子不具有的药理作用是

A. 助消化　　B. 缓解心绞痛

C. 镇咳　　D. 祛痰

E. 抗菌

答案：B

解析：本题考查莱菔子的现代药理研究。现代药理研究发现莱菔子具有助消化、镇咳、祛痰、抗菌、降血压及抗炎的作用。

二、配伍选择题

［5～6］

A. 消食回乳　　B. 消食散瘀

C. 消食化痰　　D. 消食止痛

E. 消食杀虫

5. 麦芽的功效是

6. 山楂的功效是

答案：A　B

解析：本组题考查以上药物的功效。

麦芽味甘性平，主入脾、胃，兼入肝经，功能消食和中，回乳，疏肝。山楂酸甘，微温不热，入脾、胃经，功能消食化积，活血散瘀。

三、多项选择题

7. 山楂的主要药理作用是

A. 助消化

B. 降血脂、抗动脉粥样硬化

C. 抗心绞痛、强心、降血压

D. 增加冠脉血流量、扩张血管

E. 收缩子宫、抗菌

答案：ABCDE

解析：本题考查山楂的现代药理研究。

现代药理研究表明山楂具有助消化、降血脂、抗动脉粥样硬化、抗心绞痛、强心、降血压、增加冠脉血流量、扩张血管、收缩子宫、抗菌、调节体液与细胞免疫功能、抗癌等作用。

8. 鸡内金的功效有

A. 化痰止咳　　B. 运脾消食

C. 固精止遗　　D. 化坚消食

D. 破气散结

答案：BCD

解析：本题考查鸡内金的功效。

鸡内金甘平，药力较强，入脾、胃经，善运脾健胃、消食化积，为消食运脾要药。入小肠、膀胱经。能固精止遗、化坚消食，治遗尿、遗精及结石症。

仿真试题

一、最佳选择题

1. 凡以消食化积、增进食欲的药物称为

A. 补益药　　B. 健脾药

C. 消食药　　D. 温里药

E. 理气药

2. 治疗食积不化，消化不良，小儿疳积宜选用

A. 山楂　　B. 神曲

C. 鸡内金　　D. 麦芽

E. 谷芽

3. 治疗肝气郁结，肝胃不和宜选用

A. 莱菔子　　B. 鸡内金

C. 麦芽　　D. 神曲

E. 谷芽

4. 神曲的功效是

A. 消食除胀，降气化痰

B. 运脾消食，固精止遗

C. 消食化积，活血化瘀

D. 消食和中，健脾开胃

E. 消食和胃

5. 妇女授乳期，食积不宜服用的药物是

A. 麦芽　　B. 神曲

C. 谷芽　　D. 鸡内金

E. 莱菔子

二、配伍选择题

[6~7]

A. 消食化积，活血散瘀

B. 消食和中，回乳，疏肝

C. 消食除胀，降气化痰

D. 运脾消食，固精止遗

E. 消食和中，健脾开胃

6. 莱菔子的功效是

7. 谷芽的功效是

[8~9]

A. 食积兼痰涎壅盛治咳喘

B. 食积兼遗精、遗尿

C. 食积兼肝胃不和

D. 食积兼外感表证

E. 食积兼产后瘀阻腹痛

8. 神曲善治

9. 山楂善治

三、多项选择题

10. 山楂的主治病证是
A. 食积不化，肉积不消
B. 瘀血痛经，闭经
C. 产后瘀阻腹痛
D. 疝气偏坠胀痛
E. 哺乳期乳胀乳痛

11. “焦三仙”是指炒焦用
A. 山楂　　B. 麦芽
C. 神曲　　D. 苍术
E. 莱菔子

12. 鸡内金的主治病证有
A. 食积不化
B. 遗精、遗尿
C. 泌尿系或肝胆系结石症
D. 痰涎壅盛，咳嗽气喘
D. 疝气偏坠胀痛

参考答案

一、最佳选择题

1. C　2. C　3. C　4. E　5. A

二、配伍选择题

［6～7］C　E　　［8～9］D　E

三、多项选择题

10. ABCD　11. ABC　12. ABC

（赵海平　王世宇）

第十三单元　驱 虫 药

考点分级

★★★★★

驱虫药的性能与功效主治、配伍及使用注意；使君子、苦楝皮、槟榔、贯众的药性、性能特点、功效、主治病证、用法、使用注意；使君子、贯众、槟榔的用量。

★★★★

雷丸、南瓜子、鹤草芽的药性、功效、主治病证、用法、使用注意；各章功效相似药物的药性、功效及主治病证的异同。

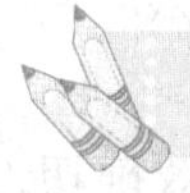

重要知识点串讲

驱虫药均有驱除或杀灭寄生虫的功效，主治肠道寄生虫证，多归脾、胃经。

一、长于驱杀蛔虫的药

药名	使君子	苦楝皮
功效	杀虫	
	消积	疗癣
效用特点	蛔虫重证 + 苦楝皮、槟榔； 小儿驱虫消疳之要药； 1 ~ 1.5 粒/岁，< 20 粒/日。忌饮茶	有毒—不宜过量或久服； 有效成分难溶于水—文火久煎

二、长于驱杀绦虫的药

药名	槟榔			南瓜子	鹤草芽	雷丸
功效	杀虫			杀虫		
	行气消积	利水	截疟			
效用特点	驱杀绦虫+南瓜子，可用至60～120g。善杀虫而力强，兼缓泻而促排虫体			研粉，冷开水调服	不入煎剂	不入煎剂

三、驱杀多种肠道寄生虫的药

药名	贯众	槟榔
功效	杀虫/清热解毒/	同上
效用特点	生用苦寒清泄，既能杀虫，又能清热解毒 炒炭则兼涩味，清泄与收敛并举，能凉血收敛而止血	同上

历年真题与解析

一、最佳选择题

1. 使君子的功效是

A. 杀虫疗癣　　B. 杀虫利水

C. 杀虫止血　　D. 杀虫祛痰

E. 杀虫消疳

答案：E

解析：本题考查使君子的功效。

使君子性温味甘，入脾、胃、大肠经，具有杀虫消疳的功效，驱蛔虫功效确切，又健脾消疳，味甘而香，小儿喜用。

2. 既善杀虫消积，又能行气利水的是

A. 槟榔　　B. 香加皮

C. 苦楝皮　　D. 使君子

E. 南瓜子皮

答案：A

解析：本题考查以上各药的功效异同。

槟榔善杀虫而力强，兼缓泻而促排虫体，主治多种寄生虫。既能利水，又能行气，气行则助水运，可治水肿、脚气。

3. 既杀虫，又疗癣的是

A. 苦楝皮　　B. 香加皮

C. 地骨皮　　D. 桑白皮

E. 合欢皮

答案：A

解析：本题考查苦楝皮的功效。

苦楝皮内服善毒杀蛔虫、蛲虫、钩虫。外用能除湿、杀灭皮肤寄生虫及抑制致病真菌，治头癣、疥疮。

4. 贯众的主治病证不包括

A. 痄腮　　B. 钩虫病

C. 风热感冒　　D. 疟疾寒热

E. 血热衄血

答案：D

解析：本题考查贯众的主治病证。

贯众生用苦寒清泄，既能杀虫，又能清热解毒，治多种肠道寄生虫病、风热感冒及瘟毒发斑。炒炭则兼涩味，清泄与收敛并举，能凉血而止血，治血热出血。

二、配伍选择题

[5～6]

A. 1～3g　　B. 3～6g

C. 6～15g　　D. 15～30g

E. 60～120g

5. 槟榔驱绦虫的成人一日用量是

6. 苦楝皮驱蛔虫的成人一日用量是

答案：E　C

解析：本组题考查槟榔、苦楝皮的用量。

槟榔单用驱杀绦虫、姜片虫时，须用60～120g。苦楝皮用量6～15g，鲜品15～30g，外用适量。

[7～8]

A. 蛔虫　　B. 蛲虫

C. 绦虫　　D. 钩虫

E. 阴道滴虫

7. 槟榔善杀

8. 仙鹤草可杀

答案：C　E

解析：本组题考查槟榔、仙鹤草的主治病证。

槟榔能使绦虫虫体引起弛缓性麻痹，触之则虫体伸长而不易断，故能把全虫驱出。仙鹤草制成栓剂，治疗滴虫性阴道炎，有一定疗效。

三、多项选择题

9. 既能杀虫，又能消积的是

A. 使君子　　B. 鹤草芽

C. 槟榔　　D. 南瓜子

E. 雷丸

答案：ACE

解析：本题考查杀虫药的功效对比。

杀虫药中，使君子、槟榔、雷丸均既能杀虫，又能消积。而南瓜子、鹤草芽只有杀虫的功效。

10. 槟榔的主治病证有

A. 绦虫病，姜片虫病，蛔虫病等　　B. 水肿，脚气浮肿

C. 食积气滞之腹胀、便秘　　D. 泻痢里急后重

E. 疟疾

答案：ABCDE

解析：本题考查槟榔的主治病证。

槟榔善杀虫而力强，兼缓泻而促排虫体，主治多种寄生虫病，最宜绦虫、姜片虫病者。能消积、行气、利水、截疟，治腹胀便秘、泻痢后重、水肿、脚气浮肿。

仿真试题

一、最佳选择题

1. 虫病患者在发热或腹痛较剧时，宜

A. 先驱虫，再清热或止痛

B. 驱虫的同时清热或止痛

C. 只给予驱虫药即可

D. 先清热或止痛，待缓解后再驱虫

E. 只给予清热药或止痛药即可

2. 治疗疟疾久发不止，宜选用

A. 柴胡配茵陈

B. 槟榔配常山

C. 槟榔配贯众

D. 柴胡配槟榔

E. 苦楝皮配常山

3. 外用能杀灭皮肤寄生虫及抑制致病真菌的是

A. 贯众　B. 雷丸

C. 使君子　D. 槟榔

E. 苦楝皮

4. 不能大量服用，又忌热茶的药物是

A. 南瓜子　B. 使君子

C. 鹤草芽　D. 苦楝皮

E. 槟榔

5. 槟榔与南瓜子配伍主要用治

A. 蛔虫病

B. 疟疾

C. 小儿疳积

D. 绦虫病

E. 疥癣，湿疮

二、配伍选择题

[6~8]

A. 使君子　B. 雷丸

C. 南瓜子　D. 贯众

E. 苦楝皮

6. 宜炒香嚼服的是

7. 宜饭后温开水调服的是

8. 宜生用，去壳或连壳研末，冷开水调服的是

[9~11]

A. 头癣，疥疮

B. 疟疾，水肿脚气

C. 滴虫性阴道炎

D. 风热感冒，瘟毒斑疹，痄腮

E. 肺燥咳嗽

9. 槟榔可以用治

10. 贯众可以用治

11. 鹤草芽可以用治

[12~14]

A. 使君子　B. 鹤草芽

C. 苦楝皮　D. 槟榔

E. 雷丸

12. 有效成分不耐热，不宜入煎剂的是

13. 有效成分不溶于水，不宜入煎剂的是

14. 有效成分难溶于水，需文火久煎的是

三、多项选择题

15. 驱虫药的使用注意有

A. 空腹时服用

B. 注意剂量，以免中毒

C. 孕妇及老年人应慎用

D. 体虚者，宜补虚与驱虫兼施，或补虚后再驱虫

E. 发热或腹痛较剧时，先行清热或止痛，待症状缓解后再驱虫

16. 贯众的主治病证有

A. 钩虫病，蛲虫病，绦虫病等

B. 风热感冒，瘟毒斑疹，痄腮

C. 麻疹、流感、流脑

D. 血热衄血、吐血、便血、崩漏等

E. 食积气滞只腹胀、便秘，泻痢里急后重

参考答案

一、最佳选择题

1. D　2. B　3. E　4. B　5. D

二、配伍选择题

[6～8] A B C　[9～11] B D C　[12～14] E B C

三、多项选择题

15. ABCDE　16. ABCD

（赵海平　王世宇）

第十四单元　止 血 药

考点分级

★★★★★

止血药的性能与功效主治、配伍及使用注意；大蓟、小蓟、地榆、白茅根、白及、三七、茜草、蒲黄、艾叶的药性、性能特点、功效、主治病证、用法、使用注意；蒲黄配五灵脂、白及配乌贼骨、艾叶配阿胶的意义。

★★★★

槐花、侧柏叶、苎麻根、仙鹤草、炮姜的药性、功效、主治病证、用法、使用注意；各章功效相似药物的药性、功效及主治病证的异同。

★★★

棕榈炭、紫珠、藕节的药性、功效、用法、使用注意；三七、蒲黄的主要药理作用。

重要知识点串讲

止血药均有制止体内外出血的功效，主治各种出血病证，药性有寒、温、散、敛之异，主归心、肝、脾经。

一、长于凉血止血的止血药

药名	大蓟	小蓟	地榆	白茅根	侧柏叶	槐花	苎麻根
功效	凉血止血						
	散瘀消肿		解毒敛疮	清热生津/利尿通淋	祛痰止咳	清肝泻火	清热安胎/利尿/解毒
效用特点	血热出血要药；疮痈肿毒常用药；+小蓟药力增强	力弱于大蓟；兼能利尿，最善治尿血、血淋	作用偏于下焦，最善治下焦出血；血热出血诸证，尤宜便血与痔疮出血+槐角	入血分、气分、归膀胱经；甘寒而不腻膈伤胃，利尿而不伤津	苦寒清泄，味涩质黏，善清凉收敛血热者宜生用，虚寒者须炒炭	尤宜便血与痔疮出血；并治肝火上炎之头痛目赤	甘寒清利，入心、肝经

二、长于化瘀止血的止血药

药名	三七	茜草	蒲黄
功效	化瘀止血/活血定痛	活血祛瘀	
		凉血止血	收敛止血/利尿
效用特点	行止兼备，主泻兼补。 兼补虚而强体； 止血不留瘀，化瘀不伤正，为治出血，瘀血诸证之要药	炒碳—血瘀夹热之出血； 生用—血瘀有热之经闭痛经及跌打瘀肿	生用—无论寒热的各种出血，尤宜利尿。 炒碳—止血力强，治各种出血。 血瘀胸胁心腹诸痛及血瘀出血+五灵脂

三、长于收敛止血的止血药

药名	白及	仙鹤草	紫珠	棕榈炭	藕节
功效	收敛止血				
	消肿生肌	止痢/截疟/解毒/杀虫	清热解毒		
效用特点	兼能益肺——治肺胃损伤之咯血、吐血，并治肺痈咳吐脓血； 各种出血+三七； 胃/十二指肠溃疡之吐血、便血+乌贼骨； 反乌头	苦涩收敛，性平不偏，作用广泛； 脱力劳伤+红枣同服； 治腹泻、痢疾，以慢性为宜	治血热出血，属肺胃蕴热者尤佳	功专收敛止血，治出血无瘀者最佳	鲜品—用治出血兼热； 炒碳—用治出血无论寒热兼可

四、长于温经止血的止血药

药名	艾叶	炮姜
功效	温经止血	
	散寒止痛	温中止痛
效用特点	辛香行散，苦燥温通，治虚寒性出血，尤宜妇女崩漏、胎漏； 崩漏下血属血虚有寒之证+阿胶； 生用-散寒止痛；炒碳-温经止血。不宜过服久服，阴虚火旺者慎用	苦辛温散，治虚寒性吐血、便血、崩漏/虚寒性腹痛、吐泻等； 血热及阴虚火旺之出血者忌用

历年真题与解析

一、最佳选择题

1. 既凉血止血，有清泻肝火的是

A. 槐花　　B. 大蓟

C. 地榆　　D. 白茅根

E. 侧柏叶

答案：A

解析：本题考查止血药的功效异同。

以上各药都可凉血止血，但只有槐花兼能清肝泻火，用治肝火上炎之头痛目赤。

2. 蒲黄不具有的药理作用是

A. 止血　　B. 降血压

C. 兴奋子宫　　D. 抗心律失常

E. 抗心肌缺血

答案：D

解析：本题考查蒲黄的现代药理研究。

现代药理研究发现，蒲黄具有促进凝血、止血、抗血小板聚集、扩张血管、降血压、抗心肌缺血、抗动脉粥样硬化、改善微循环、兴奋子宫、抗炎及镇痛等作用。

3. 既收敛止血，又截疟止痢的是

A. 大蓟　　B. 紫珠

C. 槐花　　D. 白及

E. 仙鹤草

答案：E

解析：本题考查仙鹤草的主要功效。

以上各药均能收敛止血，但仙鹤草还能止痢截疟解毒，杀虫止痒。

4. 胎热所致之胎漏，胎动不安，首选

A. 白茅根　　B. 大蓟

C. 地榆　　D. 侧柏叶

E. 苎麻根

答案：E

解析：本题考查苎麻根的主治病证。

以上各药都可凉血止血，但只有苎麻根既能止血，又能清热安胎，历来视为安胎之要药。

5. 大面积烧伤患者，不宜外用的药物是

A. 蒲黄　　B. 地榆

C. 槐花　　D. 白及

E. 茜草

答案：B

解析：本题考查地榆的现代药理研究。

地榆含有鞣质，大面积烧伤病人外用，可使其所含水解型鞣质被机体大量吸收而引起中毒性肝炎。

二、配伍选择题

［6～7］

A. 凉血止血，清热利尿　　B. 凉血止血，活血化瘀

C. 收敛止血，清热生津　　D. 化瘀止血，清热利尿

E. 收敛止血，祛痰止咳

6. 白茅根的功效是

7. 苎麻根的功效是

答案：A　A

解析：本组题考查止血药的主要功效。

白茅根甘寒清利，入血分，能凉血止血，入膀胱经，能清利湿热而利尿。苎麻根甘寒清利入心、肝经，既善凉血而止血，又能利尿解毒而治湿热淋痛及热毒疮疡

［8～10］

A. 祛痰止咳　　B. 清肝泻火

C. 解毒杀虫　　D. 活血散瘀

E. 清热安胎

8. 槐花除凉血止血外，又能

9. 侧柏叶除凉血止血外，又能

10. 苎麻根除凉血止血外，又能

答案：B　A　E

解析：本组题考查止血药的主要功效。

以上各药除凉血止血外，槐花又善清泄肝火而治肝火上炎，侧柏叶又能清肺化痰而治止咳，苎麻根又能清热安胎而治胎漏、胎动不安。

三、多项选择题

11. 紫珠的功效有

A. 收敛止血　　B. 补阴止血

C. 化瘀止血　　D. 温经止血

E. 清热解毒

答案：AE

解析：本题考查紫珠的功效。

紫珠苦凉清泄，味涩收敛，主入肺、胃，兼能入肝。既能凉血收敛而止血，又能清热解毒而疗疮。

12. 能化瘀止血的有

A. 三七　　B. 蒲黄

C. 茜草　　D. 藕节

E. 炮姜

答案：ABC

解析：本题考查以上各药的功效异同。

三七功能化瘀止血，活血定痛。蒲黄功能收敛止血，活血化瘀，利尿。茜草功能凉血止血，活血祛瘀。藕节功能收敛止血。炮姜功能温经止血，温中止痛。

13. 艾叶的功效有

A. 温经　　B. 止血

C. 散寒　　D. 止痛

E. 养肝血

答案：ABCD

解析：本题考查艾叶的功效。

艾叶辛香行散，苦燥温通，既温经脉、理气血而止血，治虚寒性出血，尤宜妇女崩漏胎漏。又散寒、暖子宫而止痛，治经寒痛经、月经不调、寒湿带下、宫冷不孕及脘腹冷痛。外用燥湿止痒，可治湿疹瘙痒。

14. 三七的主要药理作用是

A. 止血、抗血栓、扩张血管

B. 抗心肌缺血、抗脑缺血

C. 抗炎、镇痛、镇静

D. 增强肾上腺功能、调节糖代谢

E. 保肝、抗衰老、抗肿瘤

答案：ABCDE

解析：本题考查三七的现代药理研究。

现代药理研究表明三七具有止血、抗血栓、扩张血管、降血压、抗心肌缺血、抗脑缺血、抗心律失常、抗炎、镇痛、镇静、增强肾上腺功能、调节糖代谢、保肝、抗衰老、抗辐射、抗菌及抗肿瘤等作用。

仿真试题

一、最佳选择题

1. 主治脾不统血、冲脉失固之虚寒性出血的是
A. 凉血止血药
B. 化瘀止血药
C. 收敛止血药
D. 温经止血药
E. 活血祛瘀药

2. 主治热病烦渴，胃热呕哕，肺热咳嗽的是
A. 地榆　B. 白及
C. 白茅根　D. 蒲黄
E. 茜草

3. 既善化瘀而止血，又善活血而止痛，还兼能补虚而强体的是
A. 艾叶　B. 槐花
C. 三七　D. 藕节
E. 炮姜

4. 既善凉血止血，又善清热安胎，还能利尿解毒的是
A. 地榆　B. 白及
C. 苎麻根　D. 侧柏叶
E. 棕榈炭

5. 炒碳用善化瘀凉血而止血，生用则活血凉血而化瘀通经的是
A. 大蓟　B. 小蓟
C. 地榆　D. 槐花
E. 茜草

6. 炮姜的功效是
A. 温经止血，散寒止痛
B. 收敛止血，解毒，杀虫
C. 化瘀止血，活血定痛
D. 温经止血，温中止痛
E. 活血祛瘀，利尿

7. 蒲黄的功效是
A. 收敛止血，清热解毒
B. 收敛止血，活血祛瘀，利尿
C. 收敛止血，止痢，截疟
D. 收敛止血，解毒敛疮
E. 收敛止血，消肿生肌

8. 槐花的功效是
A. 凉血止血，解毒敛疮
B. 凉血止血，活血祛瘀
C. 凉血止血，清热生津
D. 凉血止血，清肝泻火
E. 凉血止血，祛痰止咳

9. 多服久服可致头晕、恶心不良反应的是
A. 三七　B. 大蓟

C. 侧柏叶 D. 艾叶
E. 白茅根

10. 性温能活血，而血热及阴虚有火者不宜单用的是
A. 白及 B. 棕榈炭
C. 炮姜 D. 艾叶
E. 三七

11. 性味甘寒而不腻膈伤胃，利尿而不伤津的是
A. 小蓟 B. 蒲黄
C. 苎麻根 D. 白茅根
E. 茜草

12. 善泄热凉血、收敛止血，治血热妄行，特别是下焦出血的是
A. 地榆 B. 白及
C. 蒲黄 D. 紫珠
E. 白茅根

13. 对子宫具有兴奋作用，而孕妇忌用的是
A. 艾叶 B. 蒲黄
C. 炮姜 D. 白茅根
E. 三七

14. 肝火上炎之头痛目赤，首选
A. 蒲黄 B. 茜草
C. 大蓟 D. 槐花
E. 地榆

二、配伍选择题

[15 ~17]
A. 消肿生肌 B. 散寒止痛
C. 消瘀散痈 D. 清热解毒
E. 活血祛瘀

15 小蓟除凉血止血外，还可
16. 紫珠除收敛止血外，还可
17. 艾叶除温经止血外，还可

[18 ~20]
A. 白茅根 B. 地榆
C. 三七 D. 白及
E. 槐花

18. 用于胸腹刺痛的是
19. 用于治疗湿热黄疸的是
20. 用于治疗烫伤，手足皲裂，肛裂的是

[21 ~23]
A. 地榆配槐角
B. 白及配三七
C. 蒲黄配五灵脂
D. 艾叶配阿胶
E. 白及配乌贼骨

21. 治血热所致之便血与痔疮出血，宜用
22. 治胃、十二指肠溃疡之吐血、便血，宜用
23. 治血虚有寒之崩漏下血，宜用

三、多项选择题

24. 蒲黄的主要药理作用是
A. 促进凝血、止血、抗血小板聚集
B. 扩张血管、降血压
C. 抗心肌缺血、抗动脉粥样硬化
D. 改善微循环
E. 兴奋子宫、抗炎及镇痛

25. 三七的主治病证有
A. 跌打损伤，瘀滞疼痛
B. 体内外各种出血病症
C. 胸腹刺痛
D. 心律失常、高血压
E. 体质虚弱

26. 艾叶的主治病证是
A. 虚寒性崩漏下血、胎漏等

B. 经寒痛经、月经不调

C. 宫冷不孕

D. 脘腹冷痛

E. 湿疹瘙痒

27. 既能活血又能止血的是

A. 三七　B. 蒲黄

C. 茜草　D. 侧柏叶

E. 五灵脂

28. 能够炒炭以止血的是

A. 艾叶　B. 棕榈炭

C. 茜草　D. 侧柏叶

E. 槐花

29. 能够凉血以止血的是

A. 大蓟、小蓟

B. 白茅根、侧柏叶

C. 艾叶、仙鹤草

D. 槐花、苎麻根

E. 茜草、地榆

30. 止血药除止血外，还可

A. 化瘀　B. 清热凉血

C. 收涩　D. 散寒温经

E. 祛风

参考答案

一、最佳选择题

1. D　2. C　3. C　4. C　5. E　6. D　7. B　8. D　9. C

10. E　11. D　12. A　13. B　14. D

二、配伍选择题

[15 ~17] C　D　B　[18 ~20] C　A　D　[21 ~23] A　E　D

三、多项选择题

24. ABCDE　25. ABCDEE　26. ABCDEE　27. ABCEE　28. ABCDE

29. ABDE　30. ABCD

(赵海平　吴晖晖)

第十五单元　活血祛瘀药

考点分级

★★★★★

活血祛瘀药的性能与功效主治、配伍及使用注意；川芎、延胡索、郁金、莪术、丹参、虎杖、益母草、桃仁、红花、牛膝、水蛭的药性、性能特点、功效、主治病证、用法、使用注意，以及与各章功效相似药物的药性、功效及主治病证的异同；郁金配伍石菖蒲，郁金配伍白矾，牛膝配伍苍术、黄柏，川芎配伍柴胡、香附的意义。

★★★★

乳香、没药、姜黄、三棱、鸡血藤、川牛膝、苏木、西红花、五灵脂、土鳖虫、血竭的药性、功效、主治病证、用法、使用注意，以及与各章功效相似药物的药性、功效及主治病证的异同；西红花、血竭的用量。

★★★

穿山甲、王不留行、干漆、自然铜的药性、功效、用法、使用注意，以及与各章功效相似药物的药性及功效的异同；干漆、自然铜的用量；川芎、延胡索、莪术、丹参、益母草、桃仁、红花的主要药理作用。

重要知识点串讲

一、活血止痛药

活血止痛药：均有活血止痛的功效，主治气血瘀滞所致的各种痛证；多具辛味。

（一）能行气的活血止痛药

药名	川芎	延胡索	郁金	姜黄
功效	活血行气/止痛			破血行气/通经止痛
	祛风	–	解郁/凉血清心/利胆退黄	
效用特点	“血中之气药” “头痛不离川芎” 为妇科及治疗头痛要药；肝郁气滞之胸闷胁痛、痛经及月经不调＋柴胡、香附	“行血中之气滞，气中血滞，故能专治一身上下诸痛”——为常用止痛药	为活血行气凉血之要药 治疗痰火或湿热蒙蔽清窍之神昏、癫狂、癫痫＋石菖蒲 治疗痰热蒙蔽心窍之癫痫发狂及痰厥＋白矾 畏丁香	孕妇慎用

（二）能消肿生肌的活血止痛药

药名	乳香	没药
功效	活血止痛、消肿生肌	
效用特点	煎服宜炒去油用；胃弱呕逆者慎用；孕妇忌用，无瘀滞者不宜用；疮疡溃后、脓多勿用	
	性温	性平

二、活血调经药

活血调经药：均有活血散瘀的功效，主治血行不畅所致的月经不调，痛经，经闭及产后瘀滞腹痛；多辛散苦泄，主归肝经。

（一）能祛瘀的活血调经药

药名	丹参	红花	桃仁	益母草
功效	活血祛瘀/（通经）			
	凉血消痈/清心除烦	止痛	润肠通便/止咳平喘	利尿消肿/清热解毒
效用特点	“一味丹参散，功同四物汤”； 为祛瘀生新、凉血清心之品； 为妇科调经常用药； 反藜芦	为活血祛瘀、通经止痛之要药； 小剂量活血通经，大剂量破血催产	瘀血证＋红花	为治瘀血经产之要药

（二）能利尿（水）通淋的活血调经药

药名	牛膝	川牛膝
功效	活血（逐瘀）通经/利尿（水）通淋/引血下行	
	补肝肾、强筋骨（酒制）	通利关节
效用特点	治下焦湿热之足膝肿痛，痿软无力及湿疹，湿疮 + 苍术、黄柏	-

三、活血疗伤药

活血疗伤药：善活血化瘀，消肿止痛，续筋接骨，止血生肌敛疮，主治跌打损伤、瘀肿疼痛、骨折筋损、金疮出血等伤科疾患；味多辛、苦、咸，主归肝、肾经。

四、破血消癥药

破血消癥药：能破血逐瘀，消癥散积，主治癥瘕积聚；味多辛苦，均归肝经血分。

药名	莪术	三棱
功效	破血行气/消积止痛	
效用特点	二者配伍增强破血行气止痛之功，用于血瘀及食积重症	
	性温 偏于破气	性平 长于破血

历年真题与解析

一、最佳选择题

1. 性味辛温的活血祛瘀药是

A. 丹参　　B. 艾叶

C. 半夏　　D. 川芎

E. 郁金

答案：D

解析：本题考查活血化瘀药的性味。

以上诸药中丹参、川芎、郁金为活血化瘀药，其中丹参性味苦，微寒；郁金性味辛、苦，寒；川芎性味辛，温。

2. 既活血祛瘀，又止咳平喘的药是

A. 川芎　　B. 丹参
C. 桃仁　　D. 白前
E. 葶苈子

答案：C

解析：本题考查桃仁的功效。

川芎、丹参、桃仁为活血祛瘀药，白前、葶苈子为止咳平喘药。桃仁除活血化瘀外，还能润肠通便，止咳平喘。

3. 郁金不具有的功效是

A. 活血止痛　　B. 行气解郁
C. 凉血清心　　D. 利胆退黄
E. 消肿生肌

答案：E

解析：本题考查郁金的功效。

郁金为活血祛瘀药，具有活血止痛、行气解郁、凉血清心、利胆退黄功效。

二、配伍选择题

[4～7]

A. 活血行气，祛风止痛　　B. 活血行气，凉血清心
C. 活血定痛，泻下通便　　D. 逐瘀通经，引血下行
E. 行血补血，舒经活络

4. 郁金的功效是
5. 虎杖的功效是
6. 川牛膝的功效是
7. 鸡血藤的功效是

答案：B　C　D　E

解析：本组题考查活血祛瘀药的功效。

郁金能活血止痛、行气解郁、凉血清心、利胆退黄；虎杖能活血定痛、祛风利湿、清热解毒、化痰止咳，泻下通便；川牛膝具有逐瘀通经、通利关节、利尿通淋、引血下行的功效；鸡血藤具有行血补血，舒经活络的功效。

[8～10]

A. 川芎　　B. 三棱
C. 五灵脂　　D. 穿山甲
E. 土鳖虫

8. 既破血逐瘀，又续筋接骨的是
9. 既活血行气，又祛风止痛的是
10. 既活血止痛，又解蛇虫毒的是

答案：E A C

解析：本组题考查活血祛瘀药的功效。

土鳖虫能破血逐瘀、续筋接骨；川芎能活血行气、祛风止痛；五灵脂具有活血止痛、化瘀止血、解蛇虫毒的功效。

[11~12]

A. 乳香　　B. 苏木
C. 姜黄　　D. 干漆
E. 王不留行

11. 既活血止痛，又消肿生肌的是
12. 既破血祛瘀，又消积杀虫的是

答案：A D

解析：本组题考查活血祛瘀药的功效。

以上均为活血祛瘀药，其中乳香既活血止痛，又消肿生肌；干漆既破血祛瘀，又能杀虫。

三、多项选择题

13. 西红花的功效是

A. 活血祛瘀　　B. 利尿通淋
C. 引血下行　　D. 凉血解毒
E. 解郁安神

答案：ADE

解析：本题考查西红花的功效。

西红花性寒，能活血祛瘀，凉血解毒，解郁安神。

14. 牛膝与川牛膝均有的功效是

A. 消肿生肌　　B. 通经
C. 利尿通淋　　D. 引血下行
E. 补肝肾强筋骨

答案：BCD

解析：本题考查相似药物的共同功效。

牛膝生用能活血通经，利尿通淋，引血下行，酒制能补肝肾强筋骨；川牛膝能逐瘀通经，通利关节，利尿通淋，引血下行。

15. 既活血，又行气的是
   A. 水蛭　　B. 郁金
   C. 莪术　　D. 益母草
   E. 延胡索

答案：BCE

解析：本题考查相似药物的共同功效。

S 以上诸味药均能活血，郁金、莪术、延胡索还能行气。

仿真试题

一、最佳选择题

1. 常用于治疗各种头痛的是
   A. 丹参　　B. 川芎
   C. 郁金　　D. 五灵脂
   E. 苏木
2. 常用于治血瘀气滞诸痛证的药物是
   A. 益母草　　B. 桃仁
   C. 延胡索　　D. 莪术
   E. 红花
3. 既能活血行气，又能凉血的药物是
   A. 郁金　　B. 川芎
   C. 丹参　　D. 西红花
   E. 血竭
4. 善治烫伤及毒蛇咬伤的活血祛瘀药是
   A. 五灵脂　　B. 虎杖
   C. 牛膝　　D. 自然铜
   E. 姜黄
5. 桃仁除活血祛瘀外，还能
   A. 润肠通便、止咳平喘
   B. 润肠通便、舒筋活络
   C. 凉血解毒、止咳平喘
   D. 凉血解毒、舒筋活络
   E. 利水消肿、凉血清心
6. 酒制补肝肾、强筋骨，生用活血通经的药物是
   A. 水蛭　　B. 穿山甲
   C. 王不留行　　D. 丹参
   E. 牛膝
7. 姜黄的功效是
   A. 破血行气　　B. 温中止呕
   C. 消肿生肌　　D. 舒筋活络
   E. 消食化积
8. 活血止痛宜生用，化瘀止血宜炒用的药是
   A. 郁金　　B. 五灵脂
   C. 延胡索　　D. 没药
   E. 血竭
9. 既能活血又能行气，有“血中之气药”之称的是
   A. 郁金　　B. 红花
   C. 丹参　　D. 川芎
   E. 延胡索

二、配伍选择题

[10 ~13]

A. 川芎、柴胡、香附

B. 郁金、石菖蒲

C. 莪术、三棱

D. 红花、桃仁

E. 牛膝、苍术、黄柏

10. 常配伍用于痰火或湿热蒙蔽清窍之神昏、癫狂、癫痫的药物是

11. 常配伍用于肝郁气滞之胸闷胁痛、痛经及月经不调的药物是

12. 常配伍用于血瘀及食积重症的药物是

13. 常配伍用于下焦湿热之足膝肿痛、痿软无力及湿疹、湿疮的药物是

[14 ~16]

A. 益母草　B. 郁金

C. 川芎　D. 莪术

E. 丹参

14. 为妇科调经常用药的是

15. 为妇科及治疗头痛要药的是

16. 治瘀血经产病之要药的是

[17 ~20]

A. 风湿痹痛，肩臂痛

B. 血瘀与食积之重症

C. 乳汁不下

D. 热入营血，温毒发斑

E. 外伤出血与溃疡不敛

17. 三棱可用于

18. 姜黄可用于

19. 西红花可用于

20. 血竭可用于

[21 ~24]

A. 破血祛瘀，杀虫

B. 活血止痛，化瘀止血，解蛇虫毒

C. 活血散结，通经下乳，消肿排脓

D. 散瘀止痛，接骨疗伤

E. 活血通经，下乳消肿，利尿通淋

21. 王不留行的功效是

22. 穿山甲的功效是

23. 干漆的功效是

24. 自然铜的功效是

三、多项选择题

25. 既活血又凉血的药物是

A. 丹参　B. 郁金

C. 鸡血藤　D. 西红花

E. 水蛭

26. 以下关于活血化瘀药的使用注意描述正确的是

A. 桃仁宜捣碎入药

B. 郁金不宜与丁香同用

C. 丹参反藜芦

D. 乳香、没药宜去油用

E. 五灵脂宜包煎

27. 以下药物中有毒的是

A. 水蛭　B. 干漆

C. 自然铜　D. 穿山甲

E. 土鳖虫

28. 川芎的药理作用有

A. 抗血栓

B. 抑制血管平滑肌收缩

C. 抑制血小板聚集

D. 镇静

E. 调节免疫功能

29. 郁金的功效是

A. 活血止痛　B. 消肿排脓

C. 利胆退黄　D. 凉血清心

E. 行气解郁

30. 丹参的功效是

A. 凉血消痈　B. 活血通经

C. 清心除烦　D. 祛瘀止痛

E. 疏肝解郁

31. 以下对活血祛瘀药描述正确的有

A. 常与行气药同用以增强活血化瘀作用

B. 孕妇慎用或禁用

C. 妇女月经量多、血虚经闭无瘀及出血无瘀者忌用

D. 味多苦、涩

E. 多归心、肝经

32. 红花的功效有

A. 活血通经　B. 利尿通淋

C. 引血下行　D. 凉血解毒

E. 祛瘀止痛

参考答案

一、最佳选择题

1. B　2. C　3. A　4. B　5. A　6. E　7. A　8. B　9. D

二、配伍选择题

［10～13］B　A　C　E　［14～16］E　C　A　［17～20］B　A　D　E

［21～24］E　C　A　D

三、多项选择题

25. ABD　26. ABCDE　27. ABE　28. ABCDE　29. ACDE

30. ABCD　31. ABCE　32. AE

（吴晖晖　廖宪方）

第十六单元　化痰止咳平喘药

考点分级

★★★★★

化痰止咳平喘药的性能与功效主治、配伍及使用注意、分类及各类的性能特点；半夏、天南星、白芥子、桔梗、旋覆花、瓜蒌、川贝母、浙贝母、竹茹、杏仁、百部、苏子、桑白皮、葶苈子的药性、性能特点、功效、主治病证、用法、使用注意，以及与各章功效相似药物的药性、功效及主治病证的异同；旋覆花配伍代赭石的意义。

★★★★

白附子、竹沥、白前、前胡、昆布、海藻、紫菀、款冬花、枇杷叶、马兜铃、白果、胖大海的药性、功效、主治病证、用法、使用注意，以及与各章功效相似药物的药性、功效及主治病证的异同；禹白附与关白附的来源。

★★★

天竺黄、海蛤壳、海浮石、礞石的药性、功效、用法、使用注意，以及与各章功效相似药物的药性及功效的异同；礞石的用量；半夏、桔梗、川贝母、浙贝母、杏仁的主要药理作用。

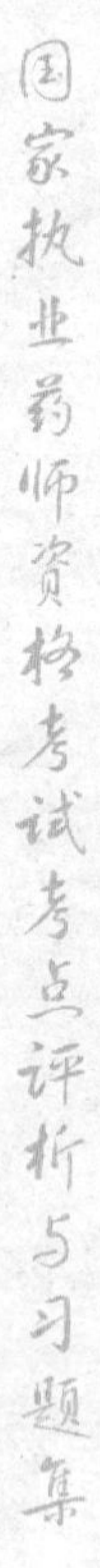

重要知识点串讲

一、化痰药

化痰药：有祛痰或消痰的功效，主治痰证；或辛或苦，多入肺经。

（一）能消肿散结的化痰药

药名	天南星	半夏	川贝母	浙贝母
功效	燥湿化痰/消肿（消痞）散结		清热化痰/开郁（消肿）散结	
	祛风止痉	降逆止呕	润肺止咳	—
效用特点	—	反乌头		
	有毒 性温		性（微）寒	
	顽痰阻肺，咳喘胸闷＋半夏	为治湿痰、寒痰、呕吐之要药 脏腑之湿痰＋陈皮	清润之品 肺燥咳嗽，肺虚久咳，劳嗽＋知母	清热开泄之品

（二）能止呕的化痰药

药名	半夏	旋覆花	竹茹
功效	燥湿化痰/降逆止呕/消痞散结	消痰行水/降气止呕	清热化痰/除烦止呕/凉血止血
效用特点	性（微）温		性微寒
	为治湿痰、寒痰、呕吐之要药有毒	气逆呕恶、喘息＋代赭石	—

二、止咳平喘药

止咳平喘药：均有止咳平喘功效，主治咳嗽气喘；主归肺经。

历年真题与解析

一、最佳选择题

1. 既止咳化痰，又和胃降逆的药是

A. 紫菀　　B. 天竺黄

C. 礞石　　D. 枇杷叶

E. 款冬花

答案：D

解析：本题考查化痰止咳平喘药的功效。

以上诸药中紫菀、款冬花、枇杷叶均能止咳化痰，枇杷叶还能和胃降逆。

2. 紫菀的功效是

A. 清肺化痰　　B. 消痰利水

C. 泻肺平喘　　D. 化痰止咳

E. 纳气平喘

答案：D

解析：本题考查紫菀的功效。紫菀能润肺下气，止咳化痰。

3. 白前与前胡均有的功效是

A. 降气祛痰　　B. 宣散风热

C. 清肺化痰　　D. 润肺止咳

E. 化痰软坚

答案：A

解析：本题考查相似药物的共同功效。

白前与前胡均能降气祛痰，此外，白前还具有止咳功效，前胡性微寒，还能宣散风热。

二、配伍选择题

[4～6]

A. 燥湿化痰，祛风止痉　　B. 开宣肺气，祛痰排脓

C. 止咳平喘，润肠通便　　D. 温肺祛痰，利气散结

E. 清热化痰，凉血止血

4. 竹茹的功效是

5. 天南星的功效是

6. 白芥子的功效是

答案：E　A　D

解析：本组题考查化痰止咳平喘药的功效。

竹茹能清热化痰、除烦止呕、凉血止血；天南星能燥湿化痰、消肿散结、祛风止痉；白芥子能温肺化痰、利气散结、通络止痛。

［7～8］

A. 旋覆花与代赭石　　B. 知母与川贝母

C. 陈皮与半夏　　D. 款冬花与紫菀

E. 薤白与瓜蒌

7. 配伍治疗湿痰咳嗽的是

8. 配伍治疗肺热咳嗽、阴虚燥咳的是

答案：C　B

解析：本组题考查药对的配伍意义。

陈皮能燥湿化痰，与半夏配伍治湿痰咳嗽；薤白辛温与瓜蒌配伍，增强通阳散结作用，用于胸阳不通之胸痹疼痛，不得卧者；味甘性寒的知母与川贝母配伍，增强清热滋阴作用，治疗肺热咳嗽、阴虚燥咳。

三、多项选择题

9. 使用半夏应当注意

A. 阴虚燥咳忌用　　B. 热痰慎用

C. 不宜与乌头同用　　D. 出血者忌用

E. 内服常用炮制品

答案：ABCDE

解析：本题考查半夏的使用注意。

半夏为辛温有毒之品，故阴虚燥咳、出血者忌用；热痰慎用；生品一般不作内服用；本品反乌头。

仿真试题

一、最佳选择题

1. 为治湿痰、寒痰和呕吐之要药的是
   A. 天南星　B. 半夏
   C. 桔梗　D. 杏仁
   E. 苏子
2. 治风痰眩晕，中风口眼㖞斜的是
   A. 桔梗　B. 苏子
   C. 天南星　D. 杏仁
   E. 半夏
3. 善治皮里膜外及经络之痰的是
   A. 白前　B. 白附子
   C. 瓜蒌　D. 白芥子
   E. 前胡
4. 治疗气逆呕恶、喘息，旋覆花常配伍
   A. 款冬花　B. 海蛤壳
   C. 代赭石　D. 礞石
   E. 昆布
5. 除止咳平喘外，杏仁还能
   A. 利水消肿　B. 燥湿化痰
   C. 祛风止痉　D. 降逆止呕
   E. 润肠通便
6. 能止咳平喘，润肠通便的止咳平喘药是
   A. 百部　B. 苏子
   C. 桑白皮　D. 葶苈子
   E. 白果

二、配伍选择题

A. 咳嗽痰多及肺痈吐脓
B. 劳嗽，百日咳及蛲虫病
C. 肺热咳嗽，胃热呕吐
D. 痰壅咳喘及肠燥便秘
E. 肺热咳喘，肺虚久咳，肺痈

[7～10]

7. 桔梗主治
8. 川贝母主治
9. 苏子主治
10. 百部主治

[11～14]

A. 清热化痰，软坚散结
B. 敛肺平喘，收涩止带
C. 清热化痰，清心定惊
D. 消痰下气，平肝镇惊
E. 清肺化痰，止咳平喘，清肠疗痔

11. 海蛤壳具有的功效是
12. 礞石具有的功效是
13. 白果具有的功效是
14. 马兜铃具有的功效是

[15～18]

A. 杏仁　B. 竹茹
C. 枇杷叶　D. 旋覆花
E. 海藻

15. 宜打碎入煎的是
16. 宜布包煎的是
17. 止咳宜炙用，止呕宜生用的是
18. 不宜与甘草同用的是

三、多项选择题

19. 半夏的功效是

A. 燥湿化痰　B. 降逆止呕
C. 消痞散结　D. 祛风止痉
E. 通络止痛

20. 具有止呕功效的化痰药是
A. 旋覆花　B. 杏仁
C. 半夏　D. 浙贝母
E. 竹茹

21. 生品有毒，一般不作内服用的是
A. 白前　B. 半夏
C. 天南星　D. 白附子
E. 白芥子

22. 对瓜蒌描述正确的是
A. 能消肿散结
B. 瓜蒌皮长于润肺化痰，滑肠通便
C. 瓜蒌仁常与清肺化痰，利气宽胸
D. 反乌头
E. 脾虚便溏及寒痰、湿痰者忌服

23. 川贝母与浙贝母共同的功效是
A. 清热化痰　B. 润肺止咳
C. 散结　D. 除烦止呕
E. 润肠通便

24. 能消痰软坚，利水的是
A. 海藻　B. 天竺黄
C. 礞石　D. 竹沥
E. 昆布

25. 浙贝母具有的药理作用
A. 镇咳　B. 祛痰
C. 平喘　D. 镇静
E. 镇痛

26. 马兜铃的功效有
A. 清肺化痰　B. 止咳平喘
C. 益气和胃　D. 散结消痈
E. 清肠疗痔

参考答案

一、最佳选择题

1. B　2. C　3. D　4. C　5. E　6. B

二、配伍选择题

［7～10］A　E　D　B　［11～14］A　D　B　E　［15～18］A　D　C　E

三、多项选择题

19. ABC　20. ACE　21. BCD　22. ADE　23. AC　24. AE　25. ABCDE　26. ABE

（吴晖晖　傅　勇）

第十七单元　安神药

考点分级

★★★★★

安神药的性能与功效主治、配伍及使用注意、分类及各类的性能特点；朱砂、磁石、龙骨、酸枣仁、远志的药性、性能特点、功效、主治病证、用法、使用注意，以及与各章功效相似药物的药性、功效及主治病证的异同；朱砂、磁石的用量；磁石配伍朱砂的意义。

★★★★

琥珀、柏子仁、夜交藤的药性、功效、主治病证、用法、使用注意，以及与各章功效相似药物的药性、功效及主治病证的异同；琥珀的用量。

★★★

合欢皮的药性、功效，以及与功效相似药物的药性及功效的异同；酸枣仁、远志的主要药理作用。

历年真题与解析

一、最佳选择题

1. 酸枣仁的功效是

A. 养心安神，通便　　B. 养心安神，通络

C. 养心安神，敛汗　　D. 养心安神，调经

E. 养心安神，止泻

答案：C

解析：本题考查酸枣仁的功效。酸枣仁为养心安神要药，具有养心安神，敛汗的功效。

2. 煅龙骨长于

A. 平肝潜阳　　B. 聪耳明目

C. 收敛固涩　　D. 镇静安神

E. 息风止痉

答案：C

解析：本题考查煅龙骨的功效。龙骨为重镇安神之品，生龙骨长于镇惊安神、平肝潜阳；煅龙骨长于收敛固涩，收湿敛疮。

3. 内服琥珀的方法是

A. 捣汁服　　B. 烊化服

C. 水煎服　　D. 熬膏服

E. 研末服

答案：E

解析：本题考查琥珀的服用方法。琥珀为古代松科植物等的树脂化石样物质，应研末服，不入煎剂。

二、配伍选择题

[4 ~6]

A. 各种原因引起的心神不宁　　B. 阴虚血少之心神不宁

C. 心火亢盛之心神不宁　　D. 心肾不交之心神不宁

E. 肝火上炎之心神不宁

4. 磁石主要用于

5. 朱砂主要用于

6. 远志主要用于

答案：E C D

解析：本题考查安神药的主治病症。

磁石平肝阳，主治肾虚肝旺，肝火上炎扰动心神之心神不宁证；朱砂安神，又能清心，最宜用于心火亢盛之心神不宁，烦躁不眠；远志入心肾经，能开心气通肾气，适宜心肾不交之心神不宁。

三、多项选择题

7. 朱砂的使用注意是

A. 忌火煅　　B. 不宜过量服

C. 不宜久服　　D. 心经有热者慎用

E. 肝肾功能异常者慎用

答案：ABCE

解析：本题考查朱砂的使用注意。

朱砂为有毒之品，主含硫化汞，内服不宜过量或久服，以免汞中毒；且肝肾功能不正常者慎用；此外，硫化汞火煅则析出水银而具有大毒，因此朱砂忌火煅。

仿真试题

一、最佳选择题

1. 安神药多归

A. 心、肾经　　B. 心、肝经

C. 脾、肾经　　D. 心、肺经

E. 肺、肾经

2. 治心火亢盛诸证之要药的是

A. 磁石　　B. 龙骨

C. 琥珀　　D. 朱砂

E. 远志

3. 用于心神不宁，耳鸣，肾虚喘促的是

A. 朱砂　　B. 酸枣仁

C. 龙骨　　D. 合欢皮

E. 磁石

4. 为增强重镇安神作用，朱砂常配伍

A. 龙骨　　B. 琥珀

C. 磁石　　D. 远志

E. 夜交藤

5. 具有宁心安神，祛痰开窍，消散痈肿功效的是

A. 琥珀　　B. 柏子仁
C. 远志　　D. 夜交藤
E. 朱砂

6. 能治自汗，盗汗的养心安神药是
A. 远志　　B. 酸枣仁
C. 柏子仁　　D. 龙骨
E. 合欢皮

7. 朱砂的用量是
A. 1～3g　　B. 1～1.5g
C. 0.1～0.5g　　D. 0.5～1.5g
E. 6～10g

二、配伍选择题

［8～11］
A. 镇心安神，清热解毒
B. 养心安神，润肠通便
C. 养心安神，敛汗
D. 养心安神，祛风通络
E. 镇惊安神，平肝潜阳

8. 朱砂的功效是
9. 龙骨的功效是
10. 柏子仁的功效是
11. 夜交藤的功效是

［12～14］
A. 痰阻心窍之癫痫发狂，神志恍惚
B. 跌打骨折，疮痈
C. 血虚身痛肢麻，风湿痹痛
D. 肝阳上亢，头晕目眩
E. 惊悸失眠，小便不利，血滞经闭

12. 琥珀的主治病证有
13. 远志的主治病证有
14. 合欢皮的主治病证有

三、多项选择题

15. 下列对安神药描述正确的是
A. 分为重镇安神、养心安神药
B. 矿石类安神药易伤脾胃，不宜久服
C. 治疗失眠，应睡前服用
D. 主要用于神志不安的病症
E. 多入心、脾经

16. 磁石的功效是
A. 镇惊安神　　B. 平肝潜阳
C. 聪耳明目　　D. 活血散瘀
E. 纳气平喘

17. 琥珀的功效是
A. 定惊安神　　B. 润肠通便
C. 消肿散结　　D. 利尿通淋
E. 活血散瘀

18. 研末冲服，不入煎剂的是
A. 朱砂　　B. 琥珀
C. 磁石　　D. 龙骨
E. 柏子仁

19. 龙骨主治
A. 心神不安　　B. 头晕目眩
C. 自汗，盗汗　　D. 湿疮湿疹
E. 耳鸣

20. 酸枣仁的药理作用有
A. 镇静　　B. 催眠
C. 抗惊厥　　B. 镇痛
E. 抗心律失常

参考答案

一、最佳选择题

1. B　2. D　3. E　4. C　5. C　6. B　7. C

二、配伍选择题

[4~6] A　E　B　D　[8~11] A　E　B　D　[12~14] E　A　B

三、多项选择题

15. ABCD　16. ABCE　17. ADE　18. AB　19. ABCD　20. ABCDE

（吴晖晖　傅　勇）

第十八单元　平肝息风药

考点分级

★★★★★

平肝息风药的性能与功效主治、配伍及使用注意、分类及各类的性能特点；石决明、牡蛎、代赭石、羚羊角、钩藤、天麻、全蝎、蜈蚣、地龙的药性、性能特点、功效、主治病证、用法、使用注意。全蝎、蜈蚣的用量。羚羊角、钩藤、天麻、地龙的药理作用。

★★★★

珍珠、珍珠母、刺蒺藜、僵蚕的药性、功效、主治病证、用法、使用注意；各章功效相似药物的药性、功效及主治病证的异同。

★★★

罗布麻的药性、功效、用法、使用注意。

重要知识点串讲

一、平肝抑阳药

平肝抑阳药：均有平抑肝阳或平肝潜阳功效，主治肝阳上亢证；多为质重之介类或矿石类药物，主归肝经。

（一）长于治疗目疾的平肝潜阳药

药名	石决明	珍珠母	珍　珠	刺蒺藜
功效	平肝潜阳			
	清肝明目		清肝除翳	疏风明目
		收湿敛疮	解毒敛疮	疏肝/散风止痒
效用特点	专入肝经，略兼滋阴。治肝阳上亢及肝热目疾之要药	生品－治阳亢头痛眩晕、肝火目赤肿痛。煅品－治湿疮，湿疹	质重镇怯，甘寒清解。多入丸散	苦泄辛散，性平偏凉

（二）其他平肝潜阳药

药名	牡　蛎	代赭石	罗布麻
功效	平肝潜阳		
	镇惊安神/软坚散结/收敛固涩/制酸止痛	降逆/凉血止血	清泄肝热/降血压/利水
效用特点	生品－质重镇潜，咸寒凉软，兼能益阴；煅品－性涩收敛	平肝、降逆宜生用，止血宜煅用	苦寒清泄，甘寒清利

二、息风止痉药

息风止痉药：均有息肝风、止痉抽的功效，主治温热病热极生风、肝阳化风、血虚生风等证；多为虫类药，且具毒性，主归肝经。

（一）长于平抑肝阳的息风止痉药

药名	羚羊角	天　麻	钩　藤
功效	息风止痉/平抑肝阳		
	清肝明目/清热解毒	祛风湿/止痹痛	清泄肝热
效用特点	肝阳、肝风及肝火所致诸证/心经热盛神昏谵语	甘缓不峻，性平不偏，质润不燥，专归于肝。肝阳、肝风诸证，无论寒热虚实兼宜	微寒清凉，质轻兼透，主入肝经，兼入心包。兼治风热外感、头痛目赤及麻疹不透

（二）长于解毒散结的息风止痉药

药名	全　蝎	蜈　蚣	白僵蚕
功效	息风止痉/解毒散结		
	通络止痛		祛风止痛/止痒
效用特点	辛平，专入肝经，走窜搜剔，力强有毒。 2～5g，研末吞服，0.6～1g/次。	辛温有毒，功同全蝎而药力更胜。常与全蝎相须为用 1～3g，研末吞服，0.6～1g/次	咸辛，性平偏凉，兼能化痰。散风热宜生用，余皆炒用

（三）长于清泄肝热的息风止痉药

药名	地 龙	钩 藤
功效	息风止痉/清泄肝热	
	平喘/通络/利尿	
效用特点	咸寒清泄，通利走窜。入肝经、入肺、膀胱经，走经络，能通络	不宜久煎

历年真题与解析

一、最佳选择题

1. 既息风止痉，又祛风止痒的药是

A. 白僵蚕　　B. 蜈蚣

C. 刺蒺藜　　D. 地龙

E. 地肤子

答案：A

解析：本题考查白僵蚕的功效。白僵蚕善息风止痉，且兼化痰，又能祛风而止痛、止痒，还能解毒散结。

2. 既平肝阳，又降胃气的药是

A. 磁石　　B. 珍珠

C. 枇杷叶　　D. 代赭石

E. 珍珠母

答案：D

解析：本题考查代赭石的功效。代赭石苦寒清降，质重镇潜。入肝经，治肝阳上亢；入肺、胃经，治呕呃喘息。

3. 既息风止痉，又清热平肝的药是

A. 天麻　　B. 蜈蚣

C. 刺蒺藜　　D. 钩藤

E. 罗布麻

答案：D

解析：本题考查钩藤的功效。钩藤微寒清凉，质轻兼透。主入肝经，兼入心包。善平肝阳、息肝风、清肝热，兼透散风热之邪。

4. 既平肝潜阳，又凉血止血的药是

A. 牡蛎　　B. 琥珀

C. 地龙　　D. 代赭石

E. 磁石

答案：D

解析：本题考查代赭石的功效。

代赭石苦寒清降，质重镇潜。除入肝经，治肝阳上亢；入肺、胃经，治呕呃喘息外，还可入心经，治血热气逆之吐衄。

5. 钩藤入煎剂宜

A. 包煎　　B. 先煎

C. 后下　　D. 另煎

E. 与诸药同煎

答案：C

解析：本题考查钩藤的使用注意。

钩藤的有效成分为钩藤碱，加热后易被破坏，入煎剂宜后下。

二、配伍选择题

［6～8］

A. 平肝潜阳，收敛固涩　　B. 平肝潜阳，明目利尿

C. 息风止痉，祛风止痒　　D. 平肝潜阳，凉血止血

E. 息风止痉，清热解毒

6. 牡蛎的功效是

7. 龙骨的功效是

8. 代赭石的功效

答案：A　A　D

解析：本组题考查各平肝息风药的功效异同。

牡蛎生用质重镇潜，咸寒凉软，善平肝潜阳、镇惊安神、软坚散结，又兼益阴；煅用性涩收敛，既能收敛固涩，又能制酸止痛。龙骨镇惊安神，平肝潜阳，又能收敛固涩，收湿敛疮。代赭石性能参考上述解析。

［9～11］

A. 礞石　　B. 天麻

C. 钩藤　　D. 全蝎

E. 石决明

9. 既平肝潜阳，又清肝明目的是

10. 既息风止痉，又祛风通络的是
11. 既息风止痉，又解毒散结的是

答案：E B D

解析：本组题考查各平肝息风药的功效异同。

石决明善平肝潜阳、清肝明目，为治肝阳上亢及肝热目疾之要药。天麻善息风止痉、平抑肝阳，治肝阳、肝风诸证，无论寒热兼宜。能祛风通络，治痹痛肢麻，手足不遂。全蝎既善息风止痉，又善攻毒散结，还善通络止痛。

[12～14]

A. 阳亢眩晕，心悸失眠　　B. 阳亢眩晕，目赤目昏

C. 阳亢眩晕，吐血衄血　　D. 阳亢眩晕，湿疹湿疮

E. 阳亢眩晕，肝热惊悸

12. 代赭石的主治病证是
13. 羚羊角的主治病证是
14. 石决明的主治病证是

答案：C E B

解析：本组题考查各平肝息风药的主治病证。

代赭石善治肝阳上亢之头晕目眩，肺胃之逆的呕呃喘息以及血热气逆之吐衄，崩漏。羚羊角善治肝热急惊，癫痫抽搐；肝阳上亢之头晕目眩；肝火炽盛治目赤头痛；温热病治壮热神昏、谵语狂躁或抽搐。石决明为治肝阳上亢及肝热目疾之要药。

三、多项选择题

15. 珍珠的功效有

A. 养心安神　　B. 解毒敛疮

C. 祛风明目　　D. 镇心定惊

E. 清肝除翳

答案：BDE

解析：本题考查珍珠的功效。珍珠既善镇心定惊，又能清肝热以明目除翳，还能解热毒而敛疮生肌。

16. 天麻的主要药理作用

A. 镇静、抗惊厥　　B. 降血压

C. 抑制血小板聚集　　D. 抗心肌缺血

E. 抗心律失常

答案：ABCDE

解析：本题考查天麻的现代药理研究。

现代药理研究发现天麻有镇静、抗惊厥、降血压、抗心肌缺血、抗心律失常、抑制血小板聚集、镇痛、抗炎、增强大鼠学习记忆、增强细胞和体液免疫功能等作用。

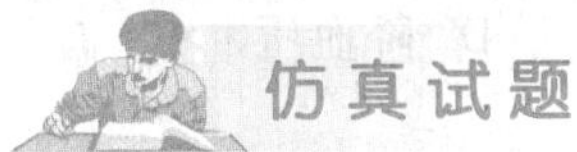

仿真试题

一、最佳选择题

1. 既能清热平肝，又能息风止痉的是
   A. 牡蛎　B. 蜈蚣
   C. 钩藤　D 刺蒺藜
   E. 决明子
2. 既能平息内风，又能祛除外风的是
   A. 羚羊角　B. 天麻
   C. 钩藤　D. 刺蒺藜
   E. 地龙
3. 既能平肝潜阳，又能息风止痉的是
   A. 石决明　B. 地龙
   C. 磁石　D. 白僵蚕
   E. 羚羊角
4. 既能平抑肝阳，又能疏肝解郁的是
   A. 龙骨　B. 柴胡
   C. 香附　D. 刺蒺藜
   E. 天麻
5. 能够治疗瘰疬痰核，癥瘕积聚的是
   A. 牡蛎　B. 白僵蚕
   C. 刺蒺藜　D. 钩藤
   E. 蜈蚣
6. 能够治疗血热气逆之吐衄、崩漏的是
   A. 石决明　B. 牡蛎
   C. 羚羊角　D. 代赭石
   E. 全蝎
7. 能够治疗中风面瘫，半身不遂以及偏正头痛，风湿顽痹的是
   A. 蜈蚣　B. 白僵蚕
   C. 石决明　D. 刺蒺藜
   E. 罗布麻
8. 能够治疗风热目赤翳障，风疹瘙痒的是
   A. 牡蛎　B. 珍珠
   C. 石决明　D. 刺蒺藜
   E. 羚羊角
9. 具有平喘，通络，利尿作用的是
   A. 罗布麻　B. 地龙
   C. 天麻　D. 全蝎
   E. 代赭石
10. 具有收敛固涩，制酸止痛作用的是
    A. 罗布麻　B. 牡蛎
    C. 天麻　D. 全蝎
    E. 代赭石
11. 具有清肝除翳，解毒敛疮作用的是
    A. 牡蛎　B. 珍珠母
    C. 珍珠　D. 石决明
    E. 刺蒺藜
12. 牡蛎不具有的功效是
    A. 平肝潜阳　B. 镇惊安神
    C. 软坚散结　D. 制酸止痛
    E. 凉血止血
13. 刺蒺藜不具有的功效是
    A. 平肝潜阳　B. 息风止痉

C. 祛风明目　D. 散风止痒

E. 疏肝解郁

14. 地龙不具有的功效是

A. 清热息风　B. 平喘

C. 通络　D. 利尿

E. 解毒散结

二、配伍选择题

[15～17]

A. 通络止痛　B. 镇惊安神

C. 降逆　D. 清热平肝

E. 清热解毒

15. 牡蛎除平肝潜阳外，还可

16. 代赭石除平肝潜阳外，还可

17. 钩藤除息风止痉外，还可

[18～19]

A. 镇心定惊，清肝除翳

B. 平肝疏肝，散风止痒

C. 平肝潜阳，清肝明目

D. 平肝息风，清肝明目

E. 平肝明目，疏散风热

18. 珍珠母的功效是

19. 羚羊角的功效是

三、多项选择题

20. 羚羊角的主要药理作用是

A. 镇静　B. 抗惊厥

C. 解热　D. 降血压

E. 抗心律失常

21. 地龙的主要药理作用是

A. 镇静　B. 抗惊厥

C. 解热　D. 降血压

E. 平喘

22. 具有清肝明目功效的药是

A. 羚羊角　B. 石决明

C. 珍珠母　D. 地龙

E. 天麻

23. 具有清泄肝热功效的药是

A. 羚羊角　B. 珍珠母

C. 钩藤　D. 石决明

E. 刺蒺藜

24. 治疗肝阳上亢的药是

A. 羚羊角　B. 钩藤

C. 天麻　D. 石决明

E. 代赭石

25. 代赭石的主治病证有

A. 肝阳上亢　B. 呕吐呃逆

C. 气逆喘息　D. 血热吐衄

E. 瘰疬痰核

26. 牡蛎的主治病证有

A. 阴虚动风　B. 瘰疬痰核

C. 自汗盗汗　D. 胃痛冷酸

E. 血热吐衄

参考答案

一、最佳选择题

1. C　2. B　3. E　4. D　5. A　6. D　7. A　8. D　9. B

10. B　11. C　12. E　13. B　14. E

二、配伍选择题

[15~17] B C D [18~19] C D

三、多项选择题

10. ABCD 21. ABCDE 22. ABC 23. ABCD 24. ABCDE 25. ABCD 26. ABCD

（赵海平 吴晖晖）

第十八单元　开 窍 药

考点分级

★★★★★

开窍药的性能与功效主治、配伍及使用注意；麝香、冰片、石菖蒲的药性、性能特点、功效、主治病证、用法、使用注意；麝香、冰片的用量；冰片的来源；麝香、石菖蒲的主要药理作用。

★★★★

苏合香、安息香的药性、功效、主治病证、用法、使用注意；各章功效相似药物的药性、功效及主治病证的异同。

重要知识点串讲

开窍药均有通闭开窍，苏醒神志的功效，主治闭证（寒闭、热闭）神昏，性味多偏温，主入心经。

药名	麝香	冰片	石菖蒲	苏合香	安息香
功效	开窍醒神				
				辟秽	
	活血散瘀/催产	清热止痛	宁神益智/化湿和胃	止痛	行气活血
效用特点	开窍醒神之良药，活血通经，止痛之佳品，闭证神昏无论寒热皆宜；瘀血诸证无论新旧皆可；0.03～0.1g，入丸散，不入煎剂	凉开之品，功似麝香但力弱，二者常相须为用。 治神昏窍闭之要药；治热毒肿痛之良药。0.15～0.3g，入丸散，不入煎剂	辛散温通，芳香走窜；善化痰湿开窍；阴亏血虚及精滑多汗者慎用	芳香辛散，温通开郁；入丸散，不入煎剂。阴虚火旺者慎用	辛香苦泄，性平不偏闭证神昏无论寒热皆宜；气滞血瘀之心腹诸痛皆可。入丸散，不入煎剂

历年真题与解析

一、最佳选择题

1. 成人内服麝香的一日量是

A. 0.03～0.1g　　B. 0.1～0.3g

C. 0.3～0.6g　　D. 0.6～1g

E. 1～3g

答案：A

解析：本题考查麝香的用法用量。麝香的成人日用量为0.03～0.1g，入丸散，不入煎剂。

2. 既开窍宁神，又化湿和胃的是

A. 朱砂　　B. 琥珀

C. 石菖蒲　　D. 苏合香

E. 安息香

答案：C

解析：本题考查石菖蒲与各章功效相似药物的功效异同。

石菖蒲既善化痰湿，开窍闭，用治痰湿蒙蔽心窍诸证，又能宁心神，和胃气，治心气亏虚之心悸失眠，健忘恍惚，以及湿浊中阻与噤口痢等。

3. 既开窍醒神，又活血散结的是

A. 冰片　　B. 远志

C. 麝香　　D. 苏合香

E. 石菖蒲

答案：C

解析：本题考查麝香与各章功效相似药物的功效异同。

麝香既为开窍醒神之良药，治闭证神昏无论寒热皆宜；又为活血通经，止痛之佳品，治瘀血诸证无论新旧皆可。

4. 阴亏血虚及精滑多汗者慎用的是

A. 冰片　　B. 安息香

C. 麝香　　D. 苏合香

E. 石菖蒲

答案：E

解析：本题考查开窍药的使用注意。石菖蒲辛温香散，易伤阴耗气，故阴亏血虚及精滑多汗者慎用。

二、配伍选择题

[5~6]

A. 麝香　　B. 石菖蒲

C. 冰片　　D. 苏合香

E. 安息香

5. 既可治心腹暴痛，跌打损伤，又可治胎死腹中或胞衣不下的是

6. 既可治心气不足之心悸失眠，又可治湿浊中阻之脘腹胀满的是

答案：A　B

解析：本组题考查开窍药的主治病证。

麝香为活血通经，止痛之佳品，治瘀血诸证无论新旧皆可，取其活血通经之功，又常用治疮肿、死胎及胞衣不下等。石菖蒲解析见前题。

三、多项选择题

7. 麝香的功效是

A. 开窍醒神　　B. 行气活血

C. 活血散瘀　　D. 宁心安神

E. 止痛

答案：ACE

解析：本题考查麝香的功效。

麝香辛香走窜，温通行散，入心、脾经，具开窍醒神，活血散瘀，止痛，催产治功效。

8. 石菖蒲的主要药理作用有

A. 镇静、催眠　　B. 抗惊厥、解痉

C. 抗心律失常、降血脂　　D. 促进消化液分泌

E. 抑制皮肤真菌

答案：ABCDE

解析：本题考查石菖蒲的现代药理研究。

现代药理研究发现石菖蒲具有镇静、催眠、抗惊厥、增智、解痉、抗心律失常、解除胃肠平滑肌痉挛、促进消化液分泌、降血脂及抑制皮肤真菌等作用。

仿真试题

一、最佳选择题

1. 既能治寒闭神昏，又能治热闭神昏的最佳药是

A. 麝香　　B. 苏合香

C. 牛黄　　D. 冰片

E. 石菖蒲

2. 治疗痰湿蒙蔽心窍之神昏宜用

A. 牛黄　　B. 石菖蒲

C. 麝香　　D. 礞石

E. 苏合香

3. 治疗热闭神昏，常与麝香配伍相须为用的是

A. 苏合香　　B. 羚羊角

C. 麝香　　D. 安息香

E. 冰片

4. 治疗瘀血诸证，无论新旧皆可的是

A. 麝香　　B. 冰片

C. 茜草　　D. 牛膝

E. 郁金

5. 治疗寒闭神昏，胸腹冷痛满闷的是

A. 冰片　　B. 苏合香

C. 麝香　　D. 安息香

E. 石菖蒲

6. 麝香不具有的功效是

A. 开窍醒神　　B. 活血散结

C. 化湿　　D. 止痛

E. 催产

7. 能入煎剂的开窍醒神药是

A. 麝香　　B. 冰片

C. 石菖蒲　　D. 苏合香

E. 安息香

二、配伍选择题

［8～10］

A. 行气活血　　B. 活血散结

C. 化湿和胃　　D. 清热止痛

E. 回阳救逆

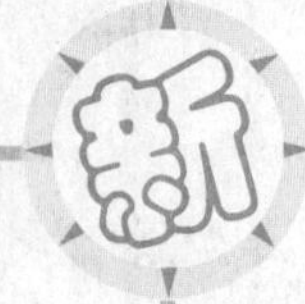

8. 麝香除开窍醒神外，还可
9. 冰片除开窍醒神外，还可
10. 安息香除开窍醒神外，还可

[11~13]

A. 麝香　B. 冰片
C. 石菖蒲　D. 苏合香
E. 安息香

11. 可治心气不足之心悸失眠，健忘恍惚的是
12. 可治五官科之疮疡肿毒等常见病的是
13. 可治产后血晕，痹症日久的是

三、多项选择题

14. 麝香的主要药理作用有

A. 兴奋与镇静中枢神经系统
B. 扩张冠状动脉
C. 降低心肌氧耗、增强心肌收缩
D. 抗炎、抗肿瘤、抗菌
E. 雄性激素样作用

15. 麝香为活血通经、止痛之佳品，可治

A. 疮疡肿痛　B. 癥瘕，经闭
C. 心腹暴痛　D. 跌打损伤
E. 风湿痹痛

参考答案

一、最佳选择题

1. A　2. B　3. E　4. A　5. B　6. C　7. C

二、配伍选择题

[8~10] B　D　A　　[11~13] C　B　E

三、多项选择题

14. ABCDE　15. ABCDE

（赵海平）

第二十单元　补虚药

考点分级

★★★★★

补虚药的性能与功效主治、配伍及使用注意、分类及各类药物的性能特点；人参、党参、黄芪、白术、山药、甘草、鹿茸、肉苁蓉、淫羊藿、杜仲、续断、补骨脂、益智仁、蛤蚧、菟丝子、当归、熟地黄、何首乌、白芍、阿胶、南沙参、北沙参、麦冬、石斛、黄精、枸杞子、龟甲、鳖甲的药性、性能特点、功效、主治病证、用法、使用注意；人参、鹿茸、益智仁、蛤蚧的用量；人参配附子，人参配蛤蚧，人参配麦冬、五味子，黄芪配柴胡、升麻，甘草配白芍，当归配黄芪的意义。

★★★★

西洋参、刺五加、大枣、巴戟天、锁阳、骨碎补、冬虫夏草、核桃仁、紫河车、沙苑子、天冬、玉竹、百合、桑椹、墨旱莲、女贞子的药性、功效、主治病证、用法、使用注意；紫河车的用量；与各章功效相似药物的药性、功效及主治病证的异同。

★★★

太子参、白扁豆、蜂蜜、仙茅、狗脊、海马、龙眼肉的药性、功效、用法、使用注意。海马的用量；人参、党参、黄芪、甘草、鹿茸、淫羊藿、当归、何首乌、白芍、枸杞子的主要药理作用；南沙参、北沙参的来源。

重要知识点串讲

一、补气药

有补脾、肺气功效，主治脾气虚证、肺气虚证等。多为甘温之品，主要归脾肺经，个别药还归心经、肾经。

（一）长于补脾气的药物

药名	人参	党参	黄芪	白术	西洋参
功效	上述五味药物均长于补脾气				
	大补元气/补肺气/生津止渴/安神益智	补肺气/生津养血	补气升阳/益卫固表/托毒生肌/利水消肿	燥湿利水/止汗/安胎	补气养阴/清火生津
效用特点	补气力强、补气范围广，为补气强身之要药	类似人参的补脾肺气作用，然力量不及人参，常用以代替人参治疗脾肺气虚轻证	补脾气不及人参，但能升举阳气，善治脾虚中气下陷；补肺气也不及人参，但能益卫固表，善治气虚自汗		为寒补之品

此外，刺五加、山药、大枣、太子参、甘草、白扁豆、蜂蜜有平和的补气作用。

（二）既能补脾气，又能补肺气的药物：人参、党参、黄芪、山药、西洋参、太子参、蜂蜜，其中山药、太子参、蜂蜜补气作用和缓。

（三）肺脾肾均补的药物

人参为补气药的代表，疗效可靠，应用范围广，且还具有生津、安神益智之功；西洋参药性寒凉，宜于热病等所致的气阴两脱，脾肺气阴两虚及津伤口渴及消渴等；山药为药食两用之品，平补肺、脾、肾之气阴。

（四）具有补心气功效的药物

药名	人参	甘草	刺五加	西洋参
药性	微温	平	温	寒
功效	上述四药均能补心气			
	大补元气/补脾益肺/生津止渴/安神益智	补脾气/祛痰止咳/解毒/缓急止痛/缓和药性	补脾气/益肾强腰/养心安神/活血通络	补气养阴/清火生津
效用特点	善治心气虚之心神不安	善治心气虚之心动悸、脉结代	类似人参，但作用不及人参	善治心气阴两虚证

（五）人参、党参、西洋参、太子参与藜芦配伍问题：中药配伍“十八反”中明确提出人参反藜芦，党参、西洋参、太子参三药均为清代以后才正式入药，古本草文献中虽没有“反藜芦”之说，但《中华人民共和国药典》在党参、西洋参、北沙参项下均提示“不宜与藜芦同用”。

二、补阳药

均能补肾阳，治疗肾阳虚诸证；部分药物分别兼有益肾精、强筋骨、收敛固涩、补肺的作用，又可用治肝肾亏虚的筋骨不健，肾虚的腹泻、遗尿、尿频、遗精、带下，肺肾两虚的喘咳等证。本类药物多甘、辛、咸，性温热，主归肾经。

（一）既补肾阳，又益肾精的药物

药名	鹿茸	蛤蚧	冬虫夏草	紫河车
功效	上述四药均能补肾阳＋益肾精			
	强筋骨/调冲任/托疮毒	补肺气/定喘嗽	补肺/止血化痰	养血/益气
效用特点	峻补元阳，大补精血，为血肉有情之品	善治肺肾两虚之虚喘劳嗽	善治肺肾两虚之虚喘，劳嗽痰血	平补气血精阳

（二）既补肾阳，又强筋骨的药物

药名	鹿茸	淫羊藿	杜仲	续断	巴戟天	狗脊
功效	上述六药均能补肾阳＋强筋骨					
	益精血/调冲任/托疮毒	祛风除湿	安胎	行血脉	祛风除湿	祛风湿
效用特点	峻补元阳，大补精血，强筋骨	善治风湿痹证兼筋骨痿软	治肾虚腰膝酸痛或筋骨无力之要药	善治伤科筋伤骨折	类似淫羊藿，但作用较缓	善强腰脊而治腰痛脊强

（三）既补肾阳，又兼收敛固涩的药物：菟丝子、沙苑子、益智仁、补骨脂。收敛固涩具体表现为固精、缩尿、止泻、止带、摄唾等，不同的药物在收敛固涩方面表现不同。

药名	菟丝子	沙苑子	益智仁	补骨脂
功效	上述四药均能补肾阳			
	固精、缩尿、止泻	固精	固精、缩尿、摄唾	固精、缩尿、止泻
	安胎/益阴/明目/生津	养肝明目	温脾开胃	纳气平喘
效用特点	入肾经，善补阳益阴、固精缩尿、安胎。 入肝脾经，善养肝明目、补脾止泻	类似菟丝子而固涩力较强，善固精而止遗	以温脾开胃摄唾，缩尿见长	以温肾止泻，纳气平喘见长

（四）肺肾双补的药物

<table>
<tr><th>药名</th><th>蛤蚧</th><th>冬虫夏草</th><th>核桃仁</th><th>紫河车</th></tr>
<tr><td rowspan="2">功效</td><td colspan="4">上述四药均能补肾阳＋补肺</td></tr>
<tr><td>定喘嗽/益精血</td><td>化痰止血</td><td>定喘/润肠通便</td><td>补精/养血</td></tr>
<tr><td>效用特点</td><td>善治肺肾两虚之虚喘劳嗽</td><td>善治肺肾两虚之虚喘，劳嗽痰血</td><td>治肺肾两虚咳喘</td><td>善治肺肾亏虚、精血不足、气血两虚</td></tr>
</table>

三、补血药

均能补血，治疗血虚证；部分药物兼有补阴、活血、调经、润肠通便等作用，又可用治阴虚证、血瘀证、月经不调及肠燥便秘等证。大多甘温，主归心肝经。

<table>
<tr><th>药名</th><th>白芍</th><th>当归</th><th>何首乌</th><th>熟地黄</th><th>阿胶</th><th>龙眼肉</th></tr>
<tr><td rowspan="4">功效</td><td colspan="5">上述六药均能补血</td><td rowspan="4">补心脾/益气</td></tr>
<tr><td colspan="2">止痛</td><td></td><td colspan="2">滋阴</td></tr>
<tr><td rowspan="2">敛阴/柔肝/平抑肝阳</td><td colspan="2">润肠通便</td><td rowspan="2">补精益髓</td><td rowspan="2">止血</td></tr>
<tr><td>活血/调经</td><td>益精血/解毒/截疟</td></tr>
<tr><td>效用特点</td><td>善治血虚肝失所养，筋脉拘急疼痛</td><td>善治血虚血瘀，既为内科补血之佳品，又为妇科调经之要药</td><td>不腻不燥，难求速效，长于治疗精血不足之须发早白</td><td>善治血虚精亏滋腻碍脾，脾虚便溏、湿阻腹胀、气滞者不宜</td><td>善治出血所致血虚滋腻碍脾，脾虚便溏、湿阻腹胀、气滞者不宜</td><td>善治心脾两虚或气血不足</td></tr>
</table>

四、补阴药

具体有补肺阴、补胃阴、补心阴、补肝阴、补肾阴之别，分别适用于肺阴虚、胃阴虚、心阴虚、肝阴虚、肾阴虚。能补肺阴、补胃阴、补心阴的药物，大多还具有清相应脏腑之热的功效。性味大多甘寒，归经不具共性。

（一）补肺胃阴、清肺胃热的药物

<table>
<tr><th>药名</th><th>南沙参</th><th>北沙参</th><th>麦冬</th><th>天冬</th><th>玉竹</th></tr>
<tr><td rowspan="2">功效</td><td colspan="5">五药均能——补肺胃阴＋清肺胃热</td></tr>
<tr><td>益气/祛痰</td><td></td><td>清心除烦/润肠通便</td><td>滋肾降火/润肠通便</td><td></td></tr>
<tr><td>效用特点</td><td>养阴清热作用不及北沙参，但能益气、祛痰</td><td>善治肺胃阴虚有热</td><td>善益胃生津，清心除烦安神</td><td>善清肺润肺止咳，又能滋肾降火</td><td>滋阴不恋邪，可治阴虚外感</td></tr>
</table>

（二）长于补肝肾阴的药物

药名	枸杞子	龟甲	鳖甲	桑椹	墨旱莲	女贞子
功效	六药均能——补肝肾阴					
	明目/润肺	潜肝阳/健骨/养血补心/凉血止血	潜肝阳/软坚散结	补血/生津/润肠	凉血止血	退虚热/明目
效用特点	善补肝肾而明目	善治阴虚阳亢/肾虚筋骨不健等	善治热病伤阴，夜热早凉/久疟疟母、癥瘕	善治阴血亏虚诸证	善治肝肾亏虚须发早白/阴虚或血热之出血	善治肝肾亏虚须发早白、视物不清

历年真题与解析

一、最佳选择题

1. 黄芪的功效是

A. 补脾肺肾，固精止带　　B. 补气养阴，清火生津

C. 补气健脾，止汗安胎　　D. 补气升阳，利水消肿

E. 健脾化湿，消暑解毒

答案：D

解析：本题考查黄芪的功效。黄芪具有补气升阳、益卫固表、托毒生肌、利水消肿的功效。

2. 善温脾开胃摄唾的药是

A. 砂仁　　B. 益智仁

C. 肉豆蔻　　D. 沙苑子

E. 菟丝子

答案：B

解析：本题考查常用补阳药的功效。

砂仁：化湿开胃，温脾止泻，理气安胎；益智仁：暖肾固精缩尿，温脾开胃摄唾；肉豆蔻：涩肠止泻，温中行气；沙苑子：补肾固精，养肝明目；菟丝子：补阳益阴，固精缩尿，明目止泻，安胎，生津。

3. 既补中益气，又生津养血的药是

A. 黄芪　B. 甘草　C. 党参　D. 大枣　E. 当归

答案：C

解析：本题考查党参与各章功效相似药物的异同。

黄芪：补气升阳、益卫固表、托毒生肌、利水消肿；甘草：益气补中、祛痰止咳、解毒、缓急止痛、缓和药性；党参：补中益气，生津养血；大枣：补中益气、养血安神、缓和药性；当归：补血活血、调经止痛、润肠通便。

4. 南、北沙参均有的功效是

A. 养胃生津，清心除烦　　B. 养阴清肺，益胃生津

C. 润肺滋阴，补脾益气　　D. 滋补肝肾，明目退翳

E. 滋肾除热，润肠通便

答案：B

解析：本题考查南、北沙参功效的异同。

南沙参的功效：清肺养阴，益胃生津，益气，祛痰；北沙参的功效：养阴清肺，益胃生津。

5. 玉竹的功效是

A. 滋阴润肺，清心安神　　B. 滋阴润肺，生津养胃

C. 滋阴润肺，止咳化痰　　D. 滋阴润肺，润肠通便

E. 滋阴润肺，清肝明目

答案：B

解析：本题考查玉竹的功效。玉竹具有滋阴润肺，生津养胃的功效。

6. 上清肺火，下滋肾阴的药物是

A. 沙参　B. 玉竹　C. 麦冬　D. 天冬　E. 石斛

答案：D

解析：本题考查常用补阴药的功效。天冬入肺肾经，具有清肺降火，滋阴润燥，润肠通便的功效。

二、配伍选择题

[7～9]

A. 仙茅　B. 海马　C. 蜂蜜　D. 狗脊　E. 龙眼肉

7. 既补心脾，又益气血的药是

8. 既温肾壮阳，又祛寒除湿的药是

9. 既补肝肾强腰膝，又祛风湿的药是

答案：E　A　D

解析：本题组考查常用补虚药物的功效

仙茅：温肾壮阳，祛寒除湿；海马：补肾助阳，活血散结，消肿止痛；蜂蜜：补

中缓急，润肺止咳，滑肠通便，解毒；狗脊：补肝肾，强腰膝，祛风湿；龙眼肉：补心脾、益气血。

三、多项选择题

10. 刺五加的功效有

A. 补气升阳　　B. 养阴生津

C. 益气健脾　　D. 化湿和胃

E. 补肾安神

答案：CE

解析：本题考查刺五加的功效。刺五加具有补气健脾、益肾强腰、养心安神、活血通络的功效。

11. 人参的主治病证有

A. 消渴　　B. 肺气虚弱

C. 津伤口渴　　D. 失眠多梦

E. 气虚欲脱

答案：ABCDE

解析：本题考查人参的主治病证。

人参的主治病证：气虚欲脱、脉微欲绝；脾气虚弱的食欲不振、呕吐泄泻；肺气虚弱的气短喘促、脉虚自汗；热病津伤口渴，消渴；心神不安，失眠多梦，惊悸健忘。

12. 补骨脂的功效有

A. 补肾壮阳　　B. 托疮生肌

C. 温脾止泻　　D. 纳气平喘

E. 养肝明目

答案：ACD

解析：本题考查补骨脂的功效。补骨脂的功效：补肾壮阳、固精缩尿、温脾止泻、纳气平喘。

13. 天冬的功效有

A. 清肺降火　　B. 滋阴潜阳

C. 软坚散结　　D. 润肠通便

E. 滋阴润燥

答案：ADE

解析：本题考查天冬的功效。天冬的功效：清肺降火、滋阴润燥、润肠通便。

14. 菟丝子的功效有

A. 补阳益阴　　B. 明目止泻

C. 生津　　D. 安胎

E. 固精缩尿

答案：ABCDE

解析：本题考查菟丝子的功效。

菟丝子的功效：补阳益阴、固精缩尿、明目止泻、安胎、生津。

15. 脾虚湿盛中满者不宜使用的药物是

A. 白术　　B. 山药

C. 大枣　　D. 西洋参

E. 蜂蜜

答案：BCDE

解析：本题考查常用补气药的使用注意。

白术的使用注意：津亏燥渴、阴虚内热者不宜使用；山药的使用注意：湿盛中满者不宜用；大枣的使用注意：湿盛中满、食积、虫积、龋齿作痛及痰热咳嗽者忌服；西洋参的使用注意：阳虚内寒及寒湿者慎用；蜂蜜的使用注意：湿盛中满、痰多咳嗽及大便稀溏者忌服。

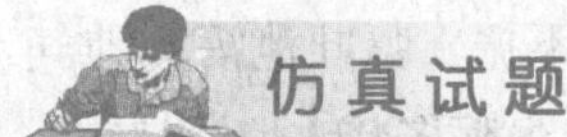

仿真试题

一、最佳选择题

1. 太子参的功效是

A. 大补元气　　B. 补气养血

C. 补气生津　　D. 补气缓急

E. 补气利水

2. 甘草配伍白芍的主要目的是

A. 缓和药性　　B. 调和诸药

C. 调和营卫　　D. 和中解毒

E. 缓急止痛

3. 肝肾不足，肾精不固，宜用

A. 当归　　B. 龙眼肉

C. 何首乌　　D. 白芍

E. 阿胶

4. 下列哪项不是何首乌的功效

A. 补益精血　　B. 润肠通便

C. 平抑肝阳　　D. 解毒

E. 截疟

5. 善治脾肺气阴两伤的药物是

A. 黄芪　　B. 白术

C. 甘草　　D. 山药

E. 北沙参

6. 既润肺止咳，又清心安神的药是

A. 百合　　B. 百部

C. 天冬　　D. 酸枣仁

E. 龙眼肉

7. 治疗亡阳气脱，人参常与下列哪味药配伍

A. 麦冬 B. 五味子
C. 附子 D. 蛤蚧
E. 黄芪

8. 具有大补元气、生津、安神益智功效的药物是
A. 人参 B. 党参
C. 黄芪 D. 山药
E. 白术

9. 具有补中益气、生津养血功效的药物是
A. 人参 B. 黄芪
C. 白术 D. 党参
E. 甘草

10. 下列哪项不是黄芪的功效
A. 补气升阳 B. 缓急止痛
C. 益卫固表 D. 利水消肿
E. 托疮生肌

11. 既能补气健脾，又可燥湿利水，止汗的药物是
A. 苍术 B. 白术
C. 黄芪 D. 茯苓
E. 山药

12. 下列药除哪味药外均不能与甘草配伍使用
A. 大戟 B. 芫花
C. 甘遂 D. 海藻
E. 大枣

13. 下列药物中药性偏于寒凉的是
A. 黄芪 B. 西洋参
C. 白术 D. 党参
E. 人参

14. 具有补肾阳，益精血功效的药组是
A. 鹿茸、肉苁蓉
B. 淫羊藿、杜仲
C. 续断、菟丝子
D. 补骨脂、益智仁
E. 蛤蚧、仙茅

15. 具有补肾阳，强筋骨，祛风湿功效的药物组是
A. 淫羊藿、狗脊
B. 鹿茸、淫羊藿
C. 鹿茸、益智仁
D. 鹿茸、补骨脂
E. 补骨脂、益智仁

16. 肾阳不足，精血亏虚的便秘，宜选
A. 火麻仁 B. 肉苁蓉
C. 麦冬 D. 益智仁
E. 补骨脂

17. 蛤蚧治疗肺肾两虚，肾不纳气的久咳虚喘，常与下列哪味药配伍
A. 西洋参 B. 党参
C. 人参 D. 黄芪
E. 鹿茸

18. 南沙参与北沙参共有的功效是
A. 养阴清肺 B. 补心肺阴
C. 补肝肾阴 D. 补脾肺气
E. 补肺肾阴

19. 治疗出血而兼有阴虚、血虚证，首选的药物是
A. 当归 B. 阿胶
C. 三七 D. 女贞子
E. 何首乌

20. 具有养血敛阴，柔肝止痛，平抑肝阳功效的药物是
A. 当归 B. 熟地黄
C. 白芍 D. 阿胶
E. 何首乌

21. 具有补肝肾、明目功效的药组是

A. 枸杞子、菟丝子

B. 女贞子、黄精

C. 枸杞子、龟甲

D. 鳖甲、石斛

E. 菟丝子、何首乌

22. 补气药的主要归经是

A. 心肺经　　B. 心肝经

C. 脾肾经　　D. 脾肺经

E. 心脾经

23. 补阴药的性味是

A. 甘温　　B. 辛温

C. 辛寒　　D. 甘寒

E. 苦寒

24. 下列说法错误的是

A. 人参益气固脱宜重用

B. 黄芪补气升阳宜炒用

C. 甘草不宜大剂量久服

D. 白术补气健脾宜生用

E. 湿盛中满、食积、虫积不宜使用大枣

25. 下列说法不正确的是

A. 鹿茸宜入丸散剂，且多从小剂量开始使用

B. 仙茅有毒，使用剂量不宜过大

C. 海马一般入煎剂使用

D. 淫羊藿具有提高性腺功能、延缓衰老的药理作用

E. 蛤蚧研末服，每次1~2g，每日三次

26. 下列说法错误的是

A. 白术与苍术都具有健脾燥湿的功效，但白术以健脾为主，苍术以燥湿为主

B. 生地黄长于清热养阴，熟地黄长于补血滋阴

C. 南沙参补阴作用不及北沙参，但能益气、祛痰

D. 党参可以完全替代人参使用

E. 天冬有补肾阴作用，麦冬有补心阴的功效

27. 除下列哪味药外，均具有润肠通便的功效是

A. 肉苁蓉　　B. 锁阳

C. 麦冬　　D. 巴戟天

E. 核桃仁

28. 百合的功效是

A. 滋阴润肺，生津养胃

B. 滋阴润肺，清心安神

C. 滋阴润肺，益气化痰

D. 滋阴润肺，补血止血

E. 滋阴润肺，清肝明目

二、配伍选择题

［29~31］

A. 大枣　　B. 沙苑子

C. 骨碎补　　D. 太子参

E. 玉竹

29. 既补肾固精，又养肝明目的药是

30. 既补中益气，又养血安神的药是

31. 既滋阴润肺，又养胃生津的药是

［32~35］

A. 益胃生津　　B. 补肝明目

C. 补阴益气　　D. 壮阳健骨

E. 软坚散结

32. 石斛的功效是

33. 麦冬的功效是

34. 黄精的功效是

35. 枸杞子的功效是

［36~39］

A. 肉苁蓉　B. 山药
C. 何首乌　D. 石斛
E. 麦冬
36. 既润肺养阴，又清心除烦的药是
37. 既益气养阴，又固精止带的药是
38. 既养胃生津，又明目强腰的药是
39. 既补益精血，又解毒截疟的药是
[40～42]
A. 跌打损伤　B. 阴虚燥咳
C. 癥瘕痞块　D. 疮肿瘰疬
E. 四肢拘挛作痛
40. 白芍的主治病证是
41. 阿胶的主治病证是
42. 生何首乌的主治病证是
[43～44]
A. 养阴清肺　B. 滋阴潜阳
C. 燥湿健脾　D. 补气生津
E. 补肾助阳
43. 苍术、白术的功效相同点是
44. 龟甲、鳖甲的功效相同点是
[45～47]
A. 止血续伤　B. 消暑解毒
C. 活血散结　D. 清火生津
E. 润肺化痰
45. 海马除补肾助阳外，又能
46. 白扁豆除健脾化湿外，又能
47. 西洋参除补气养阴外，又能
[48～49]
A. 补血活血　B. 补血止血
C. 补血敛阴　D. 补血益精
E. 补血安神
48. 白芍的功效是
49. 阿胶的功效是
[50～55]
A. 人参　B. 黄芪
C. 白术　D. 山药
E. 党参
50. 治肾虚遗精带下宜用
51. 治脾气虚弱胎动不安宜用
52. 治中气下陷之脱肛宜用
53. 脾阴虚食少口渴宜用
54. 气虚血滞肢体麻木宜用
55. 气血虚失眠健忘宜用
[56～60]
A. 当归　B. 熟地黄
C. 何首乌　D. 白芍
E. 阿胶
56. 既能补血，又能活血的药物是
57. 既能补血，又能敛阴的药物是
58. 性味甘、平的药物是
59. 性味甘、辛、温的药物是
60. 性味甘、苦、涩、微温的药物是

三、多项选择题

61. 黄芪的主治病证有
A. 气虚发热　B. 自汗盗汗
C. 气虚水肿　D. 中气下陷
E. 肠燥便秘
62. 不宜与甘草合用的药物
A. 大戟　B. 甘遂
C. 芫花　D. 海藻
E. 桔梗
63. 兼能止痛的药物有
A. 白芍　B. 白术
C. 当归　D, 甘草
E. 龙眼肉
64. 既补肝肾，又强筋骨的药物有
A. 五加皮　B. 桑寄生

C. 枸杞子　D. 续断

E. 杜仲

65. 能治疗肝肾亏虚之头晕目眩、须发早白的药物有

A. 熟地黄　B. 制首乌

C. 墨旱莲　D. 女贞子

E. 桑椹

66. 具有安神功效的药物有

A. 人参　B. 刺五加

C. 茯苓　D. 大枣

E. 百合

67. 具有延缓衰老药理作用的药物有

A. 人参　B. 黄芪

C. 鹿茸　D. 淫羊藿

E. 何首乌

68. 既补肾又温脾的药物是

A. 鹿茸　B. 益智仁

C. 补骨脂　D. 菟丝子

E. 淫羊藿

69. 骨碎补适用于肾虚所致的

A. 腰痛　B. 耳鸣

C. 牙痛　D. 久泻

E. 胎漏

70. 麦冬的功效是

A. 养肺阴　B. 养胃阴

C. 养心阴　D. 清心除烦

E. 润肠通便

71. 蛤蚧的功效是

A. 补肺气　B. 助肾阳

C. 温脾胃　D. 定喘嗽

E. 益精血

72. 大枣的功效是

A. 益气生津　B. 补中气

C. 养血　D. 宁心安神

E. 调和营卫

参考答案

一、最佳选择题

1. C　2. E　3. C　4. C　5. D　6. A　7. C　8. A　9. D　10. B
11. B　12. E　13. B　14. A　15. A　16. B　17. C　18. A　19. B　20. C
21. A　22. D　23. D　24. D　25. C　26. D　27. D　28. B

二、配伍选择题

[29 ~ 31] B　A　E　[32 ~ 35] A　A　C　B
[36 ~ 39] E　B　D　C　[40 ~ 42] E　B　D
[43 ~ 44] C　B　[45 ~ 47] C　B　D
[48 ~ 49] C　B　[50 ~ 55] D　C　B　D　B　A
[56 ~ 60] A　D　E　A　C

三、多项选择题

61. ABCD　62. ABCD　63. ACD　64. ABDE　65. ABCDE　66. ABCDE
67. ABCDE　68. BCD　69. ABCD　70. ABCDE　71. ABDE　72. BCD

（刘贤武）

第二十一单元 收涩药

考点分级

★★★★★

收涩药的性能与功效主治、配伍及使用注意；五味子、乌梅、椿皮、赤石脂、莲子、山茱萸、桑螵蛸、乌贼骨的药性、性能特点、功效、主治病证、使用注意，以及与各章功效相似药物的药性、功效及主治病证的异同；乌梅的用法。

★★★★

诃子、肉豆蔻、芡实、覆盆子、浮小麦、金樱子的药性、功效、主治病证，以及与各章功效相似药物的药性、功效及主治病证的异同；诃子、肉豆蔻的用法；诃子、肉豆蔻、覆盆子、金樱子的使用注意。

★★★

五倍子、麻黄根、罂粟壳、石榴皮的药性、功效、用法、使用注意，以及与各章功效相似药物的药性及功效的异同；罂粟壳的用量；五味子、山茱萸的主要药理作用。

重要知识点串讲

（一）能敛肺、涩肠、生津的药物

药名	五味子	乌 梅
功 效	敛肺/涩肠/生津	
	滋肾/敛汗/涩精止泻/宁心安神	安蛔/止血
效用特点	性温； 治肺肾两虚的咳喘及正虚滑脱诸证	性平； 为治虚热消渴、蛔厥腹痛之要药

（二）能涩肠、止血、止带的药物

药名	椿 皮	赤石脂
功 效	涩肠（止泻）/止血/止带	
	清热燥湿/杀虫	外用收湿敛疮生肌
效用特点	味苦、涩，性寒	味甘、酸、涩，性温

历年真题与解析

一、最佳选择题

1. 内服涩肠止泻，外用收湿敛疮的是

A. 赤石脂　　B. 石榴皮

C. 椿皮　　D. 金樱子

E. 肉豆蔻

答案：A

解析：本题考查赤石脂的功效。

赤石脂味甘、酸、涩，性温，具有涩肠止泻、止血、止带，外用收湿敛疮生肌的功效。

2. 既涩肠止泻，又敛肺利咽的是

A. 莲子　　B. 诃子

C. 桔梗　　D. 射干

E. 罂粟壳

答案：B

解析：本题考查诃子的功效。诃子苦降酸涩，具有敛肺、涩肠、下气、利咽的功效。

二、配伍选择题

[3～5]

A. 化瘀止血　　B. 涩肠止带

C. 敛肺涩肠　　D. 补脾止泻

E. 补肾助阳

3. 椿皮的功效是
4. 莲子具有的功效是
5. 乌梅具有的功效是

答案：B　D　C

解析：本组题考查收涩药的功效。

椿皮味苦、涩，性寒，能清热燥湿、涩肠，止血，止带，杀虫；莲子味甘、涩，能补脾止泻，益肾固精，养心安神；乌梅味酸，具有敛肺，涩肠，生津，安蛔，止血的功效。

[6～8]

A. 五倍子　　B. 五味子

C. 乌梅　　B. 诃子

E. 罂粟壳

6. 能敛肺，涩肠，止痛的是
7. 能敛肺，涩肠，降火的是
8. 能敛肺，涩肠，安蛔的是

答案：E　A　C

解析：本组题考查收涩药的功效。

以上诸药均为收涩药，罂粟壳除能敛肺、涩肠外，还具有良好的止痛功效；五倍子酸涩收敛，具有敛肺，涩肠固精、敛汗止血、收湿敛疮的功效，此外其性寒清降，还能降火；乌梅味酸涩敛，能敛肺、涩肠、生津、止血、安蛔。

三、多项选择题

9. 既能治崩漏，又能治湿疮的是

A. 乌贼骨　　B. 赤石脂
C. 五倍子　　B. 莲子
E. 桑螵蛸

答案：ABC

解析：本题考查相似药物的共同功效。

以上诸药均为收涩药，其中乌贼骨、赤石脂、五倍子既能收敛止血，又能收湿敛疮，适用于崩漏带下、湿疮溃疡。

仿真试题

一、最佳选择题

1. 为治疗蛔厥腹痛之要药的是
A. 五味子　　B. 椿皮
C. 乌梅　　D. 桑螵蛸
E. 金樱子

2. 能补肾助阳，固精缩尿的是
A. 桑螵蛸　　B. 乌贼骨
C. 诃子　　D. 五倍子
E. 石榴皮

3. 能涩肠止泻，温中行气的是
A. 五味子　　B. 芡实
C. 罂粟壳　　D. 麻黄根
E. 肉豆蔻

4. 能治肺虚久咳，久咳失音的是
A. 覆盆子　　B. 五味子
C. 莲子　　D. 诃子
E. 麻黄根

5. 能治气虚自汗，骨蒸劳热的是
A. 麻黄根　　B. 浮小麦
C. 赤石脂　　D. 金樱子
E. 乌梅

6. 覆盆子除益肾固精外，还能
A. 清热燥湿　　B. 止痛
C. 明目　　D. 止血
E. 止泻

7. 主治心腹筋骨诸痛的是
A. 覆盆子　　B. 赤石脂
C. 桑螵蛸　　D. 金樱子
E. 罂粟壳

8. 治滑脱不禁之证时，收涩药常配伍
A. 清热药　　B. 活血祛瘀药
C. 利水渗湿药　　D. 补虚药
E. 理气药

9. 罂粟壳的用量是
A. 0. 1 ~0. 5g　　B. 3 ~6g
C. 6 ~12g　　D. 10 ~15g
E. 15 ~20g

二、配伍选择题

[10 ~13]
A. 炒炭　　B. 蜜炙
C. 煨用　　B. 生用
E. 醋炒

10. 乌梅止泻止血宜
11. 肉豆蔻温中行气宜
12. 诃子敛肺开音宜
13. 罂粟壳止痛宜

[14～17]

A. 清热燥湿、杀虫
B. 益肾固精、明目
C. 补益肝肾、收敛固涩
D. 益气、除热止汗
E. 补脾祛湿、益肾固精

14. 山茱萸的功效是
15. 椿皮的功效是
16. 芡实的功效是
17. 浮小麦的功效是

三、多项选择题

18. 五味子的功效是
A. 敛肺滋肾　B. 生津敛汗
C. 涩精止泻　D. 收湿敛疮
E. 宁心安神

19. 乌贼骨的功效是
A. 生津敛汗　B. 收敛止血
C. 固精止带　B. 制酸止痛
E. 收湿敛疮

20. 具有安神作用的收涩药是
A. 五味子　B. 五倍子
C. 莲子　B. 诃子
E. 浮小麦

21. 能用于崩漏、带下的是
A. 椿皮　B. 赤石脂
C. 乌贼骨　B. 金樱子
E. 莲子

22. 山茱萸的药理作用有
A. 调节免疫　B. 降血糖
C. 祛痰　D. 抗菌
E. 升高白细胞

参考答案

一、最佳选择题

1. C　2. A　3. E　4. D　5. B　6. C　7. E　8. D　9. B

二、配伍选择题

[10～13] A　C　D　E　[14～17] C　A　E　D

三、多项选择题

18. ABCE　19. BCDE　20. AC　21. ABCE　22. ABDE

（吴晖晖　廖宪方）

第二十二单元　涌吐药

考点分级

★★★

涌吐药的性能与功效主治、配伍方法及使用注意；常山、瓜蒂的药性、功效、用法用量、使用注意；与各章功效相似药物的药性及功效的异同。

重要知识点串讲

一、涌吐药的配伍

涌吐药作用较猛，所服药物多随呕吐而出，故本类药物与他药共剂的意义不大，主要与以下两类药物配伍：①与能增强其呕吐作用的药物配伍以减少单味药的用量；避免过量中毒；②与能降低涌吐药毒性和烈性的药物配伍。

二、常山、瓜蒂的安全性问题

常山、瓜蒂均有毒，不宜过量。

三、常山、瓜蒂的区别应用

药名	常山	瓜蒂
功　效	两药均能——涌吐	
	截疟	外用研末吹鼻，引去湿热
效用特点	涌吐胸中痰饮	涌吐痰热、宿食

历年真题与解析

一、最佳选择题

1. 内服涌吐痰热，研末吹鼻引去湿热的药物是

A. 常山　　B. 瓜蒂　　C. 甘松　　D. 铅丹　　E. 砒石

答案：B

解析：本题考查瓜蒂的功效。

瓜蒂内服具有涌吐痰热、宿食，外用研末吹鼻，引去湿热的功效。注意与常山功效区别，常山也有涌吐功效，但常山是涌吐痰饮，不是涌吐痰热，且还具有截疟功效。

2. 既涌吐痰饮，又截疟的药是

A. 柴胡　　B. 青蒿　　C. 常山　　D. 砒石　　E. 生首乌

答案：C

解析：本题考查常山的功效。

常山具有涌吐痰饮、截疟的功效。本题备选的五个药物均有截疟功效，但只有常山能涌吐痰饮，其他药物均不具有涌吐功效。

3. 既涌吐痰涎，又截疟的药是

A. 升药　　B. 常山　　C. 瓜蒂　　D. 明矾　　E. 轻粉

答案：B

解析：本题考查常山与各章功效相似药物的功效的异同。

升药的功效：拔毒去腐；常山的功效：涌吐痰饮，截疟；瓜蒂的功效：内服涌吐痰热、宿食，外用研末吹鼻，引去湿热；明矾的功效：解毒杀虫、燥湿止痒，止血止泻，清热消痰；轻粉的功效：外用攻毒杀虫，内服利水通便。

仿真试题

一、最佳选择题

1. 下列何药服后呕吐不止，用麝香开水冲服可缓解
   A. 常山　　B. 瓜蒂
   C. 青蒿　　D. 砂仁
   E. 吴茱萸
2. 除下列哪项外均是涌吐药的适应证
   A. 误食毒物，停留胃中，未被吸收
   B. 宿食停滞不化，尚未入肠，脘部胀痛
   C. 痰涎壅盛，阻碍呼吸
   D. 痰浊上涌，蒙蔽清窍，癫痫发狂
   E. 宿食入肠腹泻

二、配伍选择题

[3～4]

A. 生用　　B. 酒制
C. 醋制　　D. 清炒
E. 蜂蜜制

3. 常山截疟宜
4. 常山涌吐宜

三、多项选择题

5. 下列关于涌吐药的说法正确的有
   A. 中病即止，不可连服、久服，只宜暂投
   B. 只适用于形证俱实者，老人、妇女胎前产后、体质虚弱者忌用
   C. 用量用法，一般多从小剂量渐增，防止中毒或涌吐太过
   D. 服用后宜多饮开水以助药力，或用鸡翎等物探喉助吐
   E. 吐后宜马上进食，以养胃气

参考答案

一、最佳选择题

1. B　2. E

二、配伍选择题

[3 ~4] B　A

三、多项选择题

5. ABCD

（刘贤武）

第二十三单元　杀虫燥湿止痒药

考点分级

★★★★★

杀虫燥湿止痒药的性能与功效主治、配伍及使用注意；雄黄、硫黄、轻粉、明矾的药性、性能特点、功效、主治病证、用量用法、使用注意。

★★★★

蛇床子的药性、功效、主治病证、使用注意；各章功效相似药物的药性、功效及主治病证的异同。

★★★

铅丹、土荆皮药性、功效、用法用量；铅丹的使用注意。

重要知识点串讲

一、外用能杀虫止痒的药物

药名	雄黄	硫黄	轻粉	明矾	蛇床子	土荆皮
药性	温		寒		温	
功效	上述六药外用均能——杀虫止痒，雄黄、蛇床子内服也能杀虫止痒					
	内服：解毒/杀虫/燥湿去痰/截疟定惊	内服：壮阳通便	内服：利水通便	内服：止血止泻/清热消痰	内服：燥湿杀虫/散寒祛风/温肾壮阳	
效用特点	长于解毒疗疮“治疮杀毒要药”	长于杀疥虫，治疗疥疮的要药	善治疮疡溃烂	长于收湿止痒，善治湿疹瘙痒	善治阴部湿痒	有较好杀虫疗癣、祛湿止痒作用，以治癣为主

二、可内服的药物

本单元能内服的药物有雄黄、硫黄、轻粉、明矾、铅丹、蛇床子。其中雄黄、硫黄、轻粉、铅丹都以外用为主，内服宜慎，且内服多入丸散剂；明矾、蛇床子内服外用均可，蛇床子内服可煎汤或入丸散。

三、本类药物的毒性

本单元中雄黄、硫黄、轻粉、铅丹、蛇床子、土荆皮都有毒，外用均要适量。

历年真题与解析

一、最佳选择题

1. 外用杀虫止痒，内服壮阳通便的药物是

A. 雄黄　　B. 硫黄　　C. 轻粉　　D. 明矾　　E. 蛇床子

答案：B

解析：本题考查硫黄的功效。

硫黄外用杀虫止痒，内服壮阳通便。上述五药既能外用，又可内服，但雄黄、明矾均没有壮阳通便功效；蛇床子内服能壮阳，但没有通便作用，轻粉内服能通便，但没有壮阳功效。

2. 蛇床子不具有的功效是

A. 燥湿　B. 杀虫　C. 补肝明目　D. 散寒祛风　E. 温肾壮阳

答案：C

解析：本题考查蛇床子的功效。

蛇床子具有燥湿杀虫、散寒祛风、温肾壮阳的功效。

3. 明矾不具有的功效是

A. 解毒杀虫　B. 清热消痰

C. 利水通便　D. 燥湿止痒

E. 止血止泻

答案：C

解析：本题考查明矾的功效。

明矾具有解毒杀虫、燥湿止痒、止血止泻、清热消痰的功效。

4. 雄黄不具有的功效是

A. 解毒　B. 杀虫

C. 止血　D. 燥湿祛痰

E. 截疟定惊

答案：C

解析：本题考查雄黄的功效。

雄黄具有解毒、杀虫、燥湿去痰、截疟定惊的功效。

二、配伍选择题

A. 杀虫止血　B. 杀虫截疟

C. 杀虫利水　D. 杀虫止痒

E. 杀虫壮阳

5. 雄黄的功效是

6. 轻粉的功效是

答案：B　C

解析：本题组考查常用杀虫燥湿止痒药物的功效

雄黄具有解毒、杀虫、燥湿去痰、截疟定惊的功效；轻粉外用攻毒杀虫，内服利水通便。

仿真试题

一、最佳选择题

1. 下列除哪项外均是雄黄的正确用法
   A. 不宜大面积外用
   B. 内服宜慎，且多入丸散剂
   C. 不宜长期使用
   D. 孕妇忌用
   E. 宜火煅后使用
2. 外用敛疮生肌的药物是
   A. 蛇床子　B. 硫黄
   C. 雄黄　D. 铅丹
   E. 明矾
3. 下列药物中除哪项外均可治疗黄疸
   A. 栀子　B. 大黄
   C. 硫黄　D. 虎杖
   E. 明矾
4. 肾虚宫寒不孕可选用的药物是
   A. 雄黄　B. 蛇床子
   C. 轻粉　D. 铅丹
   E. 明矾
5. 只能外用不能内服的药物是
   A. 土荆皮　B. 硫黄
   C. 轻粉　D. 铅丹
   E. 明矾

二、配伍选择题

[6~8]
A. 雄黄　B. 硫黄
C. 明矾　D. 轻粉
E. 铅丹
6. 治疗疥疮瘙痒宜首选
7. 服用后要及时漱口，以免口腔糜烂的药物是
8. 上述药物中无毒的是

[9~10]
A. 壮阳通便　B. 利水通便
C. 清热消痰　D. 截疟定惊
E. 燥湿祛痰
9. 硫黄内服的功效是
10. 轻粉内服的功效是

三、多项选择题

11. 下列药物中能截疟的有
    A. 雄黄　B. 何首乌
    C. 铅丹　D. 常山
    E. 青蒿

参考答案

一、最佳选择题

1. E　2. D　3. C　4. B　5. A

二、配伍选择题

[6~8] B　D　C　[9~10] A　B

三、多项选择题

11. ABCDE

（刘贤武）

第二十四单元　拔毒消肿敛疮药

考点分级

★★★★★

拔毒消肿敛疮药的性能与功效主治、配伍及使用注意；斑蝥、蟾酥、马钱子的药性、性能特点、功效、主治病证、用法用量、使用注意。

★★★★

升药、炉甘石、儿茶的药性、功效、主治病证、使用注意；与各章功效相似药物的药性、功效及主治病证的异同。

★★★

砒石、硼砂、大蒜、猫爪草药性、功效使用注意；砒石、硼砂的用法用量。蟾酥、马钱子的主要药理作用。

重要知识点串讲

一、长于消肿止痛的药物

药名	蟾酥	马钱子
功　效	两药均长于止痛	
	解毒消肿/开窍醒神	活血通络/散结消肿
效用特点	主要用于痈疽疔疮、咽喉肿痛、龋齿疼痛及痧胀腹痛	伤科疗伤止痛之佳品，也善治风湿痹痛

二、长于蚀疮去腐的药物

药名	升药	砒石
功　效	两药均长于去腐	
	拔毒	外用蚀疮 内服劫痰平喘，截疟
效用特点	外科拔毒化腐排脓良药，多与煅石膏同用，不可用纯品，不能内服	多用于恶疮、瘰疬、牙疳、痔疮等

三、长于解毒消肿的药物

药名	硼砂	大蒜
功　效	两药均能——解毒消肿	
	内服清肺化痰	杀虫
效用特点	喉科及眼科常用药	

四、长于收湿生肌敛疮的药物

药名	炉甘石	儿茶
功　效	两药均能——收湿生肌敛疮	
	明目退翳	止血/清肺化痰/生津止泻
效用特点	眼科外用药中退翳除障通用药，治皮肤湿痒要药	

历年真题与解析

一、最佳选择题

1. 能解毒消肿，又开窍辟秽的药是

A. 硼砂　　B. 蟾酥

C. 白芷　　D. 远志

E. 白僵蚕

答案：B

解析：本题考查蟾酥与各章功效相似的药物的功效的异同。

硼砂的功效：外用清热解毒、内服清热化痰；蟾酥的功效：解毒消肿、止痛、开窍醒神；白芷的功效：祛风散寒、通窍止痛、消肿排脓、燥湿止带；远志的功效：宁心安神、祛痰开窍、消散痈肿；白僵蚕的功效：息风止痉、祛风止痛、化痰散结。

2. 成人内服马钱子的一日用量是

A. 0.3~0.9g　　B. 1~2g

C. 2~5g　　D. 5~9g

E. 0.002~0.004g

答案：A

解析：本题考查马钱子的用量。马钱子成人内服的日用量是：0.3~0.9g。

3. 能明目去翳，收湿生肌的药是

A. 炉甘石　　B. 煅石膏

C. 决明子　　D. 煅龙骨

E. 野菊花

答案：A

解析：本题考查炉甘石与各章功效相似药物的功效的异同。

炉甘石的功效：明目去翳、收湿生肌；煅石膏的功效：收敛生肌；决明子的功效：清肝明目、润肠通便；煅龙骨的功效：收湿敛疮；野菊花的功效：清热解毒、清肝热、散风热。

二、配伍选择题

[4~7]

A. 硼砂　　B. 升药

C. 炉甘石　　D. 大蒜

E. 猫爪草

4. 性温，能解毒杀虫的药是
5. 性温，能散结消肿的药是
6. 性凉，能清热化痰的药是
7. 性平，能明目去翳的药是

答案：D　E　A　C

解析：本题组考查常用拔毒消肿敛疮药的药性及功效。

硼砂：性凉，外用清热解毒、内服清热化痰；升药：性寒，拔毒去腐；炉甘石：性平，明目去翳、收湿生肌；大蒜：性温，消肿解毒杀虫；猫爪草：性温，散结消肿。

[8~9]

A. 攻毒蚀疮　　B. 开窍醒神

C. 通络散结　　D. 收湿生肌

E. 劫痰平喘

8. 斑蝥除能破血散结外，又能
9. 马钱子除能消肿定痛外，又能

答案：A　C

解析：本题组考查常用拔毒消肿敛疮药的功效。

斑蝥的功效：攻毒蚀疮、破血散结；马钱子的功效：消肿定痛、通络散结。

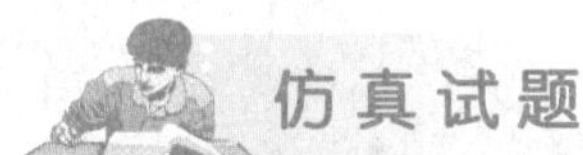

仿真试题

一、最佳选择题

1. 长于破血散结，攻毒蚀疮的药物是

A. 斑蝥　　B. 蟾酥

C. 马钱子　　D. 升药

E. 炉甘石

2. 能治疗痧胀腹痛吐泻、昏厥的药物是

A. 硼砂　　B. 蟾酥

C. 马钱子　　D. 儿茶

E. 砒石

3. 长于通络散结止痛的药物是

A. 升药　　B. 蟾酥

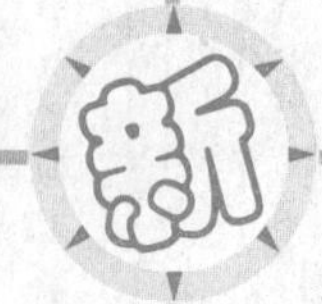

C. 斑蝥　　D. 马钱子

E. 儿茶

4. 多与煅石膏研末同用，不用纯品的药物是

A. 升药　　B. 砒石

C. 斑蝥　　D. 炉甘石

E. 马钱子

5. 马钱子内服的剂量是

A. 0.3～0.9g　　B. 0.1～0.3g

C. 0.9～1.2g　　D. 0.01～0.09g

E. 6～9g

6. 关于升药的使用，下列除哪项外均是正确的

A. 不宜长时间使用

B. 不宜过量使用

C. 内服用酒送服

D. 孕妇忌用

E. 头面及疮痈见血者忌用

二、配伍选择题

［7～9］

A. 斑蝥　　B. 蟾酥

C. 儿茶　　D. 猫爪草

E. 硼砂

7. 具有生肌止血功效的药物是

8. 能治疗咽喉肿痛，口舌生疮，目赤翳障的药物是

9. 瘰疬结核未溃者宜选用的药物是

［10～11］

A. 大蒜　　B. 斑蝥

C. 升药　　D. 炉甘石

E. 马钱子

10. 阴虚火旺及有目、口齿、喉舌诸疾不宜使用的药物是

11. 治疗目赤翳障、烂弦风眼的药物是

三、多项选择题

12. 兼能止痛的药物有

A. 斑蝥　　B. 炉甘石

C. 蟾酥　　D. 升药

E. 马钱子

13. 长于去腐的药物有

A. 砒石　　B. 炉甘石

C. 蟾酥　　D. 升药

E. 马钱子

14. 有毒的药物有

A. 斑蝥　　B. 炉甘石

C. 蟾酥　　D. 升药

E. 马钱子

参 考 答 案

一、最佳选择题

1. A　2. B　3. D　4. A　5. A　6. C

二、配伍选择题

［7～9］C　E　D　　［10～11］A　D

三、多项选择题

12. CE　13. AD　14. ACDE

（刘贤武）

中药药剂学部分

第一单元　绪　论

考点分级

★★★★★

中药药剂学及中药药剂学常用术语的概念；中药剂型选择的原则。

★★★★★

药典与药品标准的基本内容，性质和作用。

★★★

中药药剂学的发展；中药剂型的分类。

重要知识点串讲

一、中药药剂学

中药药剂学是以中医药理论为指导，运用现代科学技术，研究中药药剂的配制理论、生产技术、质量控制与合理应用等内容的一门综合性应用技术科学。中药药剂学包括中药制剂学和中药调剂学。

二、中药药剂学常用术语

1. 剂型　2. 制剂　3. 中成药

三、中药剂型选择的基本原则

1. 根据疾病防治需要选择；2. 根据药物性质选择；3. 根据“五方便”的要求选择；4. 考虑生产条件选择。

四、药典与药品标准

1. 药典的性质与作用

药典是一个国家记载药品质量规格、标准的法典。由国家组织药典委员会编纂，国务院颁发施行，具有法律的约束力。药典中收载医疗必需、疗效确切、毒副作用小、质量稳定的常用药物及其制剂，规定其质量标准、制备要求、鉴别、杂质检查、含量测定、功能主治及用法用量等，作为药物生产、检验、供应与使用的依据。

新中国建立以来，《中华人民共和国药典》（简称《中国药典》）至今已颁发了八版，现行版为2005年版。《中国药典》分别由凡例、正文、附录和索引组成。凡例是使用本药典的总说明，包括药典中各种术语的含义，及其在使用时的有关规定。正文是药典的主要内容，叙述本部药典收载的所有药物和制剂。附录则是叙述本部药典所采用的检验方法、制剂通则、药材炮制通则、对照品与对照药材及试药、试液、试纸等。

2. 药品标准的性质与作用

药品标准是国家对药品质量规格及检验方法所作的技术规定，是药品生产、供应、使用、检验和管理部门共同遵循的法定依据。我国药品标准有《中国药典》和部（局）颁标准。药品标准具有法规性质，属强制性标准，凡正式批准生产的药品及药用辅料都应执行《中国药典》和部（局）颁标准。中药材、中药饮片分阶段、分品种实施，暂可参照执行省、自治区、直辖市药品管理监督局制定的《炮制规范》。

历年真题与解析

一、最佳选择题

1.《中华人民共和国药典》是

A. 由国家颁布的药品集

B. 由国家医药管理局制定的药品标准

C. 由卫生部制定的药品规格、标准的法典

D. 由国家编纂的药品规格、标准的法典

E. 由国家制定颁布的制剂手册

答案：D

解析：本题考查的是《中国药典》的性质。

药典是代表一个国家医药水平的法典，所记载的药品规格、标准具有法律的约束力，由国家组织的药典委员会编纂，并由政府颁布实行。

二、配伍选择题

［2～4］

A. 药物　　B. 剂型

C. 制剂　　D. 新药

E. 中成药

2. 用于治疗、预防及诊断疾病的物质总称
3. 以中药材为原料，在中医药理论指导下，经药监部门批准，分为处方药和非处方药的药品
4. 根据药品标准或其他规定的处方，将原料药物加工制成具有一定规格的药物制品

答案：A　E　C

解析：本题考查的是中药药剂学的常用术语。

药物是用于治疗、预防及诊断疾病的物质总称；中成药是以中药材为原料，在中医药理论指导下，经药监部门批准，分为处方药和非处方药的药品；制剂是根据药品标准或其他规定的处方，将原料药物加工制成具有一定规格的药物制品；新药是指未曾在中国境内上市销售的药品；剂型是指将原料药加工制成适合于医疗或预防的应用形式。

三、多项选择题

5. 下列属于中药剂型选择的基本原则是

A. 根据疾病防治的需要

B. 根据药物的性质

C. 根据“用、产、带、运、贮”的方便性

D. 根据经验

E. 考虑生产条件要求

答案：ABCE

解析：本题考查中药剂型选择的基本原则。

中药剂型选择的基本原则是：根据疾病防治的需要、药物的性质、“用、产、带、

运、贮”的方便性和考虑生产条件要求。

6. 急症患者临床用药宜选用的中药速效剂型有

A. 吸入气雾剂

B. 舌下片

C. 丸剂

D. 注射剂

E. 滴丸（水溶性基质）

答案：ABDE

解析：本题考查剂型选择的依据。

急症患者临床用药一般宜选用的中药速效剂型如气雾剂、舌下片、注射剂、滴丸（水溶性基质），口服液剂、保留灌肠剂等；慢性疾患一般可选用作用缓和持久的剂型如丸剂、片剂、煎膏剂及长效缓释制剂等。

仿真试题

一、最佳选择题

1. 我国历史上由国家颁发的第一部药剂规范是

A. 《普济本事方》

B. 《太平惠民和剂局方》

C. 《金匮要略方论》

D. 《圣惠选方》

E. 《本草纲目》

2. 便于应用物理化学的原理来阐明各类剂型特点的分类方法是

A. 按给药途径分类

B. 按分散系统分类

C. 按制法分类

D. 按形态分类

E. 按药物功效（适应症）分类

3. 我国现行药典是《中华人民共和国药典》的哪一版

A. 2008 年版

B. 1990 年版

C. 2002 年版

D. 2005 年版

E. 1995 年版

4. 《中华人民共和国药典》是由下列哪一个部门颁布实施

A. 国务院食品药品监督管理局

B. 卫生部

C. 药典委员会

D. 中国药品生物制品检定所

E. 最高法院

5. 我国最早的方剂与制药技术专著是

A. 《新修本草》

B. 《太平惠民和剂局方》

C. 《汤液经》

D. 《本草纲目》

E. 《黄帝内经》

6. 以下哪一项不是《中国药典》中记载的内容

A. 质量标准

B. 制备要求

C. 鉴别

D. 功能与主治

E. 制剂研究

7. 下列关于《中国药典》叙述错误的是

A.《中国药典》是国家记载药品规格和标准的法典

B.《中国药典》由国家药典委员会编纂

C.《中国药典》由政府颁布施行，具有法律约束力

D.《中国药典》中收载已经上市销售的全部药物和制剂

E.《中国药典》在一定程度上反映我国药品生产、医疗和科技水平

8. 下列哪种药典是世界卫生组织（WHO）为了统一世界各国药品的质量标准和质量控制的方法而编纂的

A. 《国际药典》（Ph. Int.）

B. 《美国药典》（U. S. P.）

C. 《英国药典》（B. P.）

D. 《日本药局方》（J. P.）

E. 《中国药典》（Ch. P.）

9.《中国药典》制剂通则包含在下列哪一项中

A. 凡例　B. 正文

C. 附录　D. 前言

E. 具体品种的药品标准

10. 我国历史上最早的一部药典是

A. 《本草纲目》

B. 《新修本草》

C. 《太平惠民和剂局方》

D. 1953 年的《中华人民共和国药典》

E. 《中华药典》

11. 世界上最早颁布的一部全国性药典是

A. 《新修本草》

B. 《法国药典》

C. 《太平惠民和剂局方》

D. 《佛洛伦斯药典》

E. 《伊伯氏纸本草》

12. 我国现行版药典为第几版

A. 第五版　B. 第六版

C. 第七版　D. 第八版

E. 第九版

13. 《药品生产质量管理规范》的简称是

A. GMP　B. ISO

C. GLP　D. GCP

E. GAP

14.《中华人民共和国药典》最早于何年颁布

A. 1949 年　B. 1950 年

C. 1951 年　D. 1953 年

E. 1955 年

二、配伍选择题

［15～18］

A. 物理药剂学　B. 生物药剂学

C. 工业药剂学　D. 药物动力学

E. 临床药学

15. 运用物理化学原理、方法和手段，研究药剂学中有关处方设计、制备工艺、剂型特点、质量控制等内容的边

缘科学是

16. 研究药物在体内的吸收、分布、代谢与排泄的机理及过程，阐明药物因素、剂型因素和生理因素与药效之间关系的边缘科学是
17. 研究药物制剂工业生产的基本理论、工艺技术、生产设备和质量管理的科学，也是药剂学重要的分支学科是
18. 采用数学的方法，研究药物的吸收、分布、代谢与排泄的经时过程及其与药效之间关系的科学是

［19～22］

A. 处方药　B. OTC

C. 新药　D. 药物

E. 中成药

19. 未曾在中国境内上市销售的药品是
20. 是指以中药材为原料，在中医药理论指导下，按规定的处方和制法大量生产，有特有的名称并标明功能主治、用法用量和规格的药物是
21. 可以在大众传播媒体上做广告是
22. 必须凭借医师处方签才能购买是

［23～24］

A. 药品标准

B.《中药药剂手册》

C.《全国中成药处方集》

D.《中药方剂大辞典》

E.《中华人民共和国药典》2005 年版

23. 国家对药品质量规范及检验所作的技术规定
24. 国家记载的药品质量规格、标准的法典

三、多项选择题

25.《中国药典》记载的内容有

A. 鉴别

B. 质量标准

C. 制备要求

D. 杂质检查

E. 处方依据

26.《中国药典》一部收载的内容有

A. 中药材

B. 中药饮片

C. 生物制品

D. 植物油脂和提取物

E. 中药成方制剂及单位制剂

27. 有关中药药剂学叙述中，正确的是

A. 是以中医药理论为指导，运用现代科学技术，研究中药药剂的配制理论、生产技术、质量控制与合理应用等内容的综合性应用技术科学

B. 是一门既有中医药特色，又反映当代先进技术水平的科学

C. 主要与现代制药理论技术密切相关，与临床用药无关

D. 是中医药学的重要的组成部分

E. 包括中药制剂学和中药调剂学

28. 下列属于药剂学任务的是

A. 药剂学基本理论的研究

B. 新剂型的研究与开发

C. 新原料药的研究与开发

D. 新辅料的研究与开发

E. 制剂新机械和新设备的研究与开发

29. 下列哪些表述了药物剂型的重要性

A. 剂型可改变药物的作用性质

B. 剂型能改变药物的作用速度

C. 改变剂型可降低（或消除）药物的毒副作用

D. 剂型决定药物的治疗作用

E. 剂型可影响疗效

30. 以下属于药剂学的分支学科的是

A. 物理药剂学

B. 生物药剂学

C. 化学药剂学

D. 药物动力学

E. 临床药学

31. 属于《中国药典》在制剂通则中规定的内容为

A. 泡腾片的崩解度检查方法

B. 栓剂和阴道用片的熔变时限标准和检查方法

C. 扑热息痛含量测定方法

D. 片剂溶出度试验方法

E. 控释制剂和缓释制剂的释放度试验方法

32. 下列具有药典性质的是

A.《新修本草》

B.《太平惠民和剂局方》

C.《本草纲目》

D.《黄帝内经》

E.《神农本草经》

33. 属于中药药剂工作依据的是

A.《中华人民共和国药典》

B. 局颁药品标准

C. 部颁药品标准

D.《药品管理法》

E.《药品生产质量管理规范》

34. 药物剂型设计应考虑的“三小”是指

A. 剂量小

B. 刺激性小

C. 毒性小

D. 副作用小

E. 体积小

参考答案

一、最佳选择题

1. B　2. B　3. D　4. A　5. C　6. E　7. D　8. A　9. C
10. B　11. A　12. D　13. A　14. D

二、配伍选择题

[15 ~ 18] A B C D　[19 ~ 22] C E B A　[23 ~ 24] A E

三、多项选择题

25. ABDE　26. ABDE　27. ABDE　28. ABDE　29. ABCE
30. ABDE　31. ABDE　32. AB　33. ABCDE　34. ACD

第二单元　制药卫生

考点分级

★★★★★

药品卫生标准；药剂可能被微生物污染的途径；常用灭菌方法的特点与应用；常用防腐剂的性质与应用。

★★★★★

F 与 F_0 值在灭菌中的意义与应用；制药环境空气净化技术；净化级别划分及适用范围。

★★★

无菌操作法的要点与注意事项。

重要知识点串讲

一、药品卫生标准

1. 致病菌

表 2－1　致病菌限度标准

	口服药品	含动物药及脏器	外用药品	阴道、创伤、溃疡用制剂
大肠埃希菌	不得检出			
沙门菌		不得检出		
绿脓杆菌			不得检出	
金黄色葡萄球菌			不得检出	
破伤风杆菌				不得检出

2. 活螨

表 2－2　活螨限度标准

	口服	创伤	黏膜	腔道
活螨	不得检出	不得检出	不得检出	不得检出

3. 细菌和病毒

表 2－3　细菌和病毒限度标准

	口服固体制剂		口服液体制剂	外科药品			气雾剂和膜剂
	不含生药原粉	含生药原粉		眼科用药	阴道、创伤、溃疡用制剂	用于表皮、黏膜完整的含生药原粉的制剂	
细菌	≤1000	丸剂≤5 万、其他≤1 万	≤100	≤100	≤1000	≤5 万	≤100
病毒	≤100	≤500	≤100	不得检出	≤100	≤500	≤100

4. 生虫、长螨：一律以不合格论。

二、药剂可能被微生物污染的途径

1. 原药材；2. 药用辅料；3. 制药设备、器械等；4. 制药环境空气；5. 操作人员；6. 包装材料。

三、制药环境的空气净化

1. 空气净化技术

（1）非层流型洁净空调系统；（2）层流型洁净净化系统。

2. 净化级别的划分及适用范围

（1）净化级别：100 级、10 000 级、100 000 级、300 000 级；

（2）适用范围

100 级　①最终灭菌的无菌药品：大容量注射液（≥50ml）的灌封。②非最终灭菌的无菌药品：灌装前不需除菌滤过的药液的配制；注射剂的灌封、分装和压塞；直接接触药品的包装材料最终处理后的暴露环境。

10 000 级　①最终灭菌的无菌药品：注射液的稀配、滤过；小容量注射剂的灌封；直接接触药品的包装材料最终处理。②非最终灭菌的无菌药品：灌装前需除菌滤过的药液的配制。③其他无菌药品：供角膜创伤或手术用滴眼剂的配制和灌装。

100 000 级　①最终灭菌的无菌药品：注射剂浓配或采用密闭系统的稀配。②非最终灭菌的无菌药品：轧盖，直接接触药品的包装材料最后一次精洗的最低要求。③非无菌药品：非最终灭菌口服液药品的暴露工序；深部组织创伤外用药品、眼用药品的暴露工序；除直肠用药外的腔道用药的暴露工序。

300 000 级　最终灭菌口服液体药品的暴露工序；口服固体药品的暴露工序；表皮外用药品的暴露工序；直肠用药的暴露工序。

四、常用灭菌方法的特点与应用

1. 物理灭菌法

（1）干热灭菌法

（2）湿热灭菌法：①热压灭菌法；②流通蒸汽灭菌法和煮沸灭菌法。

（3）滤过除菌法

（4）紫外线灭菌法

（5）^{60}Co－辐射灭菌法

2. 化学灭菌法：①消毒剂消毒法；②气体灭菌法。

五、常用防腐剂的性质与应用

1. 苯甲酸与苯甲酸钠；2. 对羟基苯甲酸酯类（尼泊金类）；3. 山梨酸与山梨酸钾。

历年真题与解析

一、最佳选择题

1. 作为热压灭菌法灭菌可靠性的控制标准是

A. F 值　　B. F_0 值

C. D 值　　D. Z 值

E. N_t 值

答案：B

解析：本题考查 F 值、F_0值在灭菌中的意义。

F 值指在一定温度下杀死容器中全部微生物所需的时间；F_0值相当于 121℃热压灭菌杀死待灭菌物品中全部微生物所需的时间。

2. 下列物质中，对霉菌和酵母菌具有较好抑制力的是

A. 对羟基苯甲酸乙酯

B. 苯甲酸钠

C. 苯扎溴铵

D. 山梨酸

E. 桂皮油

答案：D

解析：本题考查常用防腐剂应用。

常用的防腐剂有苯甲酸与苯甲酸钠、对羟基苯甲酸酯类、乙醇、季铵盐类及山梨酸等，山梨酸的特点是对霉菌、酵母菌的抑制力较好，最低抑菌浓度为 800～1200μg/ml，常与其他抗菌剂或乙二醇联合使用，可产生协同作用。

3. 适用于大体积（≥50ml）注射剂滤过、灌封的环境空气净化级别为

A. 100000 级　　B. 50000 级

C. 10000 级　　D. 100 级

E. 10 级

答案：D

解析：本题考查净化级别的划分及适用范围。

我国《药品生产质量管理规范》（1998 年修订）附录中药品生产洁净区的空气洁净度分为：100 级、10 000 级、100 000 级、300 000 级，其中 100 级的适用范围为：①

最终灭菌的无菌药品：大容量注射液（≥50ml）的灌封。②非最终灭菌的无菌药品：灌装前不需除菌滤过的药液的配制；注射剂的灌封、分装和压塞；直接接触药品的包装材料最终处理后的暴露环境。

二、配伍选择题

[4～7]

A. 紫外线灭菌法　　B. 辐射灭菌法

C. 微波灭菌法　　D. 低温间歇灭菌法

E. 滤过灭菌法

4. 属于湿热灭菌法的是

5. 可产生臭氧而起灭菌作用的是

6. 可用于热敏性药品的灭菌

7. 特别适用于热敏性药物溶液的除菌

答案：D　A　B　E

解析：本题考查常用灭菌方法的特点与应用。

湿热灭菌法包括热压灭菌、流通蒸汽灭菌、煮沸法灭菌及低温间歇灭菌法；紫外线可使微生物核酸蛋白变性死亡，同时空气受紫外线辐射后产生微量臭氧也可起到灭菌作用；辐射灭菌法是采用β射线、γ射线杀菌的方法，适用于热敏物质和已包装药品的灭菌；滤过灭菌法灭菌过程中不升高产品的温度，特别适用于不耐热药物的灭菌。

三、多项选择题

8. 下列适合采用干热空气灭菌的物品是

A. 油类

B. 活性炭

C. 塑料制品

D. 玻璃器皿

E. 凡士林

答案：ABDE

解析：本题考查干热空气灭菌的运用。

干热灭菌一般需要180℃1h以上，或140℃至少3h，或160～170℃2h以上灭菌效果才可靠，适合于一些耐高温材料及不允许湿气穿透的物品灭菌。玻璃器皿、活性炭耐高温，油类、凡士林不仅耐高温且不允许湿气穿透，因此均可采用干热灭菌，而塑料制品不耐热，因此不适合采用高温的干热灭菌。

9. 药剂可能被微生物污染的途径

A. 药物原辅料

B. 操作人员

C. 制药工具

D. 环境空气

E. 包装材料

答案：ABCDE

解析：本题考查药剂可能被微生物污染的途径。

药剂可能被微生物污染的途径有原药材、药用辅料、制药设备、制药器械、制药环境空气、操作人员、包装材料等。

10. 眼科用制剂的微生物限度标准为

A. 每1g或1ml含细菌不得超过10个

B. 每1g或1ml不得检出霉菌

C. 每1g或1ml含细菌数不得超过100个

D. 每1g或1ml不得检出酵母菌

E. 每1g或1ml不得检出金黄色葡萄球菌、铜绿假单胞菌、大肠埃希菌

答案：ABDE

解析：本题考查的是药品卫生标准。

眼部给药制剂的卫生标准：细菌数每1g或1ml不得过10个；霉菌和酵母菌每1g或1ml不得检出；每1g、1ml或10cm^{2}不得检出金黄色葡萄球菌、铜绿假单胞菌。

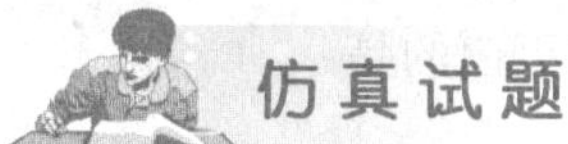

仿真试题

一、最佳选择题

1. 不含药材原粉的制剂，每克含细菌数不得超过

A. 100个　　B. 200个

C. 500个　　D. 1000个

E. 2000个

2. 不得检出霉菌和酵母菌的是

A. 云南白药

B. 参芍片

C. 双黄连口服液

D. 熊胆眼药水

E. 藿香正气液

3. 制药厂的生产车间，根据洁净度的不同可分为控制区和洁净区。控制区一般要求达到的洁净标准是

A. 100级　　B. 1000级

C. 10 000级　　D. 100 000级

E. 1 000 000级

4. 下列剂型，应当在100级标准洁净度

环境下生产的是

A. 口服液　　B. 胶囊剂

C. 颗粒剂　　D. 片剂

E. 粉针剂

5. 下列剂型，应当在10 000级标准洁净度环境下生产的是

A. 粉针剂　　B. 胶囊剂

C. 片剂　　D. 滴眼剂

E. 丸剂

6. 生产无菌，又不能在最后容器中灭菌的药液配液应进行操作的场所是

A. 100级洁净厂房

B. 10 00级洁净厂房

C. 10 000级洁净厂房

D. 1 00 000级洁净厂房

E. 1 000 000级洁净厂房

7. 不能热压灭菌的口服液的配液、滤过、灌封应进行操作的场所是

A. 100级洁净厂房

B. 1000级洁净厂房

C. 10 000级洁净厂房

D. 100 000级洁净厂房

E. 1 000 000级洁净厂房

8. 在一定温度下，杀死容器中全部微生物所需的时间为

A. F值　　B. F_0值

C. Z值　　D. D值

E. D_0值

9. 一定温度下，121℃热压灭菌时杀死容器中全部微生物所需要的时间为

A. F值　　B. F_0值

C. Z值　　D. D值

E. D_0值

10. 用物理或化学等方法杀死物体上或介质中的病原微生物叫

A. 灭菌　　B. 抑菌

C. 防腐　　D. 无菌

E. 消毒

11. 有关热压灭菌法的描述错误的是

A. 热压灭菌用的是大于常压的饱和水蒸气

B. 细菌的种类和数量与灭菌的时间及效果有关

C. 热压灭菌温度与时间的关系为：121.5℃（98kPa），60min

D. 灭菌结束一定要等压力完全降为零，才能打开灭菌锅

E. 热压灭菌可以杀死所有的细菌繁殖体和芽孢

12. 安瓿可选用的灭菌方法是

A. 干热灭菌法

B. 热压灭菌法

C. 紫外线灭菌法

D. 滤过除菌

E. 流通蒸汽灭菌法

13. 适用于紫外线灭菌的是

A. 片剂

B. 操作室内空气及物体表面

C. 滑石粉

D. 羊毛脂

E. 合剂

14. 以下灭菌方法适用于不耐热的药液灭菌的是

A. 干热灭菌

B. 滤过灭菌

C. 紫外线灭菌

D. 热压灭菌

E. 流通蒸汽灭菌

15. 以下灭菌方法属于干热灭菌法的是
A. 热压灭菌法
B. 低温间歇灭菌法
C. 用 G_6 垂熔玻璃滤器或用孔径小于 0.22μm 的微孔滤膜滤过
D. $^{60}Co-\gamma$ 射线灭菌法
E. 火焰灭菌法
16. 以下灭菌方法不属于湿热灭菌法的是
A. 低温间歇灭菌法
B. 流通蒸汽灭菌法
C. 干热空气灭菌法
D. 煮沸灭菌法
E. 热压灭菌法
17. 以下灭菌方法不属于化学灭菌法的是
A. 环氧乙烷灭菌
B. 甲醛蒸气熏蒸灭菌
C. 乳酸熏蒸灭菌
D. 流通蒸汽灭菌
E. 丙二醇熏蒸灭菌
18. 防腐剂苯甲酸的一般用量为
A. 0.01%~0.25%
B. 0.2%~0.3%
C. 1%~3%
D. 2%
E. 0.1%~0.25%
19. 使用苯甲酸钠的 pH 为
A. pH=4　　B. pH<4
C. pH>4　　D. pH>7
E. pH=7
20. 以下防腐剂属于尼泊金类是
A. 苯甲酸钠
B. 聚山梨酯
C. 对羟基苯甲酸酯
D. 聚乙烯类
E. 苯酚
21. 尼泊金类防腐剂用量为
A. 0.1%~0.2%
B. 0.01%~0.25%
C. 0.05%~0.1%
D. 0.3%~1%
E. 0.1%~0.25%
22. 尼泊金类防腐剂防腐效果最好的环境是
A. 酸性
B. 碱性
C. 中性
D. 与 pH 值无关
E. 强碱性
23. 对于含有聚山梨酯的药物，其防腐能力不受到破坏的是
A. 尼泊金乙酯
B. 对羟基苯甲酸酯
C. 山梨酸
D. 苯甲酸
E. 苯甲酸钠
24. 既可以作抑菌剂又可以作防腐剂的是
A. 焦亚硫酸钠
B. 亚硫酸钠
C. 硫代硫酸钠
D. 三氯叔丁醇
E. 羟苯丁酯
25. 液体制剂细菌数每毫升不得超过
A. 1000 个　　B. 500 个
C. 200 个　　D. 100 个
E. 0 个
26. 下列关于化学灭菌法的叙述，错误的是
A. 0.1%新洁尔灭溶液可用于物体表

面消毒

B. 甲醛蒸气熏蒸可用于空气灭菌

C. 75%乙醇可用于器具的表面消毒

D. 环氧乙烷可用于包装后的固体药料灭菌

E. 苯甲酸钠为常用防腐剂，适用于 pH >4 的药液防腐

27. 指出下述药物中的气体杀菌剂

A. 苯甲酸　B. 75%乙醇

C. 山梨酸　D. 甲醛

E. 尼泊金乙酯

二、配伍选择题

[28 ~31]

A. 干热灭菌　B. 滤过灭菌

C. 气体灭菌　D. 热压灭菌

E. 流通蒸汽灭菌

28. 玻璃器皿灭菌一般采用

29. 不耐热药液灭菌一般采用

30. 大输液灭菌一般采用

31. 1 ~2ml 注射液一般采用

[32 ~35]

A. 霉菌和酵母菌数≤1000 个/g

B. 霉菌和酵母菌数≤500 个/g

C. 霉菌和酵母菌数≤100 个/g

D. 霉菌和酵母菌数≤10 个/g

E. 霉菌和酵母菌数≤0 个/g

32. 不含药材原粉的口服固体制剂

33. 含豆豉、神曲等发酵成分的固体制剂

34. 眼部给药制剂

35. 耳鼻及呼吸道给药制剂

[36 ~39]

A. 250℃，30min 以上

B. 160 ~170℃，2 ~4h

C. 100℃，45min

D. 60 ~80℃，1h

E. 115℃，30min，表压 68.65kPa

36. 活性炭灭菌用

37. 破坏热原用

38. 热压灭菌用

39. 1 ~2ml 的注射剂灭菌用

[40 ~43]

A. 甲醛蒸气　B. 环氧乙烷

C. 苯甲酸　D. 洁尔灭

E. 山梨酸

40. 塑料袋装的供填充胶囊用的药粉的灭菌宜用

41. 纸塑料包装的颗粒剂灭菌宜用

42. pH 值近中性糖浆的防腐宜用

43. 含增溶剂吐温 80 的口服液的防腐宜用

[44 ~47]

A. 甲醛熏蒸灭菌法

B. 射线灭菌法

C. 热压灭菌法

D. 干热灭菌法

E. 滤过除菌法

44. 包装好的中药丸剂用

45. 玻璃容器用

46. 对热敏感的液体药剂用

47. 耐热的液体药剂用

三、多项选择题

48. 在弱酸溶液中作用较强的抑菌剂有

A. 三氯叔丁醇

B. 苯扎溴铵

C. 硫柳汞

D. 山梨酸

E. 尼泊金乙酯和丙酯的混合物

49. 有关灭菌的描述正确的是
A. 灭菌是用物理或化学的方法将所有的微生物及其芽孢全部杀灭
B. 灭菌是用物理和化学方法将病原微生物杀灭
C. 灭菌效果，常用杀灭微生物为准
D. 灭菌就是防止和抑制微生物生长繁殖
E. 灭菌方法的选择需要结合药物的性质加以考虑

50. 属于湿热灭菌法的是
A. 高速热风灭菌
B. 热压灭菌
C. 流通蒸汽灭菌
D. 低温间歇灭菌
E. 微波灭菌

51. 可在100 000级洁净度的控制区生产的制剂有
A. 片剂　　B. 胶囊剂
C. 滴眼剂　　D. 注射剂
E. 粉针剂

52. 可在10 000级洁净度的控制区生产的制剂有
A. 滴眼剂　　B. 油膏
C. 粉针剂　　D. 丸剂
E. 霜剂

53. 以下能用于气体灭菌法的化学药品是
A. 环氧乙烷　　B. 甲醛
C. 丙二醇　　D. 乙醇
E. 甲醇

54. 化学灭菌的有
A. 环氧乙烷灭菌
B. 甲醛蒸气熏蒸灭菌
C. 乙醇擦拭
D. 乳酸蒸气熏蒸
E. 流通蒸汽灭菌

55. 关于防腐剂的叙述正确的有
A. 苯甲酸的一般用量为1% ~2%
B. 对羟基苯甲酸酯在酸性溶液中作用最强
C. 对羟基苯甲酸酯类中甲酯的抑菌能力最强
D. 30%的甘油溶液具有防腐作用
E. 20%的乙醇具有防腐作用

56. 可用于滤过除菌的是
A. G_4垂熔玻璃滤器
B. 0. 45μm的微孔滤膜
C. G_6垂熔玻璃滤器
D. 0. 22μm以下的微孔滤膜
E. G_3垂熔玻璃滤器

57. 以下关于热压灭菌法的叙述，正确的是
A. 同温条件下，干热灭菌效果不如湿热灭菌效果好
B. 干热灭菌法常用的有干热空气灭菌法和火焰灭菌法
C. 玻璃器皿可用干热空气灭菌法
D. 颗粒剂一般采用50 ~60℃干热空气灭菌
E. 胶剂多用60 ~80℃干热空气灭菌

参考答案

一、最佳选择题

1. D 2. D 3. D 4. E 5. D 6. A 7. C 8. A 9. B
10. E 11. C 12. A 13. B 14. B 15. E 16. C 17. D 18. E
19. B 20. C 21. B 22. A 23. C 24. D 25. D 26. E 27. D

二、配伍选择题

[28~31] A B D E [32~35] C B E D [36~39] B A E C
[40~43] B B E E [44~47] B D E C

三、多项选择题

48. ADE 49. AE 50. BCD 51. AB 52. ABE 53. ABC 54. ABCD 55. BDE
56. CD 57. ABC

第三单元　粉碎、筛析与混合

考点分级

★★★★★

粉碎的目的；常用粉碎方法及其适用范围；《中国药典》规定的药筛种类与规格，筛号与筛目的对应关系；粉末的分等；混合的原则与方法。

★★★★★

筛析的目的；粉体的基本性质。

★★★

粉体学在药剂中的应用。

重要知识点串讲

一、粉碎

（一）目的

1. 便于药剂的制备和调配；2. 利于药材有效成分的浸出；3. 增加难溶性药物的溶出速率，有利于吸收；4. 利于新鲜药材的干燥和贮存。

（二）方法

1. 干法粉碎（一般应控制药物水分在5%以下）。

（1）混合粉碎（共研）

特殊的混合粉碎方法包括：①串料（串研）；②串油；③蒸罐。

（2）单独粉碎（单研）

2. 湿法粉碎：①水飞法；②加液研磨法。

3. 低温粉碎

4. 超微粉碎

二、筛析

（一）目的：1. 将粉碎好的颗粒或粉末分等，以满足供制备各种剂型的需要；2. 起混合作用，保证组成的均匀性。

（二）药筛的种类与规格

1. 药筛的种类：①冲眼筛；②编织筛。

2. 药筛的规格及筛号与筛目的对应关系

《中国药典》所用标准药筛，选用国家标准 R40/3 系列，分等如下：

筛号筛孔内径（μm，平均值）工业筛目数（孔/英寸）一号筛 2000 ±7010 二号筛 850 ±2924 三号筛 355 ±1350 四号筛 250 ±9. 965 五号筛 180 ±7. 680 六号筛 150 ±66100 七号筛 125 ±5. 8120 八号筛 90 ±4. 6150 九号筛 75 ±4. 1200。

3. 粉末的分等

（1）最粗粉：能全部通过一号筛，但混有能通过三号筛不超过 20% 的粉末。

（2）粗粉：能全部通过二号筛，但混有能通过四号筛不超过 40% 的粉末。

（3）中粉：能全部通过四号筛，但混有能通过五号筛不超过 60% 的粉末。

（4）细粉：能全部通过五号筛，但含有能通过六号筛不少于 95% 的粉末。

（5）最细粉：能全部通过六号筛，但含有能通过七号筛不少于 95% 的粉末。

（6）极细粉：能全部通过八号筛，但含有能通过九号筛不少于 95% 的粉末。

三、粉体学基本性质

1. 粒径

2. 粉体的比表面积

3. 粉体的密度与孔隙率

（1）粉体的密度：①真密度；②粒密度；③堆密度。

（2）孔隙率

4. 粉体的流动性：当休止角 θ≤40°时，可以满足生产流动性的需要。

四、混合

1. 原则：①等量递增；②打底套色。

2. 混合方法：①搅拌混合法；②研磨混合法；③过筛混合法。

历年真题与解析

一、最佳选择题

1. 需经蒸罐处理后再粉碎的药物有

A. 含有大量油脂性成分的药料

B. 含有大量黏性成分的药料

C. 含有大量粉性成分的药料

D. 含有动物的皮、肉、筋骨的药料

E. 含有大量贵重细料的药料

答案：D

解析：本题考查特殊粉碎方法蒸罐的应用。蒸罐适用于新鲜的动物药或需用蒸法炮制的植物药。

2. 可用水飞法粉碎的药物是

A. 冰片

B. 朱砂

C. 牛黄

D. 蟾酥

E. 雄黄

答案：B

解析：本题考查湿法粉碎的适用范围。

湿法粉碎中水飞法适用于珍珠、朱砂、炉甘石、滑石粉等矿物、贝壳类药物制极细粉。水溶性的矿物药如硼砂、芒硝等不能采用水飞法。

3. 《中国药典》2005 版一部规定药物细粉是指

A. 全部通过 4 号筛，并含能通过 5 号筛不少于 95% 的粉末

B. 全部通过 5 号筛，并含能通过 6 号筛不少于 95% 的粉末

C. 全部通过 6 号筛，并含能通过 7 号筛不少于 95% 的粉末

D. 全部通过 7 号筛，并含能通过 8 号筛不少于 95% 的粉末

E. 全部通过 8 号筛，并含能通过 9 号筛不少于 95% 的粉末

答案：B

解析：本题考查粉末的分等。

二、配伍选择题

［4～7］

A. 玉竹、牛膝　　B. 炉甘石、珍珠

C. 樟脑、冰片　　D. 蟾酥、牛黄

E. 柏子仁、苏子

4. 采用低温粉碎
5. 采用加液研磨法粉碎
6. 采用单独粉碎的方法
7. 采用“串油”粉碎的方法

答案：A　C　D　E

解析：本题考查常用粉碎方法的适用范围。

常采用低温粉碎的药物有乳香、没药、人参、玉竹、牛膝等；加液研磨法粉碎的药物有樟脑、冰片、薄荷脑等；常采用单独粉碎的药物有贵重药物如麝香、牛黄、羚羊角等，毒性药物如马钱子、红粉等，刺激性药物如蟾酥，氧化性或还原性强的药物如火硝、硫黄、雄黄等，以及树脂类，如乳香、没药等；采用“串油”粉碎的药物有桃仁、柏子仁、酸枣仁、苏子、胡桃仁等。

三、多项选择题

8. 药物筛析的目的是

A. 将粉碎后的粉末分成不同等级

B. 将不同的药物粉末混匀

C. 提供各种剂型所需要的药粉

D. 增加药物的表面积，有利于药物溶解

E. 得到合适的粒径分布

答案：ABCE

解析：本题考查筛析的目的。

筛析的目的是将粉碎好的颗粒或粉末分等，以满足制备各种剂型的需要，起混合作用，保证组成的均一性。

9. 药物粉碎的目的为

A. 便于提取

B. 为制备药物剂型奠定基础

C. 便于调剂

D. 便于服用

E. 增加药物表面积，有利于药物溶解与吸收

答案：ABCDE

解析：本题考查粉碎的目的。

粉碎的目的：便于药剂的制备、调配与服用；利于药材有效成分的浸出；增加难溶性药物的溶出速率，有利于吸收；利于新鲜药材的干燥和贮存。

仿真试题

一、最佳选择题

1. 乳香、没药宜采用的粉碎方法是
   A. 水飞法
   B. 低温粉碎法
   C. 单独粉碎法
   D. 加液研磨法
   E. 蒸罐粉碎

2. 需要单独粉碎的药物是
   A. 石决明　B. 当归
   C. 天冬　D. 大黄
   E. 牛黄

3. 下列药物中，不能采用加液研磨法粉碎的药物是
   A. 樟脑　B. 牛黄
   C. 薄荷脑　D. 麝香
   E. 冰片

4. 有关粉碎的不正确表述是
   A. 粉碎是将大块物料破碎成较小颗粒或粉末的操作过程
   B. 粉碎的主要目的是减小粒径，增加比表面积
   C. 粉碎的意义在于：有利于固体药物的溶解和吸收
   D. 粉碎的意义在于：有利于减少固体药物的密度
   E. 粉碎的意义在于：有利于提高固体药物在液体、半固体中的分散性

5.《中国药典》规定标准筛中孔径最大的是
   A. 一号筛　B. 二号筛
   C. 三号筛　D. 四号筛
   E. 五号筛

6.《中国药典》一号筛的孔径相当于工业筛的目数
   A. 200 目　B. 80 目
   C. 50 目　D. 30 目
   E. 10 目

7. 粉体学中，用包括粉粒自身孔隙和粒子间孔隙在内的体积计算的密度称为
   A. 堆密度　B. 粒密度
   C. 真密度　D. 高压密度
   E. 空密度

8. 粉体的流动性可用下列哪项评价
   A. 接触角　B. 休止角
   C. 吸湿性　D. 释放速度

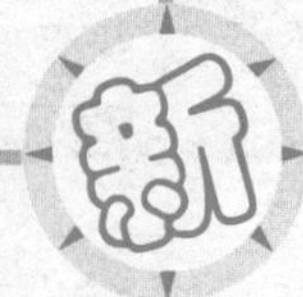

E. 比表面积

9. 以下粉末的临界相对湿度（CRH），哪一种最易吸湿

A. 60%　　B. 53%

C. 50%　　D. 48%

E. 43%

10. 药材干法粉碎前应充分干燥，一般要求水分含量

A. <12%　　B. <9%

C. <7%　　D. <5%

E. <3%

11. 下列关于粉碎原则的叙述中，错误的是

A. 药物应粉碎的愈细愈好

B. 粉碎时应尽量保存药材组分和药理作用不变

C. 粉碎毒性药及刺激性药时，应注意劳动保护

D. 粉碎易燃易爆药物时，应做好防火防爆

E. 植物药材粉碎前应先干燥

二、配伍选择题

[12~14]

A. 粉体润湿性

B. 粉体吸湿性

C. 粉体流动性

D. 粉体粒子大小

E. 粉体比表面积

12. 接触角用来表示

13. 休止角用来表示

14. 粒径用来表示

[15~18]

A. 微粒的润湿性

B. 微粒物质的真实密度

C. 微粒粒子本身密度

D. 单位容积微粉的质量

E. 微粒中孔隙与微粒间空隙所占容积与微粉容积之比

15. 孔隙率表示

16. 堆密度表示

17. 粒密度表示

18. 接触角表示

[19~22]

A. 混合粉碎　　B. 蒸罐处理

C. 低温粉碎　　D. 超微粉碎

E. 湿法粉碎

19. 可将药材粉碎至粒径 5μm 左右的粉碎方法

20. 处方中性质、硬度相似的药材的粉碎方法

21. 在药料中加入适量水或其他液体进行研磨粉碎的方法

22. 能增加物料脆性，适于软化点低、熔点低及热可塑性物料的粉碎方法

三、多项选择题

23. 下列药物中一般采用单独粉碎的是

A. 羚羊角　　B. 苦杏仁

C. 熟地　　D. 硫黄

E. 火硝

24. 下列药物粉碎时应加入少量水的是

A. 麝香　　B. 枣仁

C. 熟地　　D. 冰片

E. 薄荷脑

25. 需要水飞法粉碎的药物是

A. 樟脑　　B. 地黄

C. 石膏　　D. 朱砂

E. 炉甘石

26. 需经特殊处理后再粉碎的药物有

A. 含有大量黏性成分的药料

B. 含有大量油性成分的药料

C. 含有大量贵细药料

D. 含有动物的皮、肉、筋骨的药料

E. 含有大量粉性成分的药料

27. 药粉混合的方法有

A. 搅拌混合

B. 切变混合

C. 研磨混合

D. 流动混合

E. 过筛混合

28. 下列制剂中的药物宜采用混合粉碎的是

A. 喉症丸中的蟾酥

B. 石斛夜光丸中的枸杞子

C. 六味地黄丸中的山茱萸

D. 朱砂安神丸中的朱砂

E. 九分散中的马钱子

29. 下列关于药粉过筛的原则有

A. 粉末应干燥

B. 振动

C. 粉层越薄，过筛效率越高

D. 选用适宜筛目

E. 药筛中药粉的量适中

30. 微粉的特性对制剂有哪些影响

A. 影响混合的均一性

B. 影响分剂量、充填的准确性

C. 影响片剂可压性

D. 影响片剂崩解

E. 影响制剂有效性

31. 混合原则包括

A. 等量递增

B. 打底套色

C. 扩散混合

D. 对流混合

E. 切变混合

32. 冰片和薄荷脑混合粉碎时会产生什么现象与后果

A. 降低药效

B. 液化

C. 对药物无影响

D. 混悬

E. 乳化

参考答案

一、最佳选择题

1. B　2. E　3. B　4. D　5. A　6. E　7. A　8. B　9. E　10. D　11. A

二、配伍选择题

[12~14] A C D [15~18] E D C A [19~22] D A E C

三、多项选择题

23. ADE 24. ADE 25. DE 26. ABD 27. ACE
28. BC 29. ABDE 30. ABCDE 31. AB 32. BC

第四单元　浸提、分离与精制、浓缩与干燥

考点分级

★★★★★

浸提过程及其影响因素；常用浸提溶剂的性质、特点与应用；常用浸提方法、分离方法的特点与应用；精制方法的基本原理及其操作要点；常用浓缩方法、干燥方法的特点与应用。

★★★★★

影响浓缩效率的因素；影响干燥的因素。

★★★

常用浸提辅助剂；干燥操作的注意事项。

重要知识点串讲

一、浸提

（一）浸提的过程与影响因素

1. 浸提的基本过程

①溶剂的浸润与渗透阶段；②成分的解吸与溶解阶段；③浸出成分的扩散阶段。

2. 影响浸提的因素

①药材粒度；②药材成分；③浸提温度；④浸提时间；⑤浓度梯度；⑥溶剂 pH；⑦浸提压力；⑧溶剂用量；⑨新技术应用。

（二）常用的浸提溶剂与辅助剂

1. 常用的浸提溶剂：①水；②乙醇；③其他溶剂。

2. 浸提辅助剂：①酸；②碱；③表面活性剂。

（三）常用浸提方法的特点与应用

1. 煎煮法

2. 浸渍法：①冷浸渍法；②热浸渍法；③重浸渍法。

3. 渗漉法

4. 回流法：① 回流热浸法；②回流冷浸法。

5. 水蒸气蒸馏法：①共水蒸馏；②水上蒸馏；③通水蒸气蒸馏。

6. 超临界流体提取法

二、分离与精制

（一）常用分离方法的基本原理与操作要点

①沉降分离法；②离心分离法；③滤过分离法。

（二）常用的精制方法的基本原理与操作要点

①水提醇沉法；②醇提水沉法；③吸附澄清法；④大孔树脂吸附法；⑤盐析法；⑥透析法。

三、浓缩

（一）影响浓缩因素：①传热温度差（Δt_m）；②传热系数（K）。

（二）浓缩方法的特点与应用：①常压浓缩；②减压浓缩；③薄膜浓缩 。

四、干燥

（一）影响干燥的因素

①被干燥物料的性质；②干燥介质的温度、湿度与流速；③干燥速度与干燥方法；④压力。

（二）常用干燥方法特点与应用

①常压干燥；②减压干燥；③流化干燥；④冷冻干燥；⑤红外线干燥；⑥微波干燥。

历年真题与解析

一、最佳选择题

1. 下列有关浸出方法的叙述，错误的是

A. 渗漉法适用于新鲜及无组织性药材的浸出

B. 浸渍法适用于黏性及易于膨胀的药材的浸出

C. 浸渍法不适于需制成较高浓度制剂的药材浸出

D. 渗漉法适用于有效成分含量低的药材浸出

E. 渗漉速度是影响制剂浓度高低的因素之一

答案：A

解析：本题考查浸渍法和渗漉法的应用特点。

浸渍法适用于黏性、无组织结构、新鲜及易于膨胀的药材的浸出。渗漉法适用于能粉碎成适宜粒度的药材、需制成较高浓度制剂的药材及有效成分含量低的药材，但不适于新鲜、易膨胀及无组织性药材的浸出。渗漉速度的确定应以药材质地、性质和欲制成制剂浓度高低为依据。

2. 下列哪一项措施不利于提高浸出效率

A. 恰当地升高温度

B. 加大浓度差

C. 选择适宜的溶剂

D. 浸出一定的时间

E. 一般将药材粉碎成极细粉

答案：E

解析：本题考查影响浸提的因素。

一般来说，欲提高浸出效率，应针对影响浸出的因素采取相应的措施，如将药材粉碎到适当的粒度，采用能造成最大浓度梯度的浸出方法及设备，把一次浸出改为多次浸出，变冷浸为热浸。控制适当的浸出时间，选用适宜的溶剂等。提高药材粉碎度可以增加药材比表面积而利于浸出，但浸出效率与药材粉碎度是否适当关系极大，并非越细的粉末浸出效果越好。

二、配伍选择题

[3 ~6]

A. 煎煮法　　B. 回流法

C. 冷浸渍法　　D. 渗漉法

E. 超临界流体提取法

3. 适用于乙醇等有机溶媒提取但提取液受热时间长
4. 适用于水为溶媒的提取
5. 索氏提取器用在哪种方法中
6. 需要使用 CO_2 的提取方法

答案：B　A　B　E

解析：本题考查常用浸提方法的特点。

煎煮法是以水做溶剂，将药材加热煮沸一定时间以提取有效成分的方法；回流法有回流热浸法和回流冷浸法，溶剂可循环使用，需连续加热，索氏提取器属于回流冷浸法；利用 CO_2 在超临界状态下具有高密度、低黏度和扩散系数大的性质常用于超临界流体萃取法。

三、多项选择题

7. 大多数中药材浸提过程包括下列阶段

A. 粉碎

B. 溶解

C. 扩散

D. 浸润

E. 置换

答案：BCDE

解析：本题考查中药浸提的过程。

浸出过程即是指浸出溶剂润湿药材组织，透过细胞质膜、溶解、浸出有效成分获得浸出液的过程。一般分为浸润与渗透阶段，解吸与溶解阶段（即置换阶段）。

8. 与干燥速率相关的因素有

A. 物料的性质

B. 表面汽化速率

C. 水分内部扩散速率

D. 临界含湿量

E. 干燥温度

答案：ABCE

解析：本题考查影响干燥的因素。

干燥的过程有等速和降速阶段。干燥初期，水分从物料内部的扩散速率大于表面汽化速率，物料表面停留有一层非结合水，因此，干燥速率主要取决于表面汽化速率；降速阶段，干燥速率主要与水分的内部扩散有关，因此，物料的性质，工作温度等均可影响降速阶段的干燥。

9. 影响浸提的因素包括
   A. 药材的成分与粒度
   B. 浸提的时间与温度
   C. 溶剂的用量与 pH
   D. 药物分子量大小
   E. 浸提的压力

答案：ABCDE

解析：本题考查影响浸提的因素。

影响浸提的因素主要有药材粒度、药材成分、浸提温度、浸提时间、浓度梯度、溶剂 pH、浸提压力、溶剂用量以及新技术的应用等。

仿真试题

一、最佳选择题

1. 渗透或扩散的推动力是
   A. 浓度差
   B. 温度
   C. 药材粒度
   D. 扩散面积
   E. 扩散时间
2. 乙醇含量在 50% ~70% 适于浸提
   A. 叶绿素
   B. 树脂类
   C. 挥发油类
   D. 有机酸类
   E. 生物碱类
3. 在浸提药物时加入表面活性剂是为了
   A. 降低溶媒的亲脂性
   B. 增加药物的溶解度
   C. 降低油水两相界面张力
   D. 降低溶剂与药材的表面张力
   E. 降低药物分子间的内聚力
4. 用碱作为浸提辅助剂时，应用最多的是
   A. 氢氧化铵
   B. 氢氧化钠
   C. 碳酸钠
   D. 碳酸钙

E. 氢氧化钙

5. 盐析法主要适用于药物的有效成分是

A. 蛋白质

B. 淀粉

C. 多糖

D. 黏液质

E. 鞣质

6. 采用渗漉法浸提中药时，渗漉前需浸渍中药

A. 12h　　B. 24～48h

C. 48～56h　　D. 56h

E. 72h

7. 药液采用水醇法精制不易除尽的是

A. 蛋白质　　B. 淀粉

C. 黏液质　　D. 鞣质

E. 树胶

8. 当药液中含醇量达到 50%～60% 时，可主要除去的成分是

A. 蛋白质　　B. 淀粉

C. 多糖　　D. 水溶性色素

E. 鞣质

9. 能用于分子分离的滤过方法是

A. 板框压滤法

B. 垂熔滤器滤过

C. 超滤法

D. 微孔滤膜滤过

E. 薄膜滤过

10. 中药提取液浓缩时，选择多效蒸发的主要理由是

A. 能节约能源

B. 能增加有效蒸发面积

C. 操作简单

D. 有利于热敏性成分的稳定

E. 可以回收溶剂

11. 影响干燥速率的最主要因素是

A. 干燥物料的性质

B. 干燥介质湿度

C. 干燥介质温度

D. 干燥方法

E. 干燥速度

12. 喷雾干燥与沸腾干燥的最大区别是

A. 喷雾干燥是流化技术

B. 适用于液态物料的干燥

C. 干燥产物为颗粒状

D. 适用于连续化批量生产

E. 干燥速度快

13. 喷雾干燥的制品含水量

A. ≤5%　　B. ≤8%

C. ≤10%　　D. ≤12%

E. ≤15%

14. 药材浸提时

A. 浸提温度越高越好

B. 浸提时间越长越好

C. 浸提压力越高越好

D. 浸提溶剂的 pH 值越大越好

E. 细胞内外浓度差越高越好

15. 血浆、血清等生物制品适宜用的干燥方法是

A. 喷雾干燥

B. 冷冻干燥

C. 鼓式干燥

D. 微波干燥

E. 沸腾干燥

16. 水蒸气蒸馏，为了提高馏出液的纯度或浓度，一般需进行

A. 重蒸馏　　B. 干燥

C. 分离　　D. 滤过

E. 纯化

17. 壳聚糖可以应用于哪种精制方法
A. 水醇法　　B. 醇水法
C. 超滤法　　D. 离心法
E. 吸附澄清法

18. 下列关于浸提方法的叙述，错误的是
A. 多能提取罐可用于复方“双提法”操作
B. 浸渍法效率低，但成品透明度好
C. 渗漉法效率高，适于以水、不同浓度乙醇等溶剂进行提取
D. 回流法省时，成分提取率高，但不适用于受热易破坏的药材成分浸出
E. 水蒸气蒸馏法可在低于100℃条件下，蒸馏出沸点100℃以上的挥发油

19. 下列关于浓缩的叙述错误的是
A. 蒸发效率与传热温度差及传热系数成正比
B. 提高加热蒸汽压力，有利于提高传热温度差
C. 薄膜蒸发因能增加药液的汽化表面，故有利于提高蒸发效率
D. 减压浓缩增大了传热温度差，蒸发效率提高
E. 生产上自然蒸发浓缩最为常用

20. 颗粒剂湿颗粒的干燥最好采用
A. 鼓式薄膜干燥
B. 沸腾干燥
C. 喷雾干燥
D. 冷冻干燥
E. 吸湿干燥

21. 以下关于喷雾干燥的叙述，错误的是
A. 喷雾干燥是流化技术用于液态物料的一种干燥方法
B. 进行喷雾干燥的药液，不宜太稠厚（相对密度1.35～1.38）
C. 喷雾时喷头将药液喷成雾状，液滴在热气流中被迅速干燥
D. 喷雾干燥产品为疏松粉末，溶化性较好
E. 喷雾时进风温度较高，多数成分极易因受热而破坏

二、配伍选择题

［22～25］
A. 内酯、香豆素类
B. 生物碱
C. 延缓酯类、苷类的水解
D. 挥发油、树脂类、叶绿素
E. 苦味质、蒽醌苷类

22. 50%以下的乙醇可用于提取
23. 70%～90%的乙醇可用于提取
24. 90%的乙醇可用于提取
25. 水中加入1%的醋酸可用于提取

［26～29］
A. 煎煮法
B. 盐析法
C. 水提醇沉法
D. 醇提水沉法
E. 吸附澄清法

26. 主要用于蛋白质分离纯化，且不使其变性的是
27. 适用对湿、热稳定的药材浸提
28. 适用中药水煎中加速悬浮颗粒沉降、降低药液黏度的是
29. 适用于提取醇溶性成分并能有效除去树脂、油脂等脂溶性杂质的是

[30～33]

A. 常压干燥　　B. 减压干燥

C. 冷冻干燥　　D. 沸腾干燥

E. 微波干燥

30. 适用于热稳定性药物干燥的方法是

31. 采用升华原理干燥的方法是

32. 利用流化技术的干燥方法是

33. 兼有杀虫灭菌作用的是

[34～37]

A. 烘干干燥　　B. 喷雾干燥

C. 鼓式干燥　　D. 红外干燥

E. 冷冻干燥

34. 干燥后较难粉碎的干燥方法是

35. 主要用于口服液及注射剂安瓿的干燥方法是

36. 适用于膜剂干燥方法是

37. 要密闭减压的干燥方法是

三、多项选择题

38. 喷雾干燥的优点有

A. 产品易溶解

B. 热效率高

C. 产品质量好

D. 干燥迅速

E. 产品含水量低

39. 下列关于浸提辅助剂的陈述中，正确的是

A. 加酸可以使生物碱成盐促进浸出

B. 加表面活性剂可以促进药材的润湿

C. 浸提辅助剂宜分次加入溶剂中

D. 加碱可以增加有效成分的溶解和稳定性

E. 常用的酸有硫酸、盐酸、酒石酸等

34. 超临界流体的特点有

A. 高密度

B. 溶解能力强

C. 扩散系数大

D. 惰性

E. 高黏度

41. 下列能提高药液滤过效率的措施是

A. 增大滤过面积

B. 降低料液黏度

C. 加压或减压

D. 加助滤剂

E. 降低料液温度

42. 微孔滤膜滤过在生产中适用于

A. 水针剂的滤过

B. 热敏性药物的除菌净化

C. 大输液的滤过

D. 半精滤

E. 制备高纯水

43. 能提高蒸发效率的是

A. 增大蒸发面积

B. 加强搅拌

C. 减压蒸发

D. 定期除垢

E. 增加蒸发面上二次蒸气的浓度

44. 不论其快慢和难易，能在干燥过程中除去的水分包括

A. 自由水

B. 结合水

C. 非结合水

D. 平衡水

E. 以上均不正确

45. 有关煎煮法浸提的说法正确的是

A. 使用于有效成分溶于水，且对湿、

热不稳定的中药

B. 煎煮法煎出液易霉败变质

C. 煎煮法浸提液中除有效成分外，还有少量脂溶性成分

D. 煎煮法属于间歇式操作

E. 常压煎煮法适用于一般性中药的煎煮

46. 下列关于减压浓缩的陈述，正确的是

A. 沸点低，减少热敏物质分解

B. 传热温度差提高，强化蒸发

C. 不断排除溶剂蒸气，利于蒸发

D. 减压蒸发在密闭的容器内，抽真空降低内部压力，使料液沸点降低的方法

E. 较常压浓缩消耗蒸气少

47. 优良的溶剂应具备的条件包括

A. 溶解性能好

B. 安全无毒

C. 不与有效成分发生化学反应

D. 比热小

E. 绝不能是有害物质

48. 下列浸提方法中，哪些方法适合以乙醇作为溶剂提取

A. 冷浸渍法

B. 热浸渍法

C. 煎煮法

D. 回流冷渍法

E. 渗漉法

49. 下列关于水蒸气蒸馏法的陈述，正确的是

A. 水蒸气蒸馏法多用于提取挥发油

B. 该法的基本原理是道尔顿定律

C. 混合物的总压大于任一蒸气分压

D. 混合物的沸点大于任一组分的沸点

E. 分压与分子量乘积大者馏出多

50. 常用的助滤剂有

A. 滤纸浆　　B. 硅藻土

C. 滑石粉　　D. 活性炭

E. 丙酮

51. 以下关于水提醇沉法叙述，正确的是

A. 水提液须浓缩后再加乙醇处理

B. 应将浓缩液放凉后再加乙醇

C. 应将浓缩液慢慢加入乙醇中

D. 含醇药液应逐渐降温，静置冷藏

E. 浓缩的程度应适宜

52. 降膜式蒸发器适用于蒸发的溶液是

A. 浓度较高

B. 黏度较大

C. 蒸发量大

D. 黏度小

E. 热敏性

53. 薄膜蒸发的特点包括

A. 气化面大

B. 受热时间长

C. 受热时间短

D. 蒸发速度快

E. 可在常压或减压下连续操作

54. 在等速干燥阶段，影响其干燥速度的主要因素有

A. 热空气的流速

B. 相对湿度

C. 物料厚度

D. 热空气温度

E. 物料性质

55. 下列关于减压干燥的陈述，正确的是

A. 干燥温度低，速度快

B. 减少药物的污染和氧化

C. 产品成海绵状，易粉碎

D. 适用于热敏性物料的干燥

E. 可回收有用或有毒的气体

56. 下列关于冷冻干燥的陈述，正确的是

A. 适用于极不耐热的物料的干燥

B. 物料在真空及低温条件下干燥

C. 干燥制品多孔疏松

D. 耗能少，成本低

E. 干燥制品含水量低

57. 适合干燥热敏性物料的方法包括

A. 减压干燥法

B. 喷雾干燥法

C. 鼓式干燥法

D. 冷冻干燥法

E. 红外线干燥法

58. 制剂药料提取液的纯化去杂，除水提醇沉法外还有

A. 水蒸气蒸馏法

B. 高速离心法

C. 絮凝剂或澄清剂沉淀法

D. 微孔滤膜或超滤膜滤过法

E. 超临界流体提取法

59. 生产中可以提高药材浸提效率的措施有

A. 药材粉碎成适宜的粒度

B. 省去煎提前浸泡程序

C. 采用126℃热压煎提

D. 增加煎煮次数至5～6次

E. 提取过程中强制循环

60. 下列有关渗漉法的正确叙述是

A. 药粉不能太细

B. 装筒前药粉用溶媒湿润

C. 装筒时药粉应疏松，使溶剂容易扩散

D. 药粉装完后，添加溶媒，并排出空气

E. 控制适当的渗漉流速

61. 下列关于影响浓缩效率的叙述，正确的是

A. 浓缩是在沸腾状态下进行的蒸发

B. 沸腾蒸发的效率常以蒸发器生产强度表示

C. 提高加热蒸汽压力可提高传热温度差

D. 减压蒸发可提高传热温度差

E. 料液预热后分布成均匀的薄膜可加速蒸发

62. 下列关于减压浓缩操作程序的叙述中，正确的是

A. 先抽真空，再吸入药液

B. 夹层通蒸汽，放出冷凝水，关阀

C. 使药液保持适度沸腾

D. 浓缩完毕，停抽真空

E. 开放气阀，放出浓缩液

63. 下列属于流化技术进行干燥的方法有

A. 喷雾干燥

B. 真空干燥

C. 冷冻干燥

D. 沸腾干燥

E. 红外干燥

参考答案

一、最佳选择题

1. A　2. E　3. D　4. A　5. A　6. B　7. D　8. B　9. C
10. A　11. A　12. B　13. A　14. E　15. B　16. A　17. E　18. C
19. E　20. B　21. E

二、配伍选择题

[22~25] E　A　D　B　　[26~29] B　A　E　D
[30~33] A　C　D　E　　[34~37] A　D　C　E

三、多项选择题

38. ACDE　39. ABDE　40. ABCD　41. ABCD　42. ABCE
43. ABCD　44. ABC　45. BCDE　46. ABCD　47. ABCD
48. ABDE　49. ABCE　50. ABCD　51. ABDE　52. ABE
53. ACDE　54. ABD　55. ABCDE　56. ABCE　57. ABCDE
58. BCD　59. ACE　60. ABDE　61. ABCDE　62. ABCDE
63. AD

第五单元　散　剂

考点分级

★★★★★

不同类型散剂的制备方法。

★★★★★

散剂的特点；散剂的质量要求与检查。

★★★

散剂的分类。

重要知识点串讲

一、散剂的特点

优点：比表面积较大，易分散、奏效较快；制备简单，剂量可随意增减，运输携带方便，适于医院制剂；散剂对创面有一定的机械性保护作用。

缺点：易吸潮变质且臭味、刺激性增加。

二、散剂的制备

（一）一般散剂的制备：粉碎→过筛→混合→分剂量→质量检查→包装

（二）特殊散剂的制备

1. 含毒性药物的散剂；2. 含低共熔物的散剂；3. 含液体药物的散剂；4. 眼用散剂

三、散剂的质量要求与检查

外观均匀度、水分（不得超过9.0%）、装量差异（单剂量包装的散剂）、无菌（用于烧伤或严重创伤的外用散剂）、微生物限度检查等应符合《中国药典》2005年版的要求。

历年真题与解析

一、最佳选择题

1. 某药师欲制备含有毒剧药物的散剂，但药物的剂量仅为0.0005g，故应先制成

A. 10倍散

C. 100倍散

B. 50倍散

D. 500倍散

E. 1000倍散

答案：E

解析：本题考查含毒性散剂的制备。

毒性药物常要添加一定比例量的辅料制成稀释散（也称倍散）应用。倍散的稀释比例应根据药物的剂量而定，剂量在0.01～0.1g者，可配制1∶10倍散；剂量在0.001～0.01g者，则应配成100倍散，0.001g以下应配成1000倍散。

二、配伍选择题

［2～4］

A. 倍散　　B. 散剂

C. 颗粒剂　　D. 低共熔

E. 糕剂

2. 系指一种或数种药物经粉碎、混合而制成的粉末状制剂

3. 当两种或更多种药物混合后，有时出现润湿或液化现象称为

4. 化学毒剧药添加一定比例量的稀释剂制成稀释散

答案：B D A

解析：本题考查散剂的相关概念。

散剂系指一种或数种药物经粉碎、混合而制成的粉末状制剂；在毒性药中添加一定比例量的辅料制成稀释散或称倍散；两种或更多种药物混合后有时出现润湿或液化现象称为低共熔。

三、多项选择题

5.《中国药典》2005 版对散剂的质量要求是

A. 内服散剂应通过 6 号筛

B. 内服散剂应通过 7 号筛

C. 外用散剂应通过 7 号筛

D. 眼用散剂应通过 8 号筛

E. 眼用散剂应通过 9 号筛

答案：ACE

解析：本题考查散剂的质量要求。

内服散剂应为细粉，全部通过 6 号筛；儿科及外用散剂应为最细粉，全部通过 7 号筛；眼用散剂为极细粉，应全部通过 9 号筛。

仿真试题

一、最佳选择题

1. 痱子粉含薄荷脑、滑石粉、樟脑等组分，按药物性质应属

A. 含毒性药散剂

B. 含液体成分散剂

C. 含低共熔成分散剂

D. 含易风化成分

E. 以上均不是

2. 散剂按药物组成可分为

A. 分剂量散与不分剂量散

B. 单味药散剂与复方散剂

C. 溶液散与煮散

D. 吹散与内服散

E. 内服散和外用散

3. 含毒性药散剂及贵重细料药散剂分剂量时常用

A. 目测法　B. 重量法

C. 容量法　D. 体积法

E. 称量法

4. 下列最适宜配置散剂的药物是

A. 挥发性大的药物

B. 腐蚀性强的药物

C. 易吸湿的药物

D. 较稳定的药物

E. 味道极差的药物

5. 除另有规定外，一般散剂水分不得超过

A. 5.0%　　B. 9.0%

C. 10.0%　　D. 12.0%

E. 15.0%

6. 倍散稀释时，应采用的方法是

A. 打底套色法

B. 等量递增法

C. 搅拌混合法

D. 水飞法

E. 退打法

7. 100 倍散是指

A. 临床稀释 100 倍后使用

B. 1g 药物加入 99g 赋形剂

C. 1g 药物加入 100g 赋形剂

D. 药物以 100g 为包装剂量

E. 药物以 100mg 为一次服用量

8. 下列药物混合后，常出现低共熔现象的是

A. 牛黄与熟地

B. 石膏与芒硝

C. 乳香与没药

D. 冰片与朱砂

E. 冰片与樟脑

9. 散剂制备的一般工艺流程是

A. 物料前处理→粉碎→过筛→混合→分剂量→质量检查→包装贮存

B. 物料前处理→粉碎→分剂量→过筛→混合→质量检查→包装贮存

C. 物料前处理→粉碎→过筛→分剂量→混合→质量检查→包装贮存

D. 物料前处理→混合→过筛→粉碎→分剂量→质量检查→包装贮存

E. 物料前处理→过筛→粉碎→混合→分剂量→质量检查→包装贮存

10. 关于散剂的描述错误的说法是

A. 散剂的粉碎方法有干法粉碎、湿法粉碎、单独粉碎、混合粉碎、低温粉碎、流能粉碎等

B. 分剂量常用方法有：目测法、重量法、容量法三种

C. 药物的流动性、堆密度、吸湿性会影响分剂量的准确性

D. 机械化生产多用重量法分剂量

E. 小剂量的毒剧药可制成倍散使用

11. 以下关于散剂特点的叙述，错误的是

A. 易吸湿变质的药物不宜制成散剂

B. 对创面有一定的机械保护作用

C. 比表面积较大、奏效较快

D. 刺激性强的药物不宜制成散剂

E. 含挥发性成分较多的处方宜制成散剂

12. “打底”一般用的药粉是

A. 量少、色浅

B. 量少、色深

C. 量多、色浅

D. 量多、色深

E. 以上均不对

13. “套色”一般用的药粉是

A. 量少、色浅

B. 量少、色深

C. 量多、色浅

D. 量多、色深

E. 以上均不对

14. 散剂制备工艺流程中最重要的环节是
    A. 过筛　B. 分剂量
    C. 混合　D. 质量检查
    E. 粉碎
15. 蛇胆川贝散是
    A. 倍散
    B. 含液体成分散剂
    C. 含低共熔成分散剂
    D. 含毒性成分散剂
    E. 以上均不是

二、配伍选择题

[16～19]
A. 制备低共熔组分
B. 蒸发去除水分
C. 套研
D. 无菌操作
E. 制成倍散

16. 益元散制备时，朱砂与滑石粉应
17. 硫酸阿托品散应
18. 痱子粉制备时，其中的樟脑与薄荷脑应
19. 蛇胆川贝散制备时应

三、多项选择题

20. 以下关于散剂混合的叙述，正确的有
    A. 混合的原理大致有切变、对流和扩散混合等
    B. 混合的方法一般有研磨、搅拌和过筛混合等
    C. 药物比例量相差较大时，应采用“套色法混合”
    D. 等量递增法亦称等体积递增配研法
    E. 当药物的堆密度相差较大时，应将“轻”者先置于研钵中，加“重”者配研
21. 影响散剂混合质量的因素有
    A. 组分的比例
    B. 组分的色泽
    C. 组分的堆密度
    D. 含液体或易吸湿性组分
    E. 组分的吸附性与带电性
22. 有关散剂特点叙述正确的有
    A. 粉碎程度大，比表面积大、易于分散、起效快
    B. 粉碎程度大，比表面积大，较其他固体制剂更稳定
    C. 贮存、运输、携带比较方便
    D. 制备工艺简单，剂量易于控制，便于婴幼儿服用
    E. 外用覆盖面积大，可以同时发挥保护和收敛等作用
23. 常用的散剂包装材料有
    A. 光纸　B. 蜡纸
    C. 玻璃纸　D. 玻璃瓶
    E. 聚乙烯塑料薄膜袋
24. 配制散剂时，常加入极少量着色剂，其目的是
    A. 美观
    B. 防止散剂吸潮
    C. 易于区分浓度
    D. 利用产生特殊疗效
    E. 便于判断散剂混合的均匀度
25. 散剂的质量检查内容包括
    A. 水分
    B. 粒度
    C. 均匀度

D. 细菌数目

E. 装量差异

26. 以下关于倍散的叙述，正确的是

A. 毒性药物剂量小，宜制成倍散

B. 外用散剂一般多制成倍散

C. 制备倍散应采用等量递增法混合

D. 剂量在 0.01g 以下的药物，应制成 10 倍散

E. 制备倍散多加用胭脂红、靛蓝等着色剂

参考答案

一、最佳选择题

1. C 2. B 3. B 4. D 5. B 6. B 7. B 8. E 9. A
10. D 11. E 12. B 13. C 14. C 15. B

二、配伍选择题

[16~19] C E A B

三、多项选择题

20. ABDE 21. ACDE 22. ACDE 23. ABCDE 24. CE 25. ABCDE 26. ACE

第六单元　浸出药剂

考点分级

★★★★★

浸出药剂的特点；汤剂的主要特点；中药合剂（含口服液）、糖浆剂、煎膏剂的主要特点与制备。

★★★★★

药酒与酊剂的主要异同点与制备；流浸膏剂与浸膏剂的主要异同点与制备；浸出制剂的质量要求与检查。

★★★

浸出药剂的分类；茶剂的分类与制备。

重要知识点串讲

一、浸出药剂的特点

（一）优点　1. 体现方药复合成分的综合疗效；2. 药效缓和、持久，副作用小；3. 使用方便；4. 部分浸出制剂可作为其他制剂的原料。

（二）缺点　水浸出制剂久贮后易污染细菌、霉菌等；运输、携带不方便；易产生浑浊或沉淀；浸膏剂易吸潮、结块。

二、常用浸出药剂

（一）汤剂

1. 特点

（1）优点　可随证加减处方；可充分发挥方药多种成分的综合疗效和特点；奏效迅速；溶剂价廉易得；制备方法简单易行等。

（2）缺点　需临用时新制，久置易发霉变质；不便携带；服用容积大，尤其是儿童难以服用；脂溶性和难溶性成分以水煎煮，不易提取完全等。

（二）合剂与口服液

制备：浸提→纯化→浓缩→分装→灭菌→成品

（三）糖浆剂（含蔗糖量应不低于45%（g/ml））

制备：浸提→纯化→浓缩→配制→滤过→分装→成品

配制方法有热溶法、冷溶法、混合法。

（四）煎膏剂

制备：

煎煮——→浓缩——→收膏——→分装

炼糖（炼蜜）——↑（至收膏）

（五）酒剂与酊剂的异同点

表6-1　酒剂与酊剂的异同点

比较项目	酒剂	酊剂
服用方法	多供内服，可外用、内外兼用	多供内服，少数外用
着色剂	可加糖或蜂蜜矫味和着色	不加糖或蜂蜜矫味和着色
溶剂	多以白酒为溶剂溶剂	为乙醇（药用规定浓度）
制备方法	浸渍法、渗漉法、回流法	浸渍法、渗漉法、回流法、溶解法和稀释法

除另有规定外，含毒剧药的酊剂每100ml相当于原药材10g；普通药材的酊剂每100ml相当于原药材20g。

（六）流浸膏剂与浸膏剂的异同点

表6-2　流浸膏剂与浸膏剂的异同点

比较项目	流浸膏剂	浸膏剂
成品形状	液状	粉状或膏状
含醇量	至少含20%以上的乙醇	不含乙醇
含量	每1ml相当于原药材1g	每1g相当于原药材2~5g
制备方法	多采用渗漉法	多采用渗漉法、煎煮法，也可采用回流法或浸渍法

浸膏剂分为稠浸膏和干浸膏，稠浸膏含水量约为15%～20%；干浸膏含水量约为5%。

三、浸出药剂的质量要求与检查

浸出制剂微生物限度应符合《中国药典》2005年版的要求，其他根据具体剂型还应符合以下规定。

（一）合剂：pH值、相对密度、装量（口服液应作装量检查）。

（二）糖浆剂：含糖量测定、pH值、相对密度、装量。

（三）煎膏剂：相对密度、不溶物、装量。

（四）酒剂：乙醇量、甲醇量、总固体量、装量。

（五）酊剂：乙醇量、甲醇量、总固体量、装量。

（六）流浸膏剂：乙醇量、有效成分含量、装量。

（七）浸膏剂：有效成分含量、装量。

（八）茶剂：水分、溶化性、重量差异（块状茶剂）、装量差异（煎煮茶剂或袋装茶剂）。

一、最佳选择题

1. 关于酒剂与酊剂的质量控制叙述正确的是
   A. 酒剂不要求乙醇含量测定
   B. 酒剂的浓度要求每100ml相当于原药材20g
   C. 酒剂在贮存期间出现少量沉淀可以滤除，酊剂不可以滤除
   D. 酒剂、酊剂无需进行微生物限度检查
   E. 含剧毒药的酊剂浓度要求每100ml相当于原药材10g

答案：E

解析：本题考查酒剂与酊剂质量的区别。

酒剂与酊剂都要求乙醇含量测定、微生物限度检查等内容；酊剂有浓度的要求；含剧毒药的酊剂浓度要求每100ml相当于原药材10g，普通药材的酊剂每100g相当于原药材20g；酊剂在贮存期间如产生沉淀，可先进行乙醇浓度的调整，若仍有沉淀，可将沉淀滤除，再测定有效成分的含量。

二、配伍选择题

[2～5]

A. 煎膏剂　　B. 酒剂

C. 酊剂　　D. 流浸膏剂

E. 浸膏剂

2. 药材用适宜的溶剂提取，蒸去部分溶剂，调整浓度至1ml相当于原药材1g标准的液体制剂
3. 药材用蒸馏酒浸提制得的澄明液体制剂
4. 药材用适宜溶剂提取，蒸去全部溶剂，调整浓度至每1g相当于原药材2～5g标准的制剂
5. 药材用水煎煮，去渣浓缩后，加炼糖或炼蜜制成的半流体制剂

答案：D　B　E　A

解析：本题考查浸出药剂的特点。

煎膏剂是药材用水煎煮，去渣浓缩后，加炼糖或炼蜜制成的半流体制剂；酒剂是指药材用蒸馏酒浸提制得的澄明液体制剂；酊剂是指药品用规定浓度的乙醇浸出或溶解而制得的澄明液体；流浸膏剂是指药材用适宜的溶剂提取有效成分，蒸去部分溶剂，调整浓度至1ml相当于原药材1g的制剂；浸膏剂是指药材用适宜溶剂提取，蒸去全部溶剂，调整浓度至每1g相当于2～5g标准的制剂。

三、多项选择题

6. 成品需要进行含醇量测定的有

A. 浸膏剂　　B. 合剂

C. 酒剂　　D. 流浸膏剂

E. 酊剂

答案：CDE

解析：本题考查浸出药剂的质量要求与检查。

浸膏剂质量检查项目有：有效成分含量、装量、微生物限度等；合剂质量检查项目有pH值、相对密度、装量、微生物限度等；酒剂、酊剂质量检查项目有乙醇量、甲醇量、总固体量、装量、微生物限度等；流浸膏剂质量检查项目有乙醇量、有效成分含量、装量、微生物限度。

7. 煎膏剂中炼糖（炼蜜）的目的是

A. 去除杂质　　B. 杀灭微生物

C. 防止晶形转变　　D. 减少水分

E. 防止“返砂”

答案：ABDE

解析：本题考查煎膏剂炼糖（炼蜜）的目的。

煎膏剂中炼糖（炼蜜）的目的是除去悬浮性杂质及蜡质，杀灭微生物，破坏酶，去除部分水分，防止“返砂”。

仿真试题

一、最佳选择题

1. 药物用规定浓度的乙醇浸出或溶解，或以流浸膏稀释制成的澄明液体制剂为

A. 药酒　B. 酊剂
C. 糖浆剂　D. 浸膏剂
E. 煎膏剂

2. 煎膏剂是制备工艺流程正确的是

A. 浸提→纯化→浓缩→炼糖（炼蜜）→分装→灭菌
B. 浸提→浓缩→纯化→分装→灭菌
C. 煎煮→纯化→浓缩→炼糖（炼蜜）→收膏→分装→灭菌
D. 煎煮→浓缩→炼糖（炼蜜）→收膏→分装→灭菌
E. 煎煮→浓缩→炼糖（炼蜜）→收膏→分装

3. 下列哪种制剂宜加入防腐剂

A. 汤剂　B. 合剂
C. 酒剂　D. 酊剂
E. 煎膏剂

4. 下列需要做不溶物检查的是

A. 合剂　B. 口服液
C. 糖浆剂　D. 煎膏剂
E. 浸膏剂

5. 常用渗漉法制备，且需先收集药材量85%初漉液的剂型是

A. 药酒　B. 酊剂
C. 浸膏剂　D. 流浸膏剂
E. 煎膏剂

6. 除另有规定外，茶剂含水量不得超过

A. 3%　B. 5%
C. 10%　D. 12%
E. 15%

7. 最能体现方药各种成分的综合疗效与特点的剂型

A. 散剂　B. 浸出制剂
C. 半固体制剂　D. 胶体制剂
E. 液体药剂

8. 浸出制剂的治疗作用特点是

A. 具有综合疗效　B. 作用单一
C. 作用剧烈　D. 副作用大
E. 疗效显著

9. 按浸提过程和成品情况分类流浸膏属于

A. 水浸出剂型
B. 含醇浸出剂型

C. 含糖浸出剂型

D. 无菌浸出剂型

E. 其他浸出剂型

10. 下列属于含糖浸出剂型的是

A. 浸膏剂

B. 煎膏剂

C. 汤剂

D. 合剂

E. 流浸膏剂

11. 口服液的制备工艺流程正确的是

A. 提取→精制→灭菌→配液→灌装

B. 提取→精制→配液→灭菌→灌装

C. 提取→精制→配液→灌装→灭菌

D. 提取→浓缩→配液→灭菌→灌装

E. 提取→浓缩→配液→灌装→灭菌

12. 煎膏剂在质量控制上应控制蔗糖的转化率为

A. 10%以下

B. 10%~35%

C. 40%~50%

D. 60%以上

E. 90%以上

13. 干浸膏含水量为

A. 2%　　B. 5%

C. 8%　　D. 9%

E. 12%以上

14. 流浸膏剂常用的制备方法是

A. 浸渍法　　B. 回流法

C. 煎煮法　　D. 蒸馏法

E. 渗滤法

15. 合剂与口服液的区别是

A. 合剂不需要灭菌

B. 合剂不需要浓缩

C. 口服液为单剂量包装

D. 口服液不需要添加防腐剂

E. 口服液需注明“用前摇均”

16. 橙皮糖浆为

A. 单糖浆

B. 药用糖浆

C. 有色糖浆

D. 芳香甜味糖浆

E. 胶浆剂

17. 下列关于流浸膏与浸膏剂的说法错误的是

A. 某些以水为溶剂的中药流浸膏，也可用煎煮法制备

B. 浸膏剂的制备多采用渗漉法，煎煮法，有的也可采用回流法或浸渍法

C. 稠浸膏可用甘油、液状葡萄糖调整含量

D. 干浸膏可用淀粉、乳糖等调整含量

E. 流浸膏至少含30%以上的乙醇

18. 有中药水煎浓缩液1000ml，欲调含醇量达70%沉淀杂质，应加95%的乙醇

A. 737ml　　B. 1357ml

C. 606ml　　D. 2800ml

E. 1963ml

二、配伍选择题

[19~22]

A. 煎煮法　　B. 溶解法

C. 渗漉法　　D. 固体分散法

E. 水蒸气蒸馏法

19. 制备碘酊宜用

20. 制备益母草膏宜用

21. 提取砂仁中挥发油宜用
22. 制备川乌风湿药酒宜用

[23~26]

A. 每毫升相当于0.2g药材
B. 每毫升相当于0.1g药材
C. 每毫升相当于1g药材
D. 每毫升相当于2~5g药材
E. 每毫升含有药材量尚无统一规定

23. 除另有规定外，普通药物酊剂浓度
24. 除另有规定外，毒性药物酊剂浓度
25. 除另有规定外，浸膏剂浓度
26. 除另有规定外，流浸膏剂浓度

[27~30]

A. 糖浆剂　B. 煎膏剂
C. 酊剂　D. 酒剂
E. 醑剂

27. 用煎煮法制备
28. 用热溶法、冷溶法、混合法制备
29. 用溶解法、稀释法、渗滤法制备
30. 用渗滤法、浸渍法、回流法制备

[31~34]

A. 5g　B. 15g
C. 20ml　D. 45g
E. 85g

31. 稠浸膏含水量每100g约为
32. 干浸膏含水量每100g约为
33. 中药糖浆剂含糖量每100ml至少为
34. 单糖浆含糖量每100ml应为

三、多项选择题

35. 关于汤剂的叙述中正确的有
 A. 以水为溶剂
 B. 能适应中医辩证施治，随证加减
 C. 吸收较快
 D. 煎煮后加防腐剂服用
 E. 制法简单易行
36. 关于中药糖浆剂叙述中正确的有
 A. 含蔗糖量应不低于45%（g/ml）
 B. 糖浆剂是含有药物、药材提取物或芳香物质的浓蔗糖水溶液
 C. 为防止微生物的污染，糖浆剂常加防腐剂
 D. 可分为矫味糖浆和药用糖浆
 E. 矫味糖浆可分为单糖浆和芳香糖浆
37. 关于糖浆剂的特点叙述正确的有
 A. 制备方法简便
 B. 须加防腐剂
 C. 适用于儿童服用
 D. 能掩盖药物的不良气味
 E. 含糖量高的糖浆剂渗透压高，易染菌
38. 关于煎膏剂的叙述正确的有
 A. 外观应质地细腻，稠度适宜
 B. 应无焦臭、异味，无返砂
 C. 其相对密度、不溶物应符合《中国药典》（2005版）规定
 D. 煎膏剂收膏的稠度一般控制相对密度1.40左右
 E. 加入炼糖或炼蜜的量一般不超过清膏量的5倍
39. 关于酒剂的特点叙述正确的有
 A. 酒辛甘大热，可促使药物吸收，提高药物疗效
 B. 组方灵活，制备简便，不可加入矫味剂
 C. 能活血通络，但不适宜于心脏病患者服用

D. 临床上以祛风活血、止痛散瘀效果尤佳

E. 含乙醇量高，久贮不易变质

40. 浸出制剂易出现什么质量问题

A. 长霉　B. 发酵

C. 混浊　D. 水解

E. 陈化

41. 糖浆剂的质量要求有

A. 药用糖浆剂含蔗糖量应不低于45%（g/ml）

B. 相对密度、pH值和乙醇含量符合规定要求

C. 在贮存不得有酸败、异臭、产生气体等变质现象

D. 糖浆应澄清，贮藏期间允许有少量轻摇易散的沉淀

E. 装量差异限度均应符合规定要求

42. 下列可提高口服液澄明度的方法有

A. 高速离心

B. 水提醇沉

C. 加絮凝剂

D. 微孔滤膜过滤

E. 超滤

43. 浸出制剂防腐可用的方法有

A. 控制环境卫生

B. 药液灭菌

C. 加防腐剂

D. 各药分煎

E. 棕色容器贮存

44. 要求澄清的浸出药剂有

A. 合剂

B. 口服液

C. 酒剂

D. 酊剂

E. 流浸膏剂

参考答案

一、最佳选择题

1. B　2. E　3. B　4. D　5. D　6. D　7. B　8. A　9. B
10. B　11. C　12. D　13. B　14. E　15. C　16. D　17. E　18. D

二、配伍选择题

[19 ~ 22] B A E C　[23 ~ 26] A B D C
[27 ~ 30] B A C D　[31 ~ 34] B A D E

三、多项选择题

35. ABCE　36. ABCDE　37. ABCD　38. ABCD　39. ACDE
40. ABCDE　41. ACDE　42. ABCDE　43. ABC　44. ABCD

第七单元　液体药剂

考点分级

★★★★★

液体药剂特点；表面活性剂的特点与基本性质；常用表面活性剂的种类及应用；增加药物溶解度方法；真溶液型、胶体溶液型、乳状液型、混悬液型药剂的特点与制备。

★★★★★

液体药剂的分类；影响增溶的因素；胶体溶液的稳定性；常用乳化剂的种类与选用；乳剂的稳定性；混悬液的常用附加剂；影响混悬液稳定性的因素；各类剂型的质量要求与检查。

★★★

表面活性剂在中药制剂中的应用。

重要知识点串讲

一、液体药剂的特点与分类

（一）特点

1. 优点　①吸收快，作用较迅速；②给药途径广泛，服用方便，易于分剂量；③能减少某些药物的刺激性；④可提高药物的生物利用度。

2. 缺点　①分散度大，易引起药物的化学降解，使药效降低甚至失效；②携带、运输、贮存不便；③易霉变。

（二）分类

1. 按分散系统分类

①真溶液型；②胶体溶液型（包括高分子溶液和溶胶）；③混悬液型；④乳状液型。

2. 按给药途径分类：①内服液体药剂；②外用液体药剂。

二、表面活性剂

（一）常用的表面活性剂

1. 阴离子型表面活性剂的种类及其性质；

2. 阳离子型表面活性剂（季铵化合物）的种类及其性质；

3. 两性离子型表面活性剂的种类及其性质；

4. 非离子型表面活性剂的种类及其性质：

①司盘类，②吐温类，③卖泽类，④苄泽类，⑤聚氧乙烯聚氧丙烯共聚物。

（二）表面活性剂的特点与基本性质

1. 特点：具有“两亲性”。

2. 表面活性剂的基本性质

①胶束与临界胶束浓度；②亲水亲油平衡值；③起昙和昙点；④毒性。

三、增加药物溶解度的方法

（一）增加药物溶解度的常用方法：①增溶；②助溶；③制成盐类；④使用潜溶剂。

（二）影响增溶的因素：①增溶剂的性质、用量及使用方法；②被增溶药物的性质；③温度；④溶液的 pH 及电解质等。

四、各类液体药剂

表 7-1　分散体系中微粒大小与特征

类型		分散相大小	特征
真溶液型		<1nm	真溶液；无界面，热力学稳定体系；扩散快，能透过滤纸和某些半透膜
胶体溶液型	高分子溶液型	1~100nm	真溶液；热力学稳定体系；扩散慢，能透过滤纸，不能透过半透膜
	溶胶		胶体溶液；有界面，热力学不稳定体系；扩散慢，能透过滤纸，不能透过半透膜
混悬液型		>500nm	动力学和热力学不稳定体系；有界面，扩散很慢或不扩散，显微镜下可见
乳状液型		>100nm	热力学不稳定体系；有界面，扩散很慢或不扩散，显微镜下可见

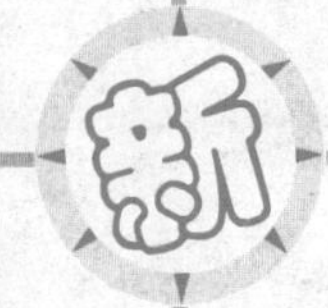

（一）真溶液型液体药剂（属于真溶液型的剂型有溶液剂、芳香水剂、醑剂、甘油剂）

1. 溶液剂的制法：①溶解法；②稀释法；③化学反应法。

2. 芳香水剂的制法：①溶解法；②稀释法；③水蒸气蒸馏法。

3. 露剂的制法：水蒸气蒸馏法。

4. 甘油剂的制法：①溶解法；②化学反应法。

（二）胶体溶液型液体药剂

1. 特点

（1）高分子溶液的特点：①带电性；②渗透压；③黏性。

（2）溶胶的特点：①丁达尔效应；②电泳现象；③布朗运动。

2. 胶体溶液的稳定性

（1）高分子溶液的稳定性

决定高分子溶液稳定性的主要因素是水化膜的形成。

破坏水化膜的方法：①加入脱水剂；②加入大量的电解质。

（2）溶胶的稳定性

决定溶胶稳定性的主要因素是溶胶双电层的存在而产生的ζ电位的高低。

影响溶胶稳定性的因素：①电解质的作用；②高分子化合物对溶胶的保护作用；③溶胶的相互作用。

（三）乳状液型液体药剂

1. 类型：①水包油（O/W）型乳剂；②油包水（W/O）型乳剂；③复乳。

2. 常用乳化剂的种类：①表面活性剂；②高分子溶液；③固体粉末。

3. 乳化剂的选用

①根据乳剂给药途径选择；②根据乳化剂的性能选择；③根据乳剂的类型选择；④选用混合乳化剂。

4. 乳剂的制备：①干胶法；②湿胶法；③新生皂法；④机械法。

5. 乳剂的稳定性

（1）影响乳剂稳定性的主要因素

①乳化剂的性质；②乳化剂的用量；③分散相的浓度；④分散介质的黏度；⑤乳化及贮藏时的温度；⑥制备方法及乳化器械；⑦其他：微生物的污染等。

（四）混悬液型液体药剂

1. 适宜于制成混悬液型液体药剂的药物

（1）需制成液体制剂供临床应用的难溶性药物。

（2）为了发挥长效作用或为了提高在水溶液中稳定性的药物。

注意：毒性药物或剂量小的药物不宜制成混悬剂。

2. 混悬剂的常用附加剂：①润湿剂；②助悬剂；③絮凝剂与反絮凝剂。

3. 影响混悬液型液体药剂稳定性的因素

①微粒间的排斥力与吸引力；②混悬粒子的沉降；③微粒增长与晶型的转变；④温度的影响。

4. 混悬液型液体药剂的制备：①分散法；②凝聚法。

五、液体药剂的质量要求与检查

重量差异、装量、干燥失重（干混悬剂）、沉降体积比、微生物限度检查均应符合《中国药典》2005 年版的相关要求。

历年真题与解析

一、最佳选择题

1. 下列关于表面活性剂毒性按大小顺序的排列中正确的是

A. 阴离子型 > 阳离子型 > 非离子型

B. 阳离子型 > 非离子型 > 阴离子型

C. 非离子型 > 阴离子型 > 阳离子型

D. 阴离子型 > 非离子型 > 阳离子型

E. 阳离子型 > 阴离子型 > 非离子型

答案：E

解析：本题考查表面活性剂的毒性大小。

表面活性剂的毒性，一般以阳离子型毒性最大，其次是阴离子型，非离子型毒性最小。

2. 下列表面活性剂有起昙现象的是

A. 肥皂

B. 硫酸化物

C. 磺酸化物

D. 季铵化物

E. 吐温

答案：E

解析：本题考查表面活性剂的基本性质。

某些含聚氧乙烯基的非离子型表面活性剂的溶解度开始随温度的上升而加大，达到某一温度后，其溶解度急剧下降而使溶液变浑浊，甚至分层，冷却后又恢复澄明的现象称为起昙，是因为温度升高使表面活性剂分子结构中所含聚氮乙烯基与水分子形成氢键破坏，从而使表面活性剂溶解度下降造成的。当温度下降至昙点以下时，氢键形成。

二、配伍选择题

［3～6］

A. Zeta 电位降低

B. 分散相与连续相存在密度差

C. 微生物及光、热、空气等的作用

D. 乳化剂失去乳化作用

E. 乳化剂类型改变

造成下列乳剂不稳定现象的原因是

3. 分层

4. 转相

5. 酸败

6. 絮凝

答案：B E C A

解析：本题考查乳剂的不稳定现象。

乳浊液属热力学不稳定的非均相体系。分层是指由于乳剂中油相与水相存在密度差，经放置过程中，造成油相与水相分层，乳剂分层后，经振摇仍能恢复均匀的乳剂；转相是指乳剂类型由 O/W 型转变为 W/O 型或由 W/O 型转变为 O/W 型，这种转相通常是由于外加物质使聚集的性质改变而引起的；酸败是指乳剂中的油，不饱和脂肪酸等受外界因素（光、热、空气等）及微生物破坏而引起的；絮凝是指乳剂 ζ 电位降低造成乳滴聚集成团的现象。

［7～10］

A. 溶液型　　B. 胶体溶液型

C. 乳浊型　　D. 混悬型

E. 其他类型

根据分散状态，判断下列分别属于何种液体制剂

7. 药物以分子状态分散于液体分散介质中

8. 油滴分散于液体分散介质中

9. 难溶性固体药物分散于液体分散介质中

10. 高分子化合物分散于液体分散介质中

答案：A C D B

解析：本题考查液体药剂的分类。

真溶液型是指药物以分子或离子形式分散于分散介质中形成均相液体制剂；胶体溶液型指高分子化合物分散于分散介质中形成的均相体系；乳浊液型系指两种互不相溶的液体，经乳化制成一种液体以液滴形式分散于另一种液体中形成的非均相分散体系的液体药剂；混悬型指难溶性固体药物以微粒状态分散于分散介质中形成的非均相液体制剂。

三、多项选择题

11. 在液体药剂中下述哪种方法能增加药物的溶解度

A. 加入助溶剂

B. 加入非离子表面活性剂

C. 制成盐类

D. 应用潜溶剂

E. 加入助悬剂

答案：ABCD

解析：本题考查的增加药物溶解度的方法。

增加药物溶解度的方法有增溶，即加入表面活性剂；助溶，即加入第二种物质而增加原有药物的溶解度；制成盐类；使用潜溶剂。助悬剂是提高混悬剂稳定性的重要措施。

12. 吐温类表面活性剂具有的作用有

A. 增溶作用

B. 助溶作用

C. 润湿作用

D. 乳化作用

E. 润滑作用

答案：ACD

解析：本题考查吐温类表面活性剂的作用。

吐温类表面活性剂 HLB 值在 9.6～16.7，增溶作用最适 HLB 值范围为 15～18，形成 O/W 型乳剂 HLB 值应为 8～16，因此，吐温类表面活性剂具有增溶、乳化作用；吐温类为非离子型表面活性剂，同时具有润湿作用。

仿真试题

一、最佳选择题

1. 下列有关亲水亲油平衡值的论述正确的是
   A. 代表表面活性剂亲水基团的多少
   B. 代表表面活性剂亲油基团的多少
   C. 亲水亲油平衡值越高，亲水性越小
   D. 亲水亲油平衡值越小，亲油性越小
   E. 亲水亲油性必须适当平衡
2. 将司盘 80（HLB = 4.37）60% 与吐温 80（HLB = 15）40% 混合，混合后的 HLB 值是
   A. 4.3　B. 6.5
   C. 8.6　D. 9.2
   E. 12.6
3. 下列表面活性剂中，毒性刺激性最大的是
   A. 豆磷脂
   B. 吐温 80
   C. 司盘 80
   D. 苯扎溴铵
   E. 十二烷基硫酸钠
4. 广泛用作洗涤剂的表面活性剂是
   A. 吐温
   B. 月桂酸钠
   C. 土耳其红油
   D. 硬脂酸三乙醇胺皂
   E. 十二烷基苯磺酸钠
5. 用于制备注射用乳剂及脂质体的表面活性物质是
   A. 胆汁
   B. 卵磷脂
   C. 普流罗尼克
   D. 脂肪酸山梨坦
   E. 聚氧乙烯脂肪酸酯类
6. 可用于静脉注射剂的表面活性剂是
   A. 洁尔灭
   B. 普朗尼克 F－68
   C. 十二烷基磺酸钠
   D. 十二烷基硫酸钠
   E. 硫酸化蓖麻油
7. 处方：碘 50g，碘化钾 100g，蒸馏水适量，共制 1000ml，方中碘化钾为
   A. 主药　B. 增溶剂
   C. 助溶剂　D. 助悬剂
   E. 反絮凝剂
8. 芳香水剂属于
   A. 真溶液　B. 混悬液
   C. 乳状液　D. 高分子溶液
   E. 溶胶
9. 决定溶胶溶液稳定性的主要因素是
   A. 离子化作用
   B. 电位差
   C. 水化作用
   D. pH 值
   E. 吸附作用
10. 溶胶中加入一定浓度的高分子溶液，而使溶胶稳定性显著提高的现像称

A. 相互作用

B. 保护作用

C. 稳定作用

D. 反絮凝作用

E. 转相作用

11. 采用干胶法，以胶类作乳化剂时，初乳中植物油、水、胶的比例是

A. 1∶1∶1

B. 1∶2∶1

C. 1∶2∶1

D. 2∶4∶1

E. 4∶2∶1

12. 为保证乳剂的稳定，分散相浓度宜为

A. 10%　　B. 20%

C. 50%　　D. 80%

E. 90%

13. 适宜乳化的温度应控制的范围和乳化剂用量为

A. 10～30℃；0.5%～2.5%

B. 20～40℃；3%～30%

C. 30～50℃；0.5%～10%

D. 40～60℃；0.25%～1%

E. 50～70℃；0.5%～10%

14. 混悬剂中药物粒子的大小一般为

A. <0.1nm　　B. <1nm

C. <10nm　　D. <100nm

E. 500nm～1000nm

15. 根据 Stoke's 定律，混悬微粒沉降速度与下列因素成正比

A. 混悬微粒直径

B. 混悬微粒粉碎度

C. 混悬微粒半径

D. 混悬微粒半径平方

E. 分散介质的黏度

16. 影响混悬剂稳定性的因素不包括

A. 混悬粒子的沉降

B. 微粒增长与晶型的转变

C. 微粒间的排斥力与吸引力

D. 温度的影响

E. 制备的方法

17. 非离子型表面活性剂的特点是

A. 起表面活性作用的部分是阳离子

B. 起表面活性作用的部分是阴离子

C. 在水中不解离

D. 只可作为外用

E. 主要用于杀菌和防腐

18. 吐温类表面活性剂的溶血性按从大到小的顺序排列，正确的是

A. 吐温 80 > 吐温 60 > 吐温 40 > 吐温 20

B. 吐温 80 > 吐温 40 > 吐温 60 > 吐温 20

C. 吐温 80 > 吐温 40 > 吐温 60 > 吐温 20

D. 吐温 20 > 吐温 40 > 吐温 60 > 吐温 80

E. 吐温 20 > 吐温 60 > 吐温 40 > 吐温 80

19. 肥皂是哪一型表面活性剂

A. 阴离子型

B. 阳离子型

C. 非离子型

D. 两性离子型

E. 以上都不是

20. 关于增溶的叙述，错误的是

A. 增溶是表面活性剂在水中形成胶团实现的

B. 增溶剂的 HLB 值是在 15～18 以上

C. 弱酸性药物在偏碱性的溶液中有较大增溶

D. 弱碱性药物在偏碱性的溶液中有较大增溶

E. 两性药物在等电点时有较大增溶

21. 不适于制成混悬液的药物

A. 毒性药物

B. 难溶性药物

C. 不稳定的药物

D. 易成盐的药物

E. 治疗剂量大的药物

22. 下列使高分子水溶液凝结作用最大化的化合物为

A. 醋酸　　B. 硝酸

C. 少量碘化物　　D. 少量氯化物

E. 酒石酸

23. 下列具有助悬作用的化合物为

A. 羟甲基纤维素钠

B. 司盘 80

C. 卖泽类

D. 聚乙二醇 6000

E. 月桂醇硫酸钠

24. 处方：薄荷油 20ml，95% 乙醇 600ml，蒸馏水适量共制成 1000ml。上方制成哪种剂型

A. 混悬剂

B. 合剂

C. 溶胶剂

D. 溶液型药剂

E. 酒剂

二、配伍选择题

［25～28］

A. 真溶液　　B. 胶体溶液

C. 乳剂　　D. 混悬液

E. 半固体剂型

25. 油滴分散于液体分散介质中

26. 药物以分子状态分散于液体分散介质中

27. 难溶性固体药物分散于液体分散介质中

28. 高分子化合物分散于液体分散介质中

［29～32］

A. 干胶法　　B. 湿胶法

C. 凝聚法　　D. 新生皂法

E. 机械法

29. 乳剂制备时，先将乳化剂加入到水中再将油加入研磨成初乳，再加水稀释的方法为

30. 乳剂制备时，胶粉与油混合，加入一定量的水乳化成初乳，再逐渐加水至全量的方法为

31. 乳剂制备时，使植物油与含碱的水相发生皂化反应，生成新皂乳化剂随即进行乳化的方法为

32. 乳剂制备时，将油相、水相、乳化剂混合反应用机械的强大乳化能制成的方法为

［33～35］

A. 吸附层　　B. 扩散层

C. 双电层　　D. ζ 电位

E. 水化层

33. 由双电层的存在而产生的电位差，可作为溶胶稳定性的指标是

34. 影响亲水高分子胶体溶液稳定性的主要因素是

35. 有吸附层和扩散层构成的电性相反的电层是

[36～39]

A. 阴离型

B. 阳离子型

C. 两性离子型

D. 非离子型

E. 以上都不是

36. 肥皂

37. 普朗尼克

38. 卵磷脂

39. 苯扎溴氨

[40～43]

A. 絮凝剂和反絮凝剂

B. 天然高分子助悬剂

C. 合成高分子助悬剂

D. 润湿剂

E. 低分子助悬剂

40. 西黄芪胶

41. 脂肪酸山梨坦

42. 甲基纤维素

43. 酒石酸盐

[44～47]

A. 溶解法　　B. 凝聚法

C. 干胶法　　D. 滤过法

E. 浸渍法

44. 溶液剂的制备可选用

45. 溶胶的制备可选用

46. 乳剂的制备可选用

47. 混悬液的制备可选用

三、多项选择题

48. 液体药剂特点的有

A. 吸收快、作用迅速

B. 药物以分子形式分散于介质中

C. 易控制药物浓度

D. 便于分剂量服用

E. 稳定性较差

49. 关于液体药剂的叙述，正确的有

A. 溶液剂分散相粒径一般小于1nm

B. 高分子溶液分散相粒径一般在1～100nm之间

C. 混悬剂分散相微粒的粒径一般在500nm以上

D. 乳浊液药剂属均相分散体系

E. 混悬型药剂属非均相分散体系

50. 关于阳离子表面活性剂的叙述，正确的有

A. 水溶性大

B. 主要用于杀菌与防腐

C. 起表面活性的部分是阳离子

D. 在酸性与碱性溶液中不稳定

E. 分子结构主要部分是一个五价氮原子

51. 胶体溶液具备的特性有

A. 布朗运动

B. 丁达尔效应

C. 通透性

D. 荷电

E. 分散相质点大小在1～100nm之间

52. 制备溶胶的方法有

A. 凝聚法

B. 研磨分散法

C. 胶溶分散法

D. 加温分散法

E. 超声波分散法

53. 关于絮凝的表述正确的有

A. 加入适当电解质，可使ζ电位降低

B. 为形成絮凝状态所加入的电解质

称为絮凝剂

C. 混悬剂的微粒形成絮状聚集体的过程称为絮凝

D. 混悬剂的微粒荷电，电荷的排斥力会阻碍微粒的聚集

E. 为了使混悬剂恰好产生絮凝作用，一般应控制 ζ 电位在 20～25mV 范围内

54. 表面活性剂的基本性质有

A. 昙点

B. HLB 值

C. 布朗运动

D. 形成胶束

E. 丁达尔效应

55. 离子型表面活性剂一般的毒性包括

A. 形成血栓

B. 升高血压

C. 刺激皮肤

D. 刺激黏膜

E. 造成溶血

56. 下列属于阴离子型表面活性剂的有

A. 硬脂酸三乙醇胺皂

B. 月桂酸钠

C. 苯扎溴铵

D. 卵磷脂

E. 十二烷基苯磺酸钠

57. 有关两性离子表面活性剂表述错误的是

A. 两性离子表面活性剂分子结构中有酸性和碱性基质

B. 卵磷脂属于两性离子表面活性剂

C. 卵磷脂外观为透明或半透明黄色或黄褐色油脂状物质

D. 卵磷脂是制备注射用乳剂及脂质体制剂的主要辅料

E. 氨基酸型和甜菜碱型两性离子表面活性剂是另一种天然表面活性剂

58. 下列属于非离子型表面活性剂的是

A. 司盘类　　B. 吐温类

C. 肥皂类　　D. 卵磷脂

E. 聚氧乙烯脂肪酸酯

59. 吐温类表面活性剂可用于

A. 乳剂　　B. 栓剂

C. 片剂　　D. 软膏剂

E. 静脉注射剂

60. 表面活性剂在液体药剂中的应用包括

A. 乳化剂　　B. 润湿剂

C. 增溶剂　　D. 助溶剂

E. 助悬剂

61. 液体药剂中影响增溶的因素有

A. 温度

B. 溶剂的 pH 值

C. 被增溶物质的性质

D. 增溶剂的性质

E. 增溶剂的用法用量

62. 常与水组成潜溶性混合溶剂的是

A. 乙醇

B. 丙二醇

C. 丙三醇

D. 聚乙二醇 400

E. 三乙醇胺

63. 溶液型液体药剂的制备常用

A. 乳化法　　B. 溶解法

C. 稀释法　　D. 凝聚法

E. 分散法

64. 关于溶胶剂的叙述错误的是

A. 是动力学不稳定体系

B. 具有丁达尔效应

C. 制备方法包括分散法和凝聚法

D. 溶胶剂具有双电层结构

E. 散相质点大小在 1 ~ 100μm 之间

65. 下列现象属 O/W 型乳剂特点的是

A. 可用水稀释

B. 几乎不导电

C. 导电

D. 外观近似水

E. 外观近似油

66. 影响乳剂稳定性的因素包括

A. 原料的性质

B. 乳化温度

C. 乳化剂的性质

D. 乳化剂的用量

E. 分散相的浓度与黏度

67. 关于药物制成混悬剂的条件的正确表述有

A. 难溶性药物需制成液体制剂供临床应用时

B. 药物的剂量超过溶解度而不能以溶液剂形式应用时

C. 两种溶液混合时药物的溶解度降低而析出固体药物时

D. 毒剧药或剂量小的药物不应制成混悬剂使用

E. 需要产生缓释作用时

68. 提高混悬型液体药剂稳定性的措施有

A. 添加适量助悬剂

B. 添加适量电解质使混悬液絮凝

C. 添加适量反絮凝剂，防止微粒聚集

D. 尽可能减少药物微粒的粒径，同时注意缩小粒径间的粒径差

E. 成品贮藏于阴凉处

69. 关于絮凝剂与反絮凝剂的叙述正确的是

A. 絮凝剂能够使 ζ 电位降低

B. 反絮凝剂能够使 ζ 电位降低

C. 絮凝剂能够增加体系稳定性

D. 反絮凝剂能够降低体系稳定性

E. 同一电解质既可是絮凝剂也可以是反絮凝剂

参考答案

一、最佳选择题

1. E　2. C　3. D　4. E　5. B　6. B　7. C　8. A　9. B
10. B　11. E　12. C　13. E　14. E　15. D　16. E　17. C
18. E　19. A　20. C　21. A　22. E　23. A　24. D

二、配伍选择题

[25 ~ 28] C　A　D　B　[29 ~ 32] B　A　D　E　[33 ~ 35] D　E　C

［36～39］A D C B ［40～43］B D C A ［44～47］A B C B

三、多项选择题

48. ACDE 49. ABCE 50. ABCE 51. ABDE 52. ABCE
53. ABCDE 54. ABD 55. CDE 56. ABE 57. AE
58. ABE 59. ABCD 60. ABCDE 61. ABCDE 62. ABCD
63. BC 64. AE 65. ACD 66. BCDE 67. ABCDE
68. ABCDE 69. ACE

第八单元　注射剂（附：眼用溶液剂）

考点分级

★★★★★

中药注射剂的特点与分类；热原的含义与基本性质；注射剂中污染热原的途径和去除方法；注射剂常用附加剂的性能与选用；中药注射剂的制备；注射剂的质量检查与要求。

★★★★★

热原与细菌内毒素的检查方法；制药用水的种类及其应用；注射用水的制备及质量要求；中药注射用提取物的基本要求；注射剂容器的种类、规格及质量要求；眼用溶液剂的质量要求及附加剂；影响眼用溶液药物疗效的的因素。

★★★

注射用油的质量要求与精制；注射用无菌粉末、混悬液型注射剂、乳状液型注射剂的质量要求和制法；眼用溶液剂的制备要点。

重要知识点串讲

一、注射剂的特点

1. 药效迅速，作用可靠；2. 适用于不宜口服给药的药物，或不能口服给药的病

人；3. 可使某些药物发挥定位定向的局部作用或延长药效，有些注射剂还可用于疾病诊断；4. 使用不便且注射时产生疼痛，使用不当有一定危险性；5. 制备过程比较复杂，制剂技术和设备要求较高。

二、热原

1. 热原的含义

热原是一种能引起恒温动物体温异常升高的致热物质；热原主要由革兰阴性杆菌产生，且产生的热原致热作用最强；内毒素是导致热原反应的最主要致热物质，其中脂多糖（LPS）是内毒素的主要成分，具有特别强的致热活性。

2. 热原的基本性质

①水溶性；②耐热性；③不挥发性；④滤过性；⑤可吸附性；⑥热原能被强酸、强碱、氧化剂、超声波等所破坏。

3. 注射剂中污染热原的途径

①由溶剂带入（注射剂污染热原的主要原因）；②由原辅料带入；③由容器、用具、管道与设备中带入；④由制备过程带入；⑤由使用过程带入。

4. 注射剂中除去热原的方法

（1）除去药液或溶剂中热原的方法：①吸附法；②超滤法；③离子交换法；④凝胶滤过法；⑤反渗透法。

（2）除去容器上热原的方法：①高温法；②酸碱处理法。

三、注射剂的溶剂

（二）注射用水的制备及质量要求

1. 制备

饮用水→细过滤器→电渗析装置或反渗透装置→阳离子树脂床→脱气塔→阴离子树脂床→纯化水多效蒸馏水器→热贮水器（80℃）→注射用水

2. 贮存

在无菌条件下保存，并在制备12小时内使用，贮存时间不得超过24小时。

3. 质量要求

①性状；②pH值；③细菌内毒素；④微生物限度；⑤其他合规定。

（三）注射用油的质量要求

①性状；②相对密度；③折光率；④酸值；⑤皂化值；⑥碘值；⑦其他。

四、注射剂的附加剂

（一）增加主药溶解度常用附加剂的选用

（二）防止主药氧化常用附加剂的选用　①抗氧剂；②金属离子络合剂；③惰性气体。

（三）调节渗透压的常用计算方法及其常用附加剂　①冰点降低数据法；②氯化钠等渗当量法；③溶血测定法。

（四）调节 pH、抑制微生物增殖、减轻疼痛与刺激的常用附加剂

五、中药注射剂的制备

（一）中药注射剂提取物的制备方法

1. 蒸馏法；

2. 水醇法和醇水法；

3. 其他方法；

4. 去除药液中鞣质的方法。

①明胶沉淀法（改良明胶法）；②醇溶液调 pH 法；③聚酰胺吸附法。

（二）中药注射用提取物的基本要求

包括有效成分、有效部位或复方的总提取物，以有效成分或有效部位制成的中药注射剂，所测得有效成分或有效部位的量应不低于总固体量的 70%，静脉用不低于 80%；以净药材或总提取物制备的中药注射剂，所测成分的总含量应不低于总固体量的 20%，静脉用不低于 25%。

（二）中药注射剂的制备

1. 制备工艺流程

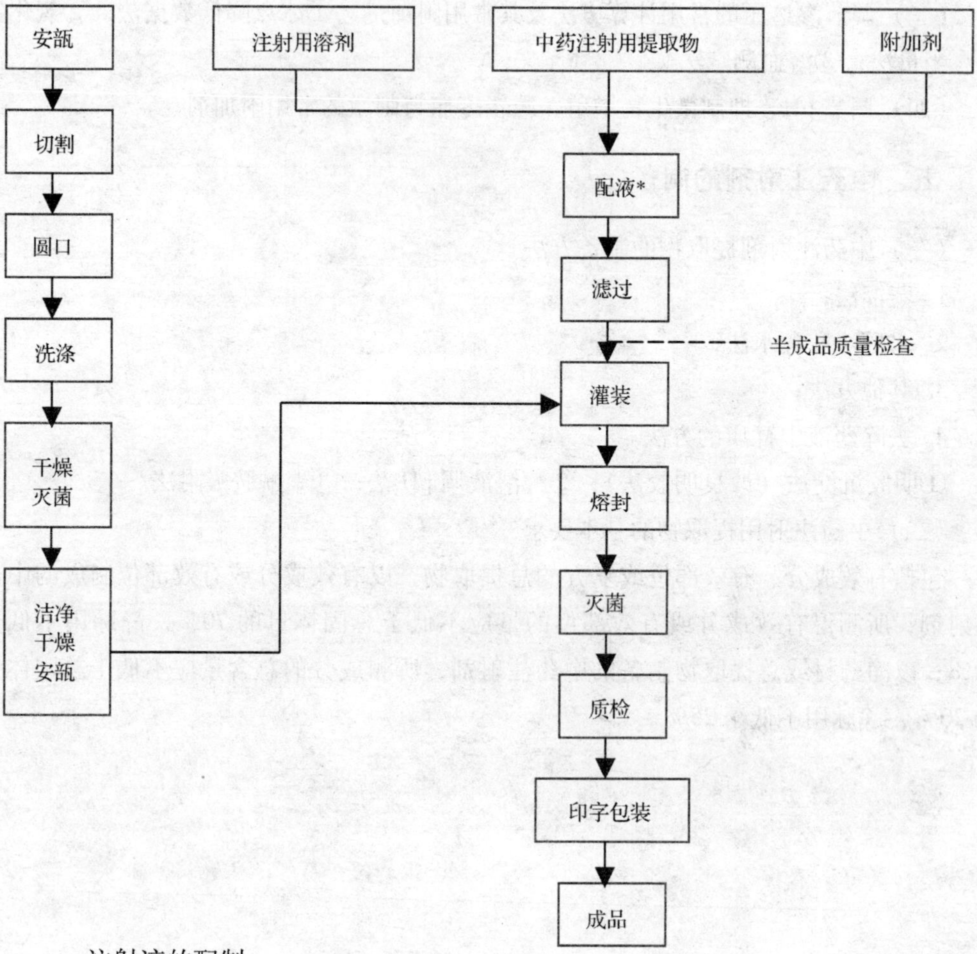

安瓿 → 切割 → 圆口 → 洗涤 → 干燥灭菌 → 洁净干燥安瓿 → 灌装

注射用溶剂、中药注射用提取物、附加剂 → 配液* → 滤过 →（半成品质量检查）→ 灌装 → 熔封 → 灭菌 → 质检 → 印字包装 → 成品

*　注射液的配制

（1）稀配法

（2）浓配法：①热处理冷藏法；②水处理冷藏法；③活性炭脱色、助滤、除杂；④加入附加剂。

六、输液剂

1. 含义

输液剂系指通过静脉滴注用的大体积（除另有规定外，一般不得小于100ml）无菌水溶液或以水为连续相的乳状液。

2. 输液剂的种类：①电解质输液；②营养输液；③胶体输液。

3. 输液剂制备的要点

（1）配液：浓配法或稀配法，以浓配法常用。

（2）滤过：先粗滤再用垂熔漏斗或微孔滤膜精滤。

（3）灭菌：①多采用热压灭菌，68.7kPa、115℃、30min；

②塑料袋装输液剂灭菌条件为109℃、45min或111℃、30min。

七、注射剂的质量要求与检查

1. 装量；2. 装量差异；3. 可见异物；4. 不溶性微粒；5. 有关物质；6. 无菌；7. 热原。

八、眼用溶液剂

1. 质量要求：①pH值；②渗透压值；③无菌；④澄明度；⑤装量。

2. 质量检查项目

澄明度、混悬液粒度、装量、微生物限度等应符合《中国药典》2005年版的规定。

3. 眼用溶液剂的附加剂

调整pH值、调整渗透压、抑菌剂、调整黏度等附加剂。

4. 吸收途径：角膜和结膜。

5. 影响眼用溶液药物疗效的因素：①每次滴眼的滴数或滴药次数；②药物的外周血管消除；③眼用溶剂的pH及药物的pK；④刺激性；⑤表面张力；⑥黏度。

一、最佳选择题

1. 药剂上热原的主要成分是

A. 异性蛋白

B. 胆固醇

C. 脂多糖

D. 生物激素

E. 磷脂

答案：C

解析：本题考查热原的组成。

药剂上的热原主要是指细菌性热原，是微生物产生的代谢产物。内毒素是产生热原的主要致热物质，其中脂多糖是内毒素的主要成分。

2. 0.9% 的氯化钠溶液为

A. 高渗高张溶液

B. 低渗低张溶液

C. 高渗等张溶液

D. 等渗等张溶液

E. 等渗低张溶液

答案：D

解析：本题考查等渗等张溶液。

等渗溶液是指渗透压与血浆渗透压相等的溶液，是一个物理化学概念；等张溶液是指与红细胞张力相等的溶液，是一个生物学概念。0.9% 的氯化钠溶液和 0.5% 的葡萄糖溶液即为等渗等张溶液。

3. 下列关于纯化水叙述错误的是

A. 纯化水不得用于注射剂的配制与稀释

B. 纯化水是用饮用水采用电渗析法、反渗透法等方法处理制成

C. 注射用水指用纯化水经蒸馏而制得

D. 纯化水可作滴眼剂的配制溶液

E. 纯化水常用作中药注射剂制备时原药材的提取溶剂

答案：D

解析：本题考查制药用水的种类及其应用

制药用水可分为（1）饮用水：为天然水经净化处理所得。可作为药材净制时的漂洗、制药器具的粗洗用水。除另有规定外，亦可作为口服、外用普通制剂所用药材的提取溶剂。中药注射剂、滴眼剂等灭菌制剂用药材的提取不得用饮用水。（2）制药纯水：为饮用水经蒸馏法、离子交换法、反渗透法或其他适宜方法制成的制药用水。不含任何附加剂，可作为中药注射剂、滴眼剂等灭菌制剂所用药材的提取溶剂；口服、外用制剂配制用溶剂或稀释剂；非灭菌制剂用器具的精洗用水；必要时亦用作非灭菌制剂用药材的提取溶剂。纯化水不得用于注射剂的配制与稀释。（3）注射用水：为纯化水经蒸馏制备所得。可作为配制注射剂的溶剂或稀释剂，静脉用脂肪乳剂的水相及注射用容器的精洗；必要时亦可作为滴眼剂配制的溶剂。（4）灭菌注射用水：为注射用水经灭菌所得的制药用水。主要作为注射用灭菌粉末的溶剂或注射剂的稀释剂。

4. 有关滴眼剂错误的叙述是

A. 滴眼剂是直接用于眼部的外用液体制剂

B. 正常眼可耐受的 pH 值为 5.0～9.0

C. 混悬型滴眼剂要求粒子大小不得超过 50μm

D. 滴入眼中的药物首先进入角膜内，通过角膜至前房再进入虹膜

E. 增加滴眼剂的黏度，使药物扩散速度减小，不利于药物的吸收

答案：E

解析：本题考查眼用溶液剂的相关知识。

滴眼剂为直接用于眼部的外用液体制剂；眼部可耐受的 pH 值为 5.0～9.0；混悬型滴眼剂其微粒大小不得有超过 50μm 粒子；滴眼剂中药物吸收途径有两条，一是首先进入角膜，通过角膜至前房再进入虹膜；另一个是经结膜途径通过巩膜，到达眼球后部。滴眼剂的质量要求之一是有一定的黏度，以延长药液与眼组织的接触时间，增强药效。

二、配伍选择题

［5～8］

A. 苯甲酸　　B. 苯甲醇

C. 葡萄糖　　D. 硫代硫酸钠

E. 磷酸二氢钠

5. 在注射剂中可作为止痛剂的是
6. 在注射剂中可用于抑菌防腐的是
7. 在注射剂中可用于防止主药氧化的是
8. 用于调节注射剂渗透压的是

答案：B　B　D　C

解答：本题考查注射剂的常用附加剂。

注射剂常加入其他适宜的物质以确保注射剂的安全、有效。常用的附加剂有增加主药溶解度的如吐温 80；防止中药氧化的如硫代硫酸钠、惰性气体（N_2）、金属络合剂（EDTA）；调整 pH 的附加剂如磷酸二氢钠；苯甲醇即是抑菌剂也是止痛剂；等等。

［9～13］

A. 静脉注射　　B. 脊椎腔注射

C. 肌内注射　　D. 皮下注射

E. 皮内注射

9. 用于皮下，剂量在 0.2ml 以下
10. 等渗水溶液，不得加抑菌剂，剂量在 10ml 以下
11. 可为水溶液、油溶液、混悬液，剂量在 5ml 以下
12. 主要为水溶液，不含刺激性药物，剂量在 1～2ml

答案：E　B　C　D

解答：本题考查不同给药途径注射剂的质量要求。

皮内注射是指注射于表皮与真皮之间，一次注射量在0.2ml以下，常用于药物过敏性试验或临床疾病诊断；皮下注射是指注射于真皮与肌肉之间，一次注射量为1～2ml，多采用药物的水溶液，具有刺激性的药物和混悬型注射剂不宜；肌内注射指注射于肌肉，一次注射量在5ml以下，除药物的水溶液以外，油溶液、混悬液、乳状液均可；静脉注射是注射于静脉内，多为水溶液和油/水型乳浊液，静脉推注注射量在50ml以下，静脉滴注注射量可达几千毫升；脊椎腔注射是注射于脊椎四周蛛网膜下腔内，一次注射量在10ml以下，且不得添加抑菌剂。

三、多项选择题

13. 注射剂污染热原的主要途径有

A. 注射用溶剂

B. 原、辅料

C. 容器与设备

D. 生产过程、环境及操作人员

E. 输液器具

答案：ABCDE

解析：本题考查注射剂污染热原的主要途径。

注射剂中污染热原的途径主要有：溶剂带入（注射剂污染热原的主要原因），原、辅料带入，由容器、用具、管道等设备中带入，制备、使用过程带入。

14. 除去注射剂原液中鞣质的方法有

A. 改良明胶法

B. 聚酰胺吸附法

C. 离子交换法

D. 醇溶液调pH法

E. 电渗透法

答案：ABD

解析：本题考查除去注射剂原液中鞣质的方法。

除去注射剂原液中鞣质的方法有明胶沉淀法（改良明胶法）、醇溶液调pH法和聚酰胺吸附法。

仿真试题

一、最佳选择题

1. 药剂上认为致热能力最强的热原是哪种微生物产生
   A. 革兰氏阳性杆菌
   B. 革兰氏阴性杆菌
   C. 绿脓杆菌
   D. 金黄色葡萄球菌
   E. 沙门氏杆菌
2. 孔径小于多少的超滤膜就能除去绝大部分甚至全部热原
   A. 5nm　　B. 4nm
   C. 2nm　　D. 1nm
   E. 1.5nm
3. 注射用油的碘值为
   A. 26～35
   B. 79～128
   C. 103～125
   D. 135～165
   E. 190～200
4. 大输液剂常用的灭菌方法是
   A. 干热灭菌法
   B. 热压灭菌法
   C. 滤过除菌法
   D. 微波灭菌
   E. 紫外线灭菌
5. 既可作为注射剂的抑菌剂又可作为止痛剂的附加剂是
   A. 苯甲酸
   B. 苯甲醇
   C. 尼泊金
   D. 苯酚
   E. 甲醛
6. 预配置1000ml的柴胡注射液（其1%水溶液的冰点降低数为0.2℃），要加氯化钠多少克才能使之与血浆等渗？（1%氯化钠的冰点降低数为0.58℃）
   A. 5.2　　B. 5.3
   C. 5.5　　D. 5.8
   E. 10.2
7. 注射剂的pH值一般允许在
   A. 4　　B. 4～9
   C. 4～8　　D. 5～7
   E. 7
8. 以净药材或总提取物制备的供静脉注射的中药注射剂，其所测成分的总含量应
   A. ≥10%总固体量
   B. ≥20%总固体量
   C. ≥25%总固体量
   D. ≥30%总固体量
   E. ≥70%总固体量
9. 热原是高分子复合物，其制热活性中心是
   A. 磷脂　　B. 蛋白质
   C. 多肽　　D. 多糖
   E. 脂多糖
10. 有关注射剂热原检查法的叙述中，正

确的是

A. 法定检查法为家兔法和鲎试验法

B. 家兔法比鲎试验法更准确可靠

C. 鲎试验法比家兔法灵敏，故可代替家兔法

D. 鲎试验法对一切内毒素均敏感

E. 家兔法适用于各种注射剂

11. 注射用油的精制工艺流程，正确的是

A. 植物油→中和脱酸→灭菌→脱色除臭

B. 植物油→中和脱酸→脱色除臭→灭菌

C. 植物油→脱色除臭→中和脱酸→灭菌

D. 植物油→脱色除臭→灭菌→中和脱酸

E. 植物油→灭菌→中和脱酸→脱色除臭

12.《中国药典》2005 版规定注射用水是

A. 蒸馏水　B. 纯化水

C. 去离子水　D. 反渗透水

E. 无热原的重蒸馏水

13. 不需要调节渗透压的制剂是

A. 注射剂

B. 静脉乳状液

C. 滴眼液

D. 甘油剂

E. 血浆代用液

14. 注射液配制时，需用活性炭处理，其用量一般为

A. 0.01% ~0.1%

B. 0.1% ~1.0%

C. 0.5% ~1.0%

D. 1.0% ~2.0%

E. 3.0% ~5.0%

15. 混悬液型注射剂供静脉注射者，其颗粒应

A. 2μm 以下的颗粒应占 80%

B. 2μm 以下的颗粒应占 85%

C. 2μm 以下的颗粒应占 90%

D. 2μm 以下的颗粒应占 99%

E. 全部应小于 2μm

16. 静脉注射用乳剂粉碎球粒大小为

A. 50% 应在 1μm，不得有大于 5μm 的微粒

B. 60% 应在 1μm，不得有大于 5μm 的微粒

C. 70% 应在 1μm，不得有大于 5μm 的微粒

D. 80% 应在 1μm，不得有大于 5μm 的微粒

E. 90% 应在 1μm，不得有大于 5μm 的微粒

17. 注入大量低渗溶液可导致

A. 红细胞聚集

B. 红细胞皱缩

C. 红细胞不变

D. 药物变化

E. 溶血

18. 综合法制备注射用水的流程最合理的是

A. 饮用水→滤过→离子交换→蒸馏→电渗析→注射用水

B. 饮用水→滤过→离子交换→电渗析→蒸馏→注射用水

C. 饮用水→滤过→电渗析→离子交换→蒸馏→注射用水

D. 饮用水→滤过→电渗析→蒸馏→

离子交换→注射用水

E. 饮用水→电渗析→离子交换→滤过→蒸馏→注射用水

19. 能加入抑菌剂的制剂是

A. 输液剂

B. 肌内注射剂

C. 静脉乳剂

D. 血浆代用液

E. 脊椎腔注射剂

20. 注射用油最好选择哪种灭菌方法

A. 干热灭菌法

B. 热压灭菌法

C. 流通蒸汽灭菌法

D. 紫外线灭菌法

E. 微波灭菌法

21. 氯化钠等渗当量是指

A. 与100g 药物成等渗效应的氯化钠的量

B. 与10g 药物成等渗效应的氯化钠的量

C. 与10g 氯化钠成等渗效应的药物的量

D. 与1g 药物成等渗效应的氯化钠的量

E. 与1g 氯化钠成等渗效应的药物的量

22. 凡是对热敏感在水溶液中不稳定的药物适合采用哪种制法制备注射剂

A. 无菌操作制备的溶液型注射剂

B. 低温灭菌制备的溶液型注射剂

C. 冷冻干燥制成的注射用冷冻干燥制品

D. 喷雾干燥法制得的注射用无菌分装产品

E. 灭菌溶剂结晶法制成注射用无菌分装产品

23. 注射用的耐热器具除热原可采用

A. 高温法 B. 酸碱法

C. 吸附法 D. 超滤法

E. 离子交换法

24. 配制注射液时除热原可采用

A. 高温法

B. 酸碱法

C. 活性炭吸附法

D. 微孔滤膜过滤法

E. 离子交换法

25. 任何药液，只要其冰点降至 -0.52℃，即与血浆成为

A. 等张溶液

B. 等渗溶液

C. 高渗溶液

D. 低张溶液

E. 低渗溶液

26. 等体积的两种稀溶液中，若所含溶质的质点数相同，则两者

A. 电离常数相等

B. 解离度相同

C. 渗透压相同

D. 导电性相同

E. pH 值相同

二、配伍选择题

［27～30］

A. 输液剂

B. 静脉乳剂

C. 血浆代用液

D. 注射用油

E. 注射用无菌粉末

27. 使药物具有长效作用的是
28. 可稀释毒素，促使毒物排出的是
29. 可暂时维持血压或增加血容量的是
30. 可增强药物与癌细胞的亲和力，提高抗癌疗效的是

［31～33］

A. 热原　B. 磷脂
C. 内毒素　D. 蛋白质
E. 脂多糖

31. 热原的主要致热成分
32. 是内毒素的主要成分
33. 是微生物的代谢产物

［34～37］

A. 纯化水　B. 制药用水
C. 注射用水　D. 灭菌蒸馏水
E. 灭菌注射用水

34. 用于配制注射剂的水是
35. 用于配制普通制剂和实验用的水是
36. 包括纯化水、注射用水和灭菌注射用水的是
37. 主要用于注射用灭菌粉末的溶剂和注射剂的稀释剂的是

［38～41］

A. 鞣质　B. 热原
C. 细菌　D. 金属离子
E. 不溶性微粒

38. 明胶沉淀法可除去
39. 家兔试验法可检查
40. 聚酰胺吸附法可除去
41. G_6垂熔玻璃滤器可除去

［42～45］

A. 营养输液
B. 输液剂
C. 电解质输液
D. 血浆代用液
E. 脊椎腔注射剂

42. 氯化钠注射液属于
43. 葡萄糖注射液属于
44. 右旋糖酐注射液属于
45. 脂肪乳剂输液属于

三、多项选择题

46. 下列增加主药溶解度的措施有
    A. 采用混合溶剂或非水溶剂
    B. 使药物生成可溶性盐
    C. 在药物分子结构上引入亲水基团
    D. 加入增溶剂
    E. 将主药研成细粉
47. 有关注射剂的制备叙述正确的有
    A. 原料质量一般多采用浓配法制备
    B. 灭菌后的安瓿存放时间不能超过24h
    C. 一般耐热药物注射剂热压灭菌的F_0值应大于8
    D. 注射用油使用前应在150～160℃灭菌1～2h
    E. 配液所用注射用水贮存的时间不能超过24h
48. 有关热原性质的正确表述有
    A. 耐热性
    B. 可滤过性
    C. 不挥发性
    D. 水不溶性
    E. 不耐酸碱性
49. 除去热原的方法有
    A. 吸附法
    B. 超滤法
    C. 反渗透法

D. 离子交换法

E. 凝胶滤过法

50. 下列有关注射剂的叙述正确的是

A. 注射剂车间设计要符合 GMP 的要求

B. 注射液都应达到药典规定的无菌检查要求

C. 注射剂系指经皮肤或黏膜注入体内的无菌制剂

D. 配制注射液用的水应是蒸馏水，符合药典蒸馏水的质量标准

E. 注射剂按分散系统可分为溶液型、混悬液型、乳状液型和注射用无菌粉末四类

51. 关于注射剂特点的正确描述是

A. 疗效确切可靠，起效迅速

B. 适用于不宜口服的药物

C. 适用于不能口服给药的病人

D. 产生局部定位及延长药效的作用

E. 使用方便

52. 可用于注射给药的分散状态有

A. 溶液

B. 乳状液

C. 混悬液

D. 无菌粉末

E. 胶体溶液

53. 不得加抑菌剂的注射剂有

A. 皮下注射剂

B. 皮内注射剂

C. 肌肉注射剂

D. 静脉注射剂

E. 脊椎腔注射剂

54. 既能做抑菌剂又能做止痛剂的是

A. 苯甲醇

B. 苯乙醇

C. 苯氧乙醇

D. 三氯叔丁醇

E. 乙醇

55. 下列叙述正确的是

A. 按冰点降低数据法计算出的等渗注射液有的可出现溶血现象

B. 0.9% NaCl 是等渗等张溶液

C. 溶血法测得的等渗溶液即为等张溶液

D. 注射液必须是等张溶液

E. 葡萄糖是调节注射剂渗透压的附加剂

56. 注射剂常用附加剂包括

A. 增加主药溶解度的附加剂

B. 防止光化反应的附加剂

C. 防止主药氧化的附加剂

D. 抑制微生物增殖的附加剂

E. 帮助主药混悬或乳化的附加剂

57. 可作为注射剂乳化剂有

A. 普朗尼克 F-68

B. 吐温 80

C. 可可豆脂

D. 卵磷脂

E. 豆磷脂

58. 供注射用的溶剂有

A. 乙醇

B. 甘油

C. 丙二醇

D. 乳酸乙酯

E. 聚乙二醇

59. 关于注射用水的说法正确的有

A. 为经过灭菌的蒸馏水

B. 蒸馏的目的是除去细菌

C. 应在80℃以上保温或灭菌后密封保存
D. 应使用新制的注射用水，最好随蒸随用
E. 指蒸馏水或去离子水再经蒸馏而制得的无热原水

60. 注射用水质量检查包括
A. 热原检查
B. 硝酸盐检查
C. 刺激性检查
D. 不挥发物检查
E. 易氧化物检查

61. 关于注射用非水溶剂叙述正确的有
A. 聚乙二醇300没有溶血性
B. 丙二醇可制备各种防冻注射剂
C. 乙醇做注射溶剂时，浓度不能超过30%
D. 乙醇浓度超过10%肌内注射就有疼痛感
E. 适于不溶或难溶于水或在水溶液中不稳定的药物选用

62. 中药注射剂用原料（中间体）有
A. 中药有效成分
B. 中药有效部位
C. 中药总固体
D. 中药复方总提取物
E. 鞣质

63. 注射剂的质量要求有
A. 无菌 B. 无热源
C. 澄明度 D. 安全性
E. pH值

64. 调节渗透压的计算方法有
A. 溶血法
B. 盐析法
C. 电渗析法
D. 冰点降低数据法
E. 氯化钠等渗当量法

65. 影响滴眼液疗效的因素有
A. 滴眼液的黏度
B. 滴眼液的刺激性
C. 滴眼液的表面张力
D. 药物的脂溶性和解离度
E. 药液从眼睑缝隙处的流失，药物经外周血管的消除

66. 注射剂产生刺激的原因有
A. pH值大于10
B. 渗透压不当
C. 含鞣质、钾离子
D. 有效成分本身
E. 药物溶解度过小

67. 对血浆代用液的叙述正确的有
A. 可代替全血
B. 为胶体输液剂
C. 渗透压与血浆相近
D. 临床上多用于维持血压和增加血容量
E. 右旋糖酐注射液为常用的血浆代用液

68. 下列有关注射剂的质量要求，叙述正确的有
A. 注射剂成品应为无菌
B. 注射剂必须等渗
C. 溶液型注射剂不得有可见浑浊和不溶物
D. 注射剂一般应与血浆相等或近似的pH值
E. 用于静脉注射或静脉输液的均需检查热原

69. 下列对注射器容器的叙述正确的有
  A. 安瓿按其形状可分为有颈安瓿和粉末安瓿
  B. 安瓿的洗涤一般采用甩水法或加压喷射气水洗涤法
  C. 洗净的安瓿应倒置在铝盘中，及时于120~140℃干燥
  D. 用于无菌操作或低温灭菌的安瓿须在200℃以上干热灭菌45min或180℃以上干热灭菌1.5h
  E. 安瓿的处理工序依次为切割、圆口、灌水蒸煮、洗涤、干燥与灭菌

70. 常用的抗氧剂有
  A. 焦亚硫酸钠
  B. 依地酸二钠
  C. 维生素C
  D. 高锰酸钾
  E. 硫脲

71. 下列关于等渗与等张的叙述正确的是
  A. 等渗为物理化学概念
  B. 等张为生理学概念
  C. 等张不一定等渗
  D. 等渗溶液不会导致溶血现象
  E. 等张溶液药物浓度由溶血法测得

72. 浓配法制备输液剂采用活性碳处理的目的是
  A. 吸附杂质
  B. 脱色
  C. 吸附热原
  D. 减少主药损失
  E. 减少药量

73. 下列有关除去热原的方法正确的叙述是
  A. 普通除菌滤器不能滤除热原
  B. 0.22μm微孔滤膜不能除去热原
  C. 普通灭菌方法不能破坏热原活性
  D. 121℃，20min，热压灭菌能破坏热原活性
  E. 干热250℃，30min，能破坏热原活性

74. 下列关于中药注射液的叙述，正确的是
  A. 除另有规定外，药材应经提取、纯化制成半成品，以半成品投料
  B. 应根据注射剂的类型和药物的性质，加用适宜的附加剂
  C. 供椎管注射的注射液，可添加少量增溶剂或抑菌剂
  D. 灌装注射液时，应按规定增加附加量
  E. 供配置注射剂的半成品，其重金属含量应大于10ppm

75. 下列有关热原含义的叙述中，正确的是
  A. 热原是由微生物产生的能引起恒温动物体温升高的物质
  B. 热原是细菌代谢的产物、尸体及内毒素混合物
  C. 热原注入人体后可引起发冷、寒战、发热、恶心、呕吐、昏迷、虚脱等症状
  D. 热原通常是磷脂多糖与蛋白质结合而成的复合物
  E. 经121℃、30min热压灭菌后，既可杀死全部细菌，又完全破坏热原

76. 蒸馏法制备注射用水时原水预处理及

纯水制备的方法有

A. 反渗透法

B. 离子交换法

C. 电渗析法

D. 滤过滤清法

E. 超滤法

77. 下列哪些物质可作为注射剂的抑菌剂

A. 次氯酸钠

B. 尼泊金

C. 苯酚

D. 甲醛

E. 苯甲醇

78. 中药注射液灭菌应遵循的原则有

A. 大多采用湿热灭菌法

B. 为确保完全杀灭细菌和芽孢，必须在121℃热压灭菌45min

C. 仅对热稳定的注射液采用热压灭菌

D. 通常小剂量注射液以100℃湿热灭菌30～45min

E. 对灭菌后产品，应逐批进行“无菌检查”合格后方可进行下一工序

参考答案

一、最佳选择题

1. B　2. D　3. B　4. B　5. B　6. C　7. B　8. C　9. E
10. A　11. B　12. E　13. D　14. B　15. D　16. E　17. E　18. C
19. B　20. A　21. D　22. C　23. A　24. C　25. B　26. B

二、配伍选择题

[27～30] D　A　C　B　[31～33] C　E　A　[34～37] C　A　B　E
[38～41] A　B　A　C　[42～45] C　A　D　A

三、多项选择题

46. ABCD　47. BCDE　48. ABCE　49. ABCDE　50. ABCE
51. ABCD　52. ABCDE　53. DE　54. AD　55. ABCE
56. ACDE　57. ABDE　58. ABCE　59. CDE　60. ABDE
61. BDE　62. ABD　63. ABCDE　64. ADE　65. ABCDE
66. ABCD　67. BCDE　68. ADE　69. ABCDE　70. ACE
71. ABCE　72. ABC　73. ABCE　74. ABD　75. ABCD
76. ABC　77. CE　78. ACDE

第八单元　外用膏剂

考点分级

★★★★★

药物透皮吸收的途径及影响因素；油脂性基质、乳剂型基质、水溶性基质的特点、代表品种及选用；软膏剂制备的操作方法及其适用；黑膏药的特点，基质主要组分，制备工艺流程及其操作要点。

★★★★★

外用膏剂的特点与分类；软膏剂基质的特点、质量要求与类型；橡胶膏剂、巴布剂、凝胶剂的特点、组成与制备工艺流程；贴剂的组成；软膏剂、黑膏药、贴剂的质量要求和主要质量检查项目。

★★★

眼膏剂的质量要求；凝胶剂的制备。

重要知识点串讲

一、外用膏剂

1. 特点：①局部治疗作用；②全身治疗作用。

2. 分类（按基质及形态分类）

（1）软膏剂。

（2）硬膏剂：①铅硬膏；②橡胶硬膏；③巴布膏剂；④透皮贴剂 。

（3）类似软膏剂：①凝胶剂；②糊剂。

3. 外用膏剂中药物透皮吸收过程：释放→穿透→吸收

4. 透皮吸收途径：①完整的表皮；②皮肤的附属器。

5. 影响透皮吸收的因素：①皮肤条件；②药物性质；③基质的组成与性质；④附加剂；⑤其他因素。

二、软膏剂

（一）软膏剂基质的质量要求

（1）具有适宜的黏稠度，润滑，无刺激；（2）性质稳定，与药物无配伍禁忌；（3）有吸水性，能吸收伤口分泌物；（4）不妨碍皮肤的正常功能与伤口的愈合，有利于药物的释放吸收；（5）易洗除，不污染衣物。

（二）软膏剂基质的分类

1. 油脂性基质：①油脂类；②类脂类；③烃类；④硅酮类。

2. 乳剂型基质：①O/W 型乳剂基质；②W/O 型乳剂基质。

3. 水溶性基质：①纤维素衍生物；②聚乙二醇；③卡波姆。

（三）软膏剂的制备

1. 制备方法：①研合法；②熔合法；③乳化法。

2. 软膏剂中药物的处理及加入基质中的方法

①不溶性固体药物；②可溶于基质的药物；③用植物油提取的药物；④中药浸出物；⑤共熔成分；⑥挥发性药物或热敏性药物。

三、黑膏药

（一）特点

主治跌打损伤、风湿痹痛等，作用较软膏剂持久，可发挥局部或全身治疗作用。

（二）制备

1. 基质的原料：①植物油；②红丹。

2. 药料的处理

一般药材适当粉碎后提取；细料药或挥发性药物先研成细粉，摊涂前与膏药料混匀；贵重药研成细粉，待膏药摊涂后撒布于表面，温度不应超过 70℃。

3. 黑膏药的制备过程：药料提取（炸料）→炼油→下丹成膏→去“火毒”→摊涂

注：（1）药材炸至枯黄，温度 200～220℃；

（2）炼油是关键操作，“滴水成珠”，温度 300℃左右；

(3) 下丹成膏时，油丹用量比一般为500 ：（150 ~210）。

四、贴膏剂

（一）橡胶膏剂

1. 特点

黏着力强，可直接贴用；不污染衣物，携带方便，有保护伤口及防止皲裂等作用。

2. 组成：①裱背材料；②膏料层；③膏面覆盖物。

3. 基质：①橡胶；②增黏剂；③软化剂；④填充剂；⑤溶剂。

4. 制备：①溶剂法；②热压法。

药料提取→膏浆制备（压胶、浸胶、打膏）→涂布膏料→回收溶剂→切割→加衬→包装

（二）巴布剂

1. 特点

使用方便，贴敷舒适，对皮肤无刺激性，基质亲水，载药量大，吸收较快，但黏性较差。

2. 组成：①背衬层；②保护层；③膏料层。

3. 制备：药物 + 基质→混匀→膏料→涂布→压防粘层→切割→包装

（三）贴剂

组成：①裱背层；②药物贮库层；③黏胶层；④防黏层。

历年真题与解析

一、最佳选择题

1. 下列吸水性最好的软膏基质是

A. 石蜡

B. 植物油

C. 蜂蜡

D. 凡士林

E. 羊毛脂

答案：E

解析：本题考查软膏剂常用基质的特点。

软膏剂常用的基质有油脂性基质、乳剂型基质和水溶性基质。油脂性基质有油脂类如植物油，类脂类如羊毛脂、蜂蜡、烃类如凡士林、石蜡等。其中羊毛脂有良好的吸水性，可吸水150%，常与凡士林合用，以改善凡士林的吸水性和渗透性。

2. 黑膏药的制备流程为

A. 药料提取→炼油→去“火毒”→下丹成膏→摊涂

B. 药料提取→去“火毒”→炼油→下丹成膏→摊涂

C. 炼油→药料提取→下丹成膏→去“火毒”→摊涂

D. 药料提取→炼油→下丹成膏→去“火毒”→摊涂

E. 炼油→药料提取→去“火毒”→下丹成膏→摊涂

答案：D

解析：本题考查黑膏药的制备工艺流程。

黑膏药的制备工艺流程为：药料提取（炸料）→炼油→下丹成膏→去“火毒”→摊涂。

二、配伍选择题

［3～6］

A. 羊毛脂　　B. 聚乙二醇

C. 红丹　　D. 立德粉

E. 聚乙烯醇缩甲乙醛

3. 属于软膏剂油脂性基质

4. 属于涂膜剂成膜材料

5. 属于软膏剂水溶性基质

6. 橡胶膏剂的填充剂

答案：A　E　B　D

解析：本题考查外用膏剂的基质。

软膏剂的油脂性基质有油脂性基质有植物油，羊毛脂、蜂蜡、凡士林、石蜡等；水溶性基质有聚乙二醇、甘油明胶等；涂膜剂的成膜材料常用聚乙烯醇缩甲乙醛；橡胶膏剂的填充剂常用氧化锌、新钡白（立德粉）。

三、多项选择题

7. 影响外用膏剂透皮吸收的因素有

A. 皮肤的条件

B. 药物的性质和浓度

C. 基质的组成与性质

D. 应用的面积和次数

E. 使用者的年龄与性别

答案：ABCDE

解析：本题考查外用膏剂透皮吸收的影响因素。

影响透皮吸收的因素：(1) 皮肤条件如应用部位、病变皮肤、皮肤的温度与湿度、皮肤清洁度；(2) 药物性质，既具有一定的脂溶性又具有水溶性的药物透皮吸收较理想，药物分子质量愈大，经皮吸收愈慢；(3) 基质的组成与性质；(4) 附加剂如表面活性剂、渗透促进剂 (5) 其他因素如药物浓度、应用面积、应用次数、与皮肤接触的时间等。

8. 软膏剂的基质应具备的条件为

A. 能与药物的水溶液或油溶液互相混合并能吸收分泌液

B. 具有适宜的稠度、黏着性和涂展性，无刺激性

C. 不妨碍皮肤的正常功能与伤口的愈合

D. 应与药物的结合牢固

E. 不与药物产生配伍禁忌

答案：ABCE

解析：本题考查软膏剂基质的质量要求。

软膏剂的基质应具有：(1) 适宜的黏稠度，润滑，无刺激；(2) 性质稳定，与药物无配伍禁忌；(3) 有吸水性，能吸收伤口分泌物；(4) 不妨碍皮肤的正常功能与伤口的愈合，有利于药物的释放吸收；(5) 易洗除，不污染衣物

9. 黑膏药基质的原料有

A. 植物油

B. 宫粉

C. 红丹

D. 雄黄

E. 朱砂

答案：AC

解析：本题考查传统膏药的基质。

传统膏药可分为黑膏药（以植物油、红丹为基质）；白膏药（以植物油、宫粉为基质）；松香膏药（以松香为基质）。

仿真试题

一、最佳选择题

1. 红丹的主要成分是
   A. 氧化铁
   B. 氧化铅
   C. 五氧化二磷
   D. 四氧化二铁
   E. 四氧化三铅
2. 下丹成膏中油丹用量比一般为
   A. 1∶2
   B. 1∶3
   C. 500∶(100～150)
   D. 500∶(150～200)
   E. 500∶(150～210)
3. 在橡胶膏剂中起软化作用的基质是
   A. 甘油　B. 松香
   C. 橡胶　D. 凡士林
   E. 氧化锌
4. 药物透皮吸收的主要途径是
   A. 毛囊
   B. 汗腺
   C. 皮脂腺
   D. 皮肤表面的毛细血管
   E. 完整表皮的角质层细胞及其细胞间隙
5. 对药物的释放穿透作用最好的基质是
   A. 水溶性　B. 油脂性
   C. 羊毛脂　D. O/W 型
   E. W/O 型
6. 组成与皮肤分泌物最接近的软膏基质是
   A. 硅油　B. 蜂蜡
   C. 凡士林　D. 羊毛脂
   E. 液体石蜡
7. 以凡士林为基质的软膏剂中常加入羊毛脂是为了
   A. 调节黏度
   B. 改善吸水性
   C. 增强涂展性
   D. 降低基质熔点
   E. 促进药物的吸收
8. 主要用于调节软膏稠度的基质是
   A. 液体石蜡
   B. 硅油
   C. 凡士林
   D. 羊毛脂
   E. 甘油明胶
9. 适用于制备保护性软膏的基质是
   A. 硅酮
   B. 烃类基质
   C. 油脂类基质
   D. 水溶性基质
   E. 类脂类基质
10. 冷霜的基质是
    A. 硅油　B. 凡士林
    C. 羊毛脂　D. O/W 型
    E. W/O 型
11. 雪花膏的基质是

A. 硅油　B. 凡士林
C. 羊毛脂　D. O/W 型
E. W/O 型

12. 具有透皮促进作用的软膏基质是
A. 硅酮
B. 卡波姆
C. 甘油明胶
D. 聚乙二醇
E. 纤维素衍生物

13. 制备黑膏药的植物油常用的是
A. 豆油　B. 菜油
C. 麻油　D. 花生油
E. 棉籽油

14. 制备软膏剂，加入挥发性药物时基质的温度应降至
A. 室温　B. 15℃
C. 30℃　D. 40℃
E. 60℃

15. “滴水成珠”可用于黑膏药制备中何种工序的判断
A. 炸料
B. 炼油
C. 下丹成膏
D. 收丹
E. 去火毒

16. 黑膏药下丹温度为
A. 200℃　B. 220℃
C. 270℃　D. 300℃
E. 320℃

17. 下列是水性凝胶基质的是
A. 植物油
B. 凡士林
C. 卡波姆
D. 泊洛沙姆
E. 硬脂酸钠

18. 水值是指
A. 在规定温度下（20℃）1g 基质能容纳的最大水量
B. 在规定温度下（20℃）10g 基质能容纳的最大水量
C. 在规定温度下（20℃）100g 基质能容纳的最大水量
D. 在规定温度下（25℃）1g 基质能容纳的最大水量
E. 在规定温度下（25℃）100g 基质能容纳的最大水量

二、配伍选择题

［19～22］
A. 软膏剂　B. 贴剂
C. 巴布剂　D. 膏药
E. 橡胶膏剂

19. 药物、药材细粉或提取物与适宜基质制成具有适当稠度的膏状外用制剂
20. 中药、植物油和红丹或宫粉制成膏料，摊涂于裱褙材料上的外用制剂
21. 药物或提取物与亲水性基质及辅料混匀，涂布于裱褙材料上制成的贴膏剂
22. 由背衬层、药物贮库层、黏胶层和防黏层组成的薄片状贴膏剂

［23～26］
A. 眼膏剂　B. 贴剂
C. 巴布剂　D. 凝胶剂
E. 橡胶膏剂

23. 凡士林、液体石蜡、羊毛脂用于制备
24. 羧甲基纤维素钠、甘油明胶用于制备
25. 乙烯－醋酸乙烯共聚物、硅橡胶用于制备

26. 橡胶、甘油松香酯、羊毛脂、氧化锌用于制备

[27~30]

A. 橡胶　B. 松香

C. 羊毛脂　D. 新钡白

E. DMSO

橡胶膏剂的基质组成中

27. 软化剂

28. 增黏剂

29. 填充剂

30. 透皮吸收促进剂

三、多项选择题

31. 有关眼膏剂的叙述正确的有

A. 属于灭菌制剂

B. 羊毛脂有吸水性，易于与眼泪混合

C. 羊毛脂尤适宜作抗生素和中药眼膏的基质

D. 眼膏剂易涂布于眼部，但没有滴眼液疗效持久

E. 眼膏剂的基质必须确保对眼结膜、角膜无刺激性

32. 软膏剂的制备方法有

A. 研合法　B. 热熔法

C. 熔合法　D. 复合法

E. 乳化法

33. 有关黑膏药的制备正确的叙述有

A. 炼油以炼至药油“滴水成珠”为度

B. 炼油过“老”则膏药黏着力强不易剥落

C. 炼油能使药油中油脂在高温下氧化聚合、增稠

D. 在炼成的油液中加入红丹，可生成脂肪酸铅盐

E. 膏药老嫩程度可用测定软化点的方法控制

34. 黑膏药去“火毒”的目的有

A. 去除铅盐

B. 去除醛、酮

C. 去除脂肪酸

D. 去除羊毛脂

E. 去除刺激性低分子产物

35. 外用膏剂透皮吸收的过程包括

A. 吸附　B. 溶解

C. 释放　D. 穿透

E. 吸收

36. 软膏剂制备过程应注意的事项有

A. 水溶性药物与水溶性基质混合时，可直接将药物的水溶液加入基质中

B. 不溶性固体药物应先按工艺要求粉碎

C. 油溶性药物可直接溶解在熔化的油脂性基质中

D. 油脂性基质应先加热熔融去杂质并灭菌

E. 共熔性成分可先研磨使共熔后，再与冷至40℃的基质混匀

37. 关于软膏剂的质量检查叙述正确的有

A. 外观应均匀、细腻、有适当的黏稠性，易于涂布与皮肤或黏膜上并无刺激性

B. 老嫩适中，均匀摊涂

C. 无菌、无酸败、异臭、变色、油水分离等现象

D. 不得检出金黄色葡萄球菌和铜绿

假单胞杆菌

E. 不得检出大于180μm的粒子

38. 橡胶膏剂的质量检查项目有

A. 外观

B. 含膏量检测

C. 溶出度

D. 耐寒试验

E. 耐热试验

39. 下列可作为渗透促进剂的有

A. 氮酮　　B. 卡波姆

C. 冰片　　D. 聚乙二醇

E. 二甲基亚砜

40. 以下关于黑膏药的叙述，正确的是

A. 黑膏药是指用药材、食用植物油和红丹炼制而成的铅硬膏

B. 以麻油炼制的铅硬膏外观油润，质量较好

C. 红丹主要成分为PbO，应炒干后应用

D. 下丹成膏后应置冷水中去火毒

E. 冰片、樟脑等药物细粉应于摊涂前兑入熔融的药膏中混匀

参考答案

一、最佳选择题

1. E　2. D　3. D　4. E　5. D　6. D　7. B　8. A　9. B
10. E　11. D　12. D　13. C　14. D　15. B　16. D　17. C　18. C

二、配伍选择题

[19~22] A　D　C　B　[23~26] A　D　B　E　[27~30] C　B　D　E

三、多项选择题

31. ABCE　32. ACE　33. ACDE　34. BCD　35. CDE　36. ABCDE
37. ACDE　38. AE　39. ACDE　40. ABDE

第十单元　栓　剂

考点分级

★★★★★

栓剂的作用特点；直肠给药栓剂中药物吸收的途径与影响吸收的因素；栓剂的制备方法；置换价的含义及其计算方法。

★★★★★

栓剂基质的要求与类型；润滑剂的种类与选用；栓剂的质量要求与检查。

★★★

栓剂的分类。

重要知识点串讲

一、栓剂的作用特点

二、栓剂药物吸收的途径及影响因素

1. 栓剂药物吸收的途径

2. 影响栓剂中药物吸收的因素

（1）生理因素：①使用部位；②pH 及直肠液缓冲能力；③直肠内容物。

（2）药物因素：①溶解度；②粒径；③脂溶性与解离度。

（3）基质的因素。

三、栓剂的基质

1. 油脂性基质：①可可豆脂；②半合成甘油脂肪酸酯类。
2. 水溶性及亲水性基质：①甘油明胶；②聚乙二醇。

四、栓剂的制备

①搓捏法；②冷压法；③热熔法。

五、置换价

1. 含义：药物的重量与同体积基质的重量之比值称为置换价。
2. 置换价（f）的计算公式：

$$f=\frac{W}{G-(M-W)}$$

历年真题与解析

一、最佳选择题

1. 已知空白栓重2g，鞣酸置换价1.6，制备每粒含鞣酸0.2g栓剂100粒，基质用量为

A. 80g　　B. 92.0g

C. 168.0g　　D. 187.5g

E. 200g

答案：C

解析：本题考查栓剂中置换价的计算。

置换价（f）的计算公式为：

$$f=\frac{W}{G-(M-W)}$$

式中，f——置换价；

W——每个栓中主药重，g；

G——空白栓重，g；

M——含药栓重，g。

代入题中数据为

$$1.6=\frac{0.2}{2-(M-1.2)}$$

$M=2.075$

每粒基质的用量为2.075－0.2＝1.875g

100粒栓剂基质的用量为187.5g

2. 栓剂在肛门2cm处给药后，药物的吸收途径为

A. 药物→门静脉→肝脏→大循环

B. 药物→直肠下静脉和肛门静脉→肝脏→大循环

C. 药物→直肠下静脉和肛门静脉→大部分药物进入下腔大静脉→大循环

D. 药物→门静脉→直肠下静脉和肛门静脉→下腔大静脉→大循环

E. 药物→直肠上静脉→门静脉→大循环

答案：C

解析：本题考查栓剂中药物的吸收途径。

栓剂中药物的吸收有三条途径：①通过直肠上静脉，经门静脉进入肝脏代谢后有肝胆进入大循环；②通过直肠下静脉和肛门静脉，经髂内静脉绕过肝脏进入下腔静脉，直接进入大循环；③药物通过直肠淋巴系统吸收。当栓剂位于距肛门6cm处时，主要是第一条途径，距肛门2cm处时，主要是第二条途径。

3. 将脂溶性药物制成起效迅速的栓剂应选用的基质是

A. 可可豆脂

B. 氢化油类

C. 半合成椰子油酯

D. 聚乙二醇

E. 半合成棕榈油脂

答案：D

解析：本题考查影响栓剂中药物吸收的因素。

影响栓剂中药物吸收的因素有生理因素、药物因素和基质的因素。在油脂性基质中，水溶性药物释放较快；水溶性基质或油水分配系数小的油脂性基质中，脂溶性药物释放较快。

二、多项选择题

4. 对栓剂基质的要求有

A. 室温下不易软化，熔融或溶解

B. 无毒，无过敏，对黏膜无刺激性

C. 与主药无配伍禁忌

D. 水值较低，不能混入较多的水

E. 熔点与凝固点相距较近

答案：ABCE

解析：本题考查栓剂基质的基本要求。

栓剂基质的要求有：①室温下有适当的硬度，塞入腔道时不变形，亦不碎裂，体温下易软化、熔融或溶解；②与主药无配伍禁忌，无毒、无过敏，对黏膜无刺激性，不影响主药的含量测定；③熔点与凝固点相距较近，具有润湿与乳化功能，水值较高；④在贮藏过程中不易霉变，且理化性质稳定等。

5. 以下有关栓剂的叙述，正确的是

A. 药物受肝脏首过作用影响小

B. 可避免刺激性药物对胃黏膜的刺激

C. 药物不受胃肠道酶的破坏

D. 只在肠道起局部治疗作用

E. 适于不宜或不愿口服给药病人的用药

答案：ABCE

解析：本题考查栓剂的作用特点。

栓剂的作用特点有：①既能发挥局部治疗作用又能发挥全身治疗作用；②直肠给药吸收比口服给药吸收干扰因素少，药物不受胃肠道 pH 或酶的破坏而失去活性；③可避免药物对胃黏膜的刺激性；④减少药物受肝脏首过作用的破坏，同时可减少药物对肝脏的毒副作用；⑤适宜于不能或者不愿吞服药物的患者使用。

仿真试题

一、最佳选择题

1. 发挥全身作用的栓剂在直肠中最佳的用药部位在

A. 接近直肠上静脉

B. 接近直肠下静脉

C. 接近肛门括约肌

D. 应距肛门口 2cm 处

E. 接近直肠上、中、下静脉

2. 下列哪个是热熔法制备栓剂的工艺流程

A. 基质热熔 + 药物→混合→灌注→排出→包装

B. 药物→混合→基质热熔→灌注→排

出→包装

C. 基质+药物→混合→灌注→成型→排出→包装

D. 基质热熔+药物→混合→冷却成型→排出→包装

E. 基质热熔+药物（混合）→注模→冷却→刮削→取出→成品→包装

3. 关于置换价的说法正确的是

A. 药物的重量与基质重量的比值

B. 基质的重量与药物重量的比值

C. 药物的重量与同体积基质的重量的比值

D. 基质的重量与同体积药物重量的比值

E. 药物的体积与基质体积的比值

4. 油脂性基质的栓剂应在多少分钟内全部溶解

A. 20min　　B. 30min

C. 60min　　D. 90min

E. 120min

5. 不溶性药物制备栓剂时，一般应

A. 加热融化

B. 加甲醇溶解

C. 加乙醇溶解

D. 粉碎成最细粉过6号筛

E. 以上均非

6. 具有同质多晶型的栓剂基质是

A. 半合成山苍子油酯

B. 可可豆脂

C. 半合成棕榈油酯

D. 吐温60

E. 聚乙二醇4000

7. 制备油脂性基质的栓剂所用的润滑剂是

A. 水　　B. 乙醇

C. 甘油　　D. 肥皂

E. 肥皂、甘油制成的醇溶液

二、配伍选择题

［8～9］

A. 蜂蜡

B. 羊毛脂

C. 甘油明胶

D. 凡士林

E. 半合成脂肪酸甘油酯

8. 栓剂油脂性基质

9. 栓剂水溶性基质

［10～13］

A. 可可豆脂

B. Poloxamer

C. 甘油明胶

D. 聚乙二醇类

E. 半合成脂肪酸甘油酯

10. 具有同质多晶的性质

11. 多用作阴道栓剂基质

12. 对黏膜有一定刺激性的是

13. 为目前取代天然油脂的较理想的栓剂基质

三、多项选择题

14. 下列关于栓剂正确叙述是

A. 栓剂系指药物与适宜基质制成具有一定形状供人体腔道给药的半固体制剂

B. 栓剂常温下为固体，塞入人体腔道后，在体温下能迅速软化、熔融或溶解于分泌液

C. 栓剂的形状因使用腔道不同而异

D. 目前，常用的栓剂有直肠栓、阴道栓

E. 肛门栓的形状有球形、卵形、鸭嘴形等

15. 影响栓剂中药物吸收的因素

A. 药物的溶解度

B. 药物的脂溶性

C. 直肠液的酸碱性

D. 药物的粒径大小

E. 塞入直肠的深度

16. 下列关于栓剂制备的叙述正确的为

A. 油脂性基质的栓剂常用植物油为润滑剂

B. 水溶性药物，可用适量羊毛脂吸收后，与油脂性基质混匀

C. 水溶性提取液，可制成干浸膏粉后再与熔化的油脂性基质混匀

D. 水溶性基质的栓剂常用肥皂、甘油、乙醇的混合液为润滑剂

E. 不溶性药物一般应粉碎成细粉，过五号筛，再与基质混匀

17. 下列哪些为栓剂的主要吸收途径

A. 直肠淋巴系统

B. 直肠上静脉——髂内静脉——大循环

C. 直肠上静脉——门静脉——肝脏——大循环

D. 直肠下静脉和肛门静脉——肝脏——大循环

E. 直肠下静脉和肛门静脉——髂内静脉——下腔静脉——大循环

18. 栓剂的质量评价包括

A. 水分　　B. 融变时限

C. 重量差异　　D. 微生物限度

E. 刺激性实验

19. 下列属于油脂性基质的是

A. 香果脂

B. 可可豆脂

C. 甘油明胶

D. 氢化棉籽油

E. 半合成椰油脂

20. 关于栓剂包装材料和贮藏叙述正确的是

A. 栓剂应于5℃以下贮藏

B. 栓剂应于干燥阴凉处30℃以下贮藏

C. 甘油明胶栓及聚乙二醇栓可于室温阴凉处贮存

D. 甘油明胶栓及聚乙二醇栓宜密闭于容器中以免吸湿

E. 栓剂贮藏应防止因受热受潮而变形、发霉、变质

21. 下列关于栓剂基质的叙述中正确的是

A. 分为油脂性基质和水溶性基质

B. 油脂性基质在体温下熔化释放药物

C. 水溶性基质在体温下软化或溶解而释放药物

D. 水溶性基质一般较油脂性基质释药速度快

E. 水溶性基质一般较油脂性基质释药速度慢

22. 栓剂的制备方法有

A. 搓捏法　　B. 热压法

C. 冷压法　　D. 热熔法

E. 乳化法

参考答案

一、最佳选择题

1. D　2. E　3. C　4. B　5. D　6. B　7. E

二、配伍选择题

[8 ~9] E　C　[10 ~13] A　C　D　E

三、多项选择题

14. BCD　15. ABCDE　16. BC　17. ACE　18. BCDE　19. ABDE
20. BCDE　21. ABCE　22. ACD

第十一单元　胶囊剂

考点分级

★★★★★

胶囊剂的特点；空胶囊的原料与辅料；硬胶囊、软胶囊的制备。

★★★★★

硬胶囊剂药物的处理及填充；空胶囊的规格与选用；软胶囊对填充物的要求及制备方法。

★★★

胶囊剂的分类；胶囊剂的质量要求与检查。

重要知识点串讲

一、概述

（一）特点

①外观光洁，美观，可掩盖药物的不良气味，减小药物的刺激性，便于服用；②与在胃肠道中崩解较快、吸收好、生物利用度高；③药物填充于胶囊中，与光线、空气和湿气隔离，稳定性增加；④可定时定位释放药物。

（二）不宜制成胶囊剂的药物

①药物的水溶液、稀乙醇液、乳剂等；②易溶性药物以及刺激性较强的药物；③易风化药物；④吸湿性药物。

二、硬胶囊剂的制备

（一）空胶囊的原料与辅料

1. 空胶囊的原料：明胶。

2. 空胶囊的辅料

①增塑剂；②增稠剂；③遮光剂；④着色剂；⑤防腐剂；⑥增光剂；⑦芳香矫味剂。

（二）药物的处理

①剂量小的药物；②麻醉药、毒剧药；③剂量大的药物；④挥发油；⑤易引湿或混合后发生共熔的药物。

三、软胶囊剂的制备

（一）软胶囊的囊材：胶料、增塑剂、水以及防腐剂、遮光剂等。

（二）不宜制成软胶囊的药物：

①药物含水量超过5%，或含低分子量水溶性或挥发性有机物；②O/W型乳剂；③醛类。

（三）制法：①压制法；②滴制法。

四、胶囊剂的质量检查

①水分；②装量差异；③崩解时限；④微生物限度。

历年真题与解析

一、最佳选择题

1. 软胶囊填充混悬液时，可选用的分散介质是

A. 滑石粉

B. 去离子水

C. 稀乙醇

D. 海藻酸钠

E. 油蜡混合物

答案：E

解析：本题考查软胶囊中分散介质的要求。

软胶囊剂中填充混悬液时，混悬液的分散介质常用植物油或 PEG－400；混悬液中还应有助悬剂，对于油状基质，通常使用的助悬剂是 10%～30% 的油蜡混合物。

2. 下列宜制成软胶囊剂的是

A. O/W 型

B. 芒硝

C. 鱼肝油

D. 药物稀醇溶液

E. 药物的水溶液

答案：C

解析：本题考查软胶囊中填充物的要求。

软胶囊可以填充各种油类或对明胶无溶解作用的液体药物或混悬液及固体粉末或颗粒。药物的水溶液、稀乙醇液、乳剂等，因其能使胶囊壁溶解不宜制成软胶囊剂；易溶性药物以及刺激性较强的药物，因其在胃中溶解后局部浓度过高而对胃黏膜刺激性增强，不宜制成软胶囊剂；易风化药物，因其可使胶囊壁变软以及易吸湿性药物，因其可使胶囊壁过分干燥而变脆，都不宜制成软胶囊剂。

二、配伍选择题

[3～6]

A. 硬胶囊剂　　B. 肠溶胶囊剂

C. 微囊　　D. 微型包囊

E. 胶丸剂

3. 用高分子材料，将药物包裹成一种微小囊状物的技术为

4. 由上下二节套合，填入固体药物者称为

5. 药粉微粒或药液微滴被包于高分子材料中而成直径 1～5000μm 的胶囊为

6. 在胃中不溶，仅在肠中溶化崩解的称为

答案：D　A　C　B

解析：本题考查胶囊剂的分类以及微囊、微型包囊的基本概念。

胶囊剂分为硬胶囊剂、软胶囊剂（胶丸）和肠溶胶囊剂。硬胶囊质地坚硬而具弹性，由上下配套的两节紧密套合而成；胶丸剂也称软胶囊剂，是用软质囊材制成的剂型；肠溶胶囊的囊壳不溶于胃液，但能在肠液中崩解、溶化、释放胶囊中的药物。

三、多项选择题

7. 下列关于胶囊剂的叙述，错误的是

A. 胶囊剂外观光洁，且可掩盖药物的不良气味，便于服用

B. 处方量大的中药可部分或全部提取制成稠膏后直接填充

C. 胶囊剂中填充的药物可以是粉末，也可以是颗粒

D. 胶囊剂因其服用后在胃中局部浓度过高，特别适宜于儿科用药

E. 易溶性、易风化、易潮解的药物可制成胶囊剂

答案：BDE

解析：本题考查胶囊剂的特点。

胶囊剂的特点是外观光洁，美观，可掩盖药物的不良气味，减小药物的刺激性，便于服用；与片剂、丸剂相比，在胃肠道中崩解快、吸收好、生物利用度高；药物填充于胶囊中，与光线、空气和湿气隔离，稳定性增加；可制成不同释药速度和释药方式的胶囊剂，可定时定位释放药物。不宜制成胶囊剂的药物有药物的水溶液、稀乙醇液、乳剂等，因其能使胶囊壁溶解；易溶性药物以及刺激性较强的药物，因其在胃中溶解后局部浓度过高而对胃黏膜刺激性增强；易风化药物，因其可使胶囊壁变软；吸湿性药物，因其可使胶囊壁过分干燥而变脆。

8. 下列药物填充硬胶囊前处理方法的叙述正确的是

A. 填充物料制成粉状或颗粒状

B. 根据物料堆密度选择空胶囊的号数

C. 毒性药和剂量小的药物应加稀释剂

D. 挥发性等液体药物可直接填充

E. 小量疏松型药物可加少量乙醇混合匀后填充

答案：ABCE

解析：本题考查硬胶囊的相关前处理方法。

硬胶囊中填充的药物，除特殊规定外，一般均是混合均匀的细粉或颗粒；空胶囊的选择应按药物剂量所占容积来选用最小的空胶囊，容积的大小可用堆密度表示；填充小剂量的药粉，尤其是麻醉药、毒剧药，应加适当的稀释剂稀释后填充；挥发油应先用吸收剂或方中其它药物细粉吸收，或制成包合物或微囊后再填充；疏松性药物小量填充时可加适量乙醇或液状石蜡混匀后填充。

仿真试题

一、最佳选择题

1. 软胶囊囊壁由于明胶、干增塑剂、水三者构成，其重量比例通常是

A. 1：(0.2～0.4)：1

B. 1：(0.2～0.4)：2

C. 1：(0.4～0.6)：1

D. 1：(0.4～0.6)：2

E. 1：(0.4～0.6)：3

2. 下列各种规格的空胶囊中，容积最大的是

A. 0 号　B. 1 号

C. 2 号　D. 4 号

E. 5 号

3.《中国药典》2005 年版一部规定，硬胶囊中药物的水分含量应为

A. 2.0%　B. 3.0%

C. 5.0%　D. 9.0%

E. 15.0%

4. 空胶囊系由囊体和囊帽组成，其主要制备流程如下

A. 溶胶→蘸胶（制坯）→拔壳→干燥→切割→整理

B. 溶胶→蘸胶（制坯）→干燥→拔壳→切割→整理

C. 溶胶→干燥→蘸胶（制坯）→拔壳→切割→整理

D. 溶胶→拔壳→干燥→蘸胶（制坯）→切割→整理

E. 溶胶→拔壳→切割→蘸胶（制坯）→干燥→整理

5. 下列关于胶囊概念的正确叙述是

A. 系指将药物填装于空心硬质胶囊中制成的固体制剂

B. 系指将药物填装于弹性软质胶囊中制成的固体制剂

C. 系指将药物密封于弹性软质胶囊中制成的固体或半固体制剂

D. 系指将药物填装于空心硬质胶囊中或密封于弹性软质胶囊中而制成固体制剂

E. 系指将药物填装于空心硬质胶囊中或密封于弹性软质胶囊中而制成的固体或半固体制剂

6. 制备空胶囊时加入的甘油是

A. 成型材料

B. 增塑剂

C. 胶冻剂

D. 溶剂

E. 保湿剂

7. 对软胶囊的论述中，正确的是

A. 充填的药物一定是颗粒

B. 充填的药物一定是挥发油

C. 软胶囊的崩解限为 30min

D. 囊材中含有明胶、甘油、二氧化钛、食用色素等

E. 软胶囊中填充液体药物时，pH 应控制在 8.0～9.0

8.《中国药典》2005年版一部规定，胶囊剂检查项目有

A. 融变时限

B. 崩解时限

C. 溶散时限

D. 含量均匀度

E. 溶出度

9. 宜制成软胶囊剂的是

A. 橙皮酊

B. 维生素E

C. O/W型乳剂

D. 药物的水溶液

E. 挥发油的乙醇溶液

10. 软胶囊剂的内容物含水量一般不得超过

A. 3%　B. 5%

C. 9%　D. 12%

E. 10%

11.《中国药典》2005年版一部规定，硬胶囊剂的崩解时限一般为

A. 10min　B. 20min

C. 30min　D. 40min

E. 50min

12.《中国药典》2005年版一部规定，软胶囊剂的崩解时限一般为

A. 20min　B. 30min

C. 40min　D. 50min

E. 60min

13. 制备肠溶胶囊剂时，用甲醛处理的目的是

A. 增加弹性

B. 增加稳定性

C. 增加渗透性

D. 杀灭微生物

E. 改变其溶解性能

14. 空胶囊壳的主要原料是

A. 甘油　B. 明胶

C. 琼脂　D. 山梨醇

E. 二氧化钛

15.《中国药典》2005年版一部规定，胶囊剂装量差异限度应在

A. ±5%　B. ±10%

C. ±15%　D. ±20%

E. ±25%

16.《中国药典》2005年版一部规定，在肠溶胶囊崩解时限检查时应

A. 先在浓盐酸溶液中检查2h

B. 先在浓盐酸溶液中检查1h

C. 先在磷酸盐缓冲液（pH6.8）检查1h

D. 先在盐酸溶液中（9→1000ml）检查2h

E. 先在磷酸盐缓冲液（pH6.8）检查2h

二、配伍选择题

[17~20]

A. 增稠剂　B. 增塑剂

C. 遮光剂　D. 防腐剂

E. 成型材料

空胶囊组成中各物质起什么作用

17. 琼脂

18. 明胶

19. 二氧化钛

20. 对羟基苯甲酸酯

[21~24]

A. 溶解　B. 软化

C. 变脆　D. 气化

E. 结晶

21. 吸湿性药物能使胶囊壁
22. 中药干浸膏能使胶囊壁
23. 易风化的药物能使胶囊壁
24. 药物的稀醇溶液能使胶囊壁

三、多项选择题

25. 下列关于硬胶囊壳的叙述正确的有
    A. 胶囊壳主要由明胶组成
    B. 制囊壳时胶液中应加入抑菌剂
    C. 加入二氧化钛使囊壳易于识别
    D. 囊壳编号数值越大，其容量越大
    E. 囊壳含水量高于15%时囊壳太软
26. 《中国药典》2005年版一部规定，胶囊剂检查的项目有
    A. 装量差异
    B. 崩解时限
    C. 硬度
    D. 水分
    E. 外观
27. 下列可以制成软胶囊的药物是
    A. 维生素E油液
    B. 维生素AD乳状液
    C. 牡荆油
    D. 复合维生素油混悬液
    E. 维生素A油液
28. 关于硬胶囊剂特点的叙述，正确的是
    A. 可掩盖药物的不良气味
    B. 适合油性液体药物
    C. 可提高药物的稳定性
    D. 可延缓药物的释放
    E. 可口服也可直肠给药
29. 关于胶囊剂的质量要求中正确的是
    A. 硬胶囊需检查硬度
    B. 硬胶囊与软胶囊均需做水分检查
    C. 硬胶囊与软胶囊均需检查重量差异
    D. 外观整洁，不得有黏结、变形、破裂现象
    E. 凡规定检查溶出度的不再检查崩解时限
30. 根据囊壳的差别，通常将胶囊分为
    A. 硬胶囊
    B. 软胶囊
    C. 肠溶胶囊
    D. 缓释胶囊
    E. 控释胶囊
31. 软胶囊剂的制备方法常用
    A. 滴制法　B. 熔融法
    C. 压制法　D. 乳化法
    E. 塑型法
32. 空胶囊制备时一般加入下列哪些物料
    A. 明胶　B. 增塑剂
    C. 增稠剂　D. 防腐剂
    E. 润滑剂
33. 下列能用来填充硬胶囊剂的药物有
    A. 药材细粉
    B. 中药浸膏粉
    C. 药材提取液
    D. 药物乳浊液
    E. 药材提取物加辅料制成的颗粒
34. 常用于软胶囊剂填充的药物有
    A. 固体药物
    B. 油类药物
    C. O/W型乳剂
    D. 药物的混悬液
    E. 药物的水溶液

参考答案

一、最佳选择题

1. C　2. A　3. D　4. B　5. E　6. B　7. D　8. B　9. B
10. B　11. C　12. E　13. E　14. B　15. B　16. D

二、配伍选择题

[17～20] A　E　C　D　[21～24] C　C　B　A

三、多项选择题

25. ABE　26. ABDE　27. ACDE　28. ACDE　29. DE
30. ABC　31. AC　32. ABCD　33. ABE　34. ABD

第十二单元　丸　剂

考点分级

★★★★★

丸剂的特点与分类；水丸对药粉的要求；水丸赋形剂的常用品种及选用；泛制法的工艺流程及操作要点；蜜丸的类型与特点；蜂蜜的选择与炼制；塑制法的工艺流程及操作要点；滴丸的特点，药物在基质中的分散状态；滴丸常用基质与冷凝液。

★★★★★

浓缩丸药材处理的原则及制备；影响滴丸圆整度的因素；不同类型丸剂溶散时限、水分要求。

★★★

丸剂包衣的目的与种类；糊丸、蜡丸的特点、制法及注意事项。

重要知识点串讲

一、概述

（一）丸剂的特点

1. 优点：①传统丸剂作用迟缓，多用于慢性疾病的治疗；②某些新型丸剂可用于急救；③可缓和某些药物的毒副作用；④可减缓某些药物成分的挥散。

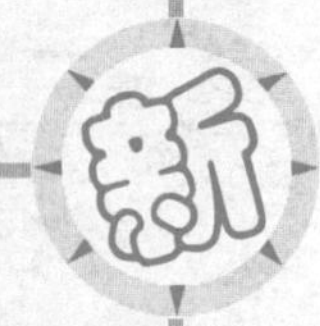

2. 缺点：①某些传统品种剂量较大，服用不便；②生产操作不当易致溶散、崩解迟缓；③多以原粉入药，微生物易超标。

（二）丸剂的分类

1. 按制备方法分类：①塑制丸；②泛制丸；③滴制丸。

2. 按赋形剂分类：蜜丸、水蜜丸、水丸、糊丸、蜡丸、浓缩丸、滴丸等。

二、水丸

（一）常用赋形剂：①水；②酒；③醋；④药汁。

（二）制备：泛制法

原料的准备→起模→泛制成型→盖面→干燥→选丸→（包衣）→打光→质量检查→包装

三、蜜丸（含水蜜丸）

（一）蜜丸的类型与特点

1. 类型：大蜜丸、小蜜丸。

2. 特点

具滋补、矫味、润肺止咳、润肠通便、解毒等作用，常作为滋补药剂，或用作慢性疾病的治疗。蜂蜜中大量的还原糖可防止有效成分氧化。

（二）蜂蜜的选择与炼制

1. 选择

半透明、带光泽、乳白色或淡黄色浓稠液体，相对密度在1.349（25℃）以上，还原糖不低于64.0%，用碘试液检查，应无淀粉、糊精，气芳香，味甜而不酸、不涩，清洁而无杂质，无毒。

2. 炼制

（1）炼蜜目的：除去杂质、降低水分含量、破坏酶类、杀死微生物、增加黏性等。

（2）炼蜜的规格与选用：嫩蜜、中蜜、老蜜。

（三）制备：塑制法

物料准备→制丸块→制丸条→分粒→搓圆→干燥→整丸→质量检查→包装

四、浓缩丸

（一）浓缩丸药材的处理原则

1. 贵重细药材、量少或作用强烈的药物，以及含淀粉较多、疏松易碎的药材宜粉碎成细粉，留作起模和作为浸膏的吸收剂；

2. 质地坚硬、纤维性强、体积大、黏性大的药材宜提取制膏；

3. 有效成分（或有效部位）明确且含量较高的药材，又有简便稳定可行的提取方法，可提取有效成分或有效部位，宜进一步去除杂质，缩小体积。

（二）浓缩丸的制备：1. 塑制法；2. 泛制法。

五、糊丸和蜡丸

（一）糊丸

1. 特点：溶散迟缓，释药缓慢，可延长药效，同时减少药物对胃肠的刺激性。

2. 制法：①泛制法；②塑制法。

（二）蜡丸

1. 特点：在体内不溶散，缓缓持久释放药物。

2. 蜡丸的制法：塑制法。

六、滴丸

（一）特点

优点：①起效迅速，生物利用度高；②生产车间无粉尘，自动化程度高；③可使液体药物固体化；④用药部位多，可起到长效作用。

缺点：载药量小，相应含药量低，服药剂量大。

（二）常用基质与冷凝液

1. 基质的要求与种类

（1）要求：①熔点较低；②与主药无相互作用；③对人体无毒副作用等。

（2）滴丸基质种类：①水溶性基质；②非水溶性基质。

2. 冷凝液的要求、种类与选用

（1）滴丸冷凝液的要求：①安全无害，不溶解主药与基质；②相对密度与液滴相近。

（2）滴丸冷凝液的种类：①油脂性冷凝液；②水性冷凝液。

（三）制备：滴制法

熔融基质→加入药材提取物制成滴制液→滴制→冷凝→洗涤→干燥

（四）影响滴丸圆整度的因素

①液滴大小；②液滴与冷凝液的密度差；③液滴与冷却剂之间的亲和力；④梯度冷却。

七、丸剂的包衣

（一）目的

1. 提高药物的稳定性；2. 掩盖臭味；3. 减少药物的刺激性；4. 控制药物作用速度或部位；5. 改善外观，利于识别。

（二）种类：1. 药物衣；2. 保护衣；3. 肠溶衣。

八、丸剂的主要质量要求

水分含量、溶散时限。

历年真题与解析

一、最佳选择题

1. 选用炼蜜制备蜜丸时，最适宜的原料是

A. 含较多油脂、黏液质的药粉

B. 含较多纤维的药粉

C. 含较多矿物药的药粉

D. 黏性适中的药粉

E. 含较多淀粉、多糖类的药粉

答案：D

解析：本题考查蜂蜜的炼制的规格与选用。

蜂蜜的炼制有 3 种规格：①嫩蜜：适于含较多油脂、黏液质、胶质、淀粉、糖类及动物组织等黏性较强的药物制丸；②中蜜（炼蜜）：适于含纤维质、淀粉及含部分油脂、糖类等黏性中等的药物制丸，大部分蜜丸采用中蜜制丸；③老蜜：适用于含多量纤维质及黏性差的矿物质药物制丸。

2. 蜜丸的制备工艺流程

A. 物料准备→制丸条→分粒及搓圆→整丸→质检→包装

B. 物料准备→制丸条→搓丸→干燥→整丸→质检→包装

C. 物料准备→制丸条→分粒→干燥→整丸→质检→包装

D. 物料准备→制丸块→制丸条→分粒及搓圆→干燥→整丸→质检→包装

E. 物料准备→制丸块→制丸条→分粒及搓圆→包装

答案：D

解析：本题考查蜜丸的制备工艺。

传统上蜜丸的制备用塑制法，其工艺流程为：物料准备→制丸条→分粒及搓圆→干燥→整丸→质检→包装。

3. 水溶性基质制备滴丸时应选用下列哪一种冷却剂

A. 水

B. 乙醇

C. 液体石蜡与乙醇的混合物

D. 煤油与乙醇的混合物

E 液体石蜡

答案：E

解析：本题考查滴丸冷凝液的选用。

滴丸的冷凝液要安全无害，不溶解主药与基质，相互间无化学作用，不影响疗效；密度与液滴相近，不能相等，可使滴丸缓缓下沉或上浮而充分冷凝，丸形圆整。因此，水溶性基质的滴丸应选用油脂性冷凝液如甲基硅油、液体石蜡、煤油、植物油等；非水溶性基质应选用水性冷凝液如水、不同浓度的乙醇等。

4.《中国药典》2005 年版规定，大蜜丸水分限量为

A. ≤15%

B. ≤16%

C. ≤17%

D. ≤18%

E. ≤19%

答案：A

解析：本题考查丸剂质量要求中有关水分含量的规定。

丸剂的质量检查，除另有规定外，大蜜丸、小蜜丸、浓缩蜜丸中所含水分不得超过 15.0%；水蜜丸、浓缩水蜜丸不得超过 12.0%；水丸、糊丸和浓缩水丸不得超过 9.0%；蜡丸不检查水分。

二、配伍选择题

[5~8]

A. 水丸　　B. 蜜丸

C. 浓缩丸　　D. 滴丸

E. 微丸

5. 药材细粉用蜂蜜为黏合剂的丸剂是

6. 药材细粉以水或根据处方用黄酒、醋、稀药汁等为赋形剂经泛制而成的丸剂是

7. 药材或部分药材提取的清膏或浸膏，与适宜辅料或药物粉末，以水、蜂蜜或蜜水为赋形剂制成的丸剂为

8. 药材提取物与基质用适宜的方法混匀后，滴入不相混溶的冷却液中，收缩冷凝而制成的丸剂是

答案：B A C D

解析：本题考查丸剂的分类及其概念。

水丸系指药材细粉以水或水溶性液体（黄酒、醋、稀药汁、糖液等）为黏合剂，用泛制法制成的丸剂；蜜丸系指药材细粉以炼制过的蜂蜜为黏合剂制成的丸剂；浓缩丸系指药材或部分药材提取液的清膏或浸膏，与处方中其余药材细粉或适宜的赋形剂制成的丸剂；滴丸系指药材提取物与基质用适宜的方法混匀后，滴入不相混溶的冷却液中，收缩冷凝而制成的丸剂。

[9~12]

A. 水丸　B. 蜜丸

C. 糊丸　D. 滴丸

E. 蜡丸

9. 一般不含其他附加剂，实际含药量较高的剂型为
10. 溶散迟缓，可延缓药效的剂型为
11. 疗效迅速，生物利用度高的剂型为
12. 体内不溶散，仅缓缓释放药物的剂型为

答案：A C D E

解析：本题考查丸剂剂型的特点。

水丸的特点：以水或水性液体为赋形剂，服用后在体内易溶散、吸收，不含其他固体赋形剂，实际含药量高；蜜丸的特点：以炼制过的蜂蜜为黏合剂，多用于镇咳祛痰、补中益气药；糊丸的特点：以米糊、面糊为黏合剂，在胃内溶散迟缓，释药缓慢，可延长药效；蜡丸的特点：因其主要成分极性小，不溶于水，在体内释放药物极慢，可延长药效；滴丸的特点：药物在基质中呈分散状态、胶体状态或微粉状结晶，为高度分散状态，起效迅速，生物利用度高。

[13~16]

A. 水　B. 酒

C. 醋　D. 药汁

E. 蜜水

13. 黏性较强的药粉泛丸宜选用
14. 黏性适中，无特殊要求的药粉泛丸宜用
15. 入肝经消瘀止痛的处方泛丸宜用
16. 含有纤维性药材、新鲜药材的处方泛丸宜制成

答案：B A C D

解析：本题考查水丸的常用赋形剂。

水丸的常用赋形剂有①水：为水丸最常用赋形剂，本身无黏性，但能润湿、溶

解药粉中的黏液质、糖、胶质等成分而诱发黏性；②酒：诱导黏性能力较水小，当水泛丸黏性较强时，可用酒代替，尤适用于舒筋活血类方药；③醋：入肝经、活血、散瘀、止痛的药物制备水丸时常用醋作赋形剂；④药汁：处方中富含纤维的药物、质地坚硬的药物、黏性大难以制粉的药物，可煎汁后泛丸，另新鲜药材可捣碎压榨取汁或煎液，用以泛丸。

三、多项选择题

17. 水泛丸的干燥温度正确的为

A. 一般为80℃左右

B. 含挥发性成分的药物小于60℃

C. 含遇热易分解的药物为90℃

D. 含遇热易熔化的药物为100℃

E. 含大量黏液质的药物为120℃

答案：AB

解析：本题考查水泛丸干燥的温度。

18. 影响滴丸圆整度的因素有

A. 温度

B. 液滴大小

C. 液滴与冷却液的密度差

D. 冷却方法

E. 滴管口与液滴之间的距离

答案：BCD

解析：本题考查影响滴丸圆整度的因素。

影响滴丸圆整度的因素有①液滴大小，液滴愈小其表面积愈大，收缩力愈强，愈易成圆整球形；②液滴与冷凝液的密度差，两者密度差过大，液滴移动速度快丸粒易成扁形；而密度差过小，易导致拖尾等现象；③液滴与冷却剂之间的亲和力，亲和力适宜，易使液滴中的气泡及时逸出，确保丸粒的圆整度；④梯度冷却。

仿真试题

一、最佳选择题

1. 滴丸的非水溶性基质是
   A. 水　　B. 石油醚
   C. 硬脂酸　　D. PEG－6000
   E. 液体石蜡
2. 泛制丸制备工艺应为
   A. 起模→成型→盖面→干燥→选丸→包衣
   B. 起模→成型→选丸→盖面→包衣→干燥
   C. 起模→成型→盖面→干燥→包衣→选丸
   D. 起模→成型→选丸→盖面→干燥→包衣
   E. 起模→成型→盖面→选丸→干燥→包衣
3. 制备水不溶性滴丸时用的冷凝液是
   A. 水　　B. 石油醚
   C. 硬脂酸　　D. PEG－6000
   E. 液体石蜡
4. 滴丸剂的制备工艺流程一般如下
   A. 药物＋基质→混悬或熔融→滴制→洗丸→冷却→干燥→选丸→质检→分装
   B. 药物＋基质→混悬或熔融→滴制→洗丸→选丸→冷却→干燥→质检→分装
   C. 药物＋基质→混悬或熔融→滴制→冷却→洗丸→选丸→干燥→质检→分装
   D. 药物＋基质→混悬或熔融→滴制→冷却→干燥→洗丸→选丸→质检→分装
   E. 药物＋基质→混悬或熔融→滴制→冷却→洗丸→干燥→选丸→质检→分装
5. 下列叙述正确的是
   A. 滴丸可内服，也可外用
   B. 液滴越大，滴丸的圆整度越好
   C. 滴丸属速效剂型，不能发挥长效作用
   D. 用压制法制成的滴丸有球形与其它形状的
   E. 用滴制法制成的的球形制剂均称滴丸
6. 处方中含有乳汁、胆汁类药物应怎样处理以用作水泛丸赋形剂
   A. 加水溶化
   B. 加水烊化
   C. 煎取药汁
   D. 加乙醇烊化
   E. 捣碎压榨取汁
7. 丸剂中疗效发挥最快的剂型是
   A. 水丸　　B. 蜜丸
   C. 糊丸　　D. 滴丸
   E. 蜡丸
8. 制备水丸时，“起模”所用药粉要求至

少应过几号筛

A. 三　B. 四

C. 五　D. 六

E. 七

9. 下列指标中，哪个是“中蜜”的炼制标准

A. 蜜温 105～115℃，含水量 17%～20%，相对密度 1.35 左右

B. 蜜温 105～115℃，含水量 10% 以下，相对密度 1.40 左右

C. 蜜温 116～118℃，含水量 18%，相对密度 1.35 左右

D. 蜜温 116～118℃，含水量 14%～16%，相对密度 1.37 左右

E. 蜜温 119～122℃，含水量 10% 以下，相对密度 1.40 左右

10. 下列药材细粉，宜选作水丸起模用粉的为

A. 甘草　B. 熟地

C. 黄柏　D. 朱砂

E. 芒硝

11. 泛制法制丸的关键操作是

A. 起模　B. 盖面

C. 合坨　D. 成型

E. 制丸条

12. 塑制法制备蜜丸的关键工序是

A. 物料的准备

B. 制丸块

C. 制丸条

D. 分粒

E. 干燥

13. 《中国药典》2005 年版中规定药用蜂蜜含还原糖不得低于

A. 40%　B. 45%

C. 55%　D. 60%

E. 64%

14. 含有毒性及刺激性强的药物宜制成

A. 水丸　B. 蜜丸

C. 蜡丸　D. 浓缩丸

E. 水蜜丸

15. 蜡丸制备时的辅料为

A. 石蜡　B. 川白蜡

C. 蜂蜡　D. 液体石蜡

E. 虫蜡

16. 不需要检查溶散时限的是

A. 水丸　B. 糊丸

C. 滴丸　D. 浓缩丸

E. 大蜜丸

17. 滴丸制备的原理是

A. 微囊化

B. 微粉化

C. 包合技术

D. 形成脂质体

E. 固体分散技术

18. 下列有关水丸起膜的叙述，错误的是

A. 起模常用水为赋形剂

B. 起模用粉宜选用黏性适中的药粉，且应通过 2 号筛

C. 起模是将药粉制成直径 0.5～1mm 大小丸粒的过程

D. 起模的方法可分为粉末泛制法和湿粉制粒法起膜

E. 应控制丸模的圆整度、粒度差和丸模数目

19. 制备防风通圣丸时用滑石粉的目的是

A. 润滑　B. 包衣

C. 盖面　D. 起模

E. 加大成型

二、配伍选择题

[20～23]

A. 水　　B. PEG－6000

C. 石油醚　　D. 硬脂酸

E. 液体石蜡

20. 制备水溶性滴丸时用的冷凝液
21. 制备水不溶性滴丸时用的冷凝液
22. 滴丸的水溶性基质
23. 滴丸的非水溶性基质

[24～27]

A. 15min 内溶散

B. 30min 内溶散

C. 45min 内溶散

D. 60min 内溶散

E. 120min 内溶散

24.《中国药典》2005 版一部规定，水蜜丸的溶散时限为
25.《中国药典》2005 版一部规定，水丸的溶散时限为
26.《中国药典》2005 版一部规定，浓缩丸的溶散时限为
27.《中国药典》2005 版一部规定，滴丸的溶散时限为

[28～31]

A. 塑制法　　B. 泛制法

C. 压制法　　D. 滴制法

E. 塑制法或泛制法

28. 制备水丸可以采用
29. 制备蜜丸可以采用
30. 制备糊丸可以采用
31. 制备滴丸可以采用

三、多项选择题

32. 影响蜜丸丸块质量的主要因素有

A. 用蜜量

B. 炼蜜的程度

C. 和药的蜜温

D. 蜂蜜的种类

E. 夏季用蜜量宜少，冬季用蜜量宜多

33. 有关滴丸的特点说法正确的有

A. 剂量准确，质量稳定

B. 吸收迅速，生物利用度高

C. 粉尘少，有利于劳动保护

D. 可制成固体的五官科制剂，延长药物的作用时间

E. 由于制备过程中需要加热，易氧化、易挥发的药物稳定性降低

34. 下列丸剂包衣材料中，属于药物衣的

A. 虫胶衣　　B. 甘草衣

C. 青黛衣　　D. 雄黄衣

E. 百草霜衣

35. 下列关于蜜丸的叙述中，正确的有

A. 它是药物细粉用蜂蜜混合制成

B. 药物应是过 100～200 目筛的细粉

C. 药物与炼蜜的比例通常为 1：1～1：1.5

D. 含大量树脂类药物和药时，蜜温越高越好

E. 传统上常用塑制法制备

36. 下列有关制蜜丸所用蜂蜜炼制目的的叙述正确的有

A. 除去水分

B. 除去杂质

C. 改变药性

D. 增加黏性

E. 杀死微生物，破坏酶

37. 下列关于影响滴丸圆整度的因素

叙述中正确的是
A. 液滴越大，滴丸的圆整度越好
B. 液滴越小，滴丸的圆整度越好
C. 液滴在冷却剂中移动速度越快，滴丸的圆整度越好
D. 液滴在冷却剂中移动速度越慢，滴丸的圆整度越好
E. 降低液滴与冷却剂的亲和力，能使空气尽早排出，滴丸的圆整度越好

38. 水丸的制备中，盖面的方法有
A. 药粉盖面
B. 清水盖面
C. 糖浆盖面
D. 药浆盖面
E. 虫蜡盖面

39. 炼制老蜜应符合的条件是
A. 含水量 14%
B. 相对密度 1.40
C. 可拉出长白丝
D. 均匀的淡黄色细气泡
E. 可滴水成珠

40. 下列丸剂中，可采用泛制法制备的是
A. 水蜜丸　B. 水丸
C. 糊丸　D. 蜡丸
E. 浓缩丸

41. 下列适于制备蜡丸的药物
A. 滋补性药物
B. 芳香性药物
C. 解表性药物
D. 刺激性药物
E. 毒性药物

42. 下列丸剂中，可采用塑制法制备的是
A. 蜜丸　B. 糊丸
C. 水蜜丸　D. 蜡丸
E. 浓缩丸

43. 丸粒包衣时需用适宜的黏合剂，常用的黏合剂有
A. 10% ~20% 的阿拉伯胶浆
B. 10% ~20% 的桃胶浆
C. 10% ~20% 的糯米粉糊
D. 单糖浆
E. 胶糖混合浆

44. 滴丸中非水溶性基质有
A. 蜂蜡
B. 虫蜡
C. 氢化植物油
D. 单硬脂酸甘油酯
E. 硬脂酸

45. 丸剂包衣的目的是
A. 提高药物的稳定性
B. 减少药物的刺激性
C. 控制丸剂的溶散
D. 利于识别
E. 改善外观

46. 关于水丸的特点叙述正确的是
A. 含药量较高
B. 不易吸潮
C. 可以掩盖不良气味
D. 溶解时限易控制
E. 生产周期短

47. 下列丸剂中需作溶散时限检查的是
A. 水丸　B. 糊丸
C. 蜡丸　D. 水蜜丸
E. 浓缩丸

48. 制丸块是塑制蜜丸的关键工序，下列措施正确的是
A. 所用药材应粉碎，混合过 6 号筛

B. 根据药粉的性质、粉末的粗细、含水量等确定炼蜜的程度

C. 含较多树脂、糖等黏性成分的药物粉末，宜以60～80℃温蜜和药

D. 中蜜的用量一般为药粉重量的1～1.5倍

E. 采用热蜜合坨可降低蜜丸中微生物含量

49. 制备滴丸时药物以下列哪些状态分散于基质中

A. 形成固体溶液

B. 形成固态凝胶

C. 形成固态乳剂

D. 形成微细晶粒

E. 由基质吸收容纳液体药物

50. 关于滴丸冷却剂选择的叙述正确的有

A. 不与主药相混溶

B. 不与基质发生作用

C. 不破坏主药疗效

D. 有适当的密度

E. 有适当的黏度

参考答案

一、最佳选择题

1. C　2. A　3. A　4. E　5. A　6. A　7. D　8. C　9. D
10. A　11. A　12. B　13. E　14. C　15. C　16. E　17. E　18. B
19. B

二、配伍选择题

［20～23］E　A　B　D　［24～27］D　D　E　B　［28～31］B　A　E　D

三、多项选择题

32. ABC　33. ABCD　34. BCDE　35. ABCE　36. ABDE
37. BD　38. ABD　39. BCE　40. ABCE　41. DE
42. ABCDE　43. ABCDE　44. ABCDE　45. ABCDE　46. ABC
47. ABCDE　48. ABCE　49. ABCDE　50. ABCDE

第十三单元　颗粒剂

考点分级

★★★★★

颗粒剂的特点；水溶性颗粒剂的制备工艺流程；不同的制粒方法及其应用。

★★★★★

酒溶性、混悬性、泡腾性颗粒剂的制备操作要点；颗粒剂的质量要求与检查。

★★★

颗粒剂的分类。

重要知识点串讲

一、颗粒剂的特点

（一）优点：①吸收较快、作用迅速；②适于工业生产，且产品质量稳定；③剂量较小，服用、携带、贮藏、运输较方便；④必要时可以包衣或制成缓释制剂。

（二）缺点：某些品种具一定吸湿性，包装不严易吸湿结块。

二、颗粒剂的制备

水溶颗粒剂的制备

辅料
↓
药材的提取→提取液的纯化→制颗粒→干燥→整粒→质检→包装

制粒方法：①挤出制粒法；②湿法混合制粒法；③流化喷雾制粒；④干法制粒 。

三、颗粒剂的质量要求

性状、水分、粒度、溶化性等应符合《中国药典》2005 版相关规定。

历年真题与解析

一、最佳选择题

1. 除另有规定外，颗粒剂辅料的用量不宜超过稠膏量的

A. 9 倍　B. 8 倍
C. 6 倍　D. 5 倍
E. 2 倍

答案：E

解析：本题考查颗粒剂辅料的用量。

颗粒剂最常用辅料为糖粉和糊精。一般稠膏、糖粉、糊精的比例为 1∶3∶1；赋形剂的总用量一般不超过清膏的 5 倍；采用干膏细粉制粒，辅料的用量一般不超过其重量的 2 倍。

2. 感冒清热颗粒（冲剂）属于下列哪种颗粒

A. 混悬性颗粒剂
B. 水溶性颗粒剂
C. 泡腾性颗粒剂
D. 块形冲剂
E. 酒溶性颗粒剂

答案：B

解析：本题考查颗粒剂的分类。

颗粒剂按溶解性能和溶解状态可分为①可溶颗粒剂，包括水溶性颗粒剂（感冒清热颗粒、小柴胡颗粒）和酒溶性颗粒剂（养血愈风酒颗粒、木瓜酒颗粒）；②混悬颗粒剂（复脉颗粒、橘红颗粒）；③泡腾颗粒剂等。

二、配伍选择题

［3～6］

A. 沸腾制粒机　　B. 箱式干燥器

C. 干法制粒　　D. 挤出制粒

E. 快速搅拌制粒

3. 颗粒干燥可选用的设备是
4. 制成颗粒外形圆整、大小均匀、流动性好的设备是
5. 制成带有一定棱角的小块状的颗粒方法是
6. 制备颗粒时需制成软材，并适于黏性较差的药料的制粒方法是

答案：B　A　E　D

解析：本题考查不同的制粒方法。

颗粒剂制粒方法有：①挤出制粒法，是将赋形剂与药物稠膏或干膏粉混匀，必要时加适量一定浓度的乙醇调整湿度，制成“手捏成团，轻按即散”的软材，再以挤压方式通过筛网（板）制成；②快速搅拌制粒法，是将固体辅料或药物细粉与稠膏置于快速搅拌制粒机内，通过搅拌桨和制粒刀，将物料混匀并切割成带一定棱角的小块；③流化喷雾制粒，又称沸腾制粒，该法制得的颗粒呈多孔状，大小均匀，外形圆整，流动性好。

三、多项选择题

7. 颗粒剂的特点是

A. 吸收、奏效较快

B. 服用携带方便

C. 表面积大，质量不稳定

D. 服用剂量较小

E. 制备工艺适合大生产

答案：ABDE

解析：本题考查颗粒剂的特点。

颗粒剂的特点：①吸收较快、作用迅速；②适于工业生产，且产品质量稳定；③剂量较小，服用、携带、贮藏、运输较方便；④必要时可以包衣或制成缓释制剂；但某些品种具一定吸湿性，包装不严易吸湿结块。

8. 水溶性颗粒剂干燥注意事项的叙述中，正确的为

A. 湿颗粒应及时干燥

B. 干燥温度应逐渐升高

C. 颗粒干燥程度水分适宜控制在5%以内

D. 干燥温度一般为60～80℃为宜

E. 可用烘箱或沸腾干燥设备干燥

答案：ABDE

解析：本题考查颗粒剂的干燥。

湿颗粒制成后，应及时干燥；干燥温度一般为60～80℃为宜，且温度应逐渐上升，干燥程度一般含水量控制在2%以内，常用的干燥设备有沸腾干燥床、烘箱、烘房等。

仿真试题

一、最佳选择题

1. 可溶性颗粒剂最常选用的辅料是
   A. 淀粉
   B. 乳糖
   C. 药材细粉
   D. 糖粉和糊精
   E. 硫酸钙二水物
2. 在挤出法制粒中制备软材程度判断的标准为
   A. 手捏成团，重按即散
   B. 手捏成团，轻按即散
   C. 手捏成团，重按不散
   D. 手捏成团，轻按不散
   E. 手捏成团，按之不散
3. 糖粉与糊精是颗粒剂制备中常用的辅料，其与清膏比例一般为
   A. 清膏：糖粉：糊精的比例为1：2：1
   B. 清膏：糖粉：糊精的比例为1：2：2
   C. 清膏：糖粉：糊精的比例为1：2：3
   D. 清膏：糖粉：糊精的比例为1：3：1
   E. 清膏：糖粉：糊精的比例为1：3：2
4. 颗粒剂制备中若软材过黏而形成团块不易通过筛网，可采取的解决措施是
   A. 加大投料量
   B. 加药材细粉
   C. 加适量黏合剂
   D. 拧紧过筛用筛网
   E. 加适量高浓度的乙醇
5. 多用于无糖型及低糖型颗粒剂的制备的制粒方法是
   A. 干法制粒
   B. 挤出制粒法
   C. 快速搅拌制粒
   D. 流化喷雾制粒
   E. 包衣锅滚转制粒
6. 酒溶性颗粒剂以乙醇作为溶剂的一般

浓度是

A. 40%　B. 50%

C. 60%　D. 70%

E. 80%

7. 一般颗粒剂的制备工艺

A. 原辅料混合→制软材→制湿颗粒→干燥→整粒与分级→装袋

B. 原辅料混合→制软材→制湿颗粒→整粒与分级→干燥→装袋

C. 原辅料混合→制湿颗粒→干燥→制软材→整粒与分级→装袋

D. 原辅料混合→制湿颗粒→制软材→干燥→整粒与分级→装袋

E. 原辅料混合→制湿颗粒→干燥→整粒与分级→制软材→装袋

8.《中国药典》2005 年版规定的颗粒剂粒度的检查中，不能通过 1 号筛和能通过 4 号筛的颗粒和粉末总和不得过

A. 5%　B. 6%

C. 8%　D. 10%

E. 12%

9. 颗粒剂中挥发油加入的最佳方法是

A. 与稠膏混匀制软材制粒

B. 用乙醇溶解后喷在湿颗粒中

C. 制成 β - CD 包合物加入整粒后的颗粒中混匀

D. 用乙醇溶解后喷在筛出的粗颗粒中，再与其余颗粒混匀

E. 以上答案都不正确

10.《中国药典》2005 年版规定，除另有规定外，颗粒剂的含水量一般不得超过

A. 6.0%

B. 8.0%

C. 10.0%

D. 5.0%

E. 4.0%

11. 混悬型颗粒剂的干燥温度为

A. 40℃以下

B. 60℃以下

C. 60 ~ 80℃

D. 80 ~ 90℃

E. 100℃以上

12. 泡腾性颗粒剂的泡腾物料为

A. 酒石酸与碳酸钠

B. 枸橼酸与碳酸钠

C. 枸橼酸与碳酸氢钠

D. 酒石酸与碳酸氢钠

E. A 和 C

13. 泡腾颗粒剂的溶化性要求为

A. 能混悬均匀

B. 热水冲服时应全部溶化

C. 温水冲服时应全部溶化

D. 加水冲服时应全部溶化

E. 不得有焦屑等异物

14. 颗粒剂贮存的关键是

A. 防潮

B. 防热

C. 防冷

D. 防虫

E. 防光

15. 挤出制粒的关键工艺是

A. 制软材

B. 控制水分

C. 控制辅料用量

D. 控制制粒温度

E. 搅拌速度

16. 颗粒剂整粒的目的是

A. 便于服用

B. 提高稳定性

C. 减少服用量

D. 提高生物利用度

E. 除去粗大颗粒及细粉使颗粒均匀

二、配伍选择题

［17～20］

A. 块状冲剂

B. 混悬性颗粒剂

C. 泡腾颗粒剂

D. 酒溶性颗粒剂

E. 可溶性颗粒剂

17. 由酸性颗粒与碱性颗粒混合制成
18. 制颗粒时有药物细粉加入
19. 包括水溶性颗粒剂与酒溶性颗粒剂
20. 由机压法制成

［21～24］

A. 糖粉　　B. 糊精

C. 酒精　　D. 乳糖

E. 明胶

21. 颗粒剂常用填充剂
22. 颗粒剂的润湿剂
23. 可溶性颗粒剂的常用填充剂，具黏合、矫味作用
24. 吸湿性低、性质稳定的颗粒剂新型辅料

［25～28］

A. ±2%　　B. ±5%

C. ±7%　　D. ±8%

E. ±10%

25. 1.0g 以下颗粒剂包装的装量差异限度是
26. 1.0～1.5g 以下颗粒剂包装的装量差异限度是
27. 1.5～6g 以下颗粒剂包装的装量差异限度是
28. 6g 以上颗粒剂包装的装量差异限度是

三、多项选择题

29. 混悬性颗粒剂的药料处理一般原则是

A. 热敏性成分的药材宜粉碎成细粉

B. 黏性成分的药材宜粉碎成细粉

C. 含挥发性成分的药物宜粉碎成细粉

D. 贵重细料药宜粉碎成细粉

E. 含淀粉较多的药物宜粉碎成细粉

30. 可选作水溶性颗粒剂辅料的有

A. 糖粉

B. 乳糖

C. 甘露醇

D. 可溶性糊精

E. 处方中部分药材细粉

31. 颗粒剂处方中若含有挥发性成分，常采用的方法有

A. 用乙醇雾解，雾化喷洒于干颗粒上

B. 加吸收剂吸收，混于干颗粒中

C. 直接与湿颗粒混合，低温干燥

D. 加入黏合剂吸附

E. 用 β－CD 制成包合物

32. 在《中国药典》2005 年版一部中收载了颗粒剂的质量检查项目，主要有

A. 外观　　B. 粒度

C. 溶化性　　D. 水分

E. 融变时限

33. 水溶性颗粒剂在制备过程中可以采用提取液纯化方法是

A. 乙醇沉淀法
B. 微孔滤膜滤过法
C. 盐析法
D. 高速离心法
E. 反渗透法

34. 酒溶性颗粒剂一般采用的制备方法有
A. 煎煮法　　B. 浸渍法
C. 渗漉法　　D. 回流法
E. 水蒸气蒸馏法

35. 关于酒溶性颗粒剂叙述正确的是
A. 可酌加冰糖
B. 可替代药酒服用
C. 可酌加适量着色剂
D. 使用时用一定量的饮用白酒溶解
E. 为节约药材可将药材粉碎成细粉充当辅料

36. 关于泡腾性颗粒剂的叙述正确的是
A. 泡腾性颗粒剂之所以有泡腾性是因为加入了有机酸及弱碱
B. 泡腾性颗粒剂有速溶性
C. 加入的有机酸有矫味作用
D. 应注意控制干燥颗粒的水分
E. 应将有机酸与弱碱分别与干浸膏粉制粒再混合

37. 制备颗粒剂的必备工序包括
A. 包衣　　B. 干燥
C. 提取　　D. 制粒
E. 包装

参考答案

一、最佳选择题

1. D　2. B　3. D　4. E　5. D　6. C　7. A　8. C
9. C　10. A　11. B　12. E　13. D　14. A　15. A　16. E

二、配伍选择题

[17～20] C　B　E　A　[21～24] B　C　A　D　[25～28] E　D　C　B

三、多项选择题

29. ACDE　30. ABCD　31. ABE　32. ABCD　33. ABD
34. BCD　35. ABD　36. ABDE　37. BCDE

第十四单元　片　剂

考点分级

★★★★★

中药片剂的特点与类型；中药片剂辅料的使用范围、使用目的、主要品种及其应用；中药原料预处理的目的与一般原则；中药制颗粒的目的；制粒（湿法制粒、干法制粒）；压片的方法及操作要点（片重的计算）。

★★★★★

压片过程中松裂片、黏冲、片重差异超限、崩解时限超限的原因及解决办法；片剂包衣的目的、种类、要求及方法；包衣物料与包衣操作要点；片剂的质量要求与检查。

★★★

片剂的分类。

重要知识点串讲

一、片剂的特点

（一）优点：1. 剂量准确；2. 质量稳定；3. 片剂的溶出度及生物利用度通常较丸剂好；4. 自动化程度高，药剂卫生易达标；5. 服用、携带、贮藏等较方便。

（二）缺点：1. 制备或贮藏不当会影响片剂的崩解、吸收；2. 药物的溶出度和生物利用度较散剂及胶囊剂差；3. 某些中药片剂易引湿受潮，含挥发性成分的片剂，贮藏较久其成分含量下降；4. 儿童和昏迷病人不易吞服。

二、中药片剂的类型

（一）半浸膏片；（二）全浸膏片；（三）提纯片；（四）全粉末片。

三、中药片剂辅料

（一）稀释剂和吸收剂（填充剂）

1. 适用范围

（1）稀释剂：主药剂量小于0.1g、含浸膏量多、浸膏黏性太大而制片困难者需加稀释剂，以便制片。

（2）吸收剂：原料药中含有较多挥发油、脂肪油或其他液体，可预先加适量的吸收剂吸收，然后制片。

2. 常用淀粉、可压性淀粉、糊精、糖粉、乳糖、甘露醇、硫酸钙二水物、磷酸氢钙与磷酸钙、微粉硅胶等主要品种及其应用。

（二）润湿剂和黏合剂

1. 适用范围

（1）润湿剂：适用于具有一定黏性的药料制粒压片。

（2）黏合剂：适用于没有黏性或黏性不足的药料制粒压片。

2. 常用水、乙醇、淀粉浆（糊）、糖浆、胶浆类、微晶纤维素、纤维素衍生物、羧甲基纤维素钠（CMC－Na）、羟丙基甲基纤维素（HPMC）和低取代羟丙基纤维素（L－HPC）等主要品种及其应用。

（三）崩解剂

1. 崩解机制：①毛细管作用；②膨胀作用；③产气作用；④其他机制。

2. 适用范围

除口含片、舌下片、长效片外，一般片剂均需加崩解剂。中药半浸膏片剂含有药材细粉，遇水后能缓缓崩解，一般不需另加崩解剂。

3. 常用干燥淀粉、羧甲基淀粉钠、低取代羟丙基纤维素、泡腾崩解剂、表面活性剂等。

（四）润滑剂

1. 使用目的

（1）降低颗粒间摩擦力，增加颗粒流动性，减少片重差异；②防止压片物料黏着于冲模表面，使片剂光洁；③降低颗粒或片剂与冲模间摩擦力，易于出片，减少冲模

磨损。

2. 常用硬脂酸镁、硬脂酸和硬脂酸钙、滑石粉、氢化植物油、聚乙二醇、微粉硅胶等。

四、中药片剂的制备

（一）片剂制备工艺流程

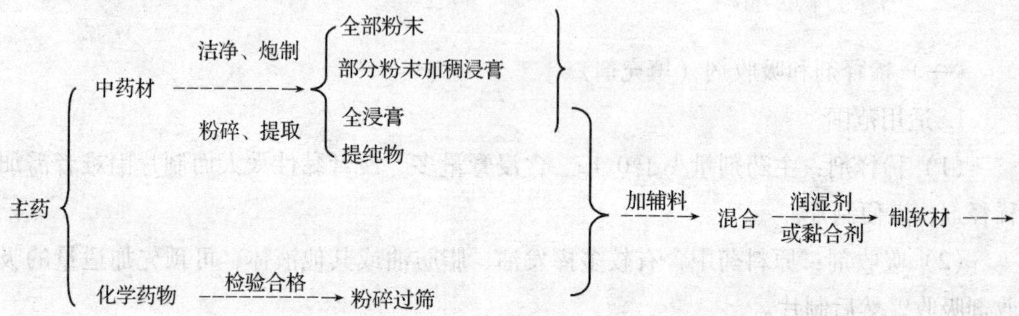

（二）原料的处理

1. 中药原料预处理的目的

①尽量去除无效物质而保留有效成分，缩小体积，减少服用量；②方便操作，利于成型；③有选择的保留少量非有效物质和成分，使起赋形剂的作用。

2. 中药原料预处理的一般原则　根据中药材的特殊性质：①含水溶性有效成分，或含纤维较多，黏性较大、质地泡松或坚硬的药材；②含淀粉较多的药材、贵重药、毒性药、树脂类药及受热有效成分易破坏的药材；③含挥发性成分较多的药材；④含脂溶性有效部位的药材；⑤有效成分明确的药材。

（三）制颗粒

1. 制颗粒目的

①增加物料的流动性；②避免粉末分层；③减少细粉吸附和容存的空气；④避免细粉飞扬及黏冲、拉模等现象。

2. 制颗粒方法

①挤出制粒法；②滚转制粒法；③流化喷雾制粒法；④喷雾干燥制粒法等。

（四）湿颗粒的干燥

湿颗粒应及时干燥，一般为60～80℃，含挥发性或遇热不稳定的药物应控制在

60℃以下干燥；对热稳定的药物，干燥温度可提高至80～100℃；颗粒干燥的程度以含水量3%～5%为宜。

五、压片时可能发生的问题与解决的办法

松片、黏冲、崩解迟缓、裂片、叠片、片重差异超限、变色或花斑、引湿受潮等。

六、片剂的包衣

（一）目的

1. 增加药物的稳定性；2. 掩盖药物的不良气味；3. 控制药物的释放部位；4. 控制药物的释放速度；5. 可隔离有配伍禁忌的药物，避免相互作用；6. 改善外观，便于识别。

（二）种类：①糖衣；②（半）薄膜衣；③肠溶衣；④缓释衣；⑤控释衣。

（三）方法：①滚转包衣法；②悬浮包衣法；③干压包衣法。

（四）包衣物料与包衣操作

1. 包糖衣

（1）糖衣物料：①糖浆；②有色糖浆；③胶浆；④滑石粉；⑤虫蜡。

（2）包糖衣工序：包隔离层→粉衣层→糖衣层→有色糖衣层→打光。

（3）包糖衣操作要点

①层层干燥；②浆、粉用量适当；③干燥温度符合各工序要求；④浆、粉加入时间掌握得当。

（4）包糖衣过程中可能发生的问题

①色泽不匀或花斑；②脱壳；③片面裂纹；④露边和高低不平；⑤糖浆不粘锅；⑥黏锅；⑦打不光擦不亮。

2. 包薄膜衣

（1）薄膜衣物料：①成膜材料；②溶剂；③附加剂。

（2）薄膜衣的包衣方法：①滚转包衣法；②空气悬浮包衣法。

3. 包肠溶衣方法：①滚转包衣法；②悬浮包衣法；③压制包衣法。

七、片剂的质量检查

外观、重量差异、崩解时限、融变时限（阴道片）、发泡量（阴道泡腾片）、硬度、脆碎度、微生物限度均应符合《中国药典》2005年版一部的规定。

历年真题与解析

一、最佳选择题

1. 某批药物需制成片剂 100 万片，干颗粒重 250kg，加入辅料 50kg，则每片的重量为

A. 0.25g

B. 0.60g

C. 0.40g

D. 0.80

E. 0.30

答案：E

解析：本题考查片重的计算。

片重的计算方法为：

（1）片数和片重未定，可先确定颗粒总重量，根据单服重量的颗粒重来决定每服的片数，求得每片重量。

$$单服颗粒重（g）=\frac{干颗粒总重量（g）}{单服次数}$$

$$片重（g）=\frac{单服颗粒重（g）}{单服片数}$$

（2）片数和片重已知，可根据以下公式计算出压片所需物料总重量。

$$片重（g）=\frac{干颗粒重（g）+压片前加入的辅料重量}{应压片数}$$

当干颗粒与辅料总重小于片数乘片重时，应补加淀粉等辅料使二者相等。

（3）每片中主药含量已知，可先测定主药含量，再计算片重。

$$片重（g）=\frac{每片含主药量（g）}{干颗粒的主药面分含量（\%）}$$

本题应采用第二种计算方法。

$$片重（g）=\frac{250000+50000}{1000000}$$

2. 《中国药典》2005 年版一部规定，中药片剂崩解时限，正确的为

A. 药材原粉片在 60min 内

B. 浸膏片在 30min 内

C. 口含片在 30min 内

D. 半浸膏片在 30min 内

E. 糖衣片在 60min 内

答案：E

解析：本题考查片剂质量要求中崩解时限的相关规定。

片剂的崩解时限规定为：药材原粉片应在 30min 内全部崩解；浸膏（半浸膏）片、糖衣片、薄膜衣片应在 1min 内全部崩解；肠溶衣片先在盐酸溶液中检查 2min，每片均不得有裂缝、软化或崩解等现象，再在磷酸盐缓冲液（pH6. 8）中进行检查，1min 内应全部崩解；泡腾片置盛有 200ml 水（水温为 15 ~ 25℃）的烧杯内，应有许多气泡放出，当片剂或碎片周围的气体停止逸出时，片剂应溶解或分散于水中，无聚集的颗粒剩留，除另有规定外，应在 5min 内崩解；含片、咀嚼片不检查崩解时限，阴道片融变时限检查法检查应符合规定。

3. 片剂包糖衣的正确工序是

A. 隔离层→糖衣层→粉衣层→有色糖衣层→打光

B. 隔离层→粉衣层→糖衣层→有色糖衣层→打光

C. 隔离层→粉衣层→有色糖衣层→糖衣层→打光

D. 隔离层→粉底层→粉衣层→有色糖衣层→打光

E. 粉衣层→隔离层→糖衣层→有色糖衣层→打光

答案：B

解析：本题考查片剂包糖衣的工序。

片剂包糖衣的工序是：包隔离层→粉衣层→糖衣层→有色糖衣层→打光。

4. 用湿制颗粒压片法，薄荷脑最佳的加入工序为

A. 制粒前加入

B. 颗粒干燥前加入

C. 整粒前加入

D. 整粒后加入，闷数小时

E. 临压片时加入

答案：D

解析：本题考查片剂的制备中挥发性药物的加入方法。

某些片剂处方中含有挥发性药物如挥发油（薄荷油、八角茴香油）、挥发性固体（薄荷脑）等，均应在整粒后，与颗粒混匀，最后放置桶内密闭贮放数小时，使挥发性成分在颗粒中渗透均匀。

5. 下列可选作口含片稀释剂和矫味剂的物质为

A. 淀粉

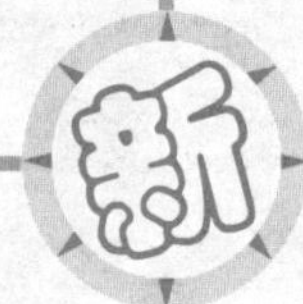

B. 氧化镁

C. 甘露醇

D. 硬脂酸镁

E. 微晶纤维素

答案：C

解析：本题考查片剂的辅料。

片剂的辅料可分为四大类：稀释剂与吸收剂、润湿剂与黏合剂、崩解剂和润滑剂。甘露醇可作为口含片的稀释剂，且在口腔中有凉爽和甜味感，起到矫味的作用。

6. 关于全浸膏片制颗粒的方法，可采用的是

A. 浸膏粉用水湿润后制粒

B. 浸膏粉加糖浆制粒

C. 稠浸膏加部分药粉混合制粒

D. 干浸膏直接粉碎成颗粒

E. 干浸膏以稀乙醇直接制粒

答案：D

解析：本题考查湿法制颗粒压片中不同原料制颗粒的方法。

不同原料的制粒方法主要分为药材全粉制粒法、药材细粉制粒法和稠浸膏混合制粒法、全浸膏制粒法及提纯物制粒法。全浸膏制粒法有两种方法，即将干浸膏直接粉碎成颗粒和先将干浸膏粉碎成细粉，用乙醇润湿制颗粒。

7. 片剂包糖衣过程中，包粉衣层时所用的物料为

A. 滑石粉、阿拉伯胶浆

B. 滑石粉、有色糖浆

C. 单糖浆或胶浆

D. 滑石粉、糖浆

E. 有色糖浆、滑石粉

答案：D

解析：本题考查包糖衣粉衣层所用物料。

糖衣中粉衣层又称粉底层，是为了使药片消失原有棱角，片面包平，所用的物料是糖浆和滑石粉。

二、配伍选择题

[8～11]

A. 淀粉　　B. 乙醇

C. 聚乙二醇　　D. 甘油明胶

E. 丙烯酸树脂Ⅱ号和Ⅲ号混合液

8. 片剂肠溶衣材料可选用

9. 片剂崩解剂可选用

10. 片剂润湿剂可选用

11. 片剂润滑剂可选用

答案：E A B C

解析：本题考查片剂的辅料。

片剂肠溶衣的物料有虫胶、邻苯二甲酸醋酸纤维素和丙烯酸树脂类聚合物；片剂辅料中，常用崩解剂有干燥淀粉、羧甲基纤维素钠、低取代羟丙基纤维素等；润湿剂有水、乙醇、淀粉浆等；润滑剂有疏水性及水不溶性润滑剂如滑石粉、氢化植物油，和水溶性润滑剂如聚乙二醇、十二烷基硫酸镁等。

[12～15]

A. 包粉衣层　　B. 包隔离层

C. 打光　　D. 包糖衣层

E. 片衣着色

下列片剂的包衣物料有何主要用途

12. 有色糖浆

13. 明胶浆

14. 滑石粉

15. 白蜡

答案：E B A C

解析：本题考查片剂包糖衣的物料。

片剂包糖衣的物料有：①糖浆，用于粉衣层与糖衣层；②有色糖浆，用于有色糖衣层；③胶浆，多用于包隔离层，常用品种有10%～15%明胶浆、35%阿拉伯胶浆、4%白及胶浆等，也可选用聚乙烯醇、聚乙烯吡咯烷酮、苯二甲酸醋酸纤维素溶液；④滑石粉，作为包衣粉料，用前过100目筛；⑤虫蜡（川蜡、白蜡、米心蜡），用于糖衣片打光。

三、多项选择题

16. 片剂制粒的目的是

A. 避免粉末分层

B. 避免黏冲、拉模

C. 减少片子松裂

D. 避免产生花斑

E. 增加流动性

答案：ABCDE

解析：本题考查片剂制粒的目的。

片剂制粒目的有①增加物料的流动性，使片重和含量准确；②避免粉末分层，保证片剂含量均匀；③减少细粉吸附和容存的空气，避免片剂松裂；④避免细粉飞扬及黏冲、拉模等现象。

17. 下列片剂制备时需加入崩解剂的有

A. 泡腾片

B. 长效片

C. 口含片

D. 外用溶液片

E. 舌下片

答案：AD

解析：本题考查崩解剂的应用。

崩解剂系指能促使片剂在胃肠液中迅速崩解成小粒子的辅料，以利于药物的溶出。除需要药物缓慢释放的口含片、舌下片、长效片等外，一般片剂均需加崩解剂。中药半浸膏片剂含有药材细粉，遇水后能缓缓崩解，一般不需另加崩解剂。

仿真试题

一、最佳选择题

1. 既可能引起裂片，也可能引起片重差异超限的是

A. 颗粒大小悬殊

B. 颗粒含水量过多

C. 细粉太多

D. 颗粒硬度较小

E. 混合不均匀

2. 普通片剂的崩解时限要求为

A. 15min　B. 30min

C. 45min　D. 60min

E. 120min

3. 中药片剂制备中含浸膏量大或浸膏黏性太大时宜选用的辅料为

A. 稀释剂　B. 吸收剂

C. 崩解剂　D. 黏合剂

E. 润滑剂

4. 下列常用作片剂助流剂的是

A. 淀粉

B. 乙基纤维素

C. 低取代羟丙基纤维素

D. 微粉硅胶

E. 硫酸钙

5. 按现行版《中国药典》规定，凡检查溶出度的片剂，不再进行
   A. 含量测定
   B. 崩解时限检查
   C. 含量均匀度检查
   D. 融散时限检查
   E. 片重差异检查
6. 各类片剂压片前均必须加用的辅料为
   A. 崩解剂
   B. 湿润剂
   C. 黏合剂
   D. 吸收剂
   E. 润滑剂
7. 糖衣片的崩解时限为
   A. 15min　B. 30min
   C. 45min　D. 60min
   E. 120min
8. 下列既可做填充剂，又可做崩解剂、黏合剂的是
   A. 淀粉
   B. 糊精
   C. 微粉硅胶
   D. 微晶纤维素
   E. 羧甲基纤维素钠
9. 下列片剂服用无首过作用的是
   A. 控释片　B. 缓释片
   C. 分散片　D. 舌下片
   E. 口服泡腾片
10. 当原料中含有较多挥发油的片剂制备时宜选用的辅料为
   A. 稀释剂　B. 吸收剂
   C. 崩解剂　D. 黏合剂
   E. 润滑剂
11. 泡腾颗粒剂制粒的正确方法是
   A. 药料、泡腾崩解剂分别制粒，混合后干燥
   B. 药料、崩解剂分别制粒，各自干燥后混匀
   C. 药料、泡腾崩解剂共制颗粒后干燥
   D. 药料分别制成酸性颗粒和碱性颗粒，各自干燥后混匀
   E. 药料分别制成酸性颗粒和碱性颗粒，混匀后干燥
12. 下列关于淀粉的叙述不正确的是
   A. 在水中加热到62～72℃时可糊化
   B. 不溶于冷水和乙醇
   C. 可用作稀释剂、吸收剂、崩解剂
   D. 可压性很好，能用于全粉末压片
   E. 与酸或碱在潮湿或加热条件下可逐渐水解
13. 片剂制备中若制颗粒用黏合剂用量过多会出现的问题是
   A. 裂片
   B. 花斑
   C. 崩解时间超限
   D. 片重差异超限
   E. 片剂硬度不够
14. 溶液片制备时，常选用的润滑剂是
   A. 滑石粉
   B. 聚乙二醇
   C. 微晶硅胶
   D. 微晶纤维素
   E. 硬脂酸镁
15. 因成本高而没有在我国广泛使用的优良填充剂是
   A. 甘露醇
   B. 乳糖

C. 可溶性淀粉

D. 糊精

E. 可压性淀粉

16. 在制备纤维性较强药物的片剂时宜选用的黏合剂是

A. 水　　B. 乙醇

C. 淀粉浆　　D. 糖浆

E. 微晶纤维素

17. 压片时用的润滑剂应在哪个过程中加入

A. 制粒时

B. 药物粉碎时

C. 颗粒干燥时

D. 颗粒整粒后

E. 混入到其他辅料中

18. 不宜以细粉直接压片的是

A. 毒性药

B. 贵重药

C. 含淀粉较多的药材

D. 含纤维较多的药材

E. 受热有效成分易破坏的药材

19. 片剂制备中目前多采用下列何种混合辅料来代替乳糖

A. 淀粉、糖粉、糊精（7∶2∶1）

B. 淀粉、糊精、糖粉（7∶5∶1）

C. 淀粉、糊精、糖粉（7∶1∶1）

D. 淀粉、糊精、甘露醇（5∶1∶1）

E. 淀粉、糊精、糖粉（5∶1∶1）

20. 片剂制备过程中常与糊精配合使用的填充剂是

A. 可压性淀粉

B. 淀粉

C. 糖粉

D. 磷酸氢钙

E. 甘露醇

21. 乙醇作为润湿剂一般采用的浓度是

A. 90% 以上

B. 70% ~90%

C. 30% ~70%

D. 20% ~60%

E. 20% 以下

22. 下列为水溶性润滑剂的是

A. 硬脂酸镁

B. 微粉硅胶

C. 聚乙二醇

D. 滑石粉

E. 微晶纤维素

23. 下列作为咀嚼片的主要稀释剂是

A. 淀粉　　B. 乳糖

C. 甘露醇　　D. 糊精

E. 碳酸钙

24. 包糖衣时，可以视具体情况不包的是

A. 粉衣层

B. 隔离层

C. 糖衣层

D. 有色糖衣层

E. 打光

25. 包糖衣若出现片面裂纹是什么原因造成的

A. 温度高干燥速度太快

B. 片心未干燥

C. 包糖衣层时最初几层没有层层干燥

D. 胶液层水分进入到片心

E. 有色糖浆用量过少

26. 《中国药典》2005 年版一部中，阴道片的特殊检查项目是

A. 熔化性试验

B. 硬度检查
C. 微生物检查
D. 融变时限检查
E. 含量均匀度检查

27. 下列赋形剂黏性最大的是
A. 50% 的糖浆
B. 15% 的阿拉伯胶浆
C. 8% 的淀粉浆
D. 70% 的乙醇
E. 饴糖

28. 需要进行含量均匀度检查的是
A. 小剂量片剂
B. 含有浸膏药物的片剂
C. 含有易溶性成分的片剂
D. 不易混匀的物料
E. 含有挥发性药物的片剂

29. 用于包衣的片心形状应为
A. 平顶形
B. 浅弧形
C. 深弧形
D. 扁形
E. 无要求

30. 可用作片剂辅料中崩解剂的是
A. 乙基纤维素
B. 阿拉伯胶
C. 羧甲基淀粉钠
D. 滑石粉
E. 糊精

31. 淀粉浆作为黏合剂，最常用的浓度是
A. 10%　　B. 20%
C. 30%　　D. 25%
E. 40%

32. 硬脂酸镁作润滑剂一般用量为
A. 0.3% ~1%
B. 0.1% ~0.3%
C. 1% ~3%
D. 3% ~5%
E. 5% 以上

33. 下列可以作为肠溶衣物料的是
A. 卡波姆
B. 丙烯酸树脂Ⅱ号
C. MC
D. PEG
E. PVP

34. 压片时，冲头和模圈上常有细粉黏着，使片剂表面不光、不平和有凹痕，称为
A. 脱壳　　B. 裂片
C. 迭片　　D. 黏冲
E. 松片

35. 包糖衣时包粉衣层的目的是
A. 使片面消失原有棱角
B. 增加片剂硬度
C. 有利于药物溶出
D. 片心稳定性增强
E. 使片剂美观

36. 包糖衣中打光所用的物料是
A. 胶浆　　B. CAP
C. 虫蜡　　D. 滑石粉
E. 糊精

37. 穿心莲内酯片属于
A. 浸膏片
B. 半浸膏片
C. 全粉末片
D. 提纯片
E. 干法制粒压片

38. 适用于中药全浸膏片浓缩液直接制粒的是

A. 挤出制粒法
B. 湿法混合制粒
C. 喷雾干燥制粒法
D. 流化喷雾制粒法
E. 干法制粒

39. 下述药物可采用水作润湿剂的是
A. 不耐热的药物
B. 易溶于水的药物
C. 易水解的药物
D. 具有一定黏性药物
E. 以上均不是

40. 崩解剂加入方法不同而致药物崩解速度不同，下列排序正确的是
A. 外加法 > 内加法 > 内、外加法
B. 外加法 > 内、外加法 > 内加法
C. 内加法 > 外加法 > 内、外加法
D. 内加法 > 内、外加法 > 外加法
E. 内、外加法 > 外加法 > 内加法

二、配伍选择题

[41 ~44]
A. 打粉
B. 煎煮浓缩成膏
C. 单提挥发油或双提法
D. 提取单体
E. 制成醇浸膏

41. 制片剂时，处方中的荆芥穗、薄荷的处理方法为
42. 制片剂时，处方中的淮山药、天花粉的处理方法为
43. 制片剂时，处方中的牛黄、雄黄的处理方法为
44. 制片剂时，处方中的大腹皮、磁石的处理方法为

[45 ~48]
A. 溶液片　　B. 分散片
C. 泡腾片　　D. 多层片
E. 口含片

符合以下片剂剂型特点的片剂是
45. 比普通片大而硬，多用于口腔及咽喉疾患
46. 可避免复方制剂中不同药物之间的配伍变化
47. 含有高效崩解剂及水性高黏度膨胀材料的片剂
48. 临用前用缓冲液溶解后使用的片剂

[49 ~52]
A. 裂片
B. 黏冲
C. 片重差异超限
D. 崩解迟缓
E. 松片

49. 压片时颗粒粗细相差悬殊可以引起
50. 压片时颗粒质地过松可以引起
51. 冲模表面粗糙可以引起
52. 压片时黏合剂用量过多可以引起

[53 ~56]
A. 5min　　B. 15min
C. 30min　　D. 60min
E. 120min

《中国药典》2005 年版一部中规定，下列各片剂的崩解时限分别为
53. 药材原粉片崩解时限为
54. 泡腾片崩解时限为
55. 糖衣片崩解时限为
56. 舌下片崩解时限为

三、多项选择题

57. 中药半浸膏片制备时，适合作为粉料

的处方药材是
A. 含淀粉较多的药材
B. 用量极少的贵重药
C. 黏性大或质地坚硬的药材
D. 纤维性强、质地泡松的药材
E. 受热有效成分易破坏的药材

58. 某中药片含油较多，应选用哪些赋形剂
A. 硫酸钙二水物
B. 硬脂酸镁
C. 虫胶
D. 氧化镁
E. 磷酸氢钙

59. 舌下片的特点
A. 属于黏膜给药方式
B. 可以避免肝脏的首过作用
C. 局部给药发挥全身治疗作用
D. 一般片大而硬，味道适口
E. 吸收迅速显效快

60. 片剂的制备需要加入的辅料有
A. 填充剂　B. 防腐剂
C. 抗黏附剂　D. 润湿剂
E. 黏合剂

61. 需要加入稀释剂以下的情况是
A. 主药剂量小于 0.1g
B. 含浸膏量较多
C. 浸膏黏性太大
D. 含有较多的挥发油
E. 含有较多的液体成分

62. 片剂中加入润滑剂的目的是
A. 降低颗粒间的摩擦力
B. 降低颗粒与冲模间的摩擦力
C. 减少片重差异
D. 保持片面光洁
E. 有一定促进崩解的作用

63. 制备片剂的方法有
A. 干颗粒压片法
B. 湿颗粒压片法
C. 粉末直接压片法
D. 滚压法
E. 重压法

64. 下列可引起裂片的原因有
A. 黏合剂的用量不足或黏性不够强
B. 油类成分过多
C. 药物疏松，弹性过大
D. 压力过大
E. 压片机转速过快

65. 片剂包衣的种类有
A. 糖衣
B. 薄膜衣
C. 半薄膜衣
D. 肠溶衣
E. 朱砂衣

66. 片剂制备过程中对干颗粒的要求包括
A. 主药含量符合要求
B. 颗粒的粒度由片重、片径来选择
C. 颗粒应由粗细不同的层次组成
D. 含水量一般为 3% ~5%
E. 颗粒的松紧度以手指轻捻能碎成有粗糙感的细粉为宜

67. 可作为薄膜衣物料的有
A. 糖浆
B. 明胶浆
C. 丙烯酸树脂
D. 甘油
E. 虫胶

68. 片剂包隔离层
A. 可以增加衣层的牢固性

B. 使片心失去棱角
C. 片心含酸性药物必须包隔离层
D. 片心含吸潮性成分必须包隔离层
E. 包衣物料为胶浆和少量滑石粉

69. 下列关于崩解时限检查叙述正确的是
A. 含化片、咀嚼片不检查崩解时限
B. 肠溶衣片不检查崩解时限
C. 薄膜衣片检查采用的介质为盐酸溶液（9→1000ml）
D. 崩解仪所用筛网口径为2mm
E. 泡腾片崩解时限的检查水温为15～25℃

70. 可能引起片剂压片时黏冲的原因有
A. 颗粒太潮
B. 室内湿度过大
C. 室内温度过高
D. 润滑剂用量不足
E. 片剂中浸膏含量过多

71. 中药片剂的缺点是
A. 剂量不准确
B. 儿童及昏迷患者不易吞服
C. 含挥发性成分的片剂储存较久含量可能下降
D. 生产自动化程度不高
E. 生物利用度比胶囊剂、散剂差

72. 中药片剂按其原料特性的不同可分为
A. 提纯片
B. 全粉末片
C. 全浸膏片
D. 半浸膏片
E. 口服片剂

73. 崩解剂的加入方法有
A. 与处方粉末混合在一起制成颗粒
B. 与已干燥的颗粒混合后压片
C. 部分与处方粉料混合在一起制粒，部分加在干燥的颗粒中，混匀压片
D. 溶解在黏合剂内加入
E. 制成溶液后喷入

74. 制备片剂时，属于干法制粒的方法是
A. 流化喷雾制粒
B. 滚压法
C. 挤出制粒
D. 滚转法
E. 重压法

75. 崩解剂促进崩解的机理有
A. 产气作用
B. 吸水膨胀
C. 酶解作用
D. 薄层绝缘作用
E. 毛细管作用

76. 在片剂中除规定有崩解时限外，对以下哪种情况还要进行溶出度测定
A. 含有在消化液中难溶的药物
B. 与其他成分容易发生相互作用的药物
C. 久贮后溶解度降低的药物
D. 提纯物
E. 剂量小，药效强，副作用大的药物

77. 包衣一般是为了达到以下哪些目的
A. 控制药物在胃肠道的释放部位
B. 控制药物在胃肠道中的释放速度
C. 掩盖苦味或不良气味
D. 防潮，避光，隔离空气以增加药物的稳定性
E. 防止松片现象

78. 片剂质量的要求是

A. 含量准确，重量差异小
B. 小剂量的药物或作用比较剧烈的药物，应符合含量均匀度的要求
C. 崩解时限或溶出度符合规定
D. 色泽均匀，完整光洁，硬度符合要求
E. 片剂大部分经口服用，不进行细菌学检查

参考答案

一、最佳选择题

1. C 2. B 3. A 4. D 5. B 6. E 7. D 8. A 9. D
10. B 11. D 12. D 13. C 14. B 15. B 16. D 17. D 18. D
19. C 20. B 21. C 22. C 23. C 24. B 25. A 26. D 27. B
28. A 29. C 30. C 31. A 32. A 33. B 34. D 35. A 36. C
37. D 38. C 39. D 40. E

二、配伍选择题

[41～44] C A A B [45～48] E D B A
[49～52] C E B D [53～56] C A D A

三、多项选择题

57. ABE 58. ABDE 59. ABCE 60. ACDE 61. ABC
62. ABCD 63. ABC 64. ABCDE 65. ABCD 66. ABCDE
67. CDE 68. CDE 69. ACDE 70. ABCDE 71. BCE
72. ABCD 73. ABC 74. BE 75. ABCE 76. ABCE
77. ABCD 78. ABCD

第十五单元　气 雾 剂

考点分级

★★★★★

气雾剂的特点与分类；吸入气雾剂的吸收及影响因素；气雾剂的组成；抛射剂的作用和品种；气雾剂的制备工艺流程。

★★★★★

耐压容器要求；气雾剂的质量要求与检查。

★★★

气雾剂阀门系统的组成。

重要知识点串讲

一、气雾剂的特点与分类

1. 特点

（1）优点：①具有速效和定位作用；②提高了药物稳定性；③给药剂量准确，副作用较小；④可减少局部涂药的疼痛与感染，同时避免了胃肠道给药的副作用。

（2）缺点：①生产成本高；②具有一定的内压；③多次使用在受伤皮肤上，可引起不适；④中药气雾剂因复方成分提纯较困难、含量测定难度大，可能影响给药剂量的准确性。

2. 分类

(1) 按分散系统分类：①溶液型气雾剂；②混悬型气雾剂；③乳剂型气雾剂。

(2) 按相的组成分类：①二相气雾剂；②三相气雾剂。

(3) 按医疗用途分类：①呼吸道吸入气雾剂；②皮肤和黏膜用气雾剂；③空间消毒气雾剂。

二、吸入气雾剂的吸收及影响因素

1. 主要吸收部位：肺泡。

2. 影响吸入气雾剂中药物吸收的因素

①药物的脂溶性及分子大小；②吸入气雾剂雾滴的粒径。

三、气雾剂的组成

由药物与附加剂、抛射剂、耐压容器和阀门系统组成。

1. 常用附加剂：①潜溶剂；②表面活性剂；③抗氧剂、助悬剂、防腐剂、矫味剂等。

2. 抛射剂

(1) 抛射剂性质：抛射剂为低沸点物质，常温下蒸气压大于大气压。

(2) 常用的抛射剂：①氟氯烷烃类；②碳氢化合物和压缩惰性气体。

四、气雾剂的制备

容器、阀门系统的处理与装配→中药的提取、配制与分装→充填抛射剂→质检→成品。

抛射剂的充填：①压灌法；②冷灌法。

五、气雾剂的质量检查项目

1. 非定量阀门气雾剂的检查项目

喷射速率、喷出总量、粒度（混悬型气雾剂）、无菌（用于烧伤或严重损伤的气雾剂）、微生物限度。

2. 定量阀门气雾剂的检查项目

每瓶总揿次、每揿喷量或每揿主药含量、粒度（混悬型气雾剂）、无菌（用于烧伤或严重损伤的气雾剂）、微生物限度。

历年真题与解析

一、最佳选择题

1. 下列有关气雾剂的叙述，正确的是

A. 吸入气雾剂主要起局部治疗作用

B. 抛射剂可产生抛射力，亦常为气雾剂的溶剂和稀释剂

C. 气雾剂按相的组成可分为一相及二相气雾剂

D. 气雾剂按分散系统可分为溶液型及混悬型气雾剂

E. 含水气雾剂产品可采用压灌法或冷灌法充填抛射剂

答案：B

解析：本题考查气雾剂的特点、分类和制备方法。

气雾剂的特点具有速效和定位作用、提高药物稳定性、副作用较小等特点；气雾剂的分类按分散系统可分为溶液型气雾剂、混悬型气雾剂和乳剂型气雾剂，按相的组成可分为二相气雾剂、三相气雾剂，按医疗用途可分为呼吸道吸入气雾剂、皮肤和黏膜用气雾剂、空间消毒气雾剂；气雾剂中抛射剂的充填有压灌法和冷灌法，压灌法为国内目前的主要制法，而含水产品不宜采用冷灌法。

2. 有关气雾剂的叙述中，错误的为

A. 抛射剂在耐压的容器中产生压力

B. 抛射剂是气雾剂中药物的溶剂

C. 抛射剂是气雾剂中药物的稀释剂

D. 抛射剂是一类高沸点物质

E. 抛射剂在常温下蒸气压大于大气压

答案：D

解析：本题考查气雾剂中抛射剂的性质与作用。

气雾剂的抛射剂为低沸点物质，常温下蒸气压大于大气压；当阀门打开时，抛射剂急剧气化产生压力，克服液体分子间的引力，将药物分散成雾状微粒喷射出来；抛射剂亦常是气雾剂的溶剂和稀释剂。

3. 下列奏效最快的剂型是

A. 栓剂　　B. 片剂

C. 丸剂　　D. 吸入气雾剂

E. 胶囊剂

答案：D

解析：本题考查气雾剂的特点。

气雾剂喷出物为雾滴或雾粒，可直达吸收或作用部位，奏效迅速；同时，还提高了药物稳定性，减少局部涂药的疼痛与感染，同时避免了胃肠道给药的副作用，给药剂量准确等。

二、多项选择题

4. 有关气雾剂中药物吸收影响因素的叙述，正确的有

A. 吸入给药时，药物的吸收速度与药物的脂溶性大小成反比

B. 吸入给药时，药物的吸收速度与药物的分子大小成反比

C. 起局部治疗作用的气雾剂，雾滴的粒径一般以 3 ~ 10μm 为宜

D. 发挥全身作用的吸入气雾剂，雾滴的粒径一般以 0.5 ~ 1μm 为宜

E. 发挥全身作用的吸入气雾剂，雾滴的粒径越小越好

答案：BCD

解析：本题考查影响气雾剂中药物吸收的因素。

影响气雾剂中药物吸收的因素有：①药物的吸收速度与药物的脂溶性大小成正比，与药物的分子大小成反比；②吸入气雾剂雾滴的粒径，雾滴过粗药物易沉着在口腔，咽部及呼吸器官的各部位腔道中，粒子过小，吸入后又可随呼气排出。一般起局部作用，粒子以 3 ~ 10μm 大小为宜；发挥全身作用，粒径应在 0.5 ~ 1μm 之间。

5. 有关气雾剂的叙述正确的有

A. 使用方便，避免对胃肠道的刺激

B. 可直接到达作用部位

C. 不易被微生物污染

D. 难以控制准确剂量

E. 对包装要求较高

答案：ABCE

解析：气雾剂的特点是：①具有速效和定位作用；②制剂的稳定性高；③给药剂量准确，副作用小；④无局部用药的刺激性；⑤气雾剂所需的耐压容器、阀门系统和生产设备等成本高，若封装不严，抛射剂渗漏后药物无法喷出。

仿真试题

一、最佳选择题

1. 下列关于气雾剂的概念叙述正确的是
   A. 系指药物与适宜抛射剂装于具有特制阀门系统的耐压容器中而制成的制剂
   B. 是借助于手动泵的压力将药液喷成雾状的制剂
   C. 系指微粉化药物与载体以胶囊、泡囊或高剂量储库形式，采用特制的干粉吸入装置，由患者主动吸入雾化药物的制剂
   D. 指微粉化药物与载体以胶囊、泡囊储库形式装于具有特制阀门系统的耐压密封容器中而制成的制剂
   E. 指药物与适宜抛射剂采用特制的干粉吸入装置，由患者主动吸入雾化药物的制剂
2. 二相气雾剂为
   A. 溶液型气雾剂
   B. O/W 乳剂型气雾剂
   C. W/O 乳剂型气雾剂
   D. 混悬型气雾剂
   E. 吸入粉雾剂
3. 吸入型气雾剂药物的主要吸收部位是
   A. 肺泡　　B. 气管
   C. 支气管　　D. 细支气管
   E. 咽喉
4. 我国规定自何时起生产外用气雾剂停止使用氟利昂为抛射剂
   A. 2010 年 1 月 1 日
   B. 2006 年 7 月 1 日
   C. 2007 年 7 月 1 日
   D. 2008 年 7 月 1 日
   E. 2007 年 1 月 1 日
5. 气雾剂雾滴的大小，影响其在呼吸道不同部位的沉积，一般起局部作用的粒子
   A. 以 0.5 ~ 1μm 大小为宜
   B. 以 1 ~ 2μm 大小为宜
   C. 以 2 ~ 3μm 大小为宜
   D. 以 3 ~ 10μm 大小为宜
   E. 以 5 ~ 12μm 大小为宜
6. 决定气雾剂每次用药剂量的因素是
   A. 药物的量
   B. 附加剂的量
   C. 抛射剂的量
   D. 耐压容器的容积
   E. 定量阀门的容积
7. 气雾剂雾滴的大小，影响其在呼吸道不同部位的沉积，一般发挥全身作用的粒子
   A. 以 0.5 ~ 1μm 大小为宜
   B. 以 1 ~ 2μm 大小为宜
   C. 以 2 ~ 3μm 大小为宜
   D. 以 3 ~ 10μm 大小为宜
   E. 以 5 ~ 12μm 大小为宜
8. 气雾剂中喷射药液的动力是

A. 抛射剂
B. 潜溶剂
C. 耐压容器
D. 定量阀门
E. 表面活性剂

二、配伍选择题

[9～10]
A. 氟氯烷烃
B. 丙二醇
C. PVP
D. 枸橼酸钠
E. PVA
9. 气雾剂中的抛射剂
10. 气雾剂中的潜溶剂
[11～14]
A. 溶液型气雾剂
B. 乳剂型气雾剂
C. 喷雾剂
D. 混悬型气雾剂
E. 吸入粉雾剂
11. 二相气雾剂
12. 借助于手动泵的压力将药液喷成雾状的制剂
13. 采用特制的干粉吸入装置，由患者主动吸入雾化药物的制剂
14. 泡沫型气雾剂

三、多项选择题

15. 气雾剂制备中，采用冷灌法充填抛射剂的特点包括
A. 生产速度快
B. 不受阀门的影响
C. 容器中空气易排出
D. 含水产品不宜采用本法
E. 在低温条件下操作，抛射剂消耗小
16. 下列有关气雾剂的叙述，正确的有
A. 按分散系统可分为溶液型、混悬型、乳剂型
B. 耐压容器必须性质稳定、耐压、价廉、轻便
C. 阀门系统的精密度直接影响气雾剂给药剂量的准确性
D. 压灌法填充抛射剂，容器中空气无法排出
E. 气雾剂只能发挥局部作用
17. 气雾剂中抛射剂应具备的条件有
A. 沸点高
B. 常温下蒸气压大于大气压
C. 无致敏性
D. 无刺激性
E. 性质稳定
18. 气雾剂的组成部分包括
A. 抛射剂
B. 药物与附加剂
C. 囊材
D. 耐压容器
E. 阀门系统
19.《中国药典》2005 年版规定，气雾剂的质量要求及质量检查包括
A. 喷射速率
B. 喷出总量
C. 吸入用气雾剂应作粒度检查
D. 容器和阀门检查
E. 泄漏检查
20. 气雾剂的操作过程主要包括
A. 耐压容器的处理

B. 阀门各部件的处理

C. 阀门各部件的装配

D. 药物的配制

E. 抛射剂的填充

21. 气雾剂充填抛射剂的方法有

A. 冷灌法　B. 热压法

C. 压灌法　D. 减压法

E. 水灌法

22. 有关气雾剂容器的叙述正确的有

A. 不与药物、抛射剂起作用

B. 能安全承受成品的压力

C. 可用一般的玻璃瓶

D. 可用不锈钢瓶

E. 可用耐压塑料瓶

23. 有关抛射剂的叙述中，正确的为

A. 抛射剂在常温下蒸气压大于大气压

B. 抛射剂是一些压缩气体

C. 抛射剂是气雾剂中药物的稀释剂

D. 抛射剂是一类低沸点物质

E. 抛射剂是气雾剂中药物的溶剂

24. 气雾剂的附加剂有

A. 潜溶剂　B. 防腐剂

C. 抗氧剂　D. 增塑剂

E. 增稠剂

25.《中国药典》2005 年版一部中规定，成品需进行药物粒度测定的是

A. 喷雾剂

B. 外用气雾剂

C. 泡沫气雾剂

D. 溶液型气雾剂

E. 吸入用混悬型气雾剂

参考答案

一、最佳选择题

1. A　2. A　3. A　4. C　5. D　6. E　7. A　8. A

二、配伍选择题

[9～10] A B　[11～14] A C E B

三、多项选择题

15. ABCD　16. ABCD　17. BCDE　18. ABDE　19. ABCDE
20. ABCDE　21. AB　22. ABDE　23. ACDE　24. ABC
25. AE

第十六单元　其他剂型

考点分级

★★★★★

胶剂、膜剂的特点、分类及制备方法；胶剂原、辅料的种类与选用；膜剂常用的成膜材料及辅料。

★★★★★

涂膜剂常用的成膜材料及制备。

★★★

锭剂、灸剂、线剂、熨剂、糕剂、丹剂、条剂、钉剂与棒剂的含义与特点。

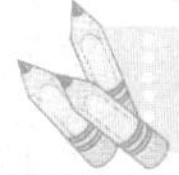

重要知识点串讲

一、胶剂

（一）特点：有滋补强壮作用，皮胶类补血、角胶类温阳、甲胶类侧重滋阴及活血祛风。

（二）分类（按其原料来源分）

1. 皮胶类；2. 角胶类；3. 骨胶类；4. 甲胶类；5. 其他胶类。

（三）制备

1. 原料的种类与选用：①皮类；②角类；③甲类；④骨类。

2. 辅料的种类与选用：①冰糖；②酒；③油类；④明矾；⑤阿胶。

3. 制备工艺流程

原料和辅料的选择→原料的处理→煎取胶汁→滤过去渣、澄清、浓缩收胶→凝胶切块→干燥与包装。

二、膜剂

（一）特点

1. 优点：①生产工艺简单；②使用方便，适于多种给药途径；③可制成不同释药速度的制剂；④药物含量准确、稳定性好；⑤多层膜剂可避免配伍禁忌；⑥便于携带、运输和贮存。

2. 缺点：不适用于剂量较大的药物制剂，应用有一定的局限性。

（二）成膜材料及辅料

1. 常用成膜材料：聚乙烯醇等

2. 常用辅料

（1）增塑剂

（2）其他辅料：①着色剂；②遮光剂；③矫味剂；④填充剂；⑤表面活性剂。

（三）制备：涂膜法

溶浆→加药、匀浆（脱泡）→制膜→干燥、灭菌→分剂量→包装。

历年真题与解析

一、最佳选择题

1. 胶剂制备的一般工艺流程为

A. 原料的选择→煎取胶汁→浓缩吸胶→凝胶与切胶→干燥包装

B. 原料粉碎→煎取胶汁→浓缩吸收→凝胶与切胶→干燥包装

C. 原料的选择与处理→煎取胶汁→滤过澄清→浓缩收胶→凝胶切胶→干燥包装

D. 原料的选择与处理→煎取胶汁→滤过澄清→浓缩→切胶→干燥包装

E. 原料的选择与处理→煎取胶汁→滤过澄清→凝胶切胶→干燥包装

答案：C

解析：本题考查胶剂的制备工艺。

胶剂制备工艺流程是：原料和辅料的选择→原料的处理→煎取胶汁→滤过去渣、澄清、浓缩收胶→凝胶切块→干燥与包装。

2.《中国药典》2005 年版规定，胶剂水分限度为

A. 10%

B. 12%

C. 15%

D. 8%

E. 18%

答案：C

解析：本题考查胶剂质量要求中含水量的规定。

《中国药典》2005 年版规定胶剂水分限度为 15%。

3. 下列膜剂的成膜材料中，其成膜性、抗拉强度、柔韧性、吸湿性及水溶性最好的为

A. 基乙烯吡啶衍生物

B. 玉米朊

C. 聚乙烯胺类

D. 聚乙烯醇

E. 阿拉伯胶

答案：D

解析：本题考查成膜材料的性质。

膜剂常用的成膜材料有聚乙烯醇（PVA）、纤维素衍生物、淀粉、纤维素、明胶、白及胶等，最常用的是聚乙烯醇，将不同型号的 PVA 混合使用，就能得到成膜性、抗拉强度、柔韧性、吸湿性及水溶性等性能优良的膜剂。

二、配伍选择题

[4 ~7]

A. 线剂　　B. 糕剂

C. 丹剂　　D. 条剂

E. 钉剂

4. 是指以汞以及某些矿物药在高温条件下烧制成不同结晶形状的汞的无机化合物

5. 是指将丝线或棉线，置药液中先浸后煮，经干燥制成的一种外用制剂

6. 是指药材细粉与米粉，蔗糖等蒸制成的块状制剂

7. 是指将药物细粉或药膏粘附在桑皮纸捻成的细条上的一种外用剂型

答案：C　A　B　D

解析：本题考查相关剂型的概念。

丹剂是指以汞以及某些矿物药在高温条件下烧制成不同结晶形状的汞的无机化合物；线剂是指将丝线或棉线，置药液中先浸后煮，经干燥制成的一种外用制剂；糕剂是指药材细粉与米粉，蔗糖等蒸成的块状制剂；条剂是指将药物细粉或药膏粘附在桑皮纸捻成的细条上的一种外用剂型；钉剂系指药物细粉加糯米粉混匀后加水、加热制成软材，经分剂量，搓制成细长而两端尖锐如钉的外用固体剂型。

[8～11]

A. 黄酒　　B. 麻油

C. 冰糖　　D. 明矾

E. 水

8. 胶剂制备中加入起降低黏性、便于切胶的作用

9. 胶剂制备中加入起增加透明度作用

10. 胶剂制备时加入起沉淀杂质的作用

11. 胶剂制备时加入起矫味、矫臭作用

答案：B　C　D　A

解析：本题考查胶剂辅料的种类与选用。

胶剂的辅料有①冰糖：有矫味，增加胶剂的硬度和透明度的作用，也可以用白糖代替；②酒：多用黄酒，有矫臭矫味的作用，且收胶时有利于气泡逸散；③油类：常用的是花生油、豆油、麻油三种，能降低胶之黏性，便于切胶，且在浓缩收胶时，锅内气泡也容易逸散，起消泡作用；④明矾：可沉淀胶液中的泥土等杂质，使胶块成型后，具有洁净的澄明度；⑤阿胶：可增加黏度，易于凝固成型，并协助发挥疗效。

三、多项选择题

12. 以下对膜剂的叙述正确的有

A. 生产工艺简单，易于自动化和无菌操作

B. 体积小，重量轻

C. 药物含量不准确

D. 可制成不同释药速度的制剂

E. 制成多层膜剂可避免配伍禁忌

答案：ABDE

解析：本题考查膜剂的特点。

膜剂的特点：①生产工艺简单，易于自动化和无菌操作；②使用方便，适于多种给药途径；③可制成不同释药速度的制剂；④药物含量准确、稳定性好；⑤制成多层

膜剂可避免配伍禁忌；⑥体积小，重量轻，便于携带、运输和贮存。

仿真试题

一、最佳选择题

1. 下列中，为丹剂是
   A. 大活络丹 B. 玉枢丹
   C. 红升丹 D. 化癖丹
   E. 化针丹
2. 膜剂的厚度一般不超过
   A. 0.25mm B. 0.50mm
   C. 0.75mm D. 1.0mm
   E. 1.5mm
3. 二氧化钛在膜剂中起的作用为
   A. 增塑剂 B. 着色剂
   C. 遮光剂 D. 填充剂
   E. 脱膜剂
4. 正确论述膜剂的是
   A. 只能外用
   B. 多采用热熔法制备
   C. 最常用的成膜材料是聚乙二醇
   D. 可以加入矫味剂，如甜菊苷
   E. 为释药速度单一的制剂
5. 下列多用于眼科的是
   A. 锭剂 B. 棒剂
   C. 条剂 D. 灸剂
   E. 酊剂
6. 山梨醇在膜剂中作为
   A. 填充剂 B. 成膜材料
   C. 脱模剂 D. 增塑剂
   E. 润湿剂
7. 膜剂的制备多采用
   A. 摊涂法 B. 热熔法
   C. 溶剂法 D. 涂膜法
   E. 化学法
8. 升丹的主要成分是
   A. 氧化汞 B. 三氧化二砷
   C. 氯化汞 D. 氯化亚汞
   E. 盐酸
9. 下列关于丹剂的陈述，正确的是
   A. 丹剂指用汞及某些矿物药，在高温条件下经烧炼制成的不同结晶形状的有机化合物
   B. 丹剂指用汞及某些矿物药，在高温条件下经烧炼制成的不同结晶形状的无机化合物
   C. 丹剂主要用于中医外科和中医内科
   D. 大活络丹、玉枢丹都是丹剂
   E. 丹剂按其制备方法不同可分为升丹、降丹、塑制丹
10. 下列可以用塑制法制备的剂型是
   A. 锭剂 B. 烟剂
   C. 条剂 D. 丹剂
   E. 线剂
11. 在膜剂处方中作脱膜剂的是
   A. 甘油 B. SiO_2
   C. 液体石蜡 D. EVA
   E. 豆磷脂
12. 在膜剂处方中作增塑剂的是

A. 甘油

B. SiO_2

C. 液体石蜡

D. EVA

E. 豆磷脂

13. 胶剂制备中的驴皮何时宰杀剥取质量最好

A. 春季　　B. 夏季

C. 秋季　　D. 冬季

E. 没有季节要求

14. 将胶片装入石灰箱内密闭闷的作用是

A. 避免成品塌顶

B. 促进胶块内部化学反应

C. 使内部水分向胶块表面扩散

D. 闷胶时用石灰杀菌

E. 便于印字

15. 膜剂的制备工艺流程为

A. 加药、匀浆→溶浆→制膜→脱泡→干燥、灭菌→分剂量→包装

B. 加药、匀浆→溶浆→脱泡→制膜→干燥、灭菌→分剂量→包装

C. 溶浆→加药、匀浆→脱泡→制膜→干燥、灭菌→分剂量→包装

D. 溶浆→加药、匀浆→制膜→脱泡→干燥、灭菌→分剂量→包装

E. 溶浆→加药、匀浆→制膜→干燥、灭菌→脱泡→分剂量→包装

16. 下列既可内服，又可外用的剂型是

A. 膜剂　　B. 丹剂

C. 灸剂　　D. 熨剂

E. 烟熏剂

17. 可作为涂膜剂的溶剂的是

A. 乙醇

B. 丙三醇

C. 三氯甲烷

D. 聚乙二醇

E. 邻苯二甲酸二丁酯

18. 胶剂突出的优点是

A. 补气作用

B. 活血作用

C. 滋补作用

D. 祛风作用

E. 滋阴作用

二、配伍选择题

［19～22］

A. 成膜材料　　B. 遮光剂

C. 抗氧剂　　D. 填充剂

E. 增塑剂

下述膜剂处方组成中各成分的作用是

19. PVA

20. 白及胶

21. 碳酸钙

22. 淀粉

［23～26］

A. 具有温热刺激作用

B. 活血通络、发散风寒作用

C. 腐蚀、收敛作用，常用于眼科

D. 引流脓液，拔毒去腐，生肌敛口作用

E. 轻微腐蚀，机械扎紧作用

23. 线剂系

24. 棒剂系

25. 熨剂系

26. 灸剂系

三、多项选择题

27. 膜剂的特点有

A. 适用于任何剂量的制剂
B. 可制成不同释药速度的制剂
C. 含量准确
D. 便于携带、运输和贮存
E. 生产工艺简单

28.《中国药典》2005 年版规定，膜剂的质量要求与检查包括
A. 重量差异
B. 含量均匀度
C. 微生物限度检查
D. 黏着强度
E. 外观

29. 下列属于丹剂的药物有
A. 紫血丹　B. 红升丹
C. 轻粉　D. 白降丹
E. 仁丹

30. 下列作为膜剂的附加剂的有
A. 糖浆剂　B. 增塑剂
C. 着色剂　D. 填充剂
E. 矫味剂

31. 下列为膜剂成膜材料
A. 聚乙烯醇
B. 聚乙二醇
C. EVA
D. 甲基纤维素
E. 淀粉

32. 胶剂的原料有
A. 皮类
B. 角类
C. 龟甲
D. 鳖甲
E. 骨类

33. 膜剂的给药途径有
A. 口服　B. 口含
C. 舌下　D. 皮肤
E. 眼用

34. 下列叙述正确的有
A. 茶剂需含茶
B. 熨剂的原料为铁砂
C. 灸剂的原料为艾叶
D. 海绵剂原料为输液胶
E. 海绵剂应有较强的吸水性，并且应无菌

35. 下列关于胶剂的叙述，正确的是
A. 胶剂的主要成分为动物胶原蛋白及其水解产物
B. 胶剂的制备流程为煎取胶汁、过滤澄清、浓缩收胶、凝胶切胶
C. 胶液在 8～12℃，经 12～24h 凝成胶块，此过程称为胶凝
D. 提高干燥介质的温度和流速可增大干燥速度
E. 用自来水微湿的布拭干胶表面使之光泽

36. 膜剂理想的成膜材料应
A. 无刺激性、无致畸、无致癌等
B. 在体内能被代谢或排泄
C. 与药物不起作用
D. 成膜性、脱膜性较好
E. 在体温下易软化、熔融或溶解

37. 有关露剂的叙述正确的有
A. 露剂也称药露
B. 需调节适宜的 pH 值
C. 不能加防腐剂
D. 属溶液型液体药剂
E. 露剂系指含挥发性成分的药材用水蒸气蒸馏制成的芳香水剂

38. 胶剂制备中加油类辅料的目的是

A. 矫味作用
B. 降低胶块的黏度
C. 增加胶剂的透明度
D. 沉淀胶液中的泥沙杂质
E. 在浓缩收胶时，起消泡作用

参考答案

一、最佳选择题

1. C　2. D　3. C　4. D　5. B　6. D　7. D　8. A　9. B
10. A　11. C　12. A　13. D　14. C　15. C　16. A　17. A　18. C

二、配伍选择题

[19～22] A　A　D　D　[23～26] E　C　B　A

三、多项选择题

27. BCDE　28. ABCE　29. BCD　30. BCDE　31. ADE
32. ABCDE　33. ABCDE　34. BCE　35. ABC　36. ABCD
37. ABDE　38. BE

第十七单元　药物新型给药系统与制剂新技术

考点分级

★★★★★

缓释制剂、控释制剂、靶向制剂的特点与类型；β - 环糊精包合技术的作用和制备；微型包囊技术的特点与应用；常用的包囊材料。

★★★★★

单凝聚法、复凝聚法制备微囊及其操作要点；固体分散体的特点、类型、常用载体、制法及适用性。

★★★

前体药物制剂适用的药物。

重要知识点串讲

一、药物新型给药系统

（一）缓释制剂

1. 特点：①能在较长时间内维持一定的血药浓度；②可以克服血药浓度的峰谷现象。

2. 缓释制剂的类型（按制备工艺分）。

①骨架分散型缓释制剂；②薄膜包衣缓释制剂；③缓释乳剂；④缓释微囊剂；⑤注射用缓释制剂；⑥缓释膜剂。

（二）控释制剂

1. 特点：①减少服药次数；②减少副作用；③可避免频繁用药而引起中毒的危险。

2. 类型（按释药机理分）：①渗透泵式控释制剂；②膜控释制剂；③胃驻留控释制剂。

（三）靶向给药体系

1. 特点

使药物浓集于或接近靶向组织、靶器官、靶细胞，增强了药物对靶组织的特异性，可提高药物疗效，降低药物的毒副作用。

2. 类型（按靶向作用机理分类）：①被动靶向制剂；②主动靶向制剂；③物理化学靶向制剂。

二、中药制剂新技术

（一）β－环糊精包合技术

1. 作用

①增加药物的稳定性；②增加药物的溶解度；③液体药物粉末化；④减少刺激性，降低毒副作用，掩盖不适气味；⑤调节释药速度；⑥提高药物的生物利用度。

2. 制备：①饱和水溶液法；②研磨法；③冷冻干燥法；④喷雾干燥法。

（二）微型包囊技术

1. 特点与应用

药物微囊化后可延长疗效，提高稳定性，掩盖不良嗅味，降低在胃肠道中的副作用，减少复方配伍禁忌，改进某些药物的物理特性（如流动性，可压性），可将液体药物制成固体制剂。

2. 常用的包囊材料：天然、半合成、合成的高分子材料

3. 制备

（1）单凝聚法

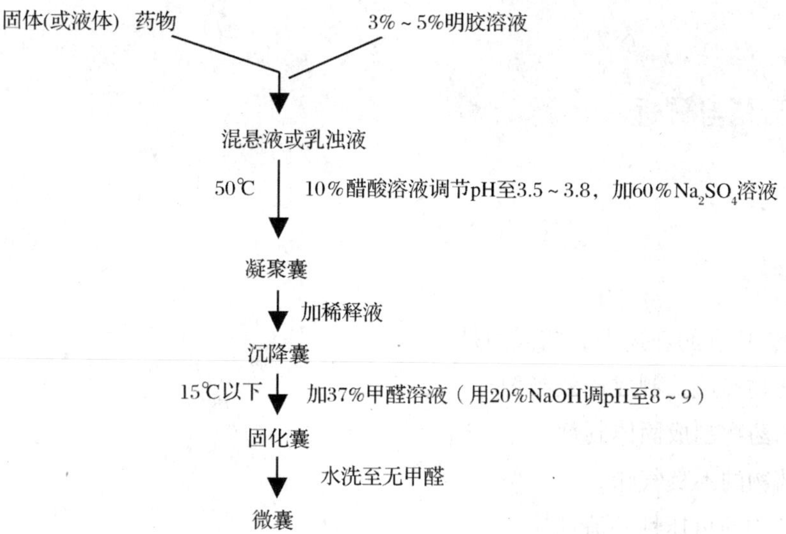

（2）复凝聚法

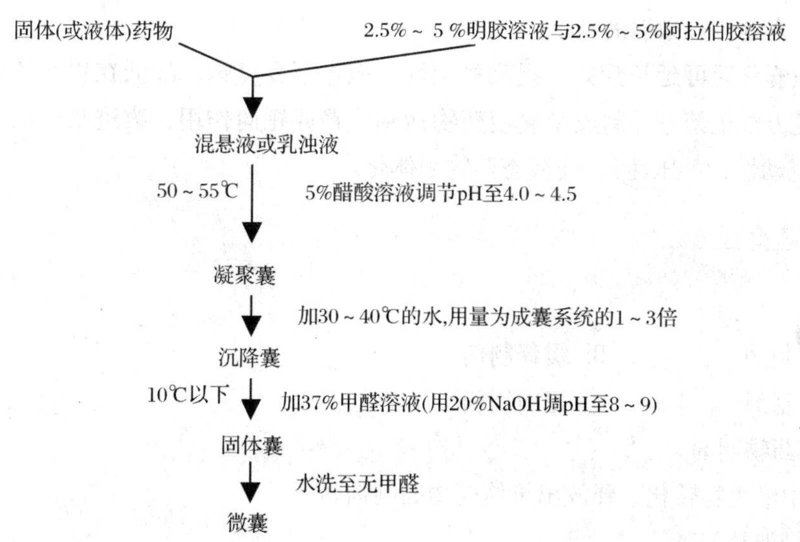

（三）固体分散技术

1. 特点

可以达到速效、缓释、控释、肠溶等效果，但储存过程中易老化、溶出速度变慢。

2. 类型（按分散状态分类）：

①低共熔混合物；②固态溶液；③玻璃溶液或玻璃混悬液；④共沉淀物。

3. 常用的载体：①水溶性载体材料；②难溶性载体材料；③肠溶性载体材料。

4. 制法：①熔融法；②溶剂法；③溶剂－熔融法。

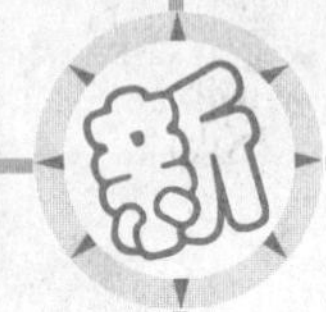

历年真题与解析

一、最佳选择题

1. 下列关于微囊特点的叙述中，错误的是

A. 可加速药物释放，制成速效制剂

B. 可使液态药物制成固体制剂

C. 可掩盖药物的不良气味

D. 可改善药物的可压性和流动性

E. 控制微囊大小可起靶向定位作用

答案：A

解析：本题考查微囊的特点。

药物微囊化后可延长疗效，提高稳定性，掩盖不良臭味，降低在胃肠道中的副作用，减少复方配伍禁忌，制成微囊使药物达到控释或靶向作用，改进某些药物的物理特性（如流动性，可压性），使液态药物固体化。

二、配伍选择题

[2～5]

A. 速效制剂　　B. 缓释制剂

C. 控释制剂　　D. 靶向制剂

E. 前体药物制剂

2. 在人体中经生物转化，释放出母体药物的制剂属

3. 水溶性骨架片剂属

4. 胃内漂浮片剂属

5. 渗透泵型片剂属

答案：E　B　C　C

解析：本题考查药物新型给药系统中各类制剂的类型。

缓释制剂按制备工艺可分为骨架分散型缓释制剂、薄膜包衣缓释制剂、缓释乳剂、缓释微囊剂、注射用缓释制剂和缓释膜剂等；控释制剂按释药机理可分为渗透泵式控释制剂、膜控释制剂和胃驻留控释制剂等；前体药物制剂系指将一种具有药理活性的母体药物，导入另一种载体基团（或与另一种作用相似的母体药物相结合）形成一种

新的化合物，这种化合物在人体中经过生物转化，释放出母体药物而呈现疗效。

三、多项选择题

6. β－CD 包合物常用的方法有

A. 熔融法
B. 研磨法
C. 冷冻干燥法
D. 饱和水溶液法
E. 喷雾干燥法

答案：BCDE

解析：本题考查制备β－CD 包合物常用的方法。

β－CD 包合物常用的方法有饱和水溶液法、研磨法、冷冻干燥法、喷雾干燥法。

仿真试题

一、最佳选择题

1. 适合制成缓释制剂的药物有

A. 需长期给药的药物
B. 单服剂量大于 1g 的药物
C. 生物半衰期小于 1h 的药物
D. 药效剧烈、溶解度小的药物
E. 在肠中需在特定部位主动吸收的药物

2. 制备渗透泵片的关键是

A. 膜的厚度
B. 片心的处方
C. 药物的溶解性
D. 孔径、孔率
E. 漂浮室的大小

3. 脂质体制备常用的类脂膜材是

A. 明胶、白蛋白
B. 明胶、吐温 80
C. 磷脂、胆固醇
D. 聚乙二醇、司盘 80
E. 清蛋白、胆固醇

4. 单凝聚法制备微囊时，硫酸钠作为

A. 囊材 B. 絮凝剂
C. 固化剂 D. 凝聚剂
E. 酸碱调节剂

5. 复凝聚法制备微囊时，甲醛作为

A. 乳化剂 B. 固化剂
C. 增溶剂 D. 增塑剂
E. 凝聚剂

6. 复凝聚法制备微囊时，常用的囊材为

A. 明胶、阿拉伯胶
B. 磷脂、胆固醇
C. 环糊精、聚乙二醇
D. 清蛋白、胆固醇

E. 壳聚糖、甲基纤维素

7. 可用于亲水性凝胶骨架片的材料是

A. 脂肪　　B. 蜡类

C. 聚乙烯　　D. 硅橡胶

E. 海藻酸钠

8. 微球属于靶向制剂的类型是

A. 主动靶向

B. 被动靶向

C. 物理化学靶向

D. 磁性靶向

E. 热敏感靶向

9. 磁性制剂中的磁性物质常选用

A. $FeCl_3$　　B. Fe_2O_3

C. $FeSO_4$　　D. ZnO

E. 二氧化钛

10. 固体分散体中药物溶出速度的比较正确的是

A. 分子态 > 无定形 > 微晶态

B. 分子态 > 微晶态 > 无定形

C. 无定形 > 分子态 > 微晶态

D. 无定形 > 微晶态 > 分子态

E. 微晶态 > 分子态 > 无定形

11. 下列属于合成高分子材料的囊材是

A. 甲基纤维素

B. 乙基纤维素

C. 壳聚糖

D. 聚维酮

E. 明胶

12. 用复凝聚法制备微囊的囊材为

A. 阿拉伯胶 - 海藻酸钠

B. 阿拉伯胶 - 桃胶

C. 桃胶 - 海藻酸钠

D. 桃胶 - 明胶

E. 果胶 - CMC

13. 用明胶与阿拉伯胶作为囊材，以复凝法制备微囊时，pH 应为

A. 4 ~ 4.5　　B. 5 ~ 5.5

C. 6 ~ 6.5　　D. 7 ~ 7.5

E. 8 ~ 8.5

14. 微囊的制备方法中属于化学法的是

A. 凝聚法

B. 界面缩聚法

C. 喷雾冷冻法

D. 液面干燥法

E. 非溶剂法

15. 聚乙二醇在固体分散体中的主要作用是

A. 增塑剂

B. 促进其溶化

C. 载体

D. 黏合剂

E. 润滑剂

16. 缓控释制剂的生物利用度应为相应的普通制剂的

A. 80% ~ 100%

B. 100% ~ 120%

C. 90% ~ 110%

D. 80% ~ 120%

E. 100%

二、配伍选择题

[17 ~ 20]

A. 熔融法

B. 超声波分散法

C. 天然高分子法

D. 离子交换法

E. 一步乳化法

17. 单相脂质体用

18. 多相脂质体用
19. 毫微囊用
20. 复乳用

［21～24］

A. 膜控释小丸　B. 渗透泵片
C. 磁性微球　D. 胃驻留控释制剂
E. 溶蚀性骨架片

21. 以延缓药物溶出速率为原理的缓控释制剂为
22. 以衣膜控制药物扩散速率为原理的缓控释制剂为
23. 根据流体动力学平衡原理设计的缓控释制剂为
24. 根据渗透压原理制成的缓控释制剂为

［25～28］

A. 包合物
B. 膜控释制剂
C. 固体分散体
D. 胃驻留控释制剂
E. 前体药物制剂

25. 是一种分子被包藏在另一种分子空穴结构内具有独特形式的复合物
26. 水溶性药物及辅料包封于具有透性的、生物惰性的高分子膜中而制成的给药体系
27. 药物以分子、胶态、微晶或无定形状态均匀分散在某一固态载体物质中所形成的分散体系
28. 服用后亲水胶体吸水膨胀而漂浮于胃内容物上面，逐渐释放药物的一类控释制剂

［29～32］

A. 聚乙二醇
B. 明胶
C. β－环糊精
D. 卵磷脂
E. PVA

29. 可用于制备脂质体的辅料是
30. 可用于制备固体分散体的辅料是
31. 可用于制备包合物的辅料是
32. 可用于制备微囊的辅料是

三、多项选择题

33. 脂质体的作用特点有
A. 长效作用
B. 靶向性
C. 降低药物毒性
D. 细胞亲和性
E. 组织相容性

34. 可将液体药物制成固体制剂的方法有
A. 微囊化
B. 固体分散技术
C. 乳化技术
D. 脂质体包封
E. β－CD 包合

35. 可起靶向作用的制剂有
A. 复乳
B. 口服乳剂
C. 脂质体注射液
D. 毫微粒注射液
E. 肌内混悬型注射液

36. 缓释制剂可分为
A. 骨架分散型缓释制剂
B. 缓释膜剂
C. 缓释微囊剂
D. 缓释乳剂
E. 注射用缓释制剂

37. 属于靶向给药的制剂有

A. 脂质体　B. 毫微囊
C. 微囊　D. 微丸
E. 磁性制剂

38. 微型包囊的方法有
A. 冷冻干燥法
B. 溶剂—非溶剂法
C. 界面缩聚法
D. 辐射化学法
E. 喷雾干燥法

39. 制备前体药物常用的方法
A. 酸碱反应法
B. 复分解反应法
C. 氧化还原法
D. 离子交换法
E. 直接络合法

40. 下列关于缓释制剂的叙述正确的为
A. 需要频繁给药的药物宜制成缓释剂
B. 生物半衰期很长的药物宜制成缓释制剂
C. 可克服血药浓度的峰谷现象
D. 能在较长时间内维持一定的血药浓度
E. 一般由速释与缓释两部分药物组成

41. 下列关于控释制剂的叙述正确的为
A. 释药速度接近零级速度过程
B. 可克服血药浓度的峰谷现象
C. 消除半衰期短的药物宜制成控释制剂
D. 一般由速释与缓释两部分组成
E. 可减少药物的副作用

42. 关于靶向制剂的叙述正确的为
A. 靶向作用机理包括被动靶向、主动靶向和物理化学靶向
B. 能提高药物的疗效
C. 能降低药物的毒副作用
D. 能增强药物对靶组织的特异性
E. 靶区内药物浓度高于正常组织的给药体系

43. 下列关于微囊的叙述正确的为
A. 药物微囊化后可改进某些药物的流动性、可压性
B. 可使液体药物制成固体制剂
C. 提高药物稳定性
D. 减少复方配伍禁忌
E. 掩盖不良嗅味

44. 下列关于以明胶与阿拉伯胶为囊材采用复凝聚法制备微囊的叙述，正确的是
A. 囊材浓度以2.5% ~5%为宜
B. 成囊时温度应为50 ~55℃
C. 成囊时pH值应调至4.0 ~4.5
D. 甲醛固化时温度应在10℃以下
E. 甲醛固化时pH值应调至8 ~9

参考答案

一、最佳选择题

1. C　2. D　3. C　4. D　5. B　6. A　7. E　8. B　9. B
10. A　11. C　12. D　13. A　14. B　15. C　16. D

二、配伍选择题

[17 ~20] B　A　C　E　　[21 ~24] A　E　D　B
[25 ~28] A　B　C　D　　[29 ~32] D　A　C　B

三、多项选择题

33. ABCDE　34. ABDE　35. ACD　36. ABCDE　37. ABE
38. BCDE　39. ABDE　40. ACDE　41. ABCE　42. ABCDE
43. ABCDE　44. ABCDE

第十八单元　中药制剂的稳定性

考点分级

★★★★★

易水解、氧化的药物类型；影响中药制剂稳定性的主要因素；中药制剂稳定性常用的试验方法；半衰期和有效期的计算方法。

★★★★★

延缓药物水解和防止药物氧化的方法；CRH 值及中药固体制剂的防湿措施。

重要知识点串讲

一、影响中药制剂稳定性的因素及稳定化措施

（一）影响中药制剂稳定性的因素

1. 易水解、氧化的药物类型

（1）易水解的药物类型：①酯类；②酰胺类；③苷类药物。

（2）易氧化的药物类型：①酚类；②芳香胺类；③含不饱和键的药物。

2. 影响中药制剂稳定性的因素

（1）处方因素：①pH 的影响；②溶剂及附加剂的影响。

（2）外界因素：①制备工艺；②湿度和水分；③氧气和金属离子；④温度；⑤光

线；⑥包装材料。

（二）提高中药制剂稳定性的方法

1. 延缓药物水解的方法

①调节 pH；②降低温度；③改变溶剂；④制成干燥固体，并尽量避免与水分的接触。

2. 防止药物氧化的方法

①降低温度；②避光；③驱逐氧气；④添加抗氧剂；⑤控制微量金属离子；⑥调节 pH。

二、中药制剂稳定性的试验方法

（一）长期试验法

（二）加速试验法

1. 温度加速试验：①常规试验法；②经典恒温法。

2. 吸湿加速试验

①带包装样品、去包装样品的湿度加速试验；②平衡吸湿量的测定。

3. 光加速试验

4. 中药固体制剂的防湿措施：

①减少制剂原料特别是中药干浸膏中水溶性的杂质、黏液质、蛋白质、淀粉等；②加入适宜辅料或制成颗粒；③采用防湿包衣和防湿包装。

三、中药制剂半衰期和有效期的计算方法

一级反应的药物有效期和半衰期公式为：

$$t_{0.9}=0.1054/K \qquad (18-2)$$

$$t_{1/2}=0.693/K \qquad (18-3)$$

式中，$t_{0.9}$ ——有效期，d；

$t_{1/2}$——半衰期，d；

K ——消除速率常数。

一级反应的有效期和半衰期与制剂中药物的初浓度无关，与速度常数 K 值成反比。

历年真题与解析

一、最佳选择题

1. 某药物属一级反应分解，在室温下 $K=5.3\times10^{-5}$（h^{-1}），则其在室温下的半衰期为

A. 1 年

B. 1.5 年

C. 2 年

D. 2.5 年

E. 3 年

答案：B

解析：本题考查半衰期的计算方法。

一级反应的药物半衰期公式为：

$t_{1/2}=0.693/K$

$t_{1/2}=0.693/5.3\times10^{-5}$（$h^{-1}$）$=13075.47h=1.5$ 年

2. 有关药物化学反应半衰期的正确叙述为

A. 药物在特定的温度下降解一半所需要的时间

B. 药物溶解一半所需要的时间

C. 药物分解 10% 所需要的时间

D. 药物在体内消耗一半所需要的时间

E. 药物溶解 10% 所需要的时间

答案：A

解析：本题考查半衰期的定义。

药物半衰期是指在制剂稳定性研究中，药物含量降低 50% 所需的时间。

二、配伍选择题

［3 ~ 6］

A. 吸潮　　B. 晶型转变

C. 水解　　D. 氧化

E. 风化

3. 酯类药物易

4. 具有酚羟基的药物易
5. 苷类药物易
6. 中药的干浸膏粉易

答案：C D C A

解析：本题考查影响中药稳定性的因素。

中药制剂中有效成分的化学降解与起结构有关，酯类、酰胺类、苷类药物易水解；酚类、芳香胺类、含不饱和键的药物易氧化；中药干浸膏以吸潮。

三、多项选择题

7. 药物不稳定时可能产生的不良后果是
   A. 产生有毒物质
   B. 造成药品以次品降价销售
   C. 造成服用不便
   D. 外观发生变化，如变色、沉淀、浑浊等
   E. 疗效下降或失效

答案：ACDE

解析：本题考查中药制剂不稳定带来的不良后果。

中药制剂若发生分解、变质，可导致药效降低，甚至产生或增加毒副作用。中药制剂的稳定性一般包括化学稳定性、物理学稳定性和生物稳定性。化学稳定性是指药物由于水解、氧化等化学降解反应，使药物的含量降低，色泽变化等；物理学稳定性是指制剂的物理性质发生变化，如产生沉淀、结块、分层、吸湿等。

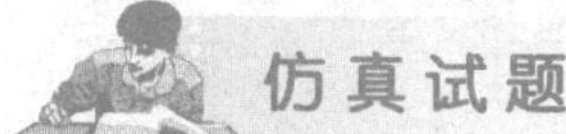

仿真试题

一、最佳选择题

1. 根据Van't Hoff经验规则，温度每升高10℃，反应速度
   A. 提高2~4倍
   B. 减低2~4倍
   C. 提高4~6倍
   D. 减低4~6倍
   E. 不变
2. 药物的有效期是指药物降解
   A. 10%所需时间
   B. 50%所需时间
   C. 63.2%所需时间
   D. 5%所需时间
   E. 90%所需时间
3. 影响药物制剂稳定性的外界因素为

A. 温度

B. 离子强度

C. pH 值

D. 溶剂

E. 表面活性剂

4. 温度加速试验法的常规试验法的试验条件

A. 40 ±2℃，相对湿度 75% ±5%

B. 30 ±2℃，相对湿度 75% ±5%

C. 40 ±2℃，相对湿度 65% ±5%

D. 30 ±2℃，相对湿度 65% ±5%

E. 35 ±2℃，相对湿度 75% ±5%

5. 某药物按一级反应分解，反应速度常数为 $K = 5.27 \times 10^{-5}$ （h^{-1}），则 $t_{0.9}$ 约为

A. 2000h　　B. 100h

C. 200h　　D. 100h

E. 20h

6. 可预测药剂在室温条件下的稳定性的实验是

A. 常温试验

B. 光照试验

C. 恒温试验

D. 加速试验

E. 留样观察

7. 防止药物水解的方法是

A. 避光

B. 驱逐氧气

C. 加入抗氧剂

D. 加入表面活性剂

E. 制成干燥的固体

8. 影响药物制剂稳定性的因素中属于化学变化的是

A. 产生气体

B. 散剂吸湿

C. 乳剂破裂

D. 发霉、腐败

E. 浸出药剂出现沉淀

9. 对留样观察法测定药剂稳定性的论述中，错误的是

A. 需定期观察外观性状和质量检测

B. 分为避光组和光照组，对比观察和检测

C. 样品应分别放置在 3 ~ 5℃、20 ~ 25℃、33 ~ 37℃观察和检测

D. 此法易于找出影响稳定性的因素，利于及时改进产品质量

E. 其结果符合生产和贮存实际，真实可靠

二、配伍选择题

[10 ~ 13]

A. 吸潮　　B. 晶型转变

C. 水解　　D. 氧化

E. 风化

10. 含不饱和碳链的油脂易

11. 具有酚羟基的药物易

12. 苷类药物易

13. 酯类药物易

[14 ~ 17]

A. 防止氧化　　B. 防止还原

C. 延缓水解　　D. 降低反应速度

E. 增加挥发油稳定性

14. 低温贮存可

15. 制成 $\beta-CD$ 包合物可

16. 将溶液的溶剂由水换成乙醇可

17. 控制药物中微量金属离子的含量可

三、多项选择题

18. 中药制剂的基本要求是
    A. 安全性
    B. 稳定性
    C. 有效性
    D. 经济性
    E. 方便性
19. 药物制剂稳定性研究的范围包括
    A. 化学稳定性
    B. 物理稳定性
    C. 生物稳定性
    D. 疗效稳定性
    E. 体内稳定性
20. 影响药物稳定性的主要因素有
    A. 空气（氧）
    B. 温度
    C. pH
    D. 水分
    E. 光线
21. 贮藏条件能影响制剂稳定性，主要包括
    A. 温度　　B. 湿度
    C. 光线　　D. 包装材料
    E. 氧气
22. 容易被水解的药物有
    A. 阿托品　　B. 强心苷
    C. 挥发油　　D. 黄芩苷
    E. 含不饱和碳链的油脂
23. 药物发生变质的原因包括
    A. 分子聚合
    B. 药物变旋
    C. 药物水解
    D. 晶型转变
    E. 酶类药物的变性
24. 可增加药物稳定性的方法有
    A. 挥发性药物制成环糊精包合物
    B. 苷类药物制成液体制剂
    C. 制成前体药物
    D. 固体剂型包衣
    E. 贮藏药物时可通过升高温度的方法来保持干燥
25. 稳定性试验的考核方法
    A. 留样观察法
    B. 温度加速活化能估算法
    C. 吸湿加速试验法
    D. 光照加速试验法
    E. 比较试验法

参考答案

一、最佳选择题

1. A　2. A　3. A　4. A　5. A　6. D　7. E　8. A　9. D

二、配伍选择题

［10～13］D　D　C　C　［14～17］C　E　C　A

三、多项选择题

18. ABC　19. ABC　20. ABCDE　21. ABCDE　22. BD　23. ABCDE　24. ACD　25. ABCDE

第十九单元 生物药剂学与药物动力学概论

考点分级

★★★★★

生物药剂学与药物动力学研究的主要内容；影响药物吸收、分布、代谢与排泄的因素；生物利用度的计算及评价指标。

★★★★★

药物动力学常用术语的概念及常用参数的计算。

★★★

生物利用度的实验方法；溶出度的测定目的、方法及操作要点；溶出度与生物利用度的相关关系。

重要知识点串讲

一、生物药剂学与药物动力学的研究内容

（一）生物药剂学的研究内容

1. 生物因素与药物疗效之间的关系；
2. 药物剂型因素与药物疗效之间的关系。

（二）药物动力学的研究内容

1. 研究药物在体内经时量变过程和药物动力学模型；

2. 发展新的药物动力学模型和药物动力学参数解析方法；

3. 探讨药物动力学参数与药物效应之间的关系；

4. 探讨药物的动力学与药效动力学之间的关系；

5. 研究药物制剂体外的动力学特征与体内动力学过程之间的关系。

二、药物的体内转运过程及其影响因素

药物的体内过程包括药物的吸收、分布、代谢和排泄等过程。

（一）影响药物吸收的因素

1. 生理因素；2. 药物因素；3. 剂型因素；4. 药物的相互作用。

（二）影响药物分布的因素

1. 药物与血浆蛋白结合的能力；2. 血液循环和血管透过性；3. 药物与组织的亲和力；4. 血脑屏障与血胎屏障。

（三）影响药物代谢的因素

1. 给药途径；2. 给药剂量；3. 酶抑、酶促作用；4. 合并用药的影响；5. 生理因素。

（四）影响药物排泄的因素

1. 影响肾小球滤过的因素；2. 影响肾小管重吸收的因素；3. 影响肾小管分泌的因素。

三、药物动力学常用术语与参数

（一）药物动力学常用术语

1. 隔室模型：①单室模型；②双室模型。

2. 生物半衰期

3. 表观分布容积

4. 体内总清除率

（二）常用参数的计算

1. 半衰期；2. 表观分布容积；3. 单室模型单剂量血药浓度－时间关系计算。

四、药物制剂的生物有效性

（一）生物利用度

1. 计算方法

相对生物利用度

$$F=\frac{\text{试验试剂 AUC}}{\text{参比制剂 AUC}}\times 100\%$$

绝对生物利用度

$$F=\frac{\text{试验试剂 AUC}}{\text{同一药物静脉注射剂 AUC}}\times 100\%$$

2. 评价指标：①峰浓度；②达峰时间；③血药浓度－时间曲线下面积。

历年真题与解析

一、最佳选择题

1. 下列关于生物药剂学的叙述，错误的是

A. 生物药剂学是研究药物在体内吸收、分布、代谢、排泄过程的学科

B. 生物药剂学是阐明药物剂型因素、生物因素与药效之间关系的学科

C. 生物药剂学是探讨药物理化性质、药物剂型、附加剂、制剂工艺和操作条件等与生物因素、药效关系的学科

D. 生物药剂学是研究药物在体内生化过程的学科

E. 生物药剂学的研究为科学制药、合理用药和正确评价药效质量提供了科学依据

答案：D

解析：本题考查生物药剂学的含义与研究内容。

生物药剂学是研究药物在体内吸收、分布、代谢、排泄等过程，阐明药物剂型因素、生物因素与药效之间关系的学科。其具体研究的内容：①生物因素与药物疗效之间的关系，研究用药对象的种族差异、性别差异、年龄差异、遗传差异、生理及病理条件的差异等对药物体内过程的影响，进而引起的药物生物效应的变化；②药物剂型因素与药物疗效之间的关系，研究与药物的剂型有关的药物理化性质、制剂处方组成、药物的剂型和给药途径、制剂工艺过程等对药物体内过程的影响，进而引起的药物生物效应的变化。

2. 影响药物吸收的因素中，不正确的是

A. 非解离药物的浓度愈大，愈易吸收

B. 药物的脂溶性愈大，愈易吸收

C. 药物的水溶性愈大，愈易吸收

D. 药物粒径愈小，愈易吸收

E. 药物的溶解速率愈大，愈易吸收

答案：C

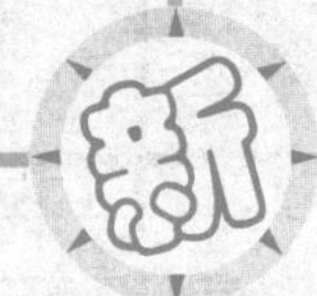

解析：本题考查影响药物吸收的因素。

影响药物吸收的因素有①生理因素：如药物的肝脏首过效应、用药部位的生理状态、个体差异等；②药物因素：如药物的脂溶性和解离度，脂溶性大的药物和未解离的分子型药物吸收较好，药物的溶出速度与溶解度、药物粒径、药物晶型等；③剂型因素；④药物的相互作用等。

二、配伍选择题

[3～6]

A. V_d　　B. K_a

C. Y_∞　　D. AUC

E. t_d

3. 表示药物血药浓度－时间曲线下面积的符号是
4. 表示药物在体内达到动态平衡时药物剂量与血药浓度比值的符号是
5. 吸收速度常数
6. 表示药物溶出 63.2% 的时间符号

答案：D　A　B　E

解析：本题考查生物药剂学与药物动力学的相关参数。

V_d 表示药物在体内达到动态平衡时药物剂量与血药浓度的比值；K_a 表示吸收速率常数；Y_∞ 表示药物累积溶出的最大量；AUC 表示药物的血药浓度－时间曲线下面积；t_d 表示药物溶出 63.2% 的时间。

三、多项选择题

7. 生物药剂学中剂型因素对药效的影响包括下列哪些内容

A. 辅料的性质及其用量

B. 药物的剂型与给药方法

C. 制剂的质量标准

D. 药物的物理性质

E. 药物的化学性质

答案：ABDE

解析：本题考查生物药剂学中剂型因素对药效的影响。

药物的剂型因素广义的讲，包括与剂型有关的各种因素，包括药物的物理化学性质、药物的剂型及给药途径、药用辅料、制剂工艺技术等对制剂疗效的影响。

仿真试题

一、最佳选择题

1. 关于生物利用度的叙述，正确的是
   A. 药物被吸收进入血液循环的速度和程度
   B. 可采用达峰浓度 C_{max} 比较制剂间的吸收快慢
   C. 药物在规定介质中溶出的速度和程度
   D. 药物体内转运的程度与速度
   E. 血药浓度 - 时间曲线下的面积可以全面反应药物生物利用度
2. 大多数药物透过生物膜的转运是
   A. 从高浓度到低浓度的主动转运
   B. 从低浓度到高浓度的主动转运
   C. 从高浓度到低浓度的被动扩散
   D. 从低浓度到高浓度的被动扩散
   E. 与浓度梯度无关的促进扩散
3. 生物半衰期系指药物在体内的量或血药浓度消除多少所需要的时间
   A. 50%　　B. 63.2%
   C. 10%　　D. 70%
   E. 90%
4. 生物利用度试验方法要求整个采样时间至少为
   A. 5 ~ 10 个半衰期
   B. 2 ~ 6 个半衰期
   C. 4 ~ 7 个半衰期
   D. 4 ~ 8 个半衰期
   E. 3 ~ 5 个半衰期
5. 静脉注射某药物 500mg，立即测出血药浓度为 1mg/ml，按单室模型计算，其表观分布容积为
   A. 0.5L　　B. 5L
   C. 25L　　D. 50L
   E. 500L
6. 药物的代谢器官主要为
   A. 肾脏　　B. 肝脏
   C. 脾脏　　D. 心脏
   E. 肺
7. 药物排泄的主要器官
   A. 肾脏　　B. 肺脏
   C. 肝脏　　D. 直肠
   E. 胆
8. 某药物对组织亲和力很高，因此该药物
   A. 表观分布容积大
   B. 表观分布容积小
   C. 吸收速率常数 K_a 大
   D. 半衰期长
   E. 半衰期短
9. 不同给药途径药物吸收一般情况下最快的是
   A. 舌下给药
   B. 静脉注射
   C. 吸入给药
   D. 肌内注射
   E. 皮下注射

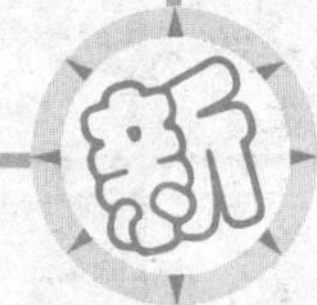

10. 下列关于溶出度的叙述正确的为
    A. 溶出度系指制剂中某主药有效成分，在水中溶出的速度和程度
    B. 凡检查溶出度的制剂，不再进行崩解时限的检查
    C. 凡检查溶出度的制剂，不再进行重量差异限度的检查
    D. 凡检查溶出度的制剂，不再进行卫生学检查
    E. 溶出度的测定与体内生物利用度无关
11. 《中国药典》2005 年版收载最常用的溶出度测定方法为
    A. 浆法　B. 循环法
    C. 小杯法　D. 转篮法
    E. 移动法
12. 以下生物利用度最高的剂型是
    A. 蜜丸　B. 胶囊
    C. 滴丸　D. 栓剂
    E. 橡胶膏剂
13. 在药代动力学中常用来表示肾清除率的是
    A. K_a　B. V
    C. $t_{1/2}$　D. Clr
    E. AUC
14. 关于生物利用度的描述正确的
    A. 生物利用度越高越好
    B. 生物利用度越低越好
    C. 生物利用度应相对固定，过大或过小均不利
    D. 生物利用度与疗效无关
    E. 所有制剂必须进行生物利用度检查

二、配伍选择题

［15～18］

A. F　B. C_{max}
C. C_{ss}　D. EBA
E. K_a

在生物药剂学与药物动力学中

15. 峰浓度
16. 吸收分布
17. 稳态血药浓度
18. 吸收速率常数

［19～22］

A. 吸收　B. 分布
C. 代谢　D. 排泄
E. 消除

19. 体内的药物及其代谢产物从各种途径排出体外的过程
20. 药物被吸收进入血液后，由循环系统运至体内各脏器组织的过程
21. 药物从用药部位通过生物膜以被动扩散、主动运转等方式进入体循环的过程
22. 药物在体内经药物代谢酶等作用，发生化学变化的过程

［23～26］

A. K_a　B. K
C. K_e　D. K_m
E. K_0

在生物药剂学与药物动力学中

23. 吸收速率常数
24. 总消除速率常数
25. 尿药排泄速率常数
26. 代谢速率常数

三、多项选择题

27. 药物动力学参数包括
A. 速率常数
B. 生物半衰期
C. 表观分布容积
D. 体内总清除率
E. *AUC*

28. 需要测定溶出度的中药制剂有
A. 主药成分不易从制剂中释放的药物
B. 在消化液中溶解缓慢的药物
C. 药理作用强烈的药物
D. 安全系数小，剂量曲线陡峭的药物
E. 溶出速度过快的药物

29. 下列有关药物理化性质影响药物吸收的叙述，正确的有
A. 非解离型药物和脂溶性高的药物吸收较快
B. pH 值减小有利于碱性药物的吸收
C. 油 / 水分配系数较大，利于吸收
D. 药物溶出速率越快，吸收越快
E. 常采用减小粒径、制成固体分散物等方法，促进药物溶出

30. 下列有关药物分布影响因素的叙述，正确的有
A. 药物分布的速度主要取决于血液循环的速度
B. 药物与血浆蛋白、组织蛋白结合后会影响其分布
C. 药物与血浆蛋白的结合是不可逆的
D. 通常认为药物与血浆蛋白的结合是药物的贮存形式之一
E. 药物选择性分布主要取决于药物与不同组织的亲和力

31. 关于药物的排泄叙述正确的有
A. 肾小球每分钟可接受并滤过 120ml 血浆
B. 肾小管的重吸收主要以被动转运为主
C. 单位时间内肾脏清除的药物量，称肾清除率
D. 若药物只经肾小球滤过而没有肾小管的分泌和肾小管重吸收，则药物的肾清除率等于肾小球滤过率
E. 主要经尿液、胆汁、唾液、汗腺、乳汁等途径排泄

32. 影响药物胃肠道吸收的主要生理因素有
A. 胃肠液的成分与性质
B. 胃空速率
C. 油 / 水分配系数的影响
D. 药物在循环系统的运行速度
E. 血液黏度和体积的影响

33. 影响药物代谢的主要因素
A. 药物的解离度
B. 药物的剂型
C. 给药途径
D. 给药剂量与酶的作用
E. 生理因素

34. 测定溶出度的目的是
A. 研究药物粒径、晶型与溶出度的关系
B. 建立中药的质量控制指标
C. 考察赋形剂、制备工艺对溶出度

的影响

D. 确定临床给药剂量

E. 探索体外溶出度与体内生物利用度的关系

35. 生物利用度试验设计的主要内容

A. 受试者的选择

B. 确定参比制剂

C. 确定试验制剂及给药剂量

D. 确定给药方法

E. 取血、血药浓度的测定、计算

36. 药物吸收的方式有

A. 被动扩散　B. 主动转运

C. 促进扩散　D. 胞饮

E. 吞噬

37. 影响胃排空速度的因素是

A. 食物的组成和性质

B. 药物因素

C. 空腹与饱腹

D. 药物的油/水分配系数

E. 药物的多晶型

38. 关于生物利用度试验方法叙述正确的有

A. 试验制剂与参比制剂两种进行比较采用双处理、两周期随机交叉试验设计

B. 试验前一周停用一切药物，试验期间，禁忌烟酒

C. 受试者年龄 18 ~ 40 岁，男性，人数通常为 18 ~ 24 例

D. 一个完整的口服血药浓度 - 时间曲线，包括吸收相、平衡相与消除相

E. 药物半衰期未知，采样需持续到血药浓度为峰浓度的 1/20 ~ 1/10 以后

参考答案

一、最佳选择题

1. A　2. C　3. A　4. E　5. A　6. B　7. A　8. A　9. B
10. B　11. D　12. C　13. D　14. C

二、配伍选择题

[15 ~ 18] B　A　C　E　[19 ~ 22] D　B　A　C　[23 ~ 26] A　B　C　D

三、多项选择题

27. ABCD　28. ABCDE　29. ACE　30. ABDE　31. ACDE
32. ABD　33. CDE　34. ABCE　35. ABCDE　36. ABCDE
37. ABC　38. ACDE

第二十单元　中药制剂的配伍变化

考点分级

★★★★★

药物配伍变化的目的与类型。

★★★★

物理、化学配伍变化的现象及原因。

★★★

药剂学配伍变化的实验与处理方法。

重要知识点串讲

一、药物配伍变化的目的与类型

（一）目的

1. 复方配伍或联合用药发挥协同作用，增强疗效；
2. 减少药物不良反应或毒副作用；
3. 减少或延缓耐药性的发生；
4. 满足临床预防或治疗合并症（兼病或兼症）需要。

（二）类型

1. 按配伍变化性质分：疗效学、物理化学配伍变化。

2. 按药物特点及临床用药情况分：中药学、药剂学、药理学配伍变化。

3. 按配伍变化发生的部位分：体外配伍变化和体内药物相互作用。

二、药剂学的配伍变化

（一）物理的配伍变化的现象及原因

1. 浑浊、沉淀或分层；2. 吸湿、潮解、液化或结块；3. 吸附。

（二）化学的配伍变化的现象及原因

1. 浑浊或沉淀；2. 产生有毒物质；3. 变色；4. 产气；5. 发生爆炸。

历年真题与解析

一、最佳选择题

1. 药物配伍应用的目的不包括

A. 是药物之间产生拮抗作用，增强疗效

B. 减少毒副作用

C. 减缓耐药性的发生

D. 减少不良反应

E. 利用相反的药性或药物间的拮抗作用，克服药物的偏性或副作用

答案：A

解析：本题考查药物配伍应用的目的。

二、配伍选择题

［2～5］

A. 水解　　B. 氧化

C. 聚合　　D. 变旋

E. 品型转变

2. 导致制剂中穿心莲内酯不稳定的主要原因

3. 导致制剂中黄芩苷不稳定的主要原因

4. 洋地黄酊剂制备时多采用70%乙醇浸出，其目的之一就是防止药物

5. 制剂中药物有效成分具有酚羟基结构者易被

答案：A　A　A　B

解析：本题考查常见的配伍变化。

穿心莲内酯碱性条件下易水解为穿心莲酸，因此，导致制剂中穿心莲内酯不稳定的主要原因是水解；黄芩苷、洋地黄苷属于苷类化合物，在酸碱条件下也易发生水解；制剂中药物有效成分具有酚羟基结构者易被空气中的氧氧化而变质。

三、多项选择题

6. 下列选项中属于药剂学的物理配伍变化是

A. 混浊、沉淀或分层　　B. 吸湿、潮解、液化或结块

C. 吸附　　D. 变色

E. 产气

答案：ABC

解析：本题考查药剂学的物理和化学配伍变化。

药剂学药物配伍变化有物理变化和化学变化，其中，物理的配伍变化有混浊、沉淀、分层、吸湿、潮解、液化、结块和吸附等；化学的配伍变化有浑浊、沉淀、产生有毒物质、变色、产气、发生爆炸等。

仿真试题

一、最佳选择题

1. 下列属于药剂学的物理配伍变化是

A. 变色

B. 分解破坏、疗效下降

C. 发生爆炸

D. 产气

E. 分散状态或粒径变化

2. 下列属于药剂学的化学配伍变化是

A. 分散状态变化

B. 某些溶剂性质不同的制剂相互配合使用时，析出沉淀

C. 潮解、液化和结块

D. 变色

E. 粒径变化

3. 鞣质可与皂苷结合生成沉淀属于

A. 物理配伍变化

B. 环境的配伍变化

C. 生物配伍变化

D. 药理配伍变化

E. 化学配伍变化

4. 煎煮过程中药物溶解度的改变属于

A. 物理的配伍变化

B. 化学的配伍变化

C. 生物学配伍变化

D. 溶剂配伍变化

E. 药理学配伍变化

5. 药物配伍应用，可增加药物毒性的是

A. 单行　B. 相须

C. 相使　D. 相杀

E. 相反

6. 药物配伍后在规定的时间内（6h 到 24h）其效价和含量下降不超过多少时一般认为是稳定的

A. 2%　B. 5%

C. 7%　D. 10%

E. 15%

7. 某些含非水溶剂的制剂与输液配伍时会使药物析出，是由于

A. 溶剂组成改变引起

B. pH 值改变引起

C. 离子作用引起

D. 研析作用引起

E. 直接反应引起

二、配伍选择题

［8～11］

A. 产气　B. 沉淀

C. 爆炸　D. 液化

E. 变色

8. 溴化铵和利尿药配伍

9. 鞣质可与蛋白质生成

10. 高锰酸钾与甘油混合研磨

11. 樟脑、冰片与薄荷脑混合时产生

［12～15］

A. 协同作用　B. 拮抗作用

C. 酶促作用　D. 化学配伍变化

E. 物理配伍变化

12. 药物在配伍制备、贮存过程中，发生分散状态或物理性质的改变为

13. 药物成分之间发生氧化、还原、分解、水解等化学反应导致成分的改变是

14. 两种以上药物合并使用使药物作用增强的是

15. 两种以上药物合并使用使药物作用减弱的是

三、多项选择题

16. 下列说法正确的有

A. 制剂配伍时的次序较为重要

B. 有些药物制备注射液时需在安瓿瓶填充惰性气体

C. 有些制剂在配伍时发生的异常现象是由于成分的纯度不够引起的

D. 有些光敏感的药物应在棕色瓶内保存

E. 药物的相互作用只发生在用药过程中

17. 下列关于药物的理化性质影响直肠吸收的因素中叙述正确的是

A. 脂溶性、解离型药物容易透过类脂质膜

B. 碱性药物 pK_a 低于 8.5 者可被直肠黏膜迅速吸收

C. 酸性药物 pK_a 在 4 以下可被直肠黏膜迅速吸收

D. 粒径愈小、愈易溶解，吸收亦愈快

E. 溶解度小的药物，因在直肠中溶解得少，吸收也较少，溶解成为吸收的限速过程

18. 中西药物配伍禁忌主要表现有
    A. 产生难溶性螯合物或复合物，降低药效
    B. 发生化学反应，产生或增加毒性
    C. 酸碱中和，降低药效
    D. 酶促作用，降低药效
    E. 酶抑作用，增强毒副作用
19. 药物在体内发生的配伍变化主要包括
    A. 药物在吸收部位发生的配伍变化
    B. 药物在分布过程发生的配伍变化
    C. 药物在代谢过程中发生的配伍变化
    D. 药物在排泄过程中发生的配伍变化
    E. 药物在细胞组织中发生的配伍变化
20. 常见的配伍变化的处理方法有
    A. 改变剂型
    B. 改变存储条件
    C. 改变溶剂
    D. 改变调配次序
    E. 调节 pH 值
21. 预测配伍变化的实验方法有
    A. 可见的配伍变化实验方法
    B. 留样观察法
    C. 测定变化点的 pH 值
    D. 稳定性试验
    E. 加速试验法
22. 按药物的特点及临床用药情况，配伍变化的类型有
    A. 中药学配伍变化
    B. 物理学配伍变化
    C. 化学配伍变化
    D. 药剂学配伍变化
    E. 药理学配伍变化

参考答案

一、最佳选择题

1. E　2. D　3. E　4. A　5. E　6. D　7. A

二、配伍选择题

[8～11] A　B　C　D　　[12～15] E　D　A　B

三、多项选择题

16. ABCD　17. BDE　18. ABCDE　19. ABCD
20. ABCDE　21. ACD　22. ADE

第二十一单元　中药炮制学绪论

考点分级

★★★★★

中药炮制的沿革与发展；炮制对药物四气五味、升降沉浮、归经等方面的影响；中药炮制的主要目的；炮制对生物碱、苷、挥发油类成分药物的影响。

★★★★

历代中药炮制专著及其特点；传统制药原则的含义；炮制辅料酒、醋、盐水、蜂蜜、生姜、甘草、白矾、米、麦麸、蛤粉、河砂等的炮制作用。

★★★

净制、切制、加热、辅料与临床疗效的相关性；炮制品的质量要求和贮藏保管方法。

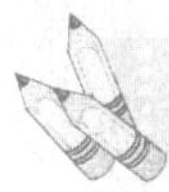

重要知识点串讲

表 21－1　中药炮制常用辅料的种类及作用

分类	辅料	作用
液体辅料	酒	活血通络，祛风散寒，行药势，矫味矫臭
	醋	引药入肝、理气、止血、行水、消肿、解毒、散瘀止痛、矫味矫臭；同时能促进有效成分的煎出，提高疗效
	盐	强筋骨、软坚散结、清热、凉血、解毒、防腐，并能矫味；药物经食盐水制后，能改变药物的性能，增强药物的作用
	姜	能发表，散寒，温中，止呕，开痰，解毒；药物经姜汁制后能抑制其寒性，增强疗效，降低毒性
	蜜	补中、解毒、润燥、止痛、矫味矫臭、调和药性
	麻油	能清热，润燥，生肌。常用以炮制坚硬或有毒药物
固体辅料	稻米	能补中益气，健脾和胃，除烦止渴，止泻痢。与药物共制，可增强药物功能，降低刺激性和毒性
	麦麸	能和中益脾。与药物共制能缓和药物的燥性，增强疗效，矫正气味
	灶心土	能温中和胃，止血，止呕，涩肠止泻等。与药物共制后可降低药物的刺激性，增强药物疗效
	蛤粉	能清热，利湿，化痰，软坚。与药物共制可除去药物的腥味，增强疗效
	河砂	坚硬的药物经砂炒后质地变松脆，以便粉碎和利于煎出有效成分；可破坏药物毒性成分，易于除去非药用部分
	滑石粉	能利尿，清热，解暑。中药炮制用滑石粉作中间传热体拌炒药物，使药物受热均匀

历年真题与解析

一、最佳选择题

1. 我国第一部炮制专著是

A.《炮炙大法》　　B.《本草纲目》

C.《雷公炮炙论》　　D.《神农本草经》

E.《修事指南》

答案：C

解析：本题考查古代中药炮制专著的成书年代和学术价值。

《雷公炮炙论》为南北朝刘宋时代雷敩著，是我国第一部炮制专著。《炮炙大法》，

明代缪希雍撰，是我国第二部炮制专著，并将前人的炮制方法归纳为“雷公炮炙十七法”。《修事指南》，清代张仲岩著，为我国第三部炮制专著。

2. 根据中医文献记载，中药炮制理论的形成时期是

A. 春秋战国时期　　B. 金元明时期

C. 宋代　　D. 清代

E. 现代

答案：B

解析：本题考查中药炮制的发展。

中药炮制的发展大致分为四个时期：春秋战国至宋代是炮制技术的起始和形成时期；金元、明时期是炮制理论的形成时期；清代是炮制品种和技术的扩大应用时期；现代是炮制振兴、发展时期。

3. 一般炮制品的含水量宜控制在

A. 1% ~3%　　B. 4% ~7%

C. 7% ~13%　　D. 6% ~9%

E. 8% ~10%

答案：C

解析：一般炮制品的水分含量宜控制在7% ~13%。对于各类炮制法其炮制品含水量的要求，《中药饮片质量标准通则 <试行>》规定：①蜜炙品类，含水分不得超过15%；②酒炙、醋炙、盐炙品类等，含水分均不得超过13%；③烫制、醋淬制品，含水分不得超过10%。

4. 药物采用对抗同贮法贮藏的作用是

A. 防止泛油　　B. 防止粘连

C. 抑制虫蛀　　D. 防止变色

E. 防止吸潮

答案：C

5. 关于中药炮制与临床疗效叙述错误的是

A. 麻黄根发汗，茎止汗，故麻黄根茎不能混用

B. 牛蒡子经炒制后，具有杀酶保苷的作用

C. 矿物药、动物甲壳类药物煅后，便于煎煮和粉碎

D. 川乌、草乌煮制后，毒性显著降低

E. 巴戟天的木心为非药用部分，必须除去

答案：A

解析：麻黄根止汗，茎发汗，故麻黄根茎不能混用。

6. 苦杏仁在贮藏中常见的变异现象是

A. 霉变　　B. 泛油

C. 变色　　D. 气味散失

E. 粘连

答案：B

二、配伍选择题

[7～10]

A. 降低毒性　　B. 缓和药性

C. 提高成分浸出　　D. 矫臭矫味

E. 利于贮藏

7. 清炒王不留行的主要目的是
8. 米炒斑蝥的主要目的是
9. 清蒸桑螵蛸的主要目的是
10. 酒炙乌梢蛇的主要目的是

答案：C　A　E　D

解析：本组题考查常用炮制方法的目的。

[11～14]

A. 醋　　B. 盐水

C. 蜂蜜　　D. 麦麸

E. 河砂

11. 能强筋骨，软坚散结并能矫味
12. 能使药物中的游离生物碱类成分结合成盐，增加溶解度
13. 与药物共制能缓和药物的燥性，增强疗效，矫正气味
14. 使坚硬的药物经炮制后质地松脆，便于制剂

答案：B　A　D　E

解析：本组题考查中药炮制常用辅料的作用。

醋引药入肝、理气、止血、行水、消肿、解毒、散瘀止痛、矫味矫臭。同时能促进有效成分的煎出，提高疗效。食盐能强筋骨、软坚散结、清热、凉血、解毒、防腐，并能矫味。药物经食盐水制后，能改变药物的性能，增强药物的作用。蜂蜜能补中、解毒、润燥、止痛、矫味矫臭、调和药性。中药炮制常用炼蜜。麦麸能和中益脾，与药物共制能缓和药物的燥性，增强疗效，矫正气味。

[15～17]

A. 大蒜　　B. 细辛

C. 泽泻　　D. 花椒

E. 明矾

15. 可与人参同贮的药物为

16. 可与白花蛇同贮的药物为

17. 可与土鳖虫同贮的药物为

答案：B　D　A

解析：本组题考查传统贮藏保管方法中的对抗同贮法，是指采用两种以上药物同贮或采用一些有特殊气味的物品同贮而起到抑制虫蛀、霉变的贮存方法。如全蝎、蕲蛇或白花蛇与花椒同贮；大蒜瓣与土鳖虫同贮；吴茱萸与荜澄茄同贮；丹皮与泽泻、山药同贮；人参与细辛同贮等。

［18～21］

A. 磁石、炉甘石　　B. 芒硝、硼砂

C. 薄荷、荆芥　　D. 山药、莲子

E. 杏仁、天冬

18. 贮藏中易发生虫蛀的药材有

19. 贮藏中易泛油的药材有

20. 贮藏中易风化的药物有

21. 贮藏中易气味散失的药材有

答案：D　E　B　C

三、多项选择题

22. 蜂蜜的作用是

A. 矫臭矫味　　B. 补中

C. 润肺　　D. 解毒

E. 止咳

答案：ABCDE

解析：本组题考查中药炮制中常用辅料蜂蜜的作用。

蜂蜜能补中、解毒、润燥、止痛、矫味矫臭、调和药性。中药炮制常用炼蜜。

23. 药物去毒，常用的炮制方法有

A. 水泡漂　　B. 净制

C. 加辅料处理　　D. 加热

E. 去油制霜

答案：ABCDE

解析：药物通过炮制，可以达到去毒的目的。去毒常用的炮制方法有净制，水泡漂、水飞、加热、加辅料处理、去油制霜等。这些方法可以单独运用，也可以几种方法联合运用。

24. 药物炮制后能在哪些方面发生变化

A. 性味　　B. 升降浮沉

C. 归经　　D. 作用趋向

E. 理化性质

答案：ABCDE

解析：本组题考查炮制对药性（包括四气五味、升降浮沉、归经、作用趋向、有毒无毒等）的影响以及炮制对中药化学成分的影响。

25. 传统的贮藏保管方法有

A. 清洁养护法　　B. 防湿养护法

C. 密封贮藏法　　D. 对抗同贮法

E. 气调养护法

答案：ABCD

解析：本组题考查传统的贮藏保管方法。

传统的贮藏保管法：清洁养护法、防湿养护法、密封贮藏（密闭贮藏）法、对抗同贮法。气调养护法属现代贮藏保管方法。

26. 炮制品的质量要求有

A. 色泽（含光泽）　　B. 气味、水分

C. 净度、片型及粉碎粒度　　D. 有效成分溶出度

E. 有毒成分的限量指标

答案：ABCE

解析：中药炮制品的质量要求包括外部感观判断如饮片的质地、形、色、气味和包装等，内在检测指标如饮片的净度、水分、灰分、浸出物、有效成分含量、有毒成分的限量、有害物质和微生物等。

仿真试题

一、最佳选择题

1. 将前人的炮制方法归纳并提出“雷公炮炙十七法”的炮制专著是

A.《黄帝内经》　B.《雷公炮炙论》

C.《本草蒙筌》　D.《炮炙大法》

E.《修事指南》

2.《修事指南》的作者是

A. 缪希雍　　B. 张仲岩
C. 陈嘉漠　　D. 赵学敏
E. 李时珍

3. 醋的作用不包括
A. 散瘀止痛　　B. 理气止痛
C. 疏肝健脾　　D. 行水解毒
E. 矫臭矫味

4. 灶心土的作用不包括
A. 补脾益肺　　B. 温中和胃
C. 止血　　D. 止呕
E. 涩肠止泻

5. 不适于含苷类中药的炮制方法是
A. 炮制辅料常用酒
B. 水制时宜少泡多润
C. 忌铁器
D. 少用醋炮制
E. 可采用烘、晒、炒等法破坏或抑制酶的活性

6. 蜜炙药物冷却后，需采用的贮存方法是
A. 隔气养护法　　B. 防湿养护法
C. 密封贮藏法　　D. 对抗同贮法
E. 通风养护法

7. 有关炮制对药物理化性质的影响叙述错误的是
A. 炮制可增强药材中生物碱类成分的溶解性
B. 通过炮制可降低毒副作用
C. 通过炮制可改变含无机化合物药物的物理性状，便于制剂
D. 通过炮制可降低鞣质的含量
E. 炮制可降低药材有机酸类成分含量，降低刺激性

8. 为保证药物疗效，含苷类药物常用炒、蒸、煮、燀等方法进行炮制的主要目的是
A. 缓和或改变药性
B. 产生新的功能扩大临床范围
C. 破坏或抑制酶的活性
D. 降低毒性或减少刺激作用
E. 增强药效

9. 下列药物中所含挥发油具有明显的毒性和强烈的刺激性，若内服需通过炮制处理将大部分除去的是
A. 薄荷　　B. 白术
C. 肉豆蔻　　D. 乳香
E. 厚朴

10. 关于炮制对性味的影响叙述不正确的是
A. 经炮制后，改变药物性味，扩大药物用途
B. 药物经炮制后，性味增强
C. 经炮制后，纠正药物过偏之性，即以热制寒
D. 胆汁制黄连，即以寒制热，称为“反制”
E. 酒制大黄为“反制”

11. 有关炮制品质量标准叙述不正确的是
A. 净度是指炮制品所含杂质及非药用部位的限度
B. 炮制品的色泽常作为炮制程度及内在质量变异的标志之一
C. 炮制品只应具有药材原有的气味，不应带有异味
D. 一些不宜切制成饮片，或临床上有特殊需要的药物，可粉碎成粒度均匀、无杂质的颗粒，或粉碎成符合药典要求的粉末

E. 在炮制品贮藏保管中，控制合理的水分含量可防止生虫、霉变等质量问题的发生

12. 以下有关中药炮制叙述不正确的是
   A. 炮制，在历史上又称“炮炙”、“修治”、“修事”
   B. 中药炮制是指与火有关的各种制法
   C. 中药须经炮制后才能入药，这是中医用药的一个特点
   D. 中药炮制是根据中医药理论，依照辨证施治用药的需要和药物自身性质，以及调剂、制剂的不同要求所采取的一项制药技术
   E. 中药炮制学是专门研究炮制理论、工艺、规格标准，历史沿革及其发展方向的学科

二、配伍选择题

[13 ~ 16]
   A. 《雷公炮炙论》
   B. 《黄帝内经》
   C. 《本草纲目》
   D. 《修事指南》
   E. 《炮炙大法》

13. 其中有330味中药记有“修治”专项，综述了前代炮制经验
14. 宋代雷敩著，为我国第一部炮制专著
15. 明代缪希雍著，是我国第二部炮制专著
16. 清代张仲岩著，为我国第三部炮制专著

[17 ~ 20]
   A. 商代前
   B. 春秋战国至宋代
   C. 金元明时期
   D. 清代
   E. 现代

17. 中药炮制技术的起始和形成时期
18. 炮制品种和技术的扩大应用时期
19. 中药炮制的振兴、发展时期
20. 炮制理论的形成时期

[21 ~ 24]
   A. 醋炙延胡索　B. 血余煅炭
   C. 酒炙大黄　D. 姜炙半夏
   E. 盐炙杜仲

21. 可缓和其苦寒之性，免伤脾胃的是
22. 可增强补肾作用的是
23. 能增强入肝止痛作用的是
24. 能增强化痰止呕作用的是

[25 ~ 28]
   A. 13%　B. 15%
   C. 7% ~ 13%　D. 3% ~ 5%
   E. 10%

25. 炮制品的含水量宜控制在
26. 蜜制品类含水分不得超过
27. 酒炙、醋炙及盐炙品类等，含水分不得超过
28. 烫制、醋淬制品含水分不得超过

[29 ~ 32]
   A. 反制　B. 从制
   C. 切制　D. 净制
   E. 炮制

29. 通过炮制纠正药物过偏之性称为
30. 通过炮制使药物的性味增强称为
31. 通过一定方法的加工，使药材适应调剂、制剂的不同要求
32. 除去杂质、区分药用部位使药材提高

疗效

[33～36]

A. 蕲蛇　　B. 蛤蚧

C. 全蝎　　D. 丹皮

E. 人参

33. 与花椒、吴茱萸或荜澄茄同贮

34. 与花椒或大蒜瓣同贮

35. 与花椒或细辛同贮

36. 与泽泻、山药同贮

[37～40]

A. 黑豆汁制　　B. 甘草汁制

C. 盐水制　　D. 米泔水制

E. 姜汁制

37. 可除去药材中的部分油质，降低药物辛燥之性，增强补脾和中之功，药物需经

38. 能增强药物的疗效，降低药物毒性或副作用，药物需经

39. 能缓和药性，降低毒性，药物需经

40. 能抑制其寒性，增强疗效，降低毒性，药物需经

三、多项选择题

41. 中药炮制学研究的内容包括

A. 中医药理论

B. 中药炮制理论

C. 中药炮制工艺、规格标准

D. 中药质量标准

E. 中药炮制历史沿革及发展方向

42. 我国古代中药炮制专著有

A. 《神农本草经》

B. 《雷公炮炙论》

C. 《本草纲目》

D. 《炮炙大法》

E. 《修事指南》

43. 下列哪些药物经炮制后目的是去毒

A. 川乌蒸制　　B. 天南星胆汁制

C. 朱砂水飞　　D. 芫花醋制

E. 巴豆制霜

44. 炮制对药物化学成分的影响有

A. 增强药物生物碱类、苷类化学成分的溶出率

B. 只能使药物化学成分发生一定的量变

C. 降低挥发油类、有机酸类成分含量

D. 改变药材中鞣质类成分的含量

E. 破坏或抑制药材中酶的活性，保护有效成分

45. 下列哪组固体辅料能作为炮制用辅料

A. 稻米、麦麸

B. 滑石粉、淀粉

C. 土、河砂

D. 白矾、豆腐

E. 蛤粉、食盐水

46. 下列炮制方法对含生物碱类药物有影响的

A. 醋制　　B. 加热炮制

C. 煨制　　D. 酒制

E. 姜汁制

47. 药物在贮藏中，易发生泛油现象的成分是

A. 蛋白质　　B. 油脂

C. 糖类　　D. 挥发油

E. 树脂

48. 药材中的挥发油为有效成分时，应阴干

A. 苍术　　B. 薄荷

C. 益母草　　D. 藿香

E. 荆芥

49. 影响炮制品变异的自然因素有

A. 温度　　B. 湿度

C. 真菌　　D. 日光

E. 虫害

50. 现代贮藏保管技术有

A. 气调贮藏技术

B. 气体灭菌技术

C. $^{60}Co-\gamma$ 线辐射技术

D. 固体分散技术

E. 低温冷藏技术

51. 中药炮制品的净度标准为

A. 纯净　　B. 无杂质

C. 无霉败品　　D. 大小分档

E. 无虫蛀品

参考答案

一、最佳选择题

1. D　2. B　3. C　4. A　5. C　6. C　7. D　8. C　9. D
10. D　11. C　12. B

二、配伍选择题

[13~16] C A E D　[17~20] B D E C　[21~24] C E A D
[25~28] C B A E　[29~32] A B E D　[33~36] B A C D
[37~40] D A B E

三、多项选择题

41. BCE　42. BDE　43. ACDE　44. ACDE　45. ACD
46. ABD　47. BCD　48. BDE　49. ABCDE　50. ABCE
51. ABCE

第二十二单元　净选与切制

考点分级

★★★★

分离和清除根、茎、皮、核等非药用部位的代表药物；药物清除杂质的方法；饮片干燥的方法及温度。

★★★

净选加工的意义；饮片切制前水处理方法及适用范围；饮片类型及选择原则。

一、最佳选择题

1. 为了分离药用部位而去心的药物是

A. 牡丹皮　　B. 地骨皮

C. 五加皮　　D. 巴戟天

E. 莲子

答案：E

解析：莲子的心（胚芽）清心热，而莲子肉能补脾涩精，故须分离药用部位，分别入药。

2. 莱菔子、车前子除去杂质常用的方法是

A. 挑选　　B. 风选

C. 水选　　D. 洗法

E. 漂法

答案：B

解析：莱菔子、车前子、苏子等质地轻的药材常用风选法利用药材和杂质的比重不同，经过簸扬使药材和杂质分离以达到纯净药材的目的。

3. 槟榔的软化方法为

A. 喷淋法　　B. 淘洗法

C. 泡法　　D. 润法

E. 漂法

答案：D

解析：槟榔质地坚硬、短时间外部水分不易渗入组织内部，多用润法进行软化。

4. 狗脊去毛的方法

A. 用刃器刮　　B. 用毛刷刷

C. 用砂炒法烫　　D. 与瓷片撞

E. 挖去毛

答案：C

解析：鹿茸等的茸毛先用刃器基本刮净，再置酒精灯上稍燎一下，用布擦净。枇杷叶、石韦等在叶背密生绒毛，多用毛刷刷除。骨碎补、狗脊、马钱子等表面黄棕色绒毛，可用砂炒法将毛烫焦，取出稍凉后再去毛茸。金樱子在果实内部有淡黄色绒毛，可将果实纵剖两瓣，挖净毛和核。香附表面的黄棕毛，可将香附和瓷片放进竹笼中来回撞去毛。

5. 含芳香挥发性成分的药材干燥一般以不超过多高的温度为适宜

A. 60℃　　B. 100℃

C. 70℃　　D. 50℃

E. 80℃

答案：D

解析：一般药物以不超过80℃为宜，含芳香挥发性成分的药材以不超过50℃为宜。

6. 质地松泡的药物宜切

A. 薄片　　B. 极薄片

C. 块　　D. 厚片

E. 段

答案：**D**

解析：质地松泡、黏性大、切薄片易破碎的药材宜切厚片，如茯苓、山药、泽泻等。

二、配伍选择题

［7～10］

A. 烫去毛　　B. 刷去毛

C. 挖去毛　　D. 燎去毛

E. 撞去毛

7. 在炮制过程中金樱子应
8. 在炮制过程中枇杷叶应
9. 在炮制过程中马钱子应
10. 在炮制过程中香附应

答案：**C　B　A　E**

解析：鹿茸等的茸毛先用刃器基本刮净，再置酒精灯上稍燎一下，用布擦净。枇杷叶、石韦等在叶背密生绒毛，多用毛刷刷除。骨碎补、狗脊、马钱子等表面黄棕色绒毛，可用砂炒法将毛烫焦，取出稍凉后再去毛茸。金樱子在果实内部有淡黄色绒毛，可将果实纵剖两瓣，挖净毛和核。香附表面的黄棕毛，可将香附和瓷片放进竹笼中来回撞去毛。

［11～14］

A. 淘洗法　　B. 淋法

C. 泡法　　D. 漂法

E. 润法

11. 天花粉切制前采用的水处理方法为
12. 薄荷切制前采用的水处理方法为
13. 郁金切制前采用的水处理方法为
14. 龙胆切制前采用的水处理方法为

答案：**C　B　E　A**

解析：薄荷含大量挥发油，宜用淋法；郁金质地较坚硬，用润法处理效果好，而且有效成分损失少；龙胆有效成分为苷类，易溶于水，宜用淘洗法。

三、多项选择题

15. 切制前水处理中的漂法多适用于

A. 毒性药材　　B. 盐腌制过药材

C. 具腥臭异常气味药材　　D. 质地坚硬药材

E. 质地疏松药材

答案：ABC

解析：漂法一般用来漂去有毒成分、盐分及腥臭异味。

16. 净选时分开药用部位使不同部位各自更好地发挥疗效的药材是

A. 莲子　　B. 扁豆

C. 麻黄　　D. 百合

E. 川乌

答案：ABC

17. 中药材切制前常用水处理的方法有

A. 淋法　　B. 泡法

C. 淘洗法　　D. 漂法

E. 润法

答案：ABCDE

18. 药材在水处理过程中，检查软化程度常用的方法有

A. 弯曲法　　B. 指掐法

C. 穿刺法　　D. 手捏法

E. 劈裂法

答案：ABCD

仿真试题

一、最佳选择题

1. 黄芩合理的软化方法是

A. 用冷水浸润软化

B. 沸水煮透

C. 温水润软

D. 用蒸气蒸软

E. 用冷水煮透

2. 为便于调配和制剂宜碾捣的药物是

A. 牛膝　　B. 五加皮

C. 芥子　　D. 花椒

E. 山茱萸

3. 适用于切段的药材为

A. 动物、角质类药材

B. 质地致密、坚实

C. 皮类

D. 全草类

E. 质地松泡、黏性大

4. 中药饮片切段的长度为

A. 10 ~ 15mm　　B. 5 ~ 8mm

C. 16～18mm　D. 3～4mm
E. 1～2mm

5. 木香的软化方法为
A. 喷淋法　B. 淘洗法
C. 浸泡法　D. 浸渍法
E. 漂洗法

6. 不去毛的药物是
A. 鹿茸、马钱子
B. 骨碎补、狗脊
C. 辛夷、地榆
D. 枇杷叶、石韦
E. 金樱子、香附

7. 传统理论认为人参去“芦头”的目的是
A. 免滑　B. 免泻
C. 免吐　D. 免烦
E. 免闷

8. 传统理论认为枳壳“去瓤”的目的是
A. 免泻　B. 免胀
C. 免烦　D. 免吐
E. 免闷

9. 药物根、茎作用不同，分别入药的是
A. 党参　B. 苏木
C. 麻黄　D. 淫羊藿
E. 天花粉

10. 甘草切片宜切成
A. 薄片　B. 厚片
C. 直片　D. 斜片
E. 块

11. 不宜切薄片的药材是
A. 天麻　B. 白芍
C. 槟榔　D. 茯苓
E. 乌药

12. 干燥后饮片含水量应控制为
A. 5%～6%　B. 7%～13%
C. 6%～8%　D. 3%～4%
E. 5%～7%

13. 艾叶加工采用的方法是
A. 切片　B. 去皮
C. 碾捣　D. 制绒
E. 去毛

14. 穿刺法适用于检查哪种药材的软化程度
A. 长条状药材
B. 团块状药材
C. 粗大块状药材
D. 不规则的根与根茎类药材
E. 粗颗粒状药材

15. 检查白芍水处理效果的最佳方法是
A. 弯曲法　B. 指掐法
C. 穿刺法　D. 手捏法
E. 劈剖法

16. 药材中含下列哪类成分，在炮制处理时宜“忌铁器”
A. 生物碱　B. 鞣质
C. 油脂　D. 树脂
E. 挥发油

二、配伍选择题

[17～20]
A. 1～2mm　B. 2～4mm
C. 2～3mm　D. 0.5mm 以下
E. 5～10mm

17. 薄片厚度为
18. 厚片厚度为
19. 斜片厚度为
20. 直片厚度为

[21～24]

A. 风选 B. 水选
C. 筛选 D. 挑选
E. 以上都不是

21. 含泥沙较多的药材净制时应采用
22. 莱菔子、芥子在炒制前应采用
23. 延胡索、半夏净制应采用
24. 麻黄分离根和茎应采用

［25～28］

A. 去芦 B. 去皮
C. 去心 D. 去毛
E. 去核

25. 山楂、山茱萸须
26. 地榆、牛膝须
27. 马钱子、枇杷叶须
28. 牡丹皮、巴戟天须

［29～32］

A. 斜片 B. 厚片
C. 直片 D. 薄片
E. 极薄片

29. 白芍、乌药、三棱、天麻宜切
30. 茯苓、山药、天花粉、泽泻、升麻、大黄宜切
31. 甘草、黄芪、鸡血藤宜切
32. 羚羊角、鹿角、苏木、降香宜切

［33～36］

A. 泡法 B. 漂法
C. 润法 D. 淋法
E. 淘洗法

33. 适用于全草类、叶类、果皮类和有效成分易随水流失的药材宜用
34. 适用于质地坚硬、短时间水分不易渗透组织内部的药物宜用
35. 适用于质地坚硬，水分较难渗入的药材宜用
36. 适用于毒性药材，用盐腌制过的药物及具腥臭异常气味的药材宜用

［37～40］

A. 镑片 B. 刨片
C. 碾捣 D. 制绒
E. 劈制

37. 艾叶制艾条时的前处理
38. 动物角质类药材
39. 檀香、松节
40. 牡蛎、赭石

三、多项选择题

41. 切制前检查软化药材程度的方法有
A. 弯曲法 B. 目测法
C. 指掐法 D. 穿刺法
E. 手捏法

42. 适合切丝的药物是
A. 鸡血藤、羚羊角
B. 茯苓、山药
C. 黄柏、厚朴
D. 甘草、木香
E. 桑叶、佩兰

43. 药物切成饮片后干燥的方法和注意事项有
A. 干燥的方法有自然干燥方法和人工干燥方法
B. 自然干燥的方法有日光下晒干和阴凉通风处阴干
C. 人工干燥方法是利用一定的干燥设备，对药物进行干燥
D. 人工干燥的方法包括热风式、翻板式干燥机干燥．以及远红外线、微波、太阳能集热器等多种先进技术

E. 一般药物干燥温度以不超过 80℃为宜，含芳香挥发性成分的药物以不超过 50℃为宜

44. 需去毛的药物是
A. 桔梗、地榆
B. 鹿茸、枇杷叶
C. 狗脊、马钱子
D. 金樱子、石韦
E. 香附、骨碎补

45. 药材清除杂质的方法有
A. 筛选法　　B. 水选法
C. 漂选法　　D. 风选法
E. 挑选法

46. 药材切制的目的
A. 便于有效成分煎出
B. 便于鉴别
C. 便于炮制
D. 便于制剂、调剂
E. 便于贮藏

47. 下列哪类药物切片后宜阴干不宜暴晒
A. 荆芥、薄荷、茵陈等药物
B. 含芳香挥发性成分的药物
C. 受日光照射易变色的药物
D. 油脂含量较高的药物
E. 黏液质含量较高的药物

48. 下列植物有两个或两个以上入药部位的有
A. 黄芩　　B. 麻黄
C. 莲子　　D. 连翘
E. 当归

参考答案

一、最佳选择题

1. D　2. C　3. D　4. A　5. C　6. C　7. C　8. B　9. C
10. D　11. D　12. B　13. D　14. C　15. A　16. B

二、配伍选择题

[17 ~20] A B B B　[21 ~24] B A C D　[25 ~28] E A D C
[29 ~32] D B A E　[33 ~36] D C A B　[37 ~40] D A B C

三、多项选择题

41. ACDE　42. CE　43. ABCDE　44. BCDE　45. ABDE
46. ABCDE　47. ABC　48. BCE

第二十三单元　炒　法

考点分级

★★★★★

炒法的定义；清炒的目的、加辅料炒的目的；牛蒡子、槐花、苍耳子、山楂、栀子、蒲黄、苍术、斑蝥、马钱子、阿胶等的炮制方法、成品性状、炮制作用及相关研究。

★★★★

王不留行、莱菔子、干姜、荆芥、枳壳、白术的炮制方法、成品性状及炮制作用。

★★★

白芥子、党参、鳖甲、穿山甲、水蛭等的炮制方法及炮制作用。

重要知识点串讲

一、炒法的分类

（1）清炒法：不加辅料的炒法，按火候分为炒黄、炒焦、炒炭。

（2）加辅料炒法：净制或切制后的药物与固体辅料同炒的方法。按辅料应用分为麸炒、米炒、土炒、砂炒、蛤粉炒和滑石粉炒等，一般用中火。

表 23－1　炒法的分类

清炒法	炒黄	牛蒡子、白芥子、王不留行、莱菔子、苍耳子
	炒焦	山楂、栀子
	炒炭	干姜、蒲黄、荆芥
加辅料炒	麸炒	枳壳、苍术
	米炒	党参、斑蝥
	土炒	白术
	砂炒	马钱子、鳖甲、穿山甲
	滑石粉炒	水蛭
	蛤粉炒	阿胶

二、炒黄、炒焦、炒炭比较

表 23－2　炒黄、炒焦及炒炭的比较

项目	火候	药物性状	目的
炒黄	文火或中火	药物表面黄色或较原色稍深	增效减毒，缓和药性，去酶保苷
炒焦	中火或武火	药物表面焦黄或焦褐色，内部颜色加深	增强消食健胃功效，减少刺激性
炒炭	武火或中火	药物表面焦黑色，内部焦黑或焦褐色	增强或产生止血、止泻作用

三、火力与火候的关系

（1）火力：炮制药物时火的大小（强弱）或温度的高低。

（2）火候：炮制的时间和程度。

炒黄一般用文火，炒焦多用中火，炒炭常用武火。

历年真题与解析

一、最佳选择题

1. 炒苍耳子应用的火力是

A. 武火　　B. 中火

C. 文火　　D. 微火

E. 强火

答案：B

2. 焦栀子的炮制作用是

A. 增强泻火除烦的作用　　B. 增强清热利湿作用

C. 缓和苦寒之性以免伤胃　　D. 增强凉血止血作用
E. 增强凉血解毒作用

答案：C

解析：栀子苦寒之性甚强，对胃有刺激性，炒焦后苦寒之性大大减弱。

3. 不采用清炒法炮制的是
A. 槐花　　B. 莱菔子
C. 蒲黄　　D. 白术
E. 苍耳子

答案：D

解析：白术是用土炒、米炒或用麸炒。

4. 加辅料炒不包括
A. 土炒　　B. 米炒
C. 酒炒　　D. 蛤粉炒
E. 滑石粉炒

答案：C

解析：酒炒属炙法，其他四项都属于加辅料炒，还包括麸炒、砂炒等。

5. 炒炭后才具有止血作用的是
A. 槐花　　B. 地榆
C. 鸡冠花　　D. 荆芥
E. 白茅根

答案：D

解析：某些药物炒炭后则止血作用比生品强，如鸡冠花、槐花、地榆、白茅根等。有些药物本来没有止血作用，炒炭后则具有止血作用，如荆芥、丹皮等。

6. 麸炒法将麦麸均匀撒入热锅中，投入药物的标准是
A. 麦麸微热　　B. 麦麸烫手
C. 麦麸起烟　　D. 麦麸稍黑
E. 麦麸炭化

答案：C

解析：麸炒时，将锅预热，再将麦麸均匀撒入热锅中，至麦麸起烟时投入药物。

7. 米炒斑蝥降低毒性，是利用了斑蝥素的
A. 升华性　　B. 脂溶性
C. 水溶性　　D. 遇热分解
E. 蛋白质凝固

答案：A

解析：麸炒时，将锅预热，再将麦麸均匀撒入热锅中，至麦麸起烟时投入药物。

二、配伍选择题

[8～11]

A. 增强药物补脾止泻作用
B. 增强药物补脾和胃作用
C. 增强药物健脾止泻作用
D. 增强药物清热化痰作用
E. 使药物增强或产生止血作用

8. 土炒药物的作用有
9. 米炒药物的作用有
10. 麸炒药物的作用有
11. 药物炒炭的作用有

答案：A　C　B　E

解析：本组题考查加固体辅料炒法的炮制作用。

[12～15]

A. 便于粉碎
B. 矫味矫臭
C. 降低毒性
D. 缓和药性
E. 增强疗效

12. 白术土炒目的是
13. 苍术麸炒目的是
14. 僵蚕麸炒目的是
15. 斑蝥米炒主要目的是

答案：E　D　B　C

解析：本组题考查固体辅料炒法的炮制目的。土炒白术以健脾止泻力胜，麸炒白术能缓和燥性，增强健脾作用；苍术麸炒后燥性缓和，气变芳香，健脾和胃作用增强；麸炒僵蚕能矫味矫臭；用米炒斑蝥，降低毒性，矫正气味。以通经，破癥散结为主。

[16～19]

A. 活血化瘀
B. 消积化食
C. 消食止泻
D. 止血止泻
E. 燥湿健脾

16. 炒山楂长于
17. 生山楂长于
18. 焦山楂长于
19. 山楂炭长于

答案：B　A　C　D

解析：本组题考查山楂不同炮制品的炮制作用异同。炒山楂酸味减弱，可缓和对胃的刺激性，善于消食化积。焦山楂酸味减弱，苦味增加，长于消食止泻。山楂炭其性收涩，长于止血、止泻。

三、多项选择题

20. 炒炭时的注意事项为

A. 炒炭时多用武火　　B. 炒炭时要存性

C. 炒炭时要全部炭化　　D. 炒炭时要全部灰化

E. 炒炭时花、草、叶等炒炭后仍可清晰辨别药物原形

答案：ABE

解析：炒炭要求存性。“存性”是指炒炭药物只能部分炭化，更不能灰化，未炭化部分仍应保存药物的固有气味；花、叶、草等炒炭后仍可清晰辨别药物原形，如槐花、菊花、侧柏叶、荆芥之类。

21. 米炒斑蝥的目的是

A. 降低毒性　　B. 便于粉碎

C. 增强疗效　　D. 矫正气味

E. 改变药性

答案：AD

解析：斑蝥米炒后，其毒性降低，其气味矫正，可内服。

22. 炒莱菔子的临床作用偏于

A. 涌吐风痰　　B. 降气化痰

C. 消食除胀　　D. 温肺化痰

E. 泻肺平喘

答案：BC

解析：本题考查莱菔子不同炮制品的炮制作用异同。莱菔子生用能升能散，炒后性降，药性缓和，有香气，可避免生品服用后恶心的副作用。长于降气化痰，消食除胀。

23. 制马钱子的常用方法有

A. 油炸法　　B. 砂烫法

C. 制霜法　　D. 炒炭法

E. 醋炙法

答案：AB

24. 砂炒马钱子时，炒至什么程度出锅

A. 中间略鼓　　B. 表面黑色无绒毛

C. 质地坚脆　　D. 表面棕褐色

E. 中间有裂隙

答案：ACDE

解析：本题考查砂炒马钱子的成品性状：表面棕褐色，中间略鼓起或有裂隙，无绒毛，质地坚脆。

仿真试题

一、最佳选择题

1. 有关炒法叙述不正确的是
   A. 炒制火候是指药物炒法炮制的方法
   B. 炒法可分清炒法和加辅料炒法
   C. 清炒法包括炒黄、炒焦、炒炭
   D. 炒黄多用文火，炒焦多用中火，炒炭多用武火
   E. 加辅料炒多用中火或用武火
2. 下列哪类药物多用炒黄炮制
   A. 根茎类　　B. 果实类
   C. 种子类　　D. 花、叶类
   E. 藤木类
3. 炒黄的标准不包括
   A. 表面黄色或较原色深
   B. 内部焦黄色
   C. 爆裂
   D. 发泡鼓起
   E. 透出药物原有气味
4. 古人利用炮制方法降低苍术燥性的科学道理是
   A. 降低挥发油的含量
   B. 降低生物碱的含量
   C. 降低强心苷的含量
   D. 降低鞣质的含量
   E. 降低黄酮的含量
5. 牛蒡子的炮制方法是
   A. 炒炭　　B. 去油
   C. 燀　　D. 炒焦
   E. 炒黄
6. 炒牛蒡子的作用是
   A. 降低毒性
   B. 转变药性
   C. 缓和寒滑之性
   D. 除去不良气味
   E. 缓和苦燥之性
7. 炒后能保存有效成分的药物是
   A. 牵牛子　　B. 槐米
   C. 苍耳子　　D. 决明子
   E. 牛蒡子
8. 王不留行炒爆的标准以完全爆花者占
   A. 40% 以为宜
   B. 50% 以上为宜
   C. 60% 以上为宜
   D. 70% 以上为宜
   E. 80% 以上为宜
9. 炒王不留行的主要目的是
   A. 增强止痛作用

B. 降低毒性
C. 易于煎出药效成分
D. 减低副作用
E. 增强涩性

10. 生莱菔子的临床作用偏于
A. 清热排脓 B. 涌吐风痰
C. 消食除胀 D. 健脾止泻
E. 降气化痰

11. 善于消积化食的山楂炮制品为
A. 焦山楂 B. 山楂炭
C. 生山楂 D. 炒山楂
E. 麸炒山楂

12. 山楂炒焦可增强
A. 消食止泻的作用
B. 消积化食的作用
C. 活血化瘀的作用
D. 止血作用
E. 酸涩收敛作用

13. 山楂炒焦后对其中所含有机酸的影响是
A. 有机酸含量增加
B. 有机酸含量不变
C. 有机酸含量减少
D. 有机酸遇碱成盐
E. 有机酸全部被破坏

14. 下列哪个药物不用炒焦法炮制
A. 麦芽 B. 槟榔
C. 干姜 D. 栀子
E. 六神曲

15. 下列炒炭药物中哪种不用武火
A. 地榆 B. 贯众
C. 干姜 D. 乌梅
E. 槐米

16. 蛤粉炒法应用的药物范围是
A. 胶类药 B. 动物药
C. 有毒药 D. 植物药
E. 矿物药

17. 槐花炭能止血与下列哪项因素关系最密切
A. 芦丁含量升高
B. 槲皮素含量升高
C. 鞣质含量升高
D. 酶破坏
E. 钙离子含量升高

18. 干姜炒炭后有何作用
A. 温中回阳 B. 散寒化饮
C. 活血化瘀 D. 温经止血
E. 温肺化痰

19. 苍耳子炒黄的作用是
A. 增强疗效 B. 缓和药性
C. 降低毒性 D. 转变药性
E. 利于贮藏

20. 荆芥炒炭的作用是
A. 清热凉血增强
B. 凉血止血增强
C. 收敛止血增强
D. 产生止血作用
E. 增强止血作用

21. 栀子炒炭的作用是
A. 缓和苦寒之性
B. 提高凉血止血作用
C. 增强清热泻火作用
D. 行气作用增强
E. 解毒作用增强

22. 炮制后产生止血作用的药物是
A. 小蓟炭 B. 荷叶炭
C. 血余炭 D. 丹皮炭
E. 大蓟炭

23. 苍耳子应炒至表面颜色为
A. 黄色　B. 深黄色
C. 棕黄色　D. 橘黄色
E. 金黄色

24. “焦三仙”是指
A. 山楂、麦芽、谷芽
B. 山楂、麦芽、槟榔
C. 焦山楂、焦麦芽、焦神曲
D. 焦麦芽、焦槟榔、焦神曲
E. 焦山楂、焦槟榔、焦麦芽

25. 下列药物要求炒至爆花的是
A. 麦芽　B. 莱菔子
C. 王不留行　D. 牛蒡子
E. 紫苏子

26. 临床上用于温经止血应首选
A. 炮姜炭　B. 蒲黄炭
C. 地榆炭　D. 茜草炭
E. 侧柏炭

27. 温中回阳、散寒化饮的姜应是
A. 生姜　B. 姜炭
C. 干姜　D. 煨姜
E. 炮姜

28. 宜用中火炒炭的药物是
A. 蒲黄　B. 地榆
C. 大蓟　D. 栀子
E. 血余

29. 苍术中哪种成分过量，会对人体造成危害，中医称为“燥性”
A. 苷类　B. 挥发油
C. 生物碱　D. 鞣质
E. 有机酸

30. 不用麸炒法的是
A. 山药　B. 白术
C. 僵蚕　D. 斑蝥
E. 枳壳

31. 土炒的主要目的是
A. 增强补中益气作用
B. 增强健脾补胃作用
C. 增强补脾止泻作用
D. 增强滋阴生津作用
E. 增强温肾壮阳作用

32. 僵蚕炮制常用的辅料是
A. 米　B. 麦麸
C. 蛤粉　D. 灶心土
E. 滑石粉

33. 米炒药物时，每100kg药物一般用米
A. 30kg　B. 20kg
C. 15～20kg　D. 10～15kg
E. 5kg

34. 麸炒药物时，100kg药物用麦麸
A. 20kg　B. 30kg
C. 15～20kg　D. 10～15kg
E. 5kg

35. 米炒党参的作用是
A. 增强益气生津
B. 增强补中益气
C. 增强健脾止泻
D. 增强健脾益胃
E. 增强补肾生精

36. 土炒白术的作用是
A. 缓和燥性，增强健脾和胃作用
B. 缓和燥性，增强健脾止泻作用
C. 缓和燥性，减小副作用
D. 增强健脾燥湿作用
E. 缓和燥性，利水消肿

37. 砂炒醋淬鳖甲的作用是
A. 养阴清热，潜阳息风
B. 入肝消积，软坚散结

C. 补肾健骨，滋阴止血
D. 活血止痛，通经下乳
E. 消食止泻，固精止遗

38. 制鳖甲指的是
A. 砂炒鳖甲
B. 砂炒米泔水淬鳖甲
C. 砂炒醋淬鳖甲
D. 砂炒酒淬鳖甲
E. 砂炒水淬鳖甲

39. 砂烫马钱子在下列哪个条件时，士的宁和马钱子碱的异型和氮氧化合物含量最高
A. 200～230℃，1～2min
B. 230～240℃，3～4min
C. 230～240℃，5～8min
D. 240～250℃，3～4min
E. 240～250℃，5～12min

40. 砂炒的药物不包括
A. 狗脊　B. 穿山甲
C. 水蛭　D. 鸡内金
E. 马钱子

41. 阿胶常见炮制品种不包括
A. 生阿胶　B. 蛤粉炒阿胶
C. 阿胶丁　D. 蒲黄炒阿胶
E. 滑石粉炒阿胶

42. 蒲黄炒阿胶的主要作用是
A. 益肺润燥　B. 止血安络
C. 破血逐瘀　D. 滋阴补血
E. 燥湿化痰

43. 哪一项不是阿胶珠的成品性状
A. 圆球形　B. 质松泡
C. 外表灰白色　D. 外表焦褐色
E. 内部蜂窝状

44. 滑石粉炒适宜于
A. 质地疏松的药材
B. 腥味较大的动物类药材
C. 质地坚硬的药材
D. 韧性较大的动物类药材
E. 动物骨骼类药材

二、配伍选择题

［45～48］
A. 100：10～15
B. 100：20
C. 100：25～30
D. 100：30～50
E. 100：60～70

45. 米炒党参时，药物与辅料用量比为
46. 土炒白术时，药物与辅料用量比为
47. 麸炒枳实时，药物与辅料用量比为
48. 蛤粉炒阿胶时，药物与辅料用量比为

［49～52］
A. 砂炒法　B. 炒黄法
C. 炒焦法　D. 麸炒法
E. 米炒法

49. 白芥子常用的炮制方法是
50. 苍术常用的炮制方法是
51. 枳壳常用的炮制方法是
52. 苍耳子常用的炮制方法是

［53～55］
A. 破酶保苷　B. 降低毒性
C. 缓和药性　D. 产生止血作用
E. 矫味矫臭

53. 砂炒马钱子的主要目的是
54. 荆芥炒炭的主要目的是
55. 麸炒僵蚕的主要目的是

［56～59］
A. 增强活血止痛作用，并矫腥味

B. 增强入肝消积、软坚散结作用

C. 增强消食止泻，并固精止遗

D. 降低滞腻性，增强益肺润燥作用

E. 增强止血安络作用

56. 蒲黄炒阿胶

57. 蛤粉炒阿胶

58. 砂烫醋淬鳖甲

59. 砂烫醋淬穿山甲

[60～63]

A. 炒爆花

B. 炒出汗

C. 炒去刺

D. 炒有爆裂声并有香气

E. 炒至表面有焦斑

60. 苍耳子炒黄的炮制程度是

61. 王不留行的炒黄程度为

62. 莱菔子的炒制程度为

63. 栀子的炒焦程度为

[64～67]

A. 缓和寒滑之性，以免伤中

B. 缓和辛散走窜之性，以免耗气伤阴

C. 降低毒性，药性温和，免伤正气

D. 缓和药性，有香气，消食除胀，降气化痰

E. 降低毒性，通鼻窍，祛湿止痛

64. 炒苍耳子

65. 炒牛蒡子

66. 炒莱菔子

67. 炒芥子

[68～71]

A. 僵蚕　　B. 苍术

C. 枳壳　　D. 栀子

E. 白术

68. 麸炒后对胃肠道刺激性减小，药性缓和，健脾和胃作用增强

69. 麸炒后缓和燥性和酸性，增强健胃消胀作用

70. 麸炒后疏风走表之力稍减，长于化痰散结

71. 麸炒后缓和燥性，气变芳香，增强了健脾燥湿作用

[71～74]

A. 文火　　B. 中火

C. 武火　　D. 先文火后武火

E. 先武火后文火

71. 药物炒黄多用

72. 药物炒焦多用

73. 药物炒炭多用

74. 槐花炒炭多用

三、多项选择题

75. 牛蒡子的炮制作用的是

A. 缓和寒滑之性

B. 避免滑肠致泻

C. 易于捣碎

D. 易于煎出有效成分

E. 矫臭矫味

76. 须用中火炒制的药物是

A. 苍耳子　　B. 牵牛子

C. 杜仲　　D. 决明子

E. 王不留行

77. 常将其炒至爆花，易煎出药效的药物是

A. 水红花子　　B. 苍耳子

C. 莱菔子　　D. 王不留行

E. 白芥子

78. 炒黄是将药材炒至

A. 表面呈黄色
B. 表面呈焦褐色
C. 种皮爆裂
D. 发泡鼓起
E. 较原色稍深

79. 炒后可以杀酶保苷的药物是
A. 芥子 B. 山楂
C. 丹参 D. 槐花
E. 牛蒡子

80. 炒炭防止复燃的注意事项是
A. 喷淋适量清水灭火星
B. 取出摊开晾凉
C. 无余热后再贮存
D. 炒炭存性
E. 密闭贮存

81. 砂炒马钱子的炮制作用是
A. 降低药物毒性
B. 质地酥脆便于粉碎
C. 矫正药物腥臭气味
D. 便于除去绒毛
E. 增强药物疗效

82. 砂炒马钱子的现代研究，叙述正确的是
A. 士的宁中的醚键断裂开环，转变成异士的宁，毒性降低
B. 当温度在230～240℃，时间为3～4min时，马钱子碱的异型和氮氧化物含量最高
C. 马钱子碱中的醚键断裂开环，转变成异马钱子碱，毒性降低
D. 当温度在200～210℃，时间为6～7min时，士的宁转化了10%～15%；马钱子碱转化了30%～35%
E. 士的宁和马钱子碱是马钱子中含有的主要成分

83. 砂烫马钱子降低毒性，保留生物活性的原理是
A. 士的宁含量降低
B. 马钱子碱含量降低
C. 异士的宁含量增加
D. 异马钱子碱含量增加
E. 总生物碱含量降低

84. 影响炒药质量的主要因素是
A. 加热的温度
B. 加热的时间
C. 机器的设备型号
D. 搅拌和翻炒程度
E. 加辅料的种类

85. 加辅料炒的目的有
A. 降低毒性 B. 改变药性
C. 矫臭矫味 D. 缓和药性
E. 增强疗效

86. 土炒的目的是
A. 补中益气 B. 温中止呕
C. 温经止血 D. 固脾止泻
E. 舒肝理气

87. 加辅料炒时，需将辅料炒至滑利易翻动时再投药的方法是
A. 麸炒法 B. 土炒法
C. 砂炒法 D. 滑石粉炒法
E. 蛤粉炒法

88. 有关加辅料炒法叙述正确的是
A. 加辅料炒法是净制和切制后的药物与固体辅料同炒的方法
B. 加辅料炒多用中火不能用武火
C. 有毒副作用的药物加辅料炒后可降低毒性、缓和药性

D. 有些药物加辅料炒后可增强疗效和矫味矫臭

E. 加辅料炒法不利于药物的均匀受热

89. 苍术麸炒的作用是

A. 缓和燥性

B. 增强健脾燥湿作用

C. 降低挥发油含量

D. 增强走表祛风湿作用

E. 化湿和胃力增强

90. 常用的加辅料炒法中的辅料有

A. 麦麸 B. 滑石粉

C. 蜂蜜 D. 稻米

E. 灶心土

91. 用米炮制的药物是

A. 红娘子 B. 斑蝥

C. 蛤蚧 D. 党参

E. 鳖甲

92. 下列药物可采用麸炒法炮制的是

A. 僵蚕 B. 白术

C. 山药 D. 六神曲

E. 党参

93. 常用土炒法炮制的药物是

A. 白术 B. 党参

C. 山药 D. 鳖甲

E. 斑蝥

94. 砂烫去毛的药物有

A. 骨碎补 B. 马钱子

C. 狗脊 D. 刺猬皮

E. 鸡内金

95. 采用砂炒醋淬炮制的药物有

A. 骨碎补 B. 鳖甲

C. 鸡内金 D. 穿山甲

E. 马钱子

96. 蛤粉炒制的主要目的是

A. 使药物质地酥脆

B. 便于制剂和调剂

C. 矫正不良气味

D. 降低药物的滋腻之性

E. 增强药物疗效

参考答案

一、最佳选择题

1. A　2. C　3. B　4. A　5. E　6. C　7. B　8. E　9 C
10. B　11. D　12. A　13. C　14. C　15. E　16. A　17. C　18. D
19. C　20. D　21. B　22. C　23. B　24. C　25. C　26. A　27. C
28. A　29. B　30. D　31. C　32. B　33. B　34. D　35. C　36. B
37. B　38. C　39. B　40. C　41. E　42. B　43. D　44. D

二、配伍选择题

［45～48］B　C　A　D　［49～52］B　D　D　B　［53～55］B　D　E
［56～59］E　D　B　A　［60～63］C　A　D　E　［64～67］C　A　D　B

[68~71] E C A B [71~74] A B C B

三、多项选择题

75. ABCD 76. ACE 77. AD 78. ACDE 79. ADE
80. ABC 81. ABD 82. ABCE 83. ABCD 84. ABDE
85. ACDE 86. BD 87. BCDE 88. ACD 89. ABC
90. ABDE 91. ABD 92. ABCD 93. AC 94. ABC
95. BD 96. ABCDE

第二十四单元　炙　法

考点分级

★★★★★

炙法的定义；清炒的目的、加辅料炒的目的；大黄、黄连、甘遂、延胡索、杜仲、黄柏、厚朴、黄芪、甘草、麻黄等的炮制方法、辅料用量、成品性状、炮制作用及相关研究。

★★★★

当归、蕲蛇、乳香、香附、枇杷叶的炮制方法、辅料用量、成品性状及炮制作用。

★★★

蟾酥、泽泻、知母、竹茹、马兜铃、淫羊藿等的炮制方法、辅料用量及炮制作用。

重要知识点串讲

一、炙法的分类

表 24－1　炙法的分类

酒炙法	大黄、黄连、当归、蕲蛇、蟾酥
醋炙法	甘遂、延胡索、乳香、香附
盐炙法	杜仲、黄柏、泽泻、车前子、知母
姜炙法	厚朴、竹茹

续表

蜜炙法	黄芪、甘草、麻黄、枇杷叶、马兜铃
油炙法	淫羊藿、蛤蚧

二、炙法与加辅料炒的区别

表 24－2 炙法与加辅料炒的区别

比较项目	炙法	加辅料炒法
辅料	液体辅料	固体辅料
温度	低	高
时间	长	短
火力	文火（个别药物用中火）	中火或武火
辅料去向	辅料渗入药材组织内部	炒后筛去
辅料作用	协同增强疗效	抑制偏性为主
操作方法	先加辅料后炒药或先炒药后加辅料	多为先预热辅料后投药

三、各种炙法辅料的用量

表 24－3 各种炙法辅料的用量

辅料	每炮制 100kg 药物，所需辅料量
酒	黄酒 10～20kg
醋	20～30kg；最多不超过 50kg
盐	2kg；加水 4～5 倍溶解
姜	生姜 10kg；干姜 3kg
蜜	炼蜜 25kg
油	适量

历年真题与解析

一、最佳选择题

1. 具缓泻而不伤气，逐瘀而不败正之功，用于年老、体弱及久病患者的大黄炮制品种为

A. 酒大黄　　B. 熟大黄

C. 大黄炭　　D. 醋大黄

E. 清宁片

答案：E

解析：清宁片泻下作用缓和，具缓泻而不伤气，逐瘀而不败正之功，用于年老、体弱及久病患者。其泻下作用减轻是因结合型蒽醌含量下降所致。

2. 能抑制其苦寒之性，使其寒而不滞，清气分湿热，散肝胆郁火是黄连的哪种炮制品的作用

A. 黄连

B. 酒黄连

C. 姜黄连

D. 炒黄连

E. 萸黄连

答案：E

解析：黄连泻火解毒、清热燥湿；酒黄连善清头目之火；姜黄连长于止呕；一般无炒黄连炮制品。萸黄连抑制苦寒之性，使黄连寒而不滞，以清气分湿热，散肝胆之郁火。

3. 治疗冠心病时应选

A. 生品延胡索

B. 醋延胡索

C. 姜延胡索

D. 盐延胡索

E. 酒延胡索

答案：A

解析：延胡索醋炙后增强行气止痛作用，用于身体各部位的多种疼痛证候，延胡索中季铵碱（如去氢延胡索甲素等）是治疗冠心病的有效成分，加热醋炒使季铵碱含量下降，以上作用减弱，所以治疗冠心病时，以用延胡索生品为宜。

4. 盐炙时需先炒药后加盐水的是

A. 荔枝核

B. 车前子

C. 小茴香

D. 黄柏

E. 橘核

答案：B

解析：先炒药后加盐水用于含黏液质较多的药物，如车前子、知母等。

5. 蜜炙药物冷却后，需采取的贮存方法为

A. 吸湿法

B. 清洁养护法

C. 对抗同贮法

D. 密闭法

E. 以上都不是

答案：D

解析：蜜炙药物须凉后密闭贮存，以免吸潮发黏或发酵变质；贮存的环境除应通风干燥外，还应置阴凉处，不宜受日光直接照射。

6. 适于表症已解而咳嗽未愈的老人、幼儿及体虚患者为

A. 麻黄

B. 蜜麻黄

C. 麻黄绒　　　　　　　　　　　　D. 蜜麻黄绒

E. 以上都不是

答案：D

解析：麻黄绒作用缓和，适于老人、幼儿及虚人风寒感冒，用法与麻黄相似，蜜麻黄绒作用更缓和，适于表症已解而咳嗽未愈的老人、幼儿及体虚患者。

7. 盐炙能增强补肝肾作用的药物是

A. 橘核　　　　　　　　　　　　B. 知母

C. 荔枝核　　　　　　　　　　　D. 杜仲

E. 砂仁

答案：D

解析：橘核盐炙增加疗疝止痛功效；知母盐炙后增强滋阴降火作用；荔枝核盐炙后增加疗疝止痛功效；杜仲盐炙后补肝肾作用增强；砂仁盐炙后增强温中暖肾、理气安胎作用。

8. 醋炙延胡索增强止痛作用的原理是

A. 醋与其中的生物碱结合，减少其副作用

B. 醋与其中的生物碱结合，防止有效成分破坏

C. 醋与其中的生物碱结合生成盐，增加有效成分在水中的溶解度

D. 醋酸使生物碱水解，使有效成分易于煎出

E. 醋酸能杀死其中所含的酶，保存有效成分

答案：C

解析：延胡索镇痛的有效成品为生物碱，但游离生物碱难溶于水，醋制可使生物碱生成盐，易溶于水，提高煎出率，增强疗效。

9. 甘遂用哪种方法炮制后重量增加

A. 醋炙法　　　　　　　　　　　B. 豆腐制法

C. 甘草制法　　　　　　　　　　D. 酒炙法

E. 姜制法

答案：A

解析：甘遂尚有煨、甘草制、豆腐制法。各种炮制方法均能使毒性明显降低，其解毒效能相仿。甘遂经炮制后重量有所改变，醋炙法重量增加，豆腐制重量损失一半多，甘草制重量损失近40%。

二、配伍选择题

[10 ~13]

A. 引药入肝，增强活血止痛作用　　　　B. 增强散瘀止痛作用

C. 增强疏肝止痛作用　　D. 降低毒性

E. 矫臭矫味

10. 醋炙三棱的目的是
11. 醋炙香附的目的是
12. 醋炙五灵脂的目的是
13. 醋炙甘遂、芫花的目的是

答案：A　C　E　D

解析：三棱属散瘀止痛药，醋炙后增强活血止痛作用；香附属疏肝理气药，醋炙可增强疏肝止痛作用；五灵脂醋炙后除增强活血止痛作用外，兼有矫臭矫味之功；甘遂、芫花属峻下逐水药，醋炙后能降低毒性，缓和峻泻作用。

[14～17]

A. 易于煎出有效成分　　B. 易除去非药用部位

C. 增强宽中和胃作用　　D. 增强滋阴降火作用

E. 增强补肝明目，利水作用

14. 牛蒡子炒后
15. 厚朴姜炙后
16. 车前子盐炙后
17. 车前子炒后

答案：A　C　D　E

解析：牛蒡子炒后果皮破裂，酶受到破坏，易于煎出药效，利于苷类成分的保存。厚朴生品辛辣峻烈，对咽喉有刺激性，姜炙后可消除对咽喉的刺激性，并可增强宽中和胃的功效。炒车前子寒性稍减，并能提高煎出效果，长于渗湿止泻。盐炙车前子泻热利尿而不伤阴，能益肝明目。

[18～21]

A. 增强润肺止咳作用　　B. 增强补脾益气作用

C. 缓和药性　　D. 矫味和消除副作用

E. 滋阴降火

18. 蜜炙枇杷叶
19. 蜜炙甘草
20. 蜜炙麻黄
21. 蜜炙马兜铃

答案：A　B　C　D

解析：马兜铃，其味苦劣，对胃有一定刺激性。蜜炙除能增强其本身的止咳作用外，还能矫味，以免引起呕吐。

[22 ~25]

A. 大黄　　B. 延胡索

C. 杜仲　　D. 厚朴

E. 淫羊藿

22. 用醋炙的药物为

23. 用酒炙的药物为

24. 用盐炙的药物为

25. 用姜炙的药物为

答案：B　A　C　D

三、多项选择题

26. 炙法中先炒药后加辅料的操作适用于以下哪几类的药材

A. 树脂类药材　　B. 根茎类药材

C. 矿石类药材　　D. 动物粪便类药材

E. 含黏液质较多的药材

答案：ADE

解析：先炒药后加醋多用于树脂类、动物粪便药物，如乳香、没药、五灵脂等；先炒药后加酒多用于动物粪便类药材，如五灵脂；含黏液质较多的药物，如车前子等，应先炒后加盐水。

27. 以下常用醋炙法操作的药物有

A. 甘遂　　B. 巴戟天

C. 益智仁　　D. 乳香

E. 延胡索

答案：ADE

解析：巴戟天和益智仁常用盐炙法，其他三项常用醋炙法。

28. 酒炙法的炮制目的有

A. 缓和药物苦寒之性　　B. 引药上行，清上焦实热

C. 增强活血通络作用　　D. 矫其腥臭，利于服用

E. 增强滋阴降火作用

答案：ABCD

解析：E 项为盐炙法的炮制目的之一。

仿真试题

一、最佳选择题

1. 有关炙法叙述不正确的是
   A. 是将净制和切制后的药物加入一定量的液体辅料拌炒的炮制方法
   B. 用液体辅料，并要求辅料渗入药物内部
   C. 主要包括酒炙、醋炙、盐炙、蜜炙、姜炙和油炙
   D. 加热温度比炒法高
   E. 加入液体辅料后，炒制时间较长，以药物炒干为宜

2. 用于炙法的辅料是
   A. 麦麸　B. 滑石粉
   C. 米酒　D. 稻米
   E. 灶心土

3. 炙法中多用文火，下列药物操作时应用中火的是
   A. 知母　B. 杜仲
   C. 甘草　D. 柴胡
   E. 麻黄

4. 炙法中先拌辅料后炒药操作的药物有
   A. 醋乳香　B. 盐知母
   C. 酒黄连　D. 醋没药
   E. 油淫羊藿

5. 有关酒炙法叙述不正确的是
   A. 增强活血通络作用；矫臭去腥
   B. 药物用酒拌润时，容器上应加盖；若酒用量较少时，可加适量水稀释
   C. 酒炙时一般用文火，勤翻动，炒至近干，颜色加深即可
   D. 引药下行，增强补肝肾作用
   E. 质地较坚实的药，先拌酒后炒药；质地较疏松的药，先炒药后加酒

6. 酒大黄的主要作用是
   A. 泻下峻烈
   B. 清上焦实热
   C. 消积化瘀，泻下稍缓
   D. 收敛止血
   E. 缓和泻下，活血祛瘀

7. 老人体虚便秘，饮食停滞，胸腹胀痛宜选用
   A. 生大黄　B. 熟大黄
   C. 大黄炭　D. 酒大黄
   E. 清宁片

8. 熟大黄能缓和泻下，减轻腹痛的原理是
   A. 结合型蒽醌含量减小
   B. 结合型蒽醌含量增高
   C. 游离型蒽醌含量减小
   D. 鞣质含量增高
   E. 有机酸含量增高

9. 在当归的多种炮制品种中，以止血和血作用为主的是
   A. 当归　B. 酒当归
   C. 土炒当归　D. 当归炭
   E. 醋当归

10. 血虚便溏的患者应用何种当归

A. 当归尾　B. 酒当归
C. 土炒当归　D. 当归炭
E. 醋当归

11. 在药理作用方面，蜜甘草显著强于生甘草的是
A. 抗心律失常作用
B. 激素样的作用
C. 分泌抑制作用
D. 免疫作用
E. 解毒作用

12. 蟾酥酒炙的主要作用是
A. 活血通络　B. 祛风通络
C. 降低毒性　D. 活血止痛
E. 祛风止痛

13. 酒制药物时，除哪种药物外，一般都为黄酒
A. 大黄　B. 乌梢蛇
C. 蟾酥　D. 桑枝
E. 白芍

14. 醋炙后可发挥引药入肝作用的是
A. 牡丹皮　B. 柴胡
C. 黄柏　D. 苍术
E. 枳壳

15. 醋炙甘遂的目的是
A. 引药入肝，增强疏肝理气作用
B. 降低毒性，缓和泻下作用
C. 增强活血止痛功能
D. 便于调剂与制剂
E. 以上都不是

16. 醋炙柴胡的主要目的是
A. 增强解表退热作用
B. 增强清肝退热作用
C. 增强活血祛淤作用
D. 增强散淤止痛作用
E. 增强疏肝止痛作用

17. 具疏肝止痛，消积化滞作用的香附应是
A. 炒制品　B. 酒炙品
C. 醋炙品　D. 四制香附
E. 香附炭

18. 下列哪种药物所含的生物碱与醋酸结合生成易溶于水的盐
A. 黄连　B. 延胡索
C. 大黄　D. 杜仲
E. 槟榔

19. 不用盐炙法炮制的是
A. 黄柏　B. 知母
C. 车前子　D. 杜仲
E. 厚朴

20. 在盐炙时文火炒至断丝的是
A. 黄柏　B. 杜仲
C. 车前子　D. 巴戟天
E. 厚朴

21. 下列药中要求去栓皮并盐炙的是
A. 杜仲、肉桂　B. 黄柏、厚朴
C. 杜仲、黄柏　D. 黄柏、知母
E. 肉桂、知母

22. 下列宜采用先炒药后拌盐水的方法炮制的药物是
A. 荔枝核、巴戟天
B. 杜仲、黄柏
C. 补骨脂、泽泻
D. 橘核、桔梗
E. 知母、车前子

23. 盐炙后能增强补肾作用的药物是
A. 知母、黄柏
B. 杜仲、巴戟天
C. 砂仁、小茴香

D. 荔枝核、桔核

E. 车前子、泽泻

24. 盐车前子正确的炮制方法是

A. 盐水浸透中，文火微炒至变色

B. 食盐与药物共炒至变色

C. 盐水与药物拌匀后武火加热，急速炒干

D. 武火炒焦后喷洒盐水再炒干

E. 文火加热，炒至略有爆鸣声时，喷盐水再炒干

25. 关于盐知母的炮制方法正确的是

A. 盐水浸透后，文火微炒至变色

B. 文火微炒至变色，喷盐水再炒干

C. 青盐与知母共炒至深黄色

D. 盐水与药物拌匀后武火急速炒干

E. 武火炒焦后喷洒盐水再炒干

26. 有关黄柏的炮制叙述不正确的是

A. 酒黄柏是取黄柏丝，用黄酒拌匀，稍闷，待黄酒吸尽后，文火炒至干，取出晾凉

B. 盐黄柏深黄色，有少量焦斑，味苦微咸

C. 酒黄柏深黄色，有少量焦斑，略具酒气，味苦

D. 黄柏炮制后寒性缓和，但小檗碱含量不下降

E. 盐黄柏可缓和苦燥之性，增强滋阴降火，退虚热作用

27. 处方中写厚朴应付给患者

A. 生厚朴　　B. 川厚朴

C. 净厚朴　　D. 姜厚朴

E. 厚朴丝

28. 厚朴姜炙的最主要目的是

A. 增强止呕功效

B. 增强止泻功效

C. 抑制寒性，缓和药性

D. 消除对咽喉的刺激性，增强化痰的功效

E. 消除刺激性，增强宽中和胃的功效

29. 有关蜜炙法叙述不正确的是

A. 一般药物蜜炙是先拌蜜后炒药，质地致密的药物先炒药后加蜜

B. 蜜炙时间不宜过长，可用中火

C. 蜜炙可增强润肺止咳、补脾益气作用

D. 蜜炙用的炼蜜用开水稀释时，要严格控制水量

E. 蜜炙的药物须凉后密闭贮藏，以免吸潮发粘

30. 蜜炙时炒炙时间可稍长，其目的是

A. 尽量除去水分，以防药物发霉

B. 使蜜能渗人药材组织内部

C. 使蜜和药物充分拌匀

D. 以免炒制不到火候

E. 以上都不是

31. 蜜炙时若蜜黏稠不能与药物拌匀时，可以

A. 增加用蜜量

B. 加适量开水稀释

C. 减少药量

D. 加冷水稀释

E. 以上都不是

32. 要增强黄芪补中益气的作用应采用

A. 醋炙　　B. 酒炙

C. 盐炙　　D. 蜜炙

E. 油炙

33. 蛤蚧的炮制方法除油炙外还可用

A. 醋炙 B. 酒炙
C. 煅制 D. 蜜炙
E. 盐炙

34. 姜炙药物时，一般每 100kg 药物，用生姜量为
A. 10kg B. 20kg
C. 25kg D. 15kg
E. 40kg

35. 醋炙法中药醋的用量比最多不超过
A. 100：10 B. 100：20
C. 100：30 D. 100：40
E. 100：50

36. 酒炙药物时，每 100kg 药物一般用黄酒
A. 5kg B. 10～20kg
C. 25kg D. 30～35kg
E. 2. 5kg

37. 下列哪项不是酒炙乌梢蛇的作用
A. 祛风通络
B. 矫臭
C. 祛风止痒、解痉
D. 防腐
E. 利于贮藏

38. 醋炙乳香的主要作用是
A. 利于粉碎
B. 增强活血止痛作用
C. 防止树脂变质
D. 降低毒性
E. 利于服用

39. 杜仲炒制后利于有效成分煎出，主要是因为破坏了
A. 苷类 B. 树脂
C. 杜仲胶 D. 鞣质
E. 生物碱

40. 炮制后能缓和苦燥之性，增强滋阴降火作用的是
A. 姜黄柏 B. 酒黄柏
C. 蜜黄柏 D. 盐黄柏
E. 黄柏炭

41. 盐泽泻的作用是
A. 清热泻火 B. 生津润燥
C. 清肺胃之火 D. 利尿、固精
E. 滋肾补阴

42. 盐知母的主要作用是
A. 清热泻火 B. 生津润燥
C. 清肺胃之火 D. 利尿、固精
E. 滋阴降火

43. 枇杷叶去毛的原因是
A. 绒毛中含有致咳成分
B. 绒毛可直接刺激咽喉引起咳嗽
C. 增强润肺止咳作用
D. 增强清肺止咳作用
E. 缓和泻肺气的作用

44. 蜜炙枇杷叶的作用是
A. 清肺止咳 B. 润肺止咳
C. 降逆止呕 D. 缓急止痛
E. 利尿退肿

45. 姜炙后能缓和苦寒之性，并能增强止呕作用的药物是
A. 黄芩 B. 厚朴
C. 知母 D. 黄连
E. 半夏

46. 生竹茹长于清热化痰，姜炙后
A. 增强降逆止呕的功效
B. 利于配方
C. 增强宽中和胃的功效
D. 减少刺激性
E. 抑制苦寒之性

47. 醋白芍的炮制作用是
A. 缓和苦寒之性
B. 收敛止痛
C. 降低酸寒之性，善于和中缓急
D. 敛阴平肝
E. 活血止痛
48. 能增强通血脉，强筋骨作用的是
A. 炒续断　　B. 酒续断
C. 盐续断　　D. 续断炭
E. 蜜炒续断
49. 蜜炙甘草最主要的目的是
A. 增强益气止咳作用
B. 增强补脾和胃、益气作用
C. 增强燥湿健脾作用
D. 增强润肺通便作用
E. 增强解毒作用
50. 下列哪项不是炙甘草的作用
A. 温心阳作用增强
B. 提高机体免疫作用增强
C. 缓急止痛作用增强
D. 补脾和胃、益气作用增强
E. 解毒作用增强
51. 蜜炙后主要目的为矫味免吐的药物是
A. 百部　　B. 马兜铃
C. 白前　　D. 瓜蒌
E. 款冬花
52. 羊脂油炙淫羊藿的作用是
A. 增强补脾益肺
B. 增强补中益气
C. 增强温肾壮阳
D. 增强补肝肾
E. 增强健脾胃
53. 下列哪味药炮制的目的不是降低毒性
A. 马钱子　　B. 川乌
C. 斑蝥　　D. 延胡索
E. 藤黄

二、配伍选择题

[54～57]
A. 泻下
B. 泻下稍缓，以清上焦实热为主
C. 泻下作用缓和，并增强活血去瘀之功
D. 泻下作用极微并有止血作用
E. 以消瘀为主
54. 酒大黄长于
55. 熟大黄长于
56. 大黄炭长于
57. 醋大黄长于
[58～61]
A. 用醋炙的药物
B. 用酒炙的药物
C. 用盐炙的药物
D. 用姜炙的药物
E. 用蜜炙的药物
58. 乳香为
59. 当归为
60. 甘草为
61. 车前子为
[62～65]
A. 增强活血通络作用
B. 增强润肺止咳作用
C. 增强活血止痛作用
D. 增强和胃止呕作用
E. 增强滋阴降火作用
62. 蜜炙作用为
63. 姜炙作用为
64. 盐炙作用为

65. 醋炙作用为

[66～69]

A. 酒制 B. 盐制

C. 蒸制 D. 煮制

E. 醋制

66. 乳香、延胡索炮制的适宜方法为

67. 何首乌、黄精炮制的适宜方法为

68. 大黄、当归炮制的适宜方法为

69. 杜仲、黄柏炮制的适宜方法为

[70～73]

A. 姜炙 B. 盐炙

C. 蜜炙 D. 油炙

E. 醋炙

70. 甘草的炮制方法是

71. 杜仲的炮制方法是

72. 甘遂的炮制方法是

73. 淫羊藿的炮制方法是

[74～77]

A. 泻火解毒，清热燥湿

B. 缓和寒性，引药上行，善清头目之火

C. 缓和苦寒之性，增强止呕作用

D. 抑制苦寒之性，清气分湿热，散肝胆郁火

E. 利于炮制、制剂

74. 萸黄连

75. 姜黄连

76. 酒黄连

77. 黄连

[78～81]

A. 蜜甘草 B. 甘草

C. 蜜黄芪 D. 炙淫羊藿

E. 蜜麻黄

78. 能解毒的是

79. 抗心律失常作用强的是

80. 发汗作用显著降低的是

81. 具有明显促性机能作用的是

[82～85]

A. 清热泻火，生津润燥

B. 引药入肾，增强滋阴降火

C. 引药入肾，增强补肝肾，强筋骨

D. 增强补肝肾明目、利水作用

E. 引药入肾，增强补肾纳气

82. 盐杜仲

83. 盐炙知母

84. 盐泽泻

85. 车前子盐炙后

[86～89]

A. 酒 B. 醋

C. 盐水 D. 蜜

E. 姜汁

86. 具发表散寒，温中止呕作用的辅料是

87. 具活血通络，祛风散寒，行药势作用的辅料是

88. 具甘缓益脾，润肺止咳作用的辅料是

89. 具强筋骨，软坚散结，清热凉血，解毒防腐作用的辅料是

[90～93]

A. 甘草汁 B. 黑豆汁

C. 粳米 D. 米醋

E. 灶心土

90. 具补脾益气，清热解毒，祛痰止咳，缓急止痛作用的辅料是

91. 具温中和胃，止血，涩肠止泻作用的辅料是

92. 具活血，利水，祛风解毒，滋补肝肾作用的辅料是

93. 具补中益气，健脾和胃，除烦止渴，

止泻痢作用的辅料是

[94～97]

A. 10～20kg　B. 20～30kg

C. 2kg　D. 10kg

E. 25kg

94. 蜜炙一般用量为每100kg药物用炼蜜

95. 酒炙一般用量为每100kg药物用黄酒

96. 盐炙一般用量为每100kg药物用盐

97. 醋炙一般用量为每100kg药物用米醋

[98～101]

A. 土炒当归　B. 醋当归

C. 酒当归　D. 当归炭

E. 全当归

98. 既能补血，又不致滑肠

99. 增强活血补血调经作用

100. 以止血和血为主

101. 补血调经，润肠通便

[102～105]

A. 枇杷叶、百部、款冬花

B. 甘草、黄芪、党参

C. 麻黄、桂枝、升麻

D. 马兜铃、百部

E. 黄连、当归、川芎

102. 蜜炙后增强润肺止咳的作用

103. 蜜炙后增强补脾益气的作用

104. 蜜炙后缓和药性

105. 蜜炙后矫味和消除副作用

[106～109]

A. 降低毒性，缓和泻下

B. 降低毒性，缓和泻下和腹痛症状

C. 缓和刺激性，增强活血止痛，收敛生肌

D. 增强行气止痛

E. 增强疏肝止痛

106. 醋乳香

107. 醋甘遂

108. 醋商陆

109. 醋延胡索

[110～113]

A. 表寒实证

B. 阴虚燥咳

C. 老人、幼儿感冒

D. 表证已解而喘咳未愈的体虚患者

E. 表证较轻而肺气壅阻咳嗽气喘者

110. 生麻黄适用于

111. 蜜炙麻黄适用于

112. 蜜炙麻黄绒适用于

113. 麻黄绒适用于

三、多项选择题

114. 炙法与加辅料炒法的主要区别是

A. 所用辅料不同

B. 辅料所起作用不同

C. 火力不同

D. 操作方法不同

E. 翻炒时间不同

115. 炙法中用文火炒的药物有

A. 盐杜仲　B. 醋乳香

C. 姜厚朴　D. 盐知母

E. 炙淫羊藿

116. 酒炙法多用于以下哪几类药材

A. 活血散瘀类　B. 祛风通络类

C. 动物类　D. 叶类

E. 花类

117. 酒炙药物时，先拌酒后炒药物的炮制方法适用于

A. 质地较坚实的根及根茎类药物

B. 质地较疏松的药物

C. 酒炙五灵脂
D. 酒炙大黄
E. 酒炙川芎

118. 酒炙法能增强活血通络作用的是
A. 黄柏　　B. 当归
C. 川芎　　D. 大黄
E. 桑枝

119. 以下常用醋炙法炮制的药物有
A. 甘遂　　B. 巴戟天
C. 益智仁　　D. 乳香
E. 延胡索

120. 醋炙的适用范围是
A. 活血化瘀止痛药
B. 疏肝理气药
C. 理气止痛药
D. 峻下逐水
E. 利水渗湿药

121. 醋炙甘遂的炮制目的有
A. 增强疗效　　B. 降低毒性
C. 矫臭矫味　　D. 缓和泻下
E. 改变药性

122. 醋炙乳香的作用是
A. 缓和刺激性
B. 利于服用
C. 便于粉碎
D. 增强疏肝止痛作用
E. 增强活血止痛，收敛生肌的作用

123. 醋炙后能降低毒性，缓和峻泻作用的药物是
A. 甘遂　　B. 商陆
C. 芫花　　D. 延胡索
E. 香附

124. 醋炙法能增强活血散瘀止痛作用的是
A. 柴胡　　B. 香附
C. 青皮　　D. 甘遂
E. 延胡索

125. 黄连的炮制品种包括
A. 醋黄连　　B. 姜黄连
C. 生黄连　　D. 萸黄连
E. 酒黄连

126. 黄柏常见的炮制品有
A. 盐炙黄柏　　B. 酒炙黄柏
C. 醋炙黄柏　　D. 黄柏炒炭
E. 蜜炙黄柏

127. 香附常见的炮制方法
A. 鼓炒　　B. 酒炙香附
C. 醋炙香附　　D. 四制香附
E. 炒炭

128. 盐炙法的炮制目的有
A. 引药入肾，增强补肝肾作用
B. 引药下行，增强疗疝止痛作用
C. 缓和辛燥，增强补肾固精作用
D. 升提药性，增强活血化瘀作用
E. 引药下行，增强滋阴降火作用

129. 盐炙时宜采用先炒药后加辅料的药物是
A. 知母　　B. 黄柏
C. 车前子　　D. 乳香
E. 五灵脂

130. 有关杜仲炮制叙述正确的是
A. 盐杜仲是将杜仲丝或片，加入盐水拌匀，稍闷，待盐水被吸尽，炒至颜色加深，有焦斑，丝易断时，取出晾凉
B. 盐杜仲在临床上，作用可达下焦，温而不燥，补肝肾作用增强
C. 盐杜仲表面颜色加深，有焦斑，

银白色胶丝减少，弹性减弱，略有咸味

D. 传统的炮制要求用武火炒至丝断而不焦，比用文火炒效果好

E. 杜仲盐炙后水溶性浸出物含量增高，使疗效提高

131. 姜炙法可用于炮制的药物

A. 活血祛瘀药　B. 祛痰止咳药

C. 芳香化湿药　D. 温中行气药

E. 降逆止呕药

132. 姜炙法的操作方法为

A. 将药物与一定量的姜汁拌匀

B. 放置闷润

C. 用文火炒

D. 用武火炒

E. 炒后晾凉

133. 姜炙后能增强降逆止呕的药物是

A. 山茱萸　B. 竹茹

C. 草果　D. 黄连

E. 半夏

134. 蜜炙的目的有

A. 增加有效成分溶出

B. 增加润肺止咳作用

C. 增强补脾益气作用

D. 缓和药性

E. 矫味

135. 在药理作用方面，蜜甘草显著强于生甘草的是

A. 抗心律失常作用

B. 缓急止痛作用

C. 祛痰止咳作用

D. 增强免疫作用

E. 泻火解毒作用

136. 有关蜜炙甘草叙述正确的是

A. 蜜炙甘草是将炼蜜，加适量开水稀释后淋人净甘草中拌匀，闷润，用文火炒至老黄色、不粘手时，取出晾凉

B. 蜜甘草表面老黄色，微有黏性，略有光泽，气焦香，味甜

C. 每100kg甘草片，用炼蜜25kg

D. 甘草蜜炙后增强了补脾和胃及止痛作用；可提高小鼠巨噬细胞功能

E. 蜜炙甘草被认为是临床补气用甘草的最佳炮制品

137. 油炙法的炮制目的有

A. 增强疗效

B. 利于粉碎

C. 便于制剂服用

D. 缓和药性

E. 降低毒性

138. 可用油炙法炮制的药物有

A. 三七　B. 厚朴

C. 豹骨　D. 淫羊藿

E. 蛤蚧

139. 有关醋炙法叙述正确的是

A. 引药入肝，增强活血止痛作用

B. 醋炙时一般药物先拌醋后炒药，树脂、动物粪便类药物，先炒药后加醋

C. 醋炙时火力不宜大，一般用文火

D. 醋炙醋量少时不能用水稀释

E. 醋炙具有降低毒性，矫臭矫味作用

140. 醋炙柴胡的目的有

A. 增强有效成分浸出

B. 疏肝解郁止痛作用增强

C. 增强升散作用　　E. 多用于解表退热
D. 挥发油含量降低

参考答案

一、最佳选择题

1. D　2. C　3. B　4. C　5. D　6. B　7. E　8. A　9. D
10. C　11. A　12. C　13. C　14. B　15. B　16. E　17. C　18. B
19. E　20. B　21. C　22. E　23. B　24. E　25. B　26. D　27. D
28. E　29. B　30. A　31. B　32. D　33. B　34. A　35. E　36. B
37. C　38. B　39. C　40. D　41. E　42. E　43. B　44. B　45. D
46. A　47. D　48. B　49. B　50. E　51. B　52. C　53. D

二、配伍选择题

[54~57] B C D E　[58~61] A B E C　[62~65] B D E C
[66~69] E C A B　[70~73] C B E D　[74~77] D C B A
[78~81] B A E D　[82~85] C B B D　[86~89] E A D C
[90~93] A E B C　[94~97] E A C B　[98~101] A C D E
[102~105] A B C D　[106~109] C A A D　[110~113] A E D C

三、多项选择题

114. ABCDE　115. BCDE　116. ABC　117. ADE　118. BCE
119. ADE　120. ABCD　121. BD　122. ABCE　123. ABC
124. ABCE　125. BCDE　126. ABD　127. BCDE　128. ABCE
129. AC　130. ABCE　131. DE　132. ABCE　133. BDE
134. BCDE　135. ABD　136. ABCDE　137. ABC　138. ACDE
139. ABCE　140. ABD

第二十五单元　煅　法

考点分级

★★★★★

明煅、煅淬、扣锅煅等三种煅法的含义、目的、特点、操作要点、注意事项、明煅与扣锅煅的区别，白矾、炉甘石、自然铜等炮制方法、炮制作用及注意事项。

★★★★

石膏、石决明、代赭石、磁石、血余炭、棕榈炭等炮制方法及注意事项、成品规格和炮制作用；煅淬辅料的选择及用量、炮制作用。

★★★

白矾、炉甘石、自然铜等炮制研究进展。

重要知识点串讲

煅法的分类

表 25－1　煅法的分类

明煅法	将中药直接置于适宜的耐火容器内，高温加热处理	白矾、石膏、石决明
煅淬法	将中药直接置于无烟炉火上或置于耐火容器内，在炉火中武火煅至红透后，立即投入规定的液体辅料中骤然冷却	代赭石、磁石、自然铜、炉甘石
扣锅煅法	中药在高温缺氧条件下，密闭加热使成炭，又叫闷煅、密闭煅或暗煅	血余炭、棕榈炭

历年真题与解析

一、最佳选择题

1. 用明煅法炮制的药物是

A. 明矾　　B. 炉甘石

C. 血余炭　　D. 棕榈炭

E. 磁石

答案：A

解析：炉甘石、磁石质地坚硬，需煅淬。而血余炭、棕榈炭是经闷煅得到的止血药。

2. 经煅后失去结晶水的药材是

A. 石决明　　B. 明矾

C. 自然铜　　D. 赭石

E. 云母石

答案：B

解析：石决明、自然铜、赭石、云母石均不含结晶水，明矾含有12个结晶水，煅烧后失去全部结晶水。

3. 煅石膏的炮制目的是

A. 增强清热泻火作用　　B. 增强生津止渴作用

C. 增强收敛生肌作用　　D. 便于煎出药效

E. 增强安神收敛作用

答案：C

解析：煅石膏具有收湿、生肌、敛疮、止血的功能。

4. 煅制白矾温度不宜超过

A. 200℃　　B. 230℃

C. 260℃　　D. 315℃

E. 350℃

答案：C

解析：白矾在260℃左右煅制时脱水基本完成，300℃时开始分解。

5. 血余煅炭后可

A. 产生止血作用　B. 增强止血作用

C. 增强补血止血作用　D. 增强涩血止血作用

E. 增强凉血止血作用

答案：A

二、配伍选择题

［6～9］

A. 明煅法　B. 扣锅煅法

C. 蒸法　D. 煅淬法

E. 煮法

6. 血余炭应用

7. 石膏应用

8. 自然铜应用

9. 附子应用

答案：B　A　D　E

［10～13］

A. 使药物酥脆、便于粉碎和煎出

B. 使药物质地纯洁细腻，适宜于眼科及外敷用

C. 产生止血的作用

D. 增强收涩敛疮、止血化腐的作用

E. 增强固涩收敛、明目的作用

10. 自然铜煅制的目的是

11. 白矾煅制的目的是

12. 血余炭煅制的目的是

13. 炉甘石煅制的目的是

答案：A　D　C　B

三、多项选择题

14. 关于明煅法叙述正确的是

A. 药物煅制时不隔绝空气的方法　B. 药物煅制时应大小分档

C. 药物应受热均匀　D. 应煅至内外一致而“存性”

E. 应一次性煅透

答案：ABCE

解析：闷煅制炭的药材则要求"存性"。

15. 关于煅淬法叙述正确的是
    A. 将药物按明煅法煅至红透，立即投入规定的液体辅料中骤然冷却的方法
    B. 药物在高温缺氧条件下煅烧成炭的方法
    C. 常用的辅料为醋、酒、药汁等
    D. 使药物质地酥脆，易于粉碎
    E. 利于有效成分的煎出

答案：ACDE

16. 扣锅煅的目的是
    A. 产生止血作用　　B. 矫味矫臭
    C. 减低毒性　　D. 使药物酥脆，便于粉碎与煎出
    E. 增强安神收敛作用

答案：AC

解析：扣锅煅的目的有改变药物性能，产生止血作用，如血余炭；降低毒性，如干漆。

17. 关于扣锅煅法叙述正确的是
    A. 煅烧时应随时用湿盐泥堵封两锅相接处
    B. 防止空气进入
    C. 煅后应放至完全冷却后开锅
    D. 煅锅内药料不易装满
    E. 可用观察扣锅底部米或纸变为深黄色或滴水即沸的方法来判断

答案：ABCDE

解析：扣锅煅法的注意事项：（1）湿泥堵封锅缝，以防空气进入，使药物灰化。（2）药材煅透后放置冷却再开锅，以免药材遇空气后燃烧灰化。（3）药料不宜放得过多，过紧，以免煅制不透，影响煅炭质量。（4）判断药物是否煅透的方法，除观察米和纸的颜色外，还可用滴水于锅盖底部即沸的方法或在扣锅上用磷划即看到蓝绿色火焰的方法来判断。

仿真试题

一、最佳选择题

1. 用扣锅煅法炮制的药物是
   A. 明矾　B. 自然铜
   C. 血余炭　D. 石决明
   E. 磁石
2. 用煅淬法炮制的药物是
   A. 明矾　B. 自然铜
   C. 血余炭　D. 石决明
   E. 干漆
3. 石决明煅后增强
   A. 固涩收敛、明目作用
   B. 收湿敛疮作用
   C. 收敛止血作用
   D. 收湿止痒作用
   E. 散瘀止痛作用
4. 经煅烧后失去结晶水的药材是
   A. 牡砺　B. 明矾
   C. 磁石　D. 赭石
   E. 珍珠母
5. 自然铜醋煅淬后主要成分是
   A. 硫化亚铁　B. 硫化铁
   C. 醋酸亚铁　D. 四氧化三铁
   E. 氧化亚铁
6. 自然铜煅淬后
   A. 增强收敛生肌的作用
   B. 增强散瘀止痛的作用
   C. 增强收湿止痒的作用
   D. 增强补血止血的作用
   E. 缓和药物性能
7. 扣锅煅法的条件是
   A. 高温缺氧　B. 隔绝空气
   C. 加强热　D. 武火
   E. 用盐泥封固
8. 不用明煅法炮制的是
   A. 石决明　B. 石膏
   C. 白矾　D. 磁石
   E. 硼砂
9. 煅淬后增强补肾纳气，聪耳明目作用的是
   A. 朱砂　B. 磁石
   C. 代赭石　D. 炉甘石
   E. 明矾
10. 代赭石煅淬所用的辅料是
    A. 醋　B. 酒
    C. 盐水　D. 黄连水
    E. 米泔水
11. 明矾煅制成枯矾最主要的目的是
    A. 使药物疏松
    B. 便于粉碎
    C. 失去部分结晶水
    D. 颜色洁白
    E. 增强收敛止血作用
12. 贝壳、矿石类药物火煅醋淬的目的是
    A. 增强活血止痛作用
    B. 矫臭矫味
    C. 缓和药性，降低毒性
    D. 利于粉碎和煎出有效成分

E. 引药入肝

13. 炉甘石用黄连汤煅淬或拌制后

A. 增强清热明目，收湿敛疮的作用

B. 增强清热泻火作用

C. 增强生津止渴作用

D. 便于煎出药效

E. 增强安神收敛作用

14. 闷煅法的操作特点是

A. 一次性煅透，中间不得停火

B. 煅至红透，反复煅至酥脆

C. 密闭缺氧

D. 高温煅至黑色

E. 容器加盖煅制

15. 血余炭的止血作用可能与其所含的哪些离子有关

A. 钠、钾　B. 钙、锌

C. 钙、铁　D. 钙、硒

E. 铁、硒

16. 煅炭的炮制目的不包括

A. 改变药性

B. 产生新的疗效

C. 增强止血作用

D. 降低毒性

E. 便于粉碎

二、配伍选择题

[17～20]

A. 煅淬自然铜　B. 煅炉甘石

C. 煅淬磁石　D. 煅白矾

E. 煅血余炭

17. 具有收敛止血作用的是

18. 能降低致吐副作用，增强燥湿止痒作用的是

19. 能增强聪耳明目，补肾纳气作用的是

20. 能增强散瘀止痛作用的是

[21～24]

A. 扣锅煅法　B. 炒黄法

C. 明煅法　D. 煅淬法

E. 炒焦法

21. 产生止血作用

22. 不隔绝空气的煅法

23. 高温缺氧条件下进行

24. 用到液体辅料的煅法

[25～28]

A. 除去结晶水

B. 使质地疏松

C. 产生药用作用

D. 改变化学成分

E. 降低毒性

25. 石决明煅制的主要目的是

26. 磁石煅制的主要目的是

27. 自然铜煅制的主要目的是

28. 血余炭煅制的主要目的是

[29～32]

A. 枯矾　B. 煅石膏

C. 石决明　D. 醋酸亚铁

E. 朱砂

29. 缓和平肝潜阳，增强收敛固涩作用

30. 自然铜煅淬生成

31. 煅制温度应控制在180～260℃之间

32. 煅至225℃时，可全部脱水

三、多项选择题

33. 煅制白矾是应注意

A. 一次性煅透，中途不可停火

B. 煅制时不要搅拌

C. 煅制时煅锅不加盖

D. 煅制温度应控制在180～260℃之

间

E. 药物大小分档

34. 煅后失去结晶水，具有收敛作用的药物是

A. 明矾　B. 石膏

C. 磁石　D. 石决明

E. 自然铜

35. 煅后具有收敛、固涩或生肌作用的药物是

A. 明矾　B. 牡砺

C. 磁石　D. 石决明

E. 血余炭

36. 白矾煅制的目的是

A. 增强收敛作用

B. 增强化腐作用

C. 增强生肌作用

D. 增强止血作用

E. 除去结晶水

37. 扣锅煅时的注意事项有

A. 煅烧时应随时用盐泥封固

B. 一次煅透中间不得停火

C. 煅透后需放凉再启锅

D. 锅内药料不宜放得过多过紧

E. 可用滴水即沸的方法判断药物是否煅透

38. 判断密闭煅炭是否煅透的标准是

A. 滴水于盖锅四周即沸

B. 贴于盖锅上的纸变焦黄色

C. 贴于盖锅上的白米变焦黄色

D. 计时

E. 时间均为4~5h

39. 煅淬的目的包括

A. 增强收涩、敛疮等作用

B. 改变药物性能，产生新的疗效

C. 改变药物的理化性质，减少副作用

D. 增强疗效

E. 使药物质地酥脆，易于粉碎，利于有效成分的煎出

40. 煅淬药物的常用辅料有

A. 食醋　B. 黄酒

C. 盐水　D. 药汁

E. 蜜水

41. 用煅淬法炮制药物时，应注意的事项包括

A. 煅淬反复进行数次

B. 一次性煅透，中途不得停火

C. 药物要打碎

D. 药物要煅至酥脆易碎

E. 辅料要吸尽

42. 磁石煅淬炮制作用是

A. 降低苦寒之性

B. 增强重镇降逆作用

C. 增强聪耳明目、补肾纳气作用

D. 质地酥脆，易于粉碎

E. 增强凉血止血的作用

43. 煅淬时多用醋淬的药物有

A. 牡砺　B. 自然铜

C. 代赭石　D. 磁石

E. 炉甘石

44. 生品不入药

A. 黄柏炭　B. 山楂炭

C. 血余炭　D. 棕榈炭

E. 干漆炭

45. 常用扣锅煅的药物有

A. 荷叶　B. 血余

C. 磁石　D. 灯心草

E. 蜂房

46. 有关血余炭炮制叙述正确的是

A. 血余炭是将头发反复用稀碱水洗净，扣锅煅法煅烧成炭而成

B. 血余炭必须是在高温度条件下煅烧

C. 血余炭为不规则的小块，乌黑发亮，呈蜂窝状，研之清脆有声

D. 血余炭具止血作用，从中提得的粗结晶止血作用更强

E. 本品不生用，煅制成血余炭后，改便了原有性能，产生了新疗效

参考答案

一、最佳选择题

1. C 2. B 3. A 4. B 5. C 6. B 7. A 8. D 9. B
10. A 11. E 12. D 13. A 14. C 15. C 16. E

二、配伍选择题

[17 ~ 20] E D C A [21 ~ 24] A C A D
[25 ~ 28] B B D C [29 ~ 32] C D A B

三、多项选择题

33. ABCDE 34. AB 35. ABD 36. ABCDE 37. ACDE
38. ABCD 39. CDE 40. ABD 41. ACDE 42. CD
43. BCD 44. CD 45. ABDE 46. ACDE

第二十六单元　蒸、煮、燀法

考点分级

★★★★★

何首乌、黄芩、草乌、苦杏仁等炮制方法、炮制作用及炮制原理。

★★★★

蒸、煮、燀法的含义、目的要求、操作方法以及注意事项，辅料的选择与用量，成品规格和炮制作用。

★★★

地黄、女贞子、五味子、远志、白附子、吴茱萸等炮制方法及炮制作用。

重要知识点串讲

表 26-1　地黄的不同炮制品及其炮制作用

炮制品名	炮制作用	临床应用
鲜地黄	清热、凉血、止血、生津	用于热风伤阴，舌绛烦渴，发斑发疹，吐衄等症
生地黄	清热凉血，养阴清热，凉血止血	用于热病烦躁，发斑消渴，骨蒸劳热，吐血、衄血、尿血、崩漏
熟地黄	滋阴补血，益精填髓	用于肝肾阴虚，目昏耳鸣，腰膝酸软，消渴，遗精，崩漏，须发早白
生地炭	入血分凉血止血	吐血，衄血，尿血，崩漏
熟地炭	以补血止血为主	崩漏或虚损性出血

历年真题与解析

一、最佳选择题

1. 药物蒸后便于保存的是

A. 黄芩　　B. 何首乌

C. 木瓜　　D. 大黄

E. 地黄

答案：A

解析：黄芩蒸后破坏酶类，有利于苷类有效成分保存。

2. 药物蒸后性味改变，产生新的功能的是

A. 桑螵蛸　　B. 何首乌

C. 木瓜　　D. 天麻

E. 玄参

答案：B

解析：生首乌具解毒，消肿，润肠通便的功能。经黑豆汁拌蒸后，增强了补肝肾，益精血，乌须发，强筋骨的作用。生桑螵蛸令人泄泻。蒸后可消除致泻的副作用。木瓜、天麻、玄参等蒸后软化效果好，饮片外表美观，容易干燥。

3. 不采用煮法炮制的药物是

A. 川乌　　B. 吴茱萸

C. 珍珠　　D. 远志

E. 杏仁

答案：E

解析：苦杏仁用燀法炮制。

4. 黄芩切片前软化可采用的最佳方法是

A. 蒸 0.5h　　B. 煮 0.5h

C. 燀 10min　　D. 冷水洗润软

E. 自然吸湿回润

答案：A

解析：黄芩隔水蒸半小时，软化，取出，趁热切薄片。

5. 苦杏仁焯制的最佳条件是

A. 10 倍量沸水，加热 5min

B. 5 倍量沸水，加热 10min

C. 10 倍量清水，投药加热 5min

D. 15 倍量沸水，加热 2min

E. 10 倍量沸水，加热 10min

答案：A

二、配伍选择题

［6 ~9］

A. 鲜地黄

B. 生地黄

C. 熟地黄

D. 生地炭

E. 熟地炭

6. 补血止血宜用

7. 凉血止血宜用

8. 滋阴补血，益精填髓宜用

9. 养阴清热，凉血生津宜用

答案：E D C B

解析：本组题考查地黄的炮制作用。生地黄为清热凉血之品。熟地黄滋阴补血，益精填髓。生地炭入血分凉血止血。熟地炭以补血止血为主。

［10 ~13］

A. 增强疗效

B. 减少副作用

C. 降低毒性

D. 软化药材，便于切片

E. 洁净药物

10. 肉苁蓉酒蒸可以

11. 木瓜蒸制的目的是

12. 硫黄豆腐煮的目的是

13. 珍珠豆腐煮的目的是

答案：A D C E

解析：常山生品有呕吐的副作用，酒炙常山可消除此副作用。肉苁蓉酒制后增强补肾助阳之力。木瓜蒸制的目的是软化药材，便于切片。硫黄生用有毒，豆腐煮后可降低毒性。珍珠豆腐煮的目的是“令其洁净”。

［13 ~16］

A. 破酶保苷，便于切片

B. 增强补脾益气的功能

C. 降低毒性，保证临床用药安全

D. 改变药性，扩大药用范围

E. 消除致泻，增强补肝肾、乌须发作用

13. 黄芩蒸制的目的是
14. 地黄蒸制的目的是
15. 附子加辅料煮制的目的是
16. 草乌煮制的目的是

答案：A D C C

解析：黄芩经过蒸制或沸水煮既可杀酶保苷，又可使药物软化，便于切片，可保证饮片质量和原有的色泽。地黄蒸制为熟地，具有滋阴补血，益精填髓的作用，改变药性，扩大药用范围。附子的毒性成分为乌头碱等二萜双酯类生物碱，炮制后毒性降低，减毒机理亦与川乌、草乌类似。

三、多项选择题

17. 熟地黄的炮制可采用

A. 清蒸　　B. 黑豆汁蒸

C. 酒蒸　　D. 醋蒸

E. 酒醋和蒸

答案：AC

解析：熟地黄有酒蒸（30kg/100kg）和清蒸两法，蒸至显乌黑光泽，味转甜，取出，晒至八成干，切厚片，干燥，筛去碎屑。

18. 煮制后可降低毒性的药物有

A. 附子　　B. 藤黄

C. 远志　　D. 硫黄

E. 珍珠

答案：ABCD

解析：珍珠用豆腐煮主要是为了使其洁净。

19. 藤黄的炮制方法有

A. 山羊血制　　B. 荷叶制

C. 水煮制　　D. 豆腐制

E. 高压蒸制

答案：ABCDE

解析：藤黄常用豆腐制，此外，尚有山羊血制、水煮制、荷叶制、高压蒸制，主要目的均是降低毒性。

20. 苦杏仁炮制的目的是

A. 除去非药用部位　　B. 提高氢氰酸含量

C. 杀酶保苷　　D. 促进苦杏仁苷水解

E. 便于煎出有效成分

答案：ACE

解析：苦杏仁炮制后可有效杀酶保苷，抑制苦杏仁苷水解而释放氢氰酸。

21. 乌头炮制降毒的机制是

A. 总生物碱含量降低

B. 双酯型生物碱水解

C. 双酯型生物碱分解

D. 脂肪酰基取代了 C_8—OH 的乙酰基，生成脂碱

E. 总生物碱含量升高

答案：BCD

解析：乌头炮制降毒一方面由于双酯型生物碱性质不稳定，遇水、加热易被水解或分解，使极毒的双酯型乌头碱 C_8 位上的乙酰基水解或分解，失去一分子醋酸，得到相应的苯甲酰单酯型生物碱；另一原因可能是炮制过程中脂肪酰基取代了 C_8 位上的乙酰基，生成脂碱，从而降低了毒性。

仿真试题

一、最佳选择题

1. 关于蒸法的操作要点叙述不正确的是

A. 药物要大小分档，质地坚硬者可先水浸 1～2h

B. 反复蒸制，又称“九蒸九晒”

C. 一般先用武火，待“圆气”后改用文火

D. 与辅料拌匀后，置铜罐或铁蒸锅等蒸制容器内

E. 以酒、黑豆汁、醋、食盐为炮制辅料

2. 蒸法的目的不是

A. 改变药物性能，扩大用药范围

B. 减少副作用

C. 保存药效，利于贮存

D. 便于切制

E. 矫臭矫味

3. 何首乌的炮制可采用

A. 清蒸　　B. 黑豆汁蒸

C. 酒蒸　　D. 醋蒸

E. 酒醋共蒸

4. 补血调经的“四物汤”中应首选

A. 鲜地黄　　B. 生地黄

C. 熟地黄　　D. 生地炭
E. 熟地炭

5. 淡附片的炮制需用
A. 酒、甘草和水共煮
B. 姜汁、甘草和水共煮
C. 胆汁甘草和水共煮
D. 黑豆、甘草和水共煮
E. 米泔水、甘草和水共煮

6. 黄精的炮制方法是
A. 炒法　　B. 蒸法
C. 煮法　　D. 燀法
E. 制霜法

7. 生地黄炮制成熟地黄的作用是
A. 清热凉血
B. 生津止渴
C. 滋阴清热凉血
D. 滋阴补血
E. 补血止血

8. 药物蒸制后改变了药物性能，扩大了用药范围的药物有
A. 黄精　　B. 地黄
C. 明党参　　D. 丹参
E. 木瓜

9. 具有滋阴补血、益精填髓功能的地黄炮制品是
A. 鲜地黄　　B. 生地黄
C. 熟地黄　　D. 生地炭
E. 熟地炭

10. 酒蒸女贞子的作用是
A. 活血化瘀
B. 增强补肝肾作用
C. 酸涩收敛
D. 滋阴补血
E. 引药上行，清上焦热

11. 制首乌的主要目的是
A. 结合蒽醌含量减少
B. 游离蒽醌含量增高
C. 增强解毒、消炎、润肠作用
D. 增强补肝肾，益精血，乌须发，强筋骨作用
E. 二苯乙烯苷含量降低

12. 首乌蒸制后泻下作用减弱，目前认为原因是
A. 蒽醌衍生物含量升高
B. 蒽醌衍生物含量降低
C. 结合蒽醌水解成游离蒽醌
D. 卵磷脂含量增加
E. 鞣质含量增加

13. 蒸制首乌的最佳时间是
A. 常压蒸1~2h　　B. 常压蒸32h
C. 常压蒸4~6h　　D. 常压蒸23h
E. 九蒸九晒

14. 乌头类药物炮制去毒的原理是
A. 使乌头碱溶于水
B. 使双酯型生物碱水解
C. 使总生物碱含量降低
D. 保留总生物碱
E. 使生物碱成盐

15. 欲降低藤黄的毒性，宜采用的炮制法是
A. 清水煮　　B. 豆腐煮
C. 醋煮　　D. 酒蒸
E. 高压蒸制

16. 杏仁的炮制作用是
A. 促进酶解反应
B. 内服后迅速释放氰氢酸
C. 杀酶，防止苷水解
D. 使氰氢酸量减少，降低毒性

E. 入汤剂时，有更多的氰氢酸逸出

17. 桑螵蛸入药应采用的炮制法是

A. 清蒸法　B. 酒蒸法

C. 盐蒸法　D. 水煮法

E. 醋蒸法

18. 蒸制熟地的质量标准是

A. 质地柔软易切

B. 外表黑色、内部棕黄色

C. 色黑如漆、味甘如饴

D. 质变柔润、色褐

E. 表面棕黑色，有光泽

19. 甘草水煮远志的主要目的是

A. 减其燥性，协同补脾益气、安神益智

B. 增强宁心安神作用

C. 增强祛痰开窍作用

D. 增强化痰止咳作用

E. 增强解毒疗疮作用

二、配伍选择题

［20～23］

A. 蒸法　B. 煮法

C. 焯法　D. 水飞法

E. 煅法

20. 炮制黄芩应选用

21. 炮制苦杏仁应选用

22. 炮制附子应选用

23. 炮制黄精应选用

［24～27］

A. 蒸黄芩　B. 酒黄芩

C. 黄芩炭　D. 酒大黄

E. 熟大黄

24. 以清热止血为主

25. 杀酶保苷

26. 以清上焦实热为主

27. 清上焦肺热及湿热

［28～31］

A. 生首乌　B. 制首乌

C. 酒女贞子　D. 酒山茱萸

E. 酒黄精

28. 能增强补肝肾作用的是

29. 能除去麻味，增强补脾润肺益肾作用的是

30. 能增强补肝肾，益精血，乌须发，强筋骨作用的是

31. 能降低酸性，增强补肾涩精，固精缩尿作用的是

［32～35］

A. 炮附片　B. 淡附片

C. 盐附子　D. 生附片

E. 制川乌

32. 可用于风寒湿痹

33. 以温肾暖脾为主，可用于肢体疼痛、麻木

34. 长于回阳救逆、散寒止痛

35. 盐附子去盐后与甘草、黑豆加水蒸制而成

［36～39］

A. 豆腐　B. 羊脂油

C. 甘草汁　D. 黑豆汁

E. 胆汁

36. 何首乌炮制用

37. 远志炮制用

38. 珍珠炮制用

39. 淫羊藿炮制用

［40～43］

A. 川乌　B. 杏仁

C. 藤黄　D. 黄芩

E. 远志

40. 常用清水煮的药物是

41. 常用豆腐煮的药物是

42. 既可沸水煮，又可蒸的药物是

43. 常用沸水燀的药物是

[44～47]

A. 藤黄　　B. 黄精

C. 何首乌　　D. 川乌

E. 苦杏仁

44. 炮制后降低毒性，可供内服，用于跌打损伤

45. 炮制后总蒽醌减少

46. 制后色变棕黑色，味转甘，氨基酸增加

47. 制后可杀酶保苷

三、多项选择题

48. 黄芩蒸制或沸水煮的目的是

A. 使酶灭活　　B. 保存药效

C. 软化药物　　D. 便于切片

E. 降低毒副作用

49. 蒸法的目的包括

A. 便于保存

B. 便于软化切制

C. 改变性味

D. 产生新的功能

E. 净化药物

50. 宜采用蒸制软化，以利切片的药物

A. 玄参　　B. 地黄

C. 黄芩　　D. 黄精

E. 木瓜

51. 下列常用酒蒸的药物有

A. 黄连　　B. 山茱萸

C. 肉从蓉　　D. 黄精

E. 地黄

52. 地黄蒸制后可发生的变化为

A. 表面变成乌黑光亮

B. 味转甜

C. 质地变滋润而柔软，易粘连

D. 低聚糖和多糖水解成单糖

E. 氨基酸的含量增加

53. 熟地黄中单糖含量增高原因是

A. 多糖分解

B. 低聚糖分解

C. 三糖苷水解

D. 双糖苷水解

E. 单糖苷水解

54. 黄精的炮制作用包括

A. 除去麻味，以免刺激咽喉

B. 便于有效成分煎出

C. 酒制可助药势，更好地发挥补益作用

D. 增强补脾润肺益肾作用

E. 利于鉴别

55. 关于五味子不同炮制品的作用说法正确的是

A. 生五味子敛肺止咳

B. 醋五味子增强酸涩收敛

C. 醋五味子增强入肝经止痛

D. 酒五味子增强益肾固精

E. 酒五味子引药上行清上焦之热

56. 关于制首乌的炮制后正确的是

A. 卵磷脂含量减少

B. 结合蒽醌含量减少

C. 毒性成分减少

D. 总蒽醌减少

E. 卵磷脂含量增高

57. 首乌炮制的作用有

A. 助药势，消除了生首乌的麻味
B. 增强了补肝肾，益精血，乌须发，强筋骨的作用
C. 消除了生首乌滑肠致泻的副作用，宜于久服
D. 具有免疫增强作用和肝糖原积累作用
E. 使首乌中总蒽醌、结合蒽醌含量增加

58. 生大黄炮制成熟大黄后
A. 增强活血祛瘀作用
B. 减轻腹痛的副作用
C. 缓和泻下作用
D. 引药上行，清上焦实热
E. 消积化痰

59. 有关煮法叙述正确的是
A. 煮法可用清水、药汁煮，还可用固体辅料煮
B. 煮法可先用武火后用文火，一般温度大于100℃
C. 如所用辅料起协同作用，则辅料汁液应被药物吸尽
D. 煮法的时间一般短于蒸法，长于焯法
E. 珍珠用豆腐煮主要是为了除污

60. 煮制操作时一般要求
A. 只用清水煮
B. 先用武火后用文火
C. 煮至内无白心
D. 煮至辅料汁液被药物吸尽
E. 趁湿润先切片后干燥

61. 根据乌头类药物的去毒原理，以下哪些方法去毒效果为佳
A. 浸漂法　　B. 干热法
C. 蒸法　　D. 煮法
E. 高压蒸制法

62. 附子炮制有关叙述正确的是
A. 炮附片以温肾暖脾为主
B. 炮附子是由净附片，砂炒至鼓起
C. 淡附片长于回阳救逆
D. 生附片可直接内服
E. 附子炮制后双酯型生物碱含量下降

63. 有关川乌炮制叙述正确的是
A. 制川乌是将川乌用水浸泡至无干心，取出，加水煮沸4~6h，口尝微有麻舌感时，取出晾至六成干，切厚片干燥而成。
B. 制川乌为不规则厚片，表面灰褐色或暗黄色，有光泽，可见灰棕色多角形环纹，微有麻舌感
C. 制川乌毒性降低可内服
D. 川乌炮制的目的是使总生物碱含量降低而去除毒性
E. 川乌炮制去毒的原理是使双酯型生物碱水解和分解

64. 附子常有下列饮片规格
A. 黑顺片　　B. 黄附片
C. 白附片　　D. 炮附片
E. 淡附片

65. 有关苦杏仁炮制叙述正确的是
A. 焯杏仁可去皮，利于有效成分煎出
B. 焯制条件以10倍量沸水，加热5min为宜
C. 炒制使氰氢酸含量下降，可去毒
D. 焯制杀酶保苷
E. 炒制可提高止咳平喘作用

参考答案

一、最佳选择题

1. D　2. E　3. B　4. C　5. D　6. B　7. D　8. B　9. C
10. B　11. D　12. C　13. B　14. B　15. B　16. C　17. A　18. C
19. A

二、配伍选择题

[20～23] A　C　B　A　[24～27] C　A　D　B　[28～31] C　E　B　D
[32～35] E　A　B　B　[36～39] D　C　A　B　[40～43] A　C　D　B
[44～47] A　C　B　E

三、多项选择题

48. ABCD　49. ABCD　50. ACE　51. BCDE　52. ABCD
53. ABDE　54. ABCD　55. ABD　56. BDE　57. BCD
58. ABC　59. ACDE　60. BCDE　61. CDE　62. ABCE
63. ABCE　64. ABCDE　65. ABCD

第二十七单元　其他制法

考点分级

★★★★★

天南星、半夏、神曲、麦芽、巴豆、西瓜霜的炮制方法、炮制作用及注意事项。发芽法、发酵法的条件及临床应用。烘、焙、煨、提净、干馏法等炮制方法的含义、目的、操作方法及炮制作用。

★★★★

复制法、发芽法、发酵法的含义、目的、操作方法，辅料的选择与用量以及炮制作用；制霜法的含义，目的，分类及注意事项和炮制作用。蜈蚣、肉豆蔻、芒硝、朱砂、雄黄、蛋黄油的炮制方法及炮制作用。

★★★

天南星、半夏、蜈蚣、肉豆蔻、芒硝的炮制研究进展；半夏曲、白附子的炮制方法及炮制作用；制霜法的操作方法。

历年真题与解析

一、最佳选择题

1. 炮制姜半夏的辅料用量

A. 每 100kg 药物加生姜 25kg，白矾 12.5kg

B. 每 100kg 药物加生姜 12.5kg，白矾 25kg

C. 每 100kg 药物加生姜 15kg，白矾 2.5kg

D. 每 100kg 药物加生姜 20kg，白矾 10.5kg

E. 每 100kg 药物加生姜 20kg，白矾 12.5kg

答案：A

解析：姜半夏的炮制方法为取净半夏清水浸漂至内无干心，用生姜汤加白矾共煮透，切薄片。半夏每 100kg，用生姜 25kg，白矾 12.5kg。

2. 用于制备西瓜霜的药物除成熟的西瓜外还有

A. 石膏　　B. 滑石

C. 白矾　　D. 芒硝

E. 硼砂

答案：D

解析：西瓜霜的制备为取新鲜西瓜切碎，放入不带釉的瓦罐内，一层西瓜一层芒硝，铺放数层，将口封严，悬挂于阴凉通风处，数日后即自瓦罐外面析出白色结晶，随析随扫下收集，至无结晶析出为止。西瓜每 100kg，用芒硝 15kg。

3. 发芽法要求发芽率在

A. 65% 以上　　B. 70% 以上

C. 75% 以上　　D. 85% 以上

E. 80% 以上

答案：D

解析：发芽应取新鲜、成熟、饱满的果实或种子，要求发芽率在 85% 以上。

4. 巴豆霜含脂肪油量应为

A. 10% ~14%　　B. 14% ~18%

C. 18% ~20%　　D. 20% ~22%

E. 22% ~25%

答案：C

解析：《中国药典》2005 年版规定，巴豆霜含巴豆油应在 18% ~20% 之间。

5. 药物用制霜法炮制的是

A. 肉豆蔻　　B. 朱砂

C. 巴豆　　D. 何首乌

E. 黄精

答案：C

解析：肉豆蔻用煨法，朱砂用水飞法，巴豆制霜，何首乌和黄精蒸制。

6. 煨木香采用

A. 面煨　　B. 滑石粉煨

C. 纸煨　　D. 土煨

E. 麸煨

答案：C

解析：煨木香的方法为：取未干燥的木香片，平铺于吸油纸上，相间数层压实，置于烘干室或温度较高处，使挥发油渗透至纸上。取出，放凉。

7. 六神曲的成分是

A. 苦杏仁、赤小豆、鲜地丁、鲜青蒿、鲜苍耳草、白面

B. 苦杏仁、赤小豆、鲜青蒿、鲜苍耳草、鲜辣蓼、白面

C. 苦杏仁、白扁豆、鲜青蒿、鲜苍耳草、鲜辣蓼、白面

D. 桃仁、赤小豆、鲜青蒿、鲜苍耳草、鲜辣蓼、白面

E. 桃仁、白扁豆、鲜地丁、鲜青蒿、鲜辣蓼、白面

答案：B

解析：六神曲为苦杏仁、赤小豆、鲜青蒿、鲜苍耳草、鲜辣蓼等加面粉（或麦麸）混合后经发酵而成。

8. 肉豆蔻煨制的目的是

A. 降低毒性　　B. 缓和药性

C. 增强固肠止泻作用　　D. 增强健脾止泻作用

E. 减少呕吐的副作用

答案：C

解析：肉豆蔻煨制后可除去部分油质，免于滑肠，刺激性减少，增强了固肠止泻的功能。

二、配伍选择题

［9～12］

A. 复制法　　B. 煨法

C. 煮法　　D. 制霜法

E. 水飞法

9. 半夏为

10. 肉豆蔻为

11. 鹿角霜为

12. 朱砂为

答案：A　B　D　E

[12～15]

A. 长于化痰　　B. 外用于疮痈肿毒

C. 降逆止呕　　D. 健脾温胃、燥湿化痰

E. 偏于祛寒痰，并能调和脾胃

12. 生半夏的功能主要是

13. 清半夏的功能主要是

14. 姜半夏的功能主要是

15. 法半夏的功能主要是

答案：B　A　C　E

[16～19]

A. 醒脾和胃、食积不化、脘腹胀满　　B. 健胃消食作用增强

C. 消食化积力强，治食积泄泻　　D. 健脾开胃，并有发散作用

E. 健脾开胃，并有回乳作用

16 神曲炒焦后

17 神曲麸炒后

18. 神曲生用

19. 半夏曲麦麸炒后

答案：C　A　D　B

[20～23]

A. 姜半夏　　B. 法半夏

C. 清半夏　　D. 生半夏

E. 胆天南星

20. 长于燥湿化痰的是

21. 善于降逆止呕的是

22. 多外用，善于消肿的是

23. 祛寒痰，长于调和脾胃的是

答案：C　A　D　B

三、多项选择题

24. 关于煨法炮制药物叙述正确的是

A. 煨制时辅料的用量比炒制时用量多

B. 煨制时辅料的用量比炒制时用量少

C. 煨制时的温度比炒制时高

D. 煨制时的温度比炒制时低

E. 煨制的目的是利用辅料吸去部分挥发性及刺激性的成分

答案：ADE

解析：用滑石粉或麦麸煨，不同于炒法中的加滑石粉烫炒，加麦麸炒。在辅料量及加辅料方法、受热程度和时间诸方面有所区别。一般煨法的辅料与药物同置锅内，且辅料用量较大，煨制时火力较小，时间较长。煨法的目的是除去药物中部分挥发性及刺激性成分，从而降低副作用，或缓和药性，增强疗效。

25. 水飞的目的是

A. 去除杂质洁净药物
B. 除去药物中可溶于水的毒性物质
C. 使药物质地细腻
D. 防止药物在研磨过程中粉尘飞扬
E. 缓和药性

答案：ABCD

26. 对于朱砂的炮制方法描述正确的是

A. 研磨水飞法毒性最小
B. 朱砂水飞时洗涤次数越多游离汞的含量越低
C. 水飞后朱砂应晾干
D. 杂质的主要成分为游离汞
E. 水飞朱砂时应忌用铁器

答案：ACE

解析：朱砂的主要成分为硫化汞（HgS），杂质主要是游离汞和可溶性汞盐，后者毒性极大，为朱砂中的主要毒性成分，目前国内加工朱砂粉的方法有：①干研法；②加水研磨法；③研磨水飞法。大生产时，干研法游离汞和汞盐的含量较高，研磨水飞法游离汞和汞盐的含量低，因此，研磨水飞法所得朱砂粉的毒性最小。水飞时洗涤次数越多可溶性汞盐的含量越低。

27. 去油制霜的目的有

A. 缓和药性
B. 降低毒性
C. 消除副作用
D. 增强疗效
E. 除去大部分杂质

答案：ABC

28. 制霜法根据操作方法的不同，可分为

A. 去油制霜
B. 渗出制霜
C. 升华制霜
D. 煎煮制霜
E. 净化制霜

答案：ABCD

29. 可采用煨法炮制的药物有

A. 诃子　　B. 葛根

C. 木香　　D. 肉豆蔻

E. 瓜蒌

答案：ABCD

解析：瓜蒌常用蜜炙法炮制。

仿真试题

一、最佳选择题

1. 下面哪项不是复制法炮制的目的

A. 降低或消除药物的毒性

B. 改变药性

C. 增强疗效

D. 矫臭解腥

E. 产生新的疗效

2. 清半夏的炮制方法

A. 白矾水溶液浸泡

B. 生姜汁浸泡

C. 甘草液浸泡

D. 石灰液浸泡

E. 酒制

3. 制姜半夏100kg，所用辅料及其用量是

A. 白矾10kg　　B. 白矾20kg

C. 生姜12.5kg　　D. 生姜25kg

E. 黑豆10kg

4. 具有燥湿化痰作用，多用于中成药中，用痰多咳喘，痰饮眩悸、风痰眩晕，痰厥头痛的炮制品是

A. 生半夏　　B. 法半夏

C. 姜半夏　　D. 清半夏

E. 酒半夏

5. 以降逆止呕作用见长的是

A. 生半夏　　B. 清半夏

C. 姜半夏　　D. 法半夏

E. 半夏曲

6. 炮制法半夏应选用的辅料是

A. 甘草、石灰　　B. 生姜、明矾

C. 甘草、皂角　　D. 甘草、银花

E. 甘草、明矾

7. 炮制胆南星常用的辅料是

A. 甘草、胆汁、黑豆汁

B. 生姜、白矾、胆汁

C. 白矾、胆汁

D. 甘草、胆汁

E. 石灰、白矾、甘草、胆汁

8. 天南星用胆汁炮制后其性味是

A. 由辛温变成苦温

B. 由辛温变成苦凉

C. 由辛凉变成苦温

D. 由苦燥变成温燥

E. 由辛热变成苦温

9. 制南星的炮制作用是降低毒性并增强

A. 清肝明目　　B. 清化热痰

C. 息风定惊　　D. 降逆止呕
E. 燥湿化痰

10. 关于发酵法的质量要求中错误的是
A. 气味芳香
B. 无霉味、酸败味
C. 曲块表面霉衣黄白色
D. 曲块内部有斑点
E. 曲块黑色为佳

11. 发酵的目的是
A. 产生新的治疗作用
B. 降低毒性
C. 清除杂质
D. 消除副作用
E. 增强疗效

12. 发酵的一般条件是
A. 温度25~30℃，相对湿度50%~60%，pH值4~7.6
B. 温度25~30℃，相对湿度70%~80%，pH值4~9
C. 温度30~37℃，相对湿度50%~60%，pH值4~7.6
D. 温度25~32℃．相对湿度70%~80%，pH值4~9
E. 温度32~37℃，相对湿度70%~80%，pH值4~7.6

13. 淡豆豉的作用是
A. 补肾强腰　　B. 解表、除烦
C. 发散风寒　　D. 醒脾和胃
E. 健脾消食

14. 消食化积力强，以治食积泄泻为主的药物是
A. 麸炒神曲　　B. 米炒神曲
C. 土炒神曲　　D. 神曲
E. 焦神曲

15. 为了增强六神曲的醒脾和胃作用，常用的炮制方法是
A. 炒黄　　B. 炒焦
C. 麦麸炒　　D. 土炒
E. 米炒

16. 发芽法的温度一般保持在
A. 10~15℃　　B. 12~18℃
C. 18~25℃　　D. 20~25℃
E. 28~35℃

17. 临床上消食开胃、回乳消胀宜选用
A. 炒麦芽　　B. 焦麦芽
C. 生麦芽　　D. 生谷芽
E. 焦谷芽

18. 巴豆制霜的炮制目的不包括
A. 增强疗效
B. 降低毒性
C. 使脂肪油含量下降到18%~20%
D. 使巴豆毒素变性失活
E. 缓和泻下作用

19. 西瓜霜的制备方法是
A. 去油成霜　　B. 压榨成霜
C. 风干成霜　　D. 渗出制霜
E. 升华制霜

20. 制西瓜霜的目的是
A. 降低毒性
B. 缓和药性
C. 增强清热泻火
D. 增强清热化痰
E. 增强养心安神

21. 玄明粉是
A. 朴硝用萝卜制后煅粉加甘草捣罗为末
B. 朴硝用豆腐制后煅粉加甘草捣罗为末

C. 朴硝用萝卜制后煅粉加姜汁捣罗为末

D. 朴硝用醋制后煅粉加甘草捣罗为末

E. 朴硝用酒制后煅粉加甘草捣罗为末

22. 肉豆蔻煨制方法有麦麸煨、面裹煨、滑石粉煨，毒性顺序是

A. 生品 > 麦麸煨 > 滑石粉煨 > 面煨

B. 生品 > 滑石粉煨 > 麦麸煨 > 面煨

C. 生品 > 麦麸煨 > 面煨 > 滑石粉煨

D. 生品 > 面煨 > 麦麸煨 > 滑石粉煨

E. 生品 > 滑石粉煨 > 面煨 > 麦麸煨

23. 蜈蚣炮制多用

A. 麸炒　　B. 复制法

C. 米炒　　D. 烘焙

E. 提净法

24. 烘焙法必须用

A. 文火　　B. 先文火后武火

C. 中火　　D. 武火

E. 先武火后文火

25. 烘焙法的主要目的是

A. 降低毒性和副作用

B. 改变药性

C. 缓和药性

D. 减少刺激性

E. 使药物充分干燥，便于粉碎

26. 宜采用水飞法粉碎的药物为

A. 硼砂　　B. 芒硝

C. 朱砂　　D. 冰片

E. 明矾

27. 朱砂（主要为 HgS）有毒，水飞后的目的不包括

A. 便于制剂

B. 毒性降低

C. 便于内服和外用

D. 增强安神作用

E. 使药物纯净，极细

28. 竹沥的炮制作用是

A. 对痈肿痰核最有效

B. 对热咳痰稠最有效

C. 对胃寒气滞最有效

D. 对燥湿化痰最有效

E. 对降逆止呕最有效

29. 经干馏法制备清热化痰的药物是

A. 黑豆馏油　　B. 竹沥

C. 蛋黄油　　D. 蓖麻油

E. 杏仁油

30. 半夏曲的原料是

A. 生半夏　　B. 清半夏

C. 法半夏　　D. 姜半夏

E. 以上都不是

31. 半夏的炮制品中，善于燥湿化痰的是

A. 清半夏　　B. 法半夏

C. 姜半夏　　D. 生半夏

E. 半夏曲

32. 炮制芒硝的常用辅料是

A. 甘草　　B. 萝卜

C. 生姜　　D. 食盐

E. 白矾

二、配伍选择题

［33～36］

A. 烘焙法　　B. 煨法

C. 干馏法　　D. 提净法

E. 水飞法

33. 药物置容器内，以火烤灼产生汁液

34. 药物用文火直接或间接加热，使之充

分干燥

35. 某些溶于水的矿物药炮制一般可用
36. 一些不溶于水的矿物药炮制一般可用

[37~40]

A. 姜半夏　B. 制南星
C. 清半夏　D. 法半夏
E. 蜈蚣

37. 用生姜和白矾炮制
38. 经烘培后降低毒性
39. 用甘草、生石灰炮制
40. 用白矾水溶液浸泡

[41~44]

A. 使药物纯净，增强清热泻火
B. 增强涩肠止泻
C. 消除滑肠之弊，减小刺激性，增强固肠止泻
D. 缓和咸寒之性，增强润燥软坚，消导，下气通便，纯净药物
E. 降低毒性并纯净药物

41. 煨肉豆蔻
42. 煨诃子
43. 西瓜霜
44. 芒硝萝卜制

[45~48]

A. 煨肉豆蔻　B. 山楂炭
C. 焦神曲　D. 清宁片
E. 焦麦芽

45. 炮制后增强固肠止泻的功能的是
46. 炮制后具有止血止泻的功能的是
47. 炮制后以治食积泄泻为主的是
48. 炮制后可缓和泻下作用的是

[49~52]

A. 升华制霜法　B. 渗出制霜法
C. 去油制霜法　D. 煎煮制霜法
E. 自然制霜法

49. 巴豆霜、柏子仁霜的制作宜选用
50. 西瓜霜的制作宜选用
51. 砒霜的制作宜选用
52. 鹿角霜的制作宜选用

[53~56]

A. 发酵法　B. 煨法
C. 水飞法　D. 提净法
E. 复制法

53. 硇砂炮制多选用
54. 制备胆南星采用的是
55. 葛根炮制多选用
56. 淡豆豉炮制多选用

三、多项选择题

57. 复制法的目的是
A. 增强疗效
B. 改变药性
C. 便于粉碎
D. 降低或消除药物毒性
E. 矫臭解腥
58. 采用去油成霜的是
A. 巴豆霜　B. 千金子霜
C. 柏子仁霜　D. 瓜蒌子霜
E. 西瓜霜
59. 巴豆制霜压榨时，加热目的是
A. 易出油
B. 产生新物质
C. 可使毒蛋白变性
D. 降低毒性
E. 增强疗效
60. 巴豆制霜时应注意
A. 操作时应当做好劳动保护
B. 工作结束后用冷水洗涤裸露部位

C. 压榨时加热
D. 用过的纸和布立即烧毁
E. 制成的巴豆霜按毒剧药物管理

61. 下列有关提净法叙述正确的是
A. 使药物纯净
B. 适宜于矿物药
C. 只能用水，不可加其他辅料
D. 可缓和药性，降低毒性
E. 需经过溶解、过滤、重结晶处理

62. 半夏炮制品包括
A. 清半夏　B. 姜半夏
C. 法半夏　D. 复制半夏
E. 蒸半夏

63. 炮制半夏所用的辅料有
A. 胆汁　B. 白矾、皂角
C. 生姜　D. 石灰
E. 甘草

64. 炮制后可以改变药性，产生新疗效的方法有
A. 发芽法　B. 干馏法
C. 煨法　D. 发酵法
E. 复制法

65. 芒硝制后的作用是
A. 除去杂质，使药物纯净，可供内服
B. 缓和咸寒之性
C. 增强润燥软坚，下气通便作用
D. 降低毒性
E. 用于消坚化癖、泻热通便

66. 在神曲原料组成中有
A. 杏仁　B. 青蒿
C. 赤小豆　D. 面粉
E. 苍耳草

67. 关于发酵过程的叙述正确的是
A. 温度 30～37℃
B. 相对湿度 70%～80%
C. 有充足的氧气
D. 有充分的营养物质
E. 较纯的菌种

68. 关于发酵过程的叙述正确的是
A. 温度 30～37℃
B. 相对湿度 70%～80%
C. 有充足的氧气
D. 有充分的营养物质
E. 较纯的菌种

69. 发芽法的操作注意事项为
A. 选新鲜、成熟、饱满的种子
B. 控制温度 18～25℃
C. 浸渍度的含水量控制在 42%～45%
D. 要求发芽率在 65% 以上
E. 适当的避光、通风

70. 可采用煨法炮制的药物有
A. 诃子　B. 葛根
C. 木香　D. 肉豆蔻
E. 瓜蒌

71. 煨制肉豆蔻的作用是
A. 除去部分油脂，免于滑肠
B. 除尽肉豆蔻酶，减小刺激性
C. 挥发油含量降低
D. 挥发油理化性质改变
E. 增强固肠止泻功能

72. 常用复制法炮制的药物
A. 半夏　B. 淡豆豉
C. 天南星　D. 白附子
E. 川附片

73. 制备淡豆豉的药料有
A. 黑大豆　B. 桑叶
C. 青篙　D. 辣蓼草
E. 扁豆

参考答案

一、最佳选择题

1. E　2. A　3. D　4. B　5. C　6. A　7. B　8. B　9. E
10. E　11. A　12. E　13. B　14. E　15. C　16. C　17. A　18. A
19. D　20. C　21. A　22. B　23. D　24. A　25. E　26. C　27. D
28. D　29. A　30. C　31. A　32. B

二、配伍选择题

[33～36] C　A　D　E　[37～40] A　E　D　C　[41～44] C　C　A　D
[45～48] A　B　C　D　[49～52] C　B　A　D　[53～56] D　E　B　A

三、多项选择题

57. ABDE　58. ABCD　59. ACD　60. ABCDE　61. ABDE
62. ABCD　63. BCDE　64. ABDE　65. ABCE　66. ABCDE
67. ABCDE　68. ABCDE　69. ABCE　70. ABCD　71. ABCDE
72. ACD　73. ABC

2010 年“药师在线”（www. cmstpx. com）正式开通

1999 年，中国医药科技出版社成为第一版考试大纲与应试指南的指定出版社。10 余年来，我社以服务广大考生，服务祖国药学事业为己任，不断推出适合考生需求的优秀考试图书，受到了广大考生的欢迎和喜爱。目前，已成为执业药师辅导图书的第一品牌。为了更好的答谢广大考生对我社的厚爱。2010 年，我社将在图书出版的基础上，正式开通网络视频教育平台，平台结合最新数字网络技术，集视频教育、在线考场、答疑互动、信息播报等多项功能，为考生提供更好的复习平台，邀您体验前所未有的复习效果。

在线考场　读者注册开通后，系统会提供完全与真实考试情景一致的考试试卷，读者须在 150 分钟内完成。“在线考场”提供自动阅卷，错题重做等人性化功能。是考生熟悉考试形式，体验考试氛围，了解自身复习状态，查疑补缺的好帮手。

考前辅导串讲　由考前辅导权威专家主讲，帮您梳理复习脉络，掌握正确的复习方法和答题技巧，突破考试重点与难点，在有限的时间使读者的效率事半功倍，在执业药师资格考试中取得比较理想的考试成绩。

答疑互动　“药师在线”将于考试报名后，正式推出网上论坛，由各学科专家负责各学科论坛的网上答疑活动。专家会定期解答读者复习疑问，帮读者释疑解难。

我社“药师在线”的开通，将进一步完善我社执业药师考前辅导平台，为考生提供更好的复习效果。为回馈广大读者多年来的支持与厚爱，我社推出 0 利润“10 元听讲座”* 活动。欢迎广大读者试听感受。

欢迎广大读者提出宝贵意见，我们将在今后的工作中不断完善。

我们的理念：关注药师，专注培训，做中国最好的药师服务平台！

10 元听讲座* 活动，我社执业药师系列辅导图书均附不同面值优惠卡，优惠卡可以累积，最低可以低至 10 元的价格观看名师辅导讲座。（正常定价 100 元/门课）

专业课的优惠充值卡可对课程内的两门课程分别充值。例如“药学专业知识一”辅导用书充值优惠卡面值 40 元，可对药理学、药物分析分别充值 40 元一次，但同一科目不能重复使用。

优惠卡使用：可参见“药师在线”优惠卡使用指南。